KB262319

탈근대주의를 넘어서
—탈식민의 미학 2—

탈근대주의를 넘어서
—탈식민의 미학 2—

탈근대주의를 넘어서

-탈식민의 미학 2-

하 정 일

역락

머리말

지난 10여 년 동안 나의 공부는 두 축을 중심으로 진행되었다.

하나는 한국근대문학의 탈식민적 성취를 규명하는 일이었다. 탈식민이라는 주제에 관심을 기울인 까닭은 한국적 근대의 핵심에 식민주의 문제가 웅크리고 있기 때문이다. 식민주의는 근대 이후의 한국사회를 규율해온 지배구조이자 지배이데올로기였다. 그것은 지금도 마찬가지다. 그래서 식민주의를 넘어서지 않고서는 근대성의 성취도, 근대극복도 불가능한 것이다. 엄격히 말하자면, 식민주의와의 격투 자체가 근대성을 이루는 일인 동시에 근대극복을 도모하는 작업이다. 나는 한국근대문학을 통해 이를 검증하고 싶었다.

다른 하나는 탈근대주의와의 대결이었다. 탈근대주의는 그간의 한국근대문학 연구가 무관심하거나 방치했던 문제들에 대한 각성을 요구했다는 점에서 나름의 의미를 갖고 있다. 하지만 탈근대주의는 한국근대문학의 탈식민적 가능성과 잠재력을 원천적으로 부정하는 심각한 우를 범했다. 내가 보기에 그러한 주장은 한국적 근대의 특수성에 대한 몰이해에 근거한 것이었다. 그리고 그러한 몰이해의 저변에는 유럽중심적 보편주의가 숨어 있었다. 그런 점에서 탈근대주의와의 대결은 내게 또 다른 식민주의와의 싸움이었다.

이 책은 2부로 구성되어 있다. 1부는 탈근대주의의 맹점을 비판한 글들을 모아놓은 것이고, 2부는 1960년대 이후의 한국문학이 거둔 탈식민적 성과를 점검한 글들로 구성되어 있다. 1부와 2부는 내밀하게 연결되어 있다. 지금 한국근대문학 연구에서 탈근대주의는 주류적 담론의 지위를 차지하고 있다. 그에 따라 한국근대문학과 관련된 탈근대주의의 여러 가설과 전제들이 마치 정설처럼 받아들여지고 있는 실정이다. 그래서 이것들을 논파(論破)하지 않고서는 한국근대문학의 탈식민적 성취와 가능성을 설득하기 어렵게 되었다. 1부는 바로 그러한 목적으로 쓰여진 글들이다. 2부는 몇 년 전에 출간한 『탈식민의 미학』의 후속작업이라 할 수 있다. 그 책은 식민지시대의 문학을 대상으로 했는데, 2부는 식민지시대 이후의 탈식민 문학을 다루고 있다. 책의 부제를 '탈식민의 미학 2'로 한 것은 그래서이다.

책의 제목을 '탈근대주의를 넘어서'로 잡은 것은 탈근대주의가 임계점에 이르렀다는 판단 때문이다. 한국근대문학에 대한 탈근대주의의 왜곡과 비하는 극에 달한 실정이다. 그것은 이제 자기반성의 차원을 넘어 자기부정으로 치닫고 있다. 해체가 폐허로 귀결되고 있는 것이다. 한국근대문학 연구가 탈근대주의의 이러한 맹목적 질주에서 벗어나기 위해서는 한국근대문학의 다면성과 중층성을 입체적으로 읽는 복안(複眼)을 갖추어야 한다.

나는 탈근대주의의 가장 치명적인 문제점이 자본주의와 제국주의에 대한 무능력이라고 생각한다. 탈근대주의는 자본주의와 제국주의를 근대라는 추상적 동일성 속으로 해소시켰다. 그래서 탈근대주의가 근대와 정면대결을 벌이고 있다고 말하지만, 정작 그 싸움의 현장에 자본주의와 제국주의는 보이지 않는 것이다. 탈근대주의가 한국근대문학의 탈식민적 성취와 가능성을 제대로 이해할 수 없는 것도 이 때문이다.

한국근대문학의 탈식민적 실천들을 검토하면서 확인한 것은 그것이 근대극복과 맺고 있는 본질적 관계이다. 탈식민의 완결은 자본주의와 제국주의에 기반한 근대의 틀 안에서는 불가능한 일이다. 탈식민적 실천이 근대극복이라는 문제를 회피할 수 없는 것은 그래서거니와 근대성의 성취와 근대극복이라는 이중과제에 주목해야 하는 까닭이 여기에 있다. 부족하나마 서장에서 탈근대론과 근대극복론을 비교하면서 근대성의 성취와 근대극복의 이중과제가 왜 중요한가를 검토해보았지만, 아무래도 이번 책에서는 탈식민이라는 주제에 매달리다 보니까 이 문제를 깊이 있게 다루지는 못했다. 앞으로의 공부거리로 남겨둘 수밖에 없다.

특히 이 문제와 관련해 한국근대문학과 사회주의의 상호연관을 추적하는 것이 급선무라고 나는 생각하고 있다. 일반적으로 사회주의 하면 주로 카프와 프로문학을 중심으로 생각하는 경향이 있고 그것이 일리가 없는 것은 아니지만, 한국근대문학과 사회주의가 관계 맺는 방식은 그보다 훨씬 다양하고 그 폭 또한 넓다. 한국근대문학은 직·간접적으로 사회주의에 많은 부분을 빚지고 있다. 이것이 근대극복이라는 문제와도 깊이 관련되어 있음은 물론이다. 그런 점에서 탈식민-사회주의-근대 극복의 연관관계를 규명하는 작업은 한국근대문학의 핵심을 탐색하는 일이라 할 수 있다. 앞으로 몇 년 간은 이 작업에 주력할 생각이다.

이번 책의 출간은 역락출판사 이대현 사장님의 권유와 재촉이 가장 큰 동력(動力)이 돼주었다. 이 자리를 빌어 감사하다는 말씀을 드린다. 나의 게으름을 참아가며 책의 편집과 교열에 정성을 다해주신 박선주 선생님께도 미안함과 고마움을 전하고 싶다. 이번 책을 계기로 더욱 분발하겠다는 다짐을 해본다.

2012년 4월 서재에서

2부 탈식민의 계보학

서장 : 탈식민과 근대극복

1. 한일병합 100년과 지배구조로서의 식민주의

한국이 일제로부터 독립한 지도 벌써 67년이나 되었다. 그럼에도 아직도 식민성과 탈식민성을 운위하는 것은 어째서일까. 그것은 한마디로 식민주의의 지배가 여전히 지속되고 있기 때문일 터이다. 필자는 식민 '잔재'라는 말을 써서는 안 된다고 기회 있을 때마다 강조하곤 한다. 이 말은 식민주의의 지배가 끝났다는 오해를 불러일으킬 수 있기 때문이다. 하지만 식민주의는 종결되기는커녕 일종의 '지배구조'가 되어 있다. 일제로부터 독립했지만, 독립과 함께 남과 북은 미국과 소련의 '군정'에 지배되었고, 그로 인해 한국은 친일파와 식민유제를 청산하지 못한 채 근대세계체제의 (반)주변부에 편입되었다. 그 결과 식민지 시대의 친일세력과 해방 이후의 친미세력이 한국사회의 지배블록을 이루었을 뿐 아니라 사회체제 역시 식민지적 구조를 탈피하는 데 실패했다. 냉전체제와 분단체제는 이러한 상황을 더욱 악화시켰고, 이후 한국사회는 (신)식민적 구조를 재생산하면서 오늘에 이른 것이다.

물론 한국사회의 (신)식민적 구조는 무의식에 가깝다. 표면적으로만 보면, 이제 한국은 선진국의 문턱에 도달해 있다. 경제규모, 정치제도, 생활양식, 문화행태 등 의식의 차원에서는 한국사회는 거의 선진국 수준이라 할 만하다. 하지만 한국사회의 무의식은 여전히 식민주의의 지배에서 자유롭지 못하다. 무의식을 심층구조라 한다면, 심층구조는 (신)식민성에 장악되어 있는 것이다. 그것은 체제와 심성의 양 측면에서 그러하다. 체제의 측면에서는 미국을 핵으로 하는 근대세계체제의 (반)주변부에 놓여 중심부의 정치·경제·군사·문화적 헤게모니에 속박되어 있고, 심성의 측면에서는 서구중심주의라든가 종족주의(ethnocentrism) 같은 식민적 무의식에 지배되고 있다.

식민주의를 청산하고 해체하려는 노력이 오랫동안 진행되어 왔음에도 불구하고 식민주의의 극복이 여전히 한국사회의 공안(公案)으로 남아 있는 것은 어째서일까. 여러 가지 이유가 있겠지만, 가장 근본적인 이유는 그것을 근대성의 수준에서만 이해했기 때문이라 할 수 있다. 말하자면 식민주의의 극복을 근대적 과제로만 생각해왔다는 것이다. 하지만 근대성 혹은 근대주의는 여러 부면에서 식민주의와 겹친다. 근대주의가 식민주의와 동일한 것은 아니지만, 서로 겹치는 영역이 많은 것 또한 사실이다. 발전주의, 생산력주의, 시장주의, 국가주의, 종족주의, 서구중심주의, 사회진화론, 개발주의, 도구적 합리성 같은 것들이 그것이다. 이것들은 자본주의 근대의 공유(共有)로 집약된다. 근대주의가 식민주의에 곧잘 포섭되는 것도 이러한 상호 겹침 때문일 터이다. 그래서 근대성의 차원에서만 탈식민의 문제에 접근할 경우 자신도 모르는 사이에 식민주의에 포섭되곤 하는 것이다. 이 상호 겹침은 근대성의 차원에 긴박되어 있는 한 해결할 수 없다. 가령 근대주의의 대표적 이념 가운데 하나인 민족주의가 그 주관적 진정성에도 불구하고 식민주의의 극복에 실패를 거듭해온 것도 그래서이다.

그런 만큼 근대주의로는 식민주의를 온전히 해체할 수 없다. 공유하는 것들이 너무 많기 때문이다. 더구나 그것들은 근대주의의 본질을 이루는 것이어서 자기부정 없이는 식민주의의 전면적 해체로 나아가는 것이 불가능하다. 하지만 이 자기부정은 자신의 본질의 부정이기 때문에 근대주의 자체의 부정을 수반한다. 기대하기 어려운 일이라는 말이다. 그런 점에서 모든 종류의 근대 기획은 탈식민의 총체적 해결에 무력할 수밖에 없다. 여기서 근대극복의 문제가 제기된다. 식민주의는 근대, 특히 자본주의 근대의 산물이다. 물론 식민주의와 근대주의의 관계는 간단하지 않다. 식민주의와 근대주의는 내통한 경우도 많았지만, 대립한 경우도 적지 않았다.[1] 근대 기획으로서의 민족주의와 사회주의가 그러했다. 그럼에도 불구하고 위에서 언급했다시피 근대주의의 한계는 분명하다. 근대극복이라는 맥락에서 탈식민의 문제에 접근해야 하는 것은 이와 관련이 깊다. 식민주의는 자본주의 근대의 산물이기 때문에 자본주의 근대를 넘어서지 않고는 식민주의의 해체가 불가능하다. 생산력주의, 개발주의, 종족주의, 서구중심주의 같은 것들도 자본주의 근대의 파생물이다.

다만 탈근대와 근대극복은 분별할 필요가 있다. 탈근대가 근대의 전면 부정을 꾀하는 기획이라면, 근대극복은, 1980년대에 풍미했던 개념으로 말하자면, 근대의 지양(止揚, aufhebung)에 가까운 기획이다. 요컨대 그

---

1) 근대주의와 식민주의의 이중적 관계에 대한 좀더 자세한 설명으로는 이 책의 「탈근대주의와 과잉 식민성 혹은 신실증주의」, 96면~102면 참조.

것은 근대의 보존과 폐기라는 변증법적 의미를 담고 있는 셈이다. 필자는 탈근대 기획은 실패했다고 생각한다. 유럽에서 탈근대 기획이 본격 제기된 지 40년이 넘었지만, 근대세계체제에 별다른 균열을 만들어내지 못했다. 담론으로만 시끄러울 뿐 현실에서는 신자유주의의 대세에 밀려 스스로를 지키기에 급급할 따름이다. 탈근대 기획이 한국에 들어온 지도 20여 년이 되었지만, 사정은 마찬가지다. 그럴 수밖에 없는 것이 탈근대 기획은 근대성에 대해 무기력하기 짝이 없는 반응을 보여왔기 때문이다. 근대성은 좋든 싫든 우리의 삶에 깊숙이 스며들어 있다. 우리의 정신과 육체, 몸과 영혼, 제도와 체제, 의식과 무의식은 근대성에 장악되어 있다. 더구나 근대성의 존재로 고통 받는 사람들도 많지만, 근대성의 부재로 고통 받는 사람들 또한 그 못지않게 많다. 한미 FTA, 용산 참사, 천안함 사태, 4대강 사업, 비정규직 문제, 이 모든 일들은 근대성의 존재에서 비롯된 비극인 동시에 근대성의 부재로 인한 비극이기도 하다. 말하자면 그것들은 (신)식민성, 분단구조, 개발주의, 국가주의, 시장주의에서 비롯된 사태이자 합리주의, 민족 주체성, 공화주의(共和主義), 인권의 부재로 인한 사태이기도 하다. 그래서 근대성의 존재와 부재를 둘러싼 정면대결 없이는 근대의 극복도 탈식민도 무망(無望)할 수밖에 없는 것이다. 하지만 탈근대 기획은 근대성을 시효만료 되었거나 무가치한 것으로 전면 부정한다. 전면 부정은 표면적으로는 근대성에 대한 가장 급진적인 비판 같지만, 실질적으로는 일종의 ‘회피’에 불과하다. 근대성과의 정면대결을 외면한다는 점에서 그러하다. 탈근대 기획은 근대성에 눈 감은 채 탈근대라는 유토피아에서 홀로 자족하고 있을 뿐이다.

　반면에 근대극복의 기획은 온갖 시행착오 속에서도 근대성과의 정면

대결을 회피하지 않았다. 근대극복의 기획은 근대의 보존과 폐기, 즉 근대 내부로부터의 근대극복을 지향하는 기획이라 할 수 있다.[2] 달리 말하면 그것은 근대의 해방적 잠재력을 극대화함으로써 근대를 넘어서고자 하는 기획을 의미한다. 그런 만큼 근대극복의 기획은 탈근대 기획과는 달리 근대의 다면성과 중층성에 주목해 근대 내부에서 근대극복의 동력을 찾으려 한다. 근대극복의 기획은 한국의 근대 지성사에서 오랜 역사를 가지고 있지만, 아직까지 합당한 대접을 받지 못하고 있다. 탈근대 기획이 박래품(舶來品)인 데 비해 근대극복의 기획은 내발적(內發的) 고민의 산물이다. 한국적 근대의 특수성에 대한 진지한 사유에 바탕하고 있다는 점에서 그러하다. 따라서 탈근대 기획의 실패가 분명해지고 있는 지금이야말로 근대극복의 기획에 대한 새로운 조명이 시급하다는 것이 필자의 판단이다.

이 글은 탈근대 기획의 역사와 근대극복의 기획의 역사를 간략히 검토해보려 한다. 두 기획의 역사를 비교해보면 탈식민의 총체적 해결에 어느 기획이 좀더 바람직한 길인지가 분명해질 것이다.

2. 탈근대 기획 혹은 근대와 탈근대의 이분법

탈근대 기획의 역사적 뿌리는 코민테른 6차대회에서 정립된 볼세비키화론이다.[3] 볼세비키화 테제가 채택된 것은 5차대회였지만, 그것이

---

2) 김명인은 이를 탈근대 기획의 '탈주적 사유'와 대비하여 '내파적 실천'이라고 명명하고 있다. 그에 따르면, 민족문학사 서술 역시 그러한 '내파적 실천'의 일환이다. 김명인, 「문학사 서술은 불가능한가」, 『민족문학사연구』 43호, 소명출판, 2010, 16면.

완결된 프로그램으로 체계화된 것은 6차대회에서였다. 코민테른 6차대회는 근대극복을 공식적으로 천명한 대회였다.[4] 식민지·반(半)식민지에 대한 코민테른의 공식 노선은 부르주아 민주주의혁명론이었다. 그것은 근대성을 성취한 후에 근대극복으로 나아가자는 변혁론이었다. 말하자면 근대와 근대 이후를 단계를 밟아 이루어가자는 구상인 셈이다. 코민테른 6차대회 역시 표면적으로는 부르주아 민주주의혁명론을 따르고 있다. 하지만 6차대회는 이른바 '제3기론'을 근거로 근대극복을 꾀한다. 제3기론이란 한마디로 자본주의의 붕괴가 임박했다는 명제이다. 코민테른 6차대회는 자본주의를 세 개의 시기로 나누었다. 제1기가 러시아혁명에서 1923년까지로 자본주의의 위기 국면이었다면, 제2기는 1924년부터 1928년까지로 자본주의의 상대적 안정기를 가리킨다. "'제3기'란 자본주의의 위기가 재개되면서 서구의 경제적 난관이 심화되어 혁명의 기회가 새롭게 열리는 시기였다."[5] 볼세비키화론은 이를 근거로 부르주아 민주주의혁명과 프롤레타리아혁명 사이의 거리를 최소화시키려 했다. 자본주의의 붕괴가 임박했기 때문에 '전지구적 계급투쟁'을 통해 부르주아 민주주의혁명이 실질적으로는 프롤레타리아혁명과 같은 효과를 발휘할 것이라고 본 것이다. 「식민지·반식민지 국가의

---

3) 탈근대 기획의 기원을 따지자면 아나키즘까지 거슬러 올라갈 수 있지만, 한국 근대사에서 아나키즘은 확고한 프로그램과 대중적 파급력을 가진 사회운동으로 자리잡지 못했다.

4) 코민테른 6차대회에서 만들어진 코민테른 강령은 코민테른을 "자본주의제도를 매장할 혁명적 프롤레타리아의 역사적 필요성을 표현하는 것이며, 프롤레타리아독재와 공산주의를 강령으로 하고, 공공연하게 **프롤레타리아국제혁명의 조직자로서** 행동하는 유일한 국제세력"이라고 규정하고 있다. 편집부 편역, 『코민테른 자료선집 1』, 동녘, 1989, 83면.

5) 제프 일리, 『더 레프트 1848~2000 : 미완의 기획, 유럽 좌파의 역사』, 유강은 역, 뿌리와이파리, 2008, 461면.

혁명운동에 대하여」에서 쿠시넨은 이를 '비(非)자본주의적 발전의 길'이라고 명명했다.

물론 코민테른 6차대회는 알려진 것과는 달리 민족해방운동에 지대한 관심을 보였다.[6] 민족해방운동에 대한 코민테른의 적극적 지원은 탈식민 투쟁을 근대극복과 결합시키려는 의도에 따른 것이었다고 할 수 있다. 12월테제는 민족독립운동과 민족해방운동을 구별하면서 공산주의운동은 민족해방운동을 지향해야 한다고 주장했다.[7] 민족독립운동이 식민지 문제를 민족 대 민족 혹은 국가 대 국가의 문제로 협소하게 이해하는 입장이라면, 민족해방운동은 민족과 국가의 차원을 넘어 제국주의적 세계체제를 극복하려는 실천이다. 제국주의적 세계체제의 극복이 근대극복을 뜻하는 것임은 물론이다. 볼세비키론자인 안광천이 민족해방운동이 '반제국주의 투쟁'을 매개로 '프롤레타리아 세계혁명'과 연결된다고 주장한 것도 그래서이다.[8]

볼세비키화론은 코민테른 창립 이후 모호해진 근대극복이라는 마르크스적 문제의식을 되살리기 위한 시도였다고 할 수 있다. 통념과는 달리 볼세비키화는 코민테른에 의해 강요된 것만은 아니었다. 당시 국제 공산주의운동은 극심한 정체성의 위기에 처해 있었다. 사회민주주의, 급진적 자유주의, 좌익 민족주의, 아나키즘을 비롯한 다양한 좌파 이념들의 혼재 속에서 공산주의운동은 자신만의 독자적 이념과 노선을 정립하는 데 어려움을 겪고 있었다. 이러한 어려움을 극복하기 위해서는

---

6) 로버트 영, 『포스트식민주의 또는 트리컨티넨탈리즘』, 김택현 역, 박종철출판사, 2006, 308~311면.
7) 한대희 편역, 「12월테제」, 『식민지시대 사회운동』, 한울림, 1986, 210면.
8) 이에 대한 좀더 자세한 설명으로는 하정일, 「프로문학의 탈식민 기획과 근대극복론」, 『한국근대문학연구』, 2010 하반기, 435~438면 참조.

공산주의의운동의 독자적 정체성을 분명히 해야 한다고 많은 공산주의 운동가들이 생각했고, 볼세비키화 테제에는 그러한 요구가 일정하게 반영되었던 것이다. 그람시가 볼세비키화를 적극 지지한 것도 그런 연유에서였다. 그람시는 리용테제에서 "노동계급의 전위가 결집되어 있는 공산당을 볼세비키적 당으로 변형시키는 것은 현시기 공산주의 인터내셔널의 근본 과업"이라고 강조했다. 볼세비키화가 시급한 까닭은 당내에 만연해 있는 좌우 편향, 비관주의, 분파주의를 걸러내고 공산당을 '프롤레타리아 전위의 조직'으로 정립하기 위해서였다. 그러면서 그람시는 볼세비키 당의 진정한 목표는 프롤레타리아 독재가 되어야 한다고 단언했다.[9] 볼세비키화에 관한 그람시의 구상은 5차대회의 볼세비키화 테제나 6차대회의 코민테른 강령과 그대로 부합한다.

하지만 볼세비키화 노선은 파시즘의 창궐과 함께 실패로 끝났다. 실패의 가장 근본적인 이유는 근대성의 문제를 제3기라는 규정으로 간단히 폐기했기 때문이다. 말하자면 근대의 복합성과 다면성을 단순화시켰다는 것이다. 제3기론은 근대성을 자본주의 근대로 환원시켜버렸다. 사회민주주의를 파시즘과 동렬에 놓은 것이나 민족주의와 식민주의의 유착을 당연시한 것이 전형적인 사례일 터이다. 이는 볼세비키화론이 근대의 해방적 잠재력을 거의 인정하지 않았음을 의미한다. 볼세비키화론이 코민테른의 공식 노선인 부르주아 민주주의혁명론을 표면적으로는 수용하면서도 실질적으로는 부르주아 민주주의변혁의 과정을 생략한 채 곧장 프롤레타리아혁명으로 이행하려 한 것도 그 때문이라 할 수 있다. 그런 점에서 볼세비키화론은 근대극복이라기보다는 탈근대

---

9) 그람시의 볼세비키화론에 대해서는 A. 그람시, 「이탈리아의 상황과 PCI의 과제(리용테제)」, 『옥중수고 이전』, 김현우 · 장석준 역, 갈무리, 2001 참조.

기획에 가깝다. 근대성을 전면 부정하고 근대 이후로 비약하려 했다는 점에서 그러하다.

최근의 탈근대 기획을 대표하는 것이 네그리의 제국론이다. 제국론은 근대가 이미 종결되었다고 본다는 점에서 가장 급진적인 탈근대 기획이다. 네그리는 세계가 제국주의의 시대에서 제국의 시대로 바뀌었다고 말한다. 제국주의에서 제국으로의 변화는 본질적인 변화이다. 거기에는 근대에서 탈근대로의 변화가 함축되어 있기 때문이다. 제국이란 "근대 제국주의의 연약한 메아리가 아니라 근본적으로 새로운 지배 형식이다."[10] 네그리는 제국을 '전지구적 네트워크 권력'으로 정의한다. 제국주의가 국민국가를 바탕으로 하는 데 비해 제국은 지구 전체를 단위로 하는 새로운 세계체제이다.[11] 따라서 제국은 더 이상 근대체제가 아닌 셈이다.

제국이 제국주의와 본질적으로 다른 세계체제인 만큼 저항의 주체역시 더 이상 민중이 아니다. 네그리는 새로운 변혁의 주체로 다중을 제시한다. 다중은 비물질 노동의 부상에 따라 산업노동자의 비중이 약화되면서 출현한 새로운 주체이다. 민중이 국민국가 시대의 변혁 주체라면, 다중은 전지구적 네트워크 투쟁의 주체이다. 다중의 특징은 능동성, 복수성, 자율성, 유동성 같은 것들이다. 다중의 이러한 특징은 제국의 특징과 그대로 부합하며, 그런 점에서 다중만이 제국에 맞설 수 있는 주체가 된다. 네그리의 관점에서 보자면, 민중을 주체로 한 운동은 제국이라는 탈근대의 추세에 역행한다는 점에서 시대착오적이다. 따라

---

10) A. 네그리, 『제국』, 윤수종 역, 이학사, 2001, 204면.
11) 하정일, 「탈민족 담론과 새로운 본질주의」, 『탈식민의 미학』, 소명출판, 2008, 73~74면.

서 네그리는 "민중의 주권에 의존하지 않고 그 대신 다중의 삶정치적인 생산성에 기초를 둔"[12] 운동을 역설한다. 그것이 근대적 주권형식들이 더 이상 의미를 갖지 못하는 지구화 시대에 걸맞는 민주주의 투쟁의 모델이라는 것이다.

네그리의 제국론이 다른 탈근대 담론들과 갖는 결정적인 차이는 그것이 변혁론의 형식을 띠고 있는 점이라 할 수 있다. 이 점이 네그리의 제국론이 갖는 가장 큰 매력이라 할 수 있는데, 일반적으로 기존의 탈근대 담론들은 담론 정치의 차원을 벗어나지 못하고 있기 때문이다. 요컨대 세계를 어느 방향으로, 어떤 방법으로 바꿀 것인가에 대한 프로그램이 결여되어 있다는 것이다. 그에 비해 네그리의 제국론에는 기존의 탈근대 담론들에 결여되어 있는 실천성을 강화하려는 적극적 노력이 담겨 있다. 이 점이 한국의 좌파들 가운데 상당수가 네그리에게 경도된 까닭일 것이다. 말하자면 1980년대의 NL론이나 PD론을 대체할 새로운 변혁론으로 제국론이 수용된 것이다.

하지만 네그리의 제국론이 볼세비키화론과 얼마나 다른 것인지는 심히 의심스럽다. 이와 관련하여 가라타니 고진은 제국론에 대해 흥미로운 언급을 하고 있다. 가라타니는 네그리의 제국 대 다중의 대립구도가 마르크스의 자본주의 대 프롤레타리아의 대립구도와 유사하며, 나중 또한 프롤레타리아와 비슷한 개념이라고 지적한다.[13] 실제로 제국과 다중의 자리에 제국주의와 프롤레타리아를 집어넣으면, 제국론은 볼세비키화론과 똑같아진다. 가라타니는 마르크스와 네그리를 비교했지만, 사실은 볼세비키화론과 제국론이 동형 구조인 것이다. 네그리가 아우

---

12) A. 네그리, 『다중』, 조정환 외 역, 세종서적, 2008, 114면.
13) 가라타니 고진, 『세계공화국으로』, 조영일 역, 도서출판b, 2007, 217~218면.

또노미아라는 극좌파 그룹의 리더였고 『맑스를 넘어선 맑스』의 저자라는 사실을 떠올리면, 이러한 해석은 설득력이 있다. 해리 클리버는 『맑스를 넘어선 맑스』의 서설에서 네그리가 "'사회주의'를 기껏해야 자본주의의 발전된 형태에 불과한 것"으로 평가절하하면서 혁명을 "새로운 사회 즉 공산주의의 구성"으로 정의하고 있다고 설명한다.14) 이러한 『맑스를 넘어선 맑스』의 구상은 복잡한 중간과정 혹은 이행기를 생략하고 곧장 프롤레타리아혁명으로 비약하려 한 볼세비키화론과 상통한다. 그런 점에서 제국론은 볼세비키화론의 21세기 판 버전인 셈이다.

더구나 다중 개념은 또 다른 문제점을 내포하고 있다. 필자는 다중 개념의 모호성을 지적하면서, 능동성·복수성·자율성·유동성이라는 척도로 보면 "지식정보 사회의 새로운 엘리트로 불리는 이른바 보보스(bourgeois bohemians)가 얼핏 연상"된다고 말한 적이 있다.15) 그런데 마이클 러스틴이라는 학자도 비슷한 비판을 하고 있다. "실리콘 밸리에서 컴퓨터 사업을 시작한 22살짜리 졸업생"이나 "기근을 예방하기 위해 노력하는 NGO 일꾼"이나 똑같이 다중적인 정신의 소유자들이라는 것이다. 능동성·복수성·자율성·유동성을 공유하고 있기 때문이다.16) 네그리가 다중의 출현을 가능하게 해준 결정적 조건으로 내세운 '비물질 노동'이 『이코노미스트』나 『월스트리트저널』에서 이전부터 강조해왔던 것이라는 티모시 브레넌의 지적17) 또한 자본주의에 대한 다중의 모호성을 강력하게 시사한다. 자본주의의 지지자와 반대자가 모두 다중이

---

14) A. 네그리, 『맑스를 넘어선 맑스』, 윤수종 역, 새길, 1994, 35~37면.
15) 하정일, 「탈민족 담론과 새로운 본질주의」, 앞의 책, 77면.
16) 마이클 러스틴, 「제국 — 탈근대적 혁명이론」, 『제국이라는 유령』, 김정한·안중철 역, 이매진, 2007, 42면.
17) 티모시 브레넌, 「이탈리아 이데올로기」, 『제국이라는 유령』, 179~180면.

라면, 그들에게서 근대극복을 기대하는 것이 가능할까. 이는 모든 탈근대 담론에 해당하는 의문이기도 하다. 그렇다면 제국론은 볼세비키화론의 문제의식에서도 퇴행한 기획인 셈이다.

탈근대 기획은 근대와 탈근대를 이분법적으로 분리하고 근대 이후를 이상화하는 특징을 보여준다. 근대와 탈근대를 이분법적으로 분리하게 되면 일종의 선악 이분법이 개입하기 십상이다. 근대를 뛰어넘어 근대 이후로 도약하려는 조급증은 여기에서 비롯된 것이라 할 수 있거니와 이러한 조급증은 근대의 해방적 잠재력을 보지 못하게 만든다. 탈근대 기획이 대개 근대와 탈근대가 맺고 있는 복잡한 길항관계를 인정하지 않는 것도 그래서이다. 그런 점에서 탈근대 기획이 근대를 넘어서는 '현실적인' 프로그램이 되기 어려운 것은 근대의 복수성을 읽지 못하는 평면적 사고와 관련이 깊다고 할 수 있다.

한국에서도 현재 근대와 탈근대의 이분법이 붐을 이루고 있다. 최근에 각광받고 있는 문화연구 역시 예외가 아니다. 문화연구 분야에서 근대와 탈근대의 이분법은 문학과 문화의 이분법으로 나타난다. 가령 천정환은 2000년대를 '포스트-모던'의 시대로 규정[18]하면서 가라타니 고진의 '근대문학 종언'론에 동의를 표한다. 천정환에 따르면, 문학이 근대의 산물인 데 비해 탈근대를 대표하는 것은 문화이다. "문화는 탈근대의 시대에 이르러 그 자율적 매개성을 강하게 갖게 된 정치적 상부구조의 다른 이름이며, 삶과 소통의 양식들이다."[19] 대중문화가 한국문

---

18) 천정환은 '포스트-모던'을 '후기-근대'로 번역하기도 하지만, 2000년대를 인터넷과 세계화로 상징되는 '근본적 변화'가 일어난 시대로 진단하고 있다는 점에서 근대와 탈근대의 이분법과 대동소이한 시대인식을 보여준다.

19) 천정환, 「'문화론적 연구'의 현실 인식과 전망」, 상허학회 편, 『한국근대문학의 전환과 모색』, 깊은샘, 2007, 42면.

화의 주류가 된 것은 틀림없는 사실이다. 문학의 위상이 현격히 떨어진 것도 부인할 수 없는 사실이다. 하지만 이러한 현상이 한국사회가 탈근대의 시대에 접어들었기 때문이라는 진단은 피상적이다. 필자는 가라타니 고진의 '근대문학 종언'론을 비판하면서, 이러한 피상적 현실인식이 생산영역에 대한 무관심과 밀접하게 연관되어 있음을 지적한 바 있다.[20] 문화연구는 그 대신 소비영역을 특권화시키면서 '근대문학의 종언'과 '문화의 시대', 곧 근대와 탈근대의 이분법을 합리화한다. 소비영역의 특권화는 문화연구가 독자를 '실제 독자'로만 한정하고 있는 사실에서 극명하게 드러난다. '실제 독자'에만 집착하는 한 시장주의의 헤게모니를 벗어날 수 없는 법이다. 판매부수나 시청률 혹은 관객수가 모든 것을 결정하기 때문이다. '잠재 독자'에 주목할 때 비로소 시장이 은폐하고 있는 문화의 사회적이고 이데올로기적인 맥락을 해독할 수 있게 된다. 스튜어트 홀의 표현을 빌리면, 문화(Culture)가 아니라 문화들(cultures)을 분별할 수 있게 되고, 문화들 간의 '계급투쟁'이 시야에 들어오게 되는 것이다.[21] '잠재 독자'는 생산영역 혹은 사회적 생산관계와 결부된 개념이기 때문이다.

소비와 생산의 연관성에 주목하면, 다시 말해 소비를 재생산의 차원에서 맥락화하면, 문학과 문화의 이분법이 얼마나 허황된 것인지가 분명해진다. 요컨대 사회적 생산관계라는 거시적 맥락에서 보면, 문학과 문화는 자본주의 근대와 맞서 싸워야 하는 동일한 숙제를 안고 있는 것이다. 1990년대 이후 한국문학의 위기는 민족문학운동의 '제도화'와 함께 시장주의에의 포섭이 결정적인 역할을 했다. 대중문화 역시 문화

---

20) 이 책의 「학문의 식민성과 기원의 은폐」, 77~84면 참조.
21) 임영호 편역, 『스튜어트 홀의 문화이론』, 한나래, 1996, 147면.

산업의 급성장으로 시장주의에 심각하게 침윤된 상태이다. 1970대의 저항문화나 1980년대의 민중문화와 비교해보면 그 점은 어렵지 않게 확인된다. 따라서 2000년대 문학과 문화의 공통 과제는 시장주의에 맞서 반체제적/비체제적 급진성을 되살리는 일이라 할 수 있다. 단지 자본주의 근대와 맞서 싸우는 방식과 경로에 차이가 있을 뿐이다. 그러나 한국의 문화연구는 근대성의 엄연한 현실을 '죽은 개' 취급하며 가상현실 속에서 노닐고 있다. 문학과 문화, 근대와 탈근대라는 안이한 이분법을 탈피해 생산과 재생산의 영역으로 관점 이동22)을 하지 않는 한 한국의 문화연구는 욕망의 지배를 자연화하는 이데올로기적 담론23)의 수준을 벗어나지 못할 것이다.

3. 근대극복의 기획과 이중과제론

반면에 근대극복의 기획은 근대와 탈근대의 복잡한 길항관계에 주목해 근대를 넘어서는 경로를 찾으려 한다. 근대극복론의 역사도 유구하

---

22) 소비에서 생산과 재생산으로의 관점 이동이 문화연구에서 갖는 의의에 대해서는 존 스토리, 「서문 : 문화연구」, 『문화연구란 무엇인가?』, 백선기 역, 커뮤니케이션 북스, 2000, 39~43면 참조.

23) 전봉관은 문화연구를 '욕망의 고현학'이라고 명명하면서, 그것은 "인간의 행동을 궁극적으로 지배하는 것은 이데올로기가 아니라 욕망이라는 또 다른 이데올로기를 드러"내는 작업이라고 설명한다. 전봉관, 「욕망의 고현학」, 『민족문학사연구』 43호, 2010, 112면. 욕망이 인간의 삶을 조율하는 심급 가운데 하나인 것은 사실이다. 하지만 욕망을 인간의 행동을 지배하는 '궁극적 심급'으로 만들어준 것은 자본주의이다. 그런 점에서 '욕망의 지배'라는 현상은 자연적인 것이 아니라 역사적인 것이다. 문화연구가 욕망의 역사성을 보지 못하는 것은 소비영역에만 시각을 고정시키고 있기 때문이다.

다. 근대극복의 기획은 이중과제론으로 요약할 수 있다. 이중과제론은 마르크스에게서부터 단초가 나타나지만, 그것이 본격적으로 제기된 것은 코민테른 4차대회의 '이중의 임무'론에서였다. 이중의 임무론이란 "한편으로는 국가적·정치적 독립 획득을 지향하는 부르주아 민주주의 혁명의 임무들을 가장 철저하게 해결하기 위해 투쟁"하고 "다른 한편으로는 독자의 계급적 이익을 위한 투쟁으로 노동자·농민 대중을 조직"하는 기획을 가리킨다.[24] 요컨대 근대적 과제로서의 탈식민과 근대극복이라는 탈근대적 과제를 함께 수행하자는 것이다. 이중의 임무론은 탈식민이 근대극복의 초석이 된다는 판단에 기초하고 있다.

한국에서도 이중의 임무론이 임화에 의해 제안된 바 있다. 임화는 1934년 무렵부터 볼세비키화론을 자기비판하면서 조선문학의 당면과제가 프로문학이 아니라 민족문학의 건설이라고 주장했다. 그것은 '자본주의적 발전의 특이한 부자연성'과 '토착 부르주아의 미약성'으로 인해 부르주아문학이 민족문학을 건설할 능력을 상실했기 때문이다.[25] 그래서 프로문학이 부르주아문학에서 이월된 근대적 과제와 프로문학 고유의 근대극복이라는 과제를 함께 해결해야 하는 '이중의 중하(重荷)'를 짊어지게 된 것이다. 새로운 민족문학은 이 두 가지 과제를 한꺼번에 해결해야 할 문학이념을 가리킨다. 말하자면 근대성의 성취와 근대극복을 함께 추구하는 것이 새로운 민족문학이 할 일이라는 것이다.

일제말기에 임화는 이것을 이중과제론으로 정식화한다. 이 시기 임화의 가장 주된 고민은 이식성의 극복이었다. 주지하다시피 임화는 한

---

24) 편집부 편역, 『코민테른 자료선집 3』, 동녘, 1989, 264면.
25) 하정일, 「일제말기 임화의 문학비평과 이중과제론」, 『한국근대문학연구』, 2009 하반기, 311면.

국근대문학의 역사가 이식의 역사라고 본 이식문학사론자였다. 하지만 통념과는 달리 임화는 이식을 당연시하지도 않았고, 한국근대문학이 이식으로만 시종(始終)한 것으로 여기기도 않았다. 임화는 표면적으로는 이식으로 시종한 것 같지만 이면에서는 이식 해체가 동시에 진행되었다고 보았으며, 이식성을 극복할 때 참다운 민족문학의 건설이 가능하다고 생각했다. 그런 점에서 임화는 한국근대문학의 역사를 이식과 이식 해체의 변증법적 과정으로 이해했다고 할 수 있다.[26]

이식성의 극복을 고민하는 가운데 임화는 그것을 근대극복의 문제와 연결시켰다. 이식성의 극복은 근대극복과 연계될 때 비로소 완료될 수 있다고 생각했기 때문이다. 임화의 이중과제론은 서구 근대의 위기에 대한 각성에서부터 시작한다. 임화는 서구 근대의 위기가 "장구히 구하기 어려운 파국에 들어"[27]섰다고 판단했다. 따라서 이제 근대극복이라는 문제는 회피할 수 없는 현안이 되었다. 임화는 근대극복의 방안으로 두 가지를 제시하는데, 하나가 "전통과의 교섭—즉 이식문화의 주체화 과정 가운데서 근대문화가 자기의 한계를 초월할 계기를 발견"하는 길이라면 다른 하나는 "서구문화가 몰락의 한계를 초월하는 과정에서 전통이 이식문화를 주체화하는 계기가 발견"되는 길이다.[28] 전자가 이식문화의 주체화를 통한 근대극복의 길이라면 후자는 서구 근대의 자기극복의 길이다.[29] 임화는 그 중 전자에 주목한다. 특히 임화는 농촌문화의 민중적 전통에서 이식문화를 주체화할 원동력을 찾았다.

---

26) 임화의 이식문학사론에 대한 자세한 분석으로는 하정일, 「이식·근대·탈식민」, 『탈식민의 미학』 참조.
27) 임화, 「시민문화의 종언」, 하정일 편, 『임화문학예술전집 5』, 소명출판, 2009, 190면.
28) 임화, 「농촌과 문화」, 『임화문학예술전집 5』, 327면.
29) 하정일, 「일제말기 임화의 문학비평과 이중과제론」, 322면.

그렇다면 "전통과의 교섭－이식문화의 주체화"가 "근대문화가 자기의 한계를 초월할 계기"가 되는 것은 어째서일까. 그것은 이식문화의 주체화라는 근대적 과제와 근대문화의 한계 초월이라는 탈근대적 과제가 서로 연동되어 있기 때문이다. 두 가지 이유에서 그러하다. 첫째는 이식성의 폐기로 대표되는 식민지 근대성의 문제가 해결되지 않는 한 다음 단계인 '현대문화의 일반 과제를 푼다는 것', 곧 근대극복으로 나아가는 것이 불가능하기 때문이고, 둘째는 근대극복과 연계되지 않은 이식문화의 주체화는 근대문화의 한계를 반복적으로 재생산하기 때문이다.[30] 말하자면 근대성의 성취와 근대극복이 맺고 있는 본질적 연관성 때문에 두 과제를 함께 해결해야 하는 것이다. 그것이 이중과제인 소이(所以)가 여기에 있다.

하지만 식민지 시대의 이중과제론은 단계론이라는 문제점을 안고 있었다. 근대성을 성취한 연후에 근대극복으로 나아가자는 순서 개념이 거기에는 암암리에 깔려 있었다는 것이다. 이럴 경우 근대성이 성취될 때까지 근대극복이 한없이 지연되는 모순이 발생한다. 그것이 모순인 것은 근대성의 성취가 근대극복을 위해서인데, 정작 근대성의 성취에 발목 잡혀 근대극복을 실천할 수 없게 되기 때문이다. 그럴 수밖에 없는 것이 임화의 말마따나 근대극복과 연계되지 않은 근대 기획은 항상 "근대문화의 한계를 자기문화 가운데 배태"하기 마련이어서 근대성의 성취는 완결될 수 없게 되어 있다. 당연히 근대극복으로 나아가는 것도 불가능해진다. 말하자면 근대성의 미완결과 그에 따른 근대극복의 지연이 되풀이되는 것이다. 이것이 단계론의 치명적인 결함이다. 현실 사

---

30) 임화, 「농촌과 문화」, 326~327면.

회주의가 근대성의 성취에도, 근대극복에도 모두 실패한 채 붕괴되고
만 것도 이와 무관하지 않다고 할 수 있다.

　단계론의 한계를 극복한 이중과제론은 해방직후에 등장한다. 임화는
1947년에 발표한 「민족문학의 이념과 문학운동의 사상적 통일을 위하
여」에서 '현대의 민족문학'[31]이 근대성의 성취와 근대극복을 동시에 이
룰 수 있다고 주장한다.[32] 그것은 현대 민족문학이 갖는 두 가지 특징
때문이다. 하나는 현대 민족문학은 노동계급이 영도하는 민족에 바탕
한 문학이라는 사실이다. 현대 민족문학은 이 점에서 부르주아가 주도
하는 근대 민족문학과 근본적으로 구별된다. 그래서 근대성에 긴박된
근대 민족문학과 달리 현대 민족문학은 근대 이후를 향해 열려 있다.
다른 하나는 노동계급의 이념은 계급적 자각의 매개자가 아니라 '인민
적 자각의 매개자'여야 한다는 점이다. 계급적 자각의 매개자로만 남아
있는 한 노동계급은 스스로를 민족으로 정립하는 것이 불가능해지고,
그럴 때 노동계급의 이념은 근대성의 성취를 위한 기획이 될 수 없다
고 임화는 생각했다. 이는 이미 볼세비키화론에서 입증된 바 있다. 근
대성의 성취는 탈식민이라는, 근대적인 동시에 민족적인 과제와 직결
되어 있기 때문이다. 민족으로의 자기정립이 결정적인 의미를 갖는 것
은 그래서이다.[33]

---

31) '현대의 민족문학'이란 제3세계 혹은 비서구 주변부의 민족문학을 가리킨다.
32) 「민족문학의 이념과 문학운동의 사상적 통일을 위하여」의 이중과제론에 대한 자
　　세한 설명으로는 하정일, 「마르크스로의 귀환」, 임화문학연구회 편, 『임화문학연
　　구』, 소명출판, 2009 참조.
33) 프롤레타리아가 국민으로의 자기정립이라는 근대적 과제와 세계 프롤레타리아혁
　　명이라는 탈근대적 과제를 동시에 수행해야 한다는 주장은 마르크스의 『공산당
　　선언』에서 제기된 바 있다. 「민족문학의 이념과 문학운동의 사상적 통일을 위하
　　여」 역시 『공산당 선언』의 심대한 영향을 받아 쓰여진 것으로 보인다. 이에 대해
　　서는 하정일, 「마르크스로의 귀환」, 앞의 책, 158~166면 참조.

임화가 보여준 단초적 인식이 보다 체계화되는 것은 백낙청의 근대극복론에 와서이다. 백낙청 역시 근대극복에 관한 자신의 구상을 근대적응과 근대극복의 이중과제론으로 명명한다. 백낙청의 이중과제론의 가장 두드러진 특징은 그것이 분단체제의 극복을 통해 근대세계체제를 내파(內破)하려는 기획이라는 점이다. 백낙청의 근대극복론에서 핵심적인 개념이 분단체제이다. 분단체제란 자본주의 세계경제를 토대로 하고 국가간체제를 정치적 상부구조로 하는 근대세계체제의 하위체제이다. 그런데 그것을 굳이 '분단'체제라고 부르는 까닭은 그 체제가 한반도의 분단이라는 지정학적 특수성을 바탕으로 하고 있기 때문이다. 백낙청은 한국사회의 주요모순이 분단모순이라고 지속적으로 강조해왔다. 그 때문에 분단 환원론이니 민족주의적 편향이니 하는 비판을 여기저기서 받기도 했지만, 이러한 비판은 분단체제론의 참뜻과는 거리가 있다. 백낙청에 따르면, 분단모순은 한반도 민중과 분단체제 간의 모순을 의미한다. 이때 모순의 한 축인 분단체제는 자본주의 세계경제, 국가간체제, 남북분단이라는 세 단위의 구조가 응축된 복합적 구조이다. 따라서 분단모순은 복합모순의 성격을 갖는다. 그런 만큼 분단이 환원론적 심급이 될 수 없는 것이다. 백낙청이 항상 분단의 극복이 아니라 분단'체제'의 극복을 주장하는 것도 그래서이다. 요컨대 분단'체제'의 극복이라는 주장에는 복합모순을 총체적으로 극복하자는 함의가 담겨 있는 셈이다.

백낙청은 분단체제의 극복이 근대적응과 근대극복의 이중과제를 달성할 수 있는 방안이라고 단언한다. 그것은 분단체제의 극복이 민족통일이라는 근대적 과제와 근대세계체제의 내파라는 탈근대적 과제를 동시적으로 해결해주기 때문이다. 백낙청은 분단체제론의 실천노선이

'삼중의 운동'을 벌여나가자는 것이라고 말한다. '삼중의 운동'이란 "남한 민중이 일차적으로 분단체제의 질곡 속에서나마 가능한 남한사회의 민주화와 자주화에 주력하면서 이를 통일로 이어지도록 힘쓰고, 동시에 북한 민중과 더불어 아무런 통일이 아닌 분단체제의 극복을 실현하여 세계체제의 변혁에 한걸음 다가서도록 하며, 이 모든 과정과 그 너머로까지 세계 민중과 함께 근대세계체제에 대한 근본적 대안을 찾아가는" 운동을 뜻한다.[34] 말하자면 남한사회의 민주화와 자주화, 분단체제의 극복으로서의 통일, 근대세계체제의 극복이라는 세 가지 과제를 함께 이루어가자는 것인데, 이 세 과제를 하나로 묶어주는 매개 중심이 바로 복합체제로서의 분단체제이다. 백낙청이 분단체제에 주목하는 까닭은 "분단체제의 극복만이 현존 세계체제에 좀더 실질적인 타격을 줄 수 있"[35]기 때문이다. 그것은 분단체제에 자본주의 세계경제와 국가간체제, 즉 근대세계체제의 역학관계가 응축되어 있기 때문이다. 어떻게 그것이 가능한지에 대한 설명이 부족하긴 하지만, 중요한 것은 탈식민－분단체제의 극복－을 근대극복의 결정적 동력으로 생각하고 있다는 사실이다. 이 지점에서 백낙청의 근대극복론은 탈근대 기획과 결정적으로 갈라진다.

지성사적으로 보자면, 백낙청의 근대극복론은 임화의 근대극복론에 맞닿아 있다. 임화가 노동계급이 영도하는 민족, 곧 민중 주체의 민족을 통해 자본주의 근대를 극복하고자 했던 것처럼 백낙청 역시 민중을 주체로 한 분단체제의 극복을 통해 자본주의 근대를 내파하려 한다. 그

---

34) 백낙청, 「민족문학론·분단체제론·근대극복론」, 『흔들리는 분단체제』, 창작과비평사, 1998, 124면.
35) 백낙청, 「분단체제의 인식을 위하여」, 『분단체제 변혁의 공부길』, 창작과비평사, 1994, 33면.

런 점에서 백낙청의 이중과제론과 임화의 이중과제론은 상통하는 바가 적지 않다. 임화와 백낙청이 공히 민족문학을 근대문학의 이념으로 제시한 것도 마찬가지다. 이들에게 민족문학이란 이중과제론의 문학적 표상을 의미한다. 백낙청과 임화의 이중과제론은 한마디로 근대 내부로부터의 근대극복론으로 요약할 수 있다. 하지만 임화의 이중과제론이 민족국가를 중심으로 한 일국적 기획인 데 비해 백낙청의 이중과제론은 근대를 세계체제로 이해하는 전지구적 전망에 바탕해 있다. 이 점은 민족문학이 전지구적 자본주의에 의해 위협받고 있는 "세계문학 이념의 수호와 새로운 세계문학운동의 출현을 위해 끽긴한 요소"36)라는 언급에서도 확인된다. 민족문학을 일국적 기획이 아니라 세계문학이라는 전지구적 기획의 한 부분으로 규정하고 있다는 점에서 그러하다. 세계문학에 대한 이러한 구상은 서구중심주의적 의미에서의 세계문학에 대한 탈식민적 도전인 동시에 전지구적 자본주의에 대한 적극적 대응이기도 하다는 점에서 주목할 만하다. 민족문학 내부에서 민족문학 폐기론이 속출하고 있는 지금의 현실에서 민족문학운동이 전지구적 자본주의에 맞선 세계문학운동의 일환이라는 백낙청의 구상은 지구화 시대에도 민족문학이 왜 유효한 이념인지를 설득력 있게 해명해주기 때문이다.

안타까운 것은 2000년대 들어 이중과제론의 문제의식이 퇴조하고 있다는 사실이다. 이는 몇 년 전 작가회의가 명칭과 규약에서 '민족'을 폐기한 데서 극명하게 드러난 바 있지만,37) 백낙청에게서도 그러한 징후

---

36) 백낙청, 「지구시대의 민족문학」, 『창작과비평』, 1993. 가을, 94면.
37) 작가회의의 명칭 개정에 대한 필자의 견해에 대해서는 이 책의 「한국근대문학의 위기에 관한 몇 가지 단상」, 330~338면 참조.

가 감지되는 듯 해 우려스럽다. 백낙청의 경우 그것은 민중적 관점의 약화로 나타나고 있다. 분단체제론과 이중과제론에서 민중의 위상은 결정적이다. 분단모순—분단체제와 민중 간의 모순—을 구성하는 한쪽 항이 민중이거니와 따라서 분단체제를 극복할 주체 역시 민중이 된다. 분단체제를 매개 중심으로 근대적응과 근대극복이 연결되므로 이중과제를 해결할 주체 역시 민중이다. 특히 백낙청은 "계급운동론자들에 의해 흔히 전략상의 연합체로만 인식되는 '민중'이 실은 목하 형성 중인 전지구적 노동계급의 실체"[38]라고 재정의해 민중 개념을 보다 급진화시켰다. 민중이 노동계급과 별개의 집단이 아니라 그때그때마다의 사회적 관계의 총체 속에서 노동계급이 드러나는 구체적 모습이라는 백낙청의 재정의는 계급환원론적 경직성을 뛰어넘어 민중 내부의 계급들이 어째서 근대극복에 대해 동일한 이해관계를 갖는지를 온당하게 이해할 수 있는 길을 열어주었다.

하지만 이후 백낙청은 시민참여형 통일론이나 변혁적 중도주의에서 잘 나타나듯 민중보다는 시민이라는 용어를 즐겨 사용하고 있다. 백낙청은 시민을 '광의의 민중'으로 규정하면서 민중과 시민의 구별에 집착하는 것은 "유동적인 현실에 대한 단기적·피상적 파악에 지나지 않"[39]는다고 비판한다. 변혁적 중도주의란 바로 이 '광의의 민중'에 초점을 맞춘 운동노선을 가리킨다.[40] 마르크스가 말한 프롤레타리아화 테제의 관점에서 보자면, 시민을 '광의의 민중'으로 규정하는 것은 일리가 있다. 일반 시민들 역시 프롤레타리아화의 경향에 직면해 있기 때문이다.

---

38) 백낙청, 「2000년대 한국문학을 위한 단상」, 『창작과비평』, 2000. 봄, 228면.
39) 백낙청, 「'단상' 후기」, 『통일시대 한국문학의 보람』, 창비, 2006, 216면.
40) 백낙청, 「시민참여 통일과정은 안녕한가」, 『어디가 중도며 어째서 변혁인가』, 창비, 2009, 55면.

신자유주의가 만연한 오늘날 우리는 그러한 현상을 곳곳에서 목격하고 있다. 그러나 민중의 관점에서 시민을 포용하는 것과 시민의 관점에서 민중을 포용하는 것은 그 차이가 심중하다. 시민의 관점에서 민중을 포용하는 한 민중 주체성의 문제가 희석화될 수밖에 없기 때문이다. 실제로 배수아, 신경숙, 박민규 등에 대한 백낙청의 최근 평론들을 보면 민중적 관점의 약화가 확연하게 느껴진다. 민족문학에 대한 근자의 애매한 입장 역시 그와 무관하지 않아 보인다. 그런 점에서 근대극복의 기획, 곧 이중과제론이 재활성화되려면 무엇보다 전지구적 자본주의 시대에 걸맞는 민중적 관점을 직조해내는 일이 시급하다는 생각이다.

4. 이중과제론의 궁극적 교훈

탈근대 기획과 근대극복의 기획을 비교하면서 분명하게 확인된 것은 근대성에 대한 판단이 서로 판이하다는 점이다. 탈근대 기획이 근대성의 성취와 근대극복을 이분법적으로 분리한 채 근대 이후로 비약하려는 조급증을 보여주는 데 비해 근대극복의 기획은 이중과제론을 근거로 양자를 연동시키고 있다. 그것은 근대성이 종결된 문제인지 아니면 미완의 과제인지에 대한 판단이 서로 다른 것과 밀접히 관련되어 있다. 네그리의 제국론이나 최근의 문화연구는 현재를 근대성이 종결된 시대, 곧 탈근대라고 단정하고 있다. 근대성의 성취가 가치 있는 일인지 아닌지에 대한 평가 역시 상이하다. 근대극복의 기획이 근대의 해방적 잠재력을 적극 인정하는 데 반해 탈근대 기획은 그것을 거의 인정하지 않는다. 근대를 건너뛰어 탈근대로 비약하려는 조급증에는 근대의 해방적 잠재력에 대한 불신이 중요하게 작용하고 있다.

앞에서 언급했듯이 탈근대 기획은 실패했다고 보아도 무방하다. 자본주의 근대를 내파하기는커녕 손톱만한 생채기조차 내지 못했다는 점에서 그러하다. 그러한 실패가 근대에 대한 평면적 인식과 직결되어 있음은 물론이다. 특히 탈식민 문제에 있어서는 사태가 더욱 심각하다. 볼세비키화론은 탈식민 문제에 나름대로 깊은 관심을 가졌지만, '전지구적 계급투쟁'에서 승리하면 식민주의가 자동적으로 청산될 것으로 오판함으로써 결과적으로 탈식민 문제를 부차화시켰다.[41] 제국론은 한걸음 더 나아가 탈식민 운동을 근대적 주권 형식에 매달린 시대착오적 운동으로 매도한다. 그래서 네그리에게 민족해방은 한마디로 "독이 든 선물"[42]에 불과할 뿐이다. 문화연구로 오면 아예 탈식민이라는 항목 자체가 폐기된다. 자본과 시장에 의해 전세계가 균질화된 마당에 분단체제니 탈식민이니 하는 특수 의제가 웬말이냐는 투다. 식민주의에 대한 탈근대 기획의 무관심은 근대와 탈근대의 이분법이라는, 현실의 실상과 동떨어진 역사의식에서 비롯된 결과이다. 그런 점에서 탈근대 기획은 근대성에 대한 실사구시적 고구(考究)에서부터 다시 시작할 필요가 있다. 반면에 근대극복의 기획은 탈식민이 근대극복의 견인차라고 생각한다. 왜냐하면 탈식민은 근대를 내파할 해방적 잠재력을 내장하고

---

41) 이러한 오판이 낳은 대표적인 정책이 일국일당 원칙이다. 이 원칙에 따라 중국과 일본의 한인 공산주의 단체들은 해산되고 두 나라의 공산당 조직에 편입되었다. 일국일당 원칙은 '전지구적 계급투쟁'에서 승리하면 제국주의가 무너지게 되고, 그러면 자동적으로 피식민국도 없어지게 된다는 가정에 근거하고 있다. 그러니까 중국과 일본의 공산당 조직에 들어가 함께 계급투쟁에 매진하면 되는 것이다.
42) A. 네그리, 『제국』, 189면.

있기 때문이다. 임화가 이식성의 극복에 주목한 것이나 백낙청이 분단체제의 극복을 강조한 것도 바로 탈식민의 해방적 잠재력, 그러니까 탈식민이 근대성의 성취와 근대극복을 연결해주는 매개 고리라고 판단했기 때문이다. 전지구적 자본주의 시대가 국가를 통한 지배에서 시장을 통한 지배로 바뀐, 그리하여 여전히 불균등발전과 부등가교환과 국제노동분업의 법칙이 작동하고 있는 신식민 시대라는 점에서 탈식민을 이중과제론의 매개 중심으로 설정한 것은 적확한 통찰이라 할 수 있다.

한일병합 100년, 해방 65년이 되었음에도 식민주의의 극복이 여전히 미해결 상태인 것은 근대극복 없이는 탈식민이 불가능하다는 사실을 역설적으로 입증해준다. 임화의 말마따나 근대극복과 연계되지 않은 탈식민은 근대의 한계를 끊임없이 재생산할 뿐이기 때문이다. 식민주의가 근대를 구성하는 본질적 요소 가운데 하나라는 점에서 근대의 한계를 재생산한다는 것은 곧 식민주의를 재생산한다는 것이다. 하지만 탈식민을 위한 노력 없이는 근대극복을 기대할 수 없다는 사실을 자각하는 것 역시 중요하다. 우리는 이 점을 탈근대 기획의 역사를 통해 확인할 수 있었다. 탈근대 기획은 근대와 탈근대의 안이한 이분법에 근거해 자신의 입지를 근대 바깥에 위치시켰다. 하지만 근대극복이란 근대 바깥에서 부과되는 것이 아니라 근대 내부로부터 생성되는 것이다. 그래서 근대성의 성취와 근대극복은 분리 불가능한 것이다. 탈근대 기획의 실패는 그런 점에서 당연한 일이라 할 수 있다. 근대의 해방적 잠재력을 극대화함으로써 근대를 내파해야 한다는 것, 이것이 이중과제론이 우리에게 던져주는 궁극적 교훈이다.

1부

한국근대문학의 위기와 탈근대주의

탈근대 담론 : 해체 혹은 폐허

1. 탈근대 담론과의 '생산적 대화'

탈근대 담론이 한국의 지식계에 소개된 것은 꽤 오래되었지만, 그것이 학문적 실세로서 강력한 힘을 발휘하기 시작한 것은 1990년대 이후라 할 수 있다. 십여 년이 흐른 지금 탈근대 담론은 한국 지식계의 지배 담론이 되었다고 해도 과언이 아니다. 1970~80년대를 주도했던 민족·민중 담론은 90년대를 경과하면서 영향력을 급속히 잃어버렸다. 따지고 보면, 그 과정은 일종의 거품이 빠지는 과정이기도 했다. 당시에도 민족·민중 담론은 결코 지배 담론 혹은 주류 담론이 아니었다. 보수 세력에 의해, 그리고 스스로의 착각에 의해 그렇게 여겨졌을 뿐이다. 그런 점에서 거품 빼기는 민족·민중 담론의 자기갱신을 위해서도 필요한 일이었다. 엄밀히 말해 거품은 아직도 남아 있다. 2000년대 들어 민족·민중 담론이 끝났다고 말하곤 하지만, 김대중 정권과 노무현 정권을 이끌어온 이념은 민족·민중 담론이었다. 물론 그 민족·민중 담론은 신자유주의와 뒤섞이면서 우스운 꼴이 되어버렸지만, 어쨌든 정치적으로나 사회적으로나 민족·민중 담론은 확고한 지분을 차지한 것이 사실이다.

이러한 현상을 우리는 민족·민중 담론의 제도화라 부를 수 있을 것이다. 민족·민중 담론의 제도화는 이미 90년대부터 시작되었다. 그러면서 1970~80년대의 급진성을 잃어버리는 모습을 보여주기 시작했으니, 신자유주의와의 결합은 그 과정의 정점이라 할 수 있다. 1970~80년대의 민족·민중 담론이 갖고 있던 영향력은 반체제적 급진성에서 연유한 것이었는데, 제도화에 따른 반체제성의 상실은 민족·민중 담론에게 정치적 힘을 부여한 대신 이론적 영향력을 빼앗은 셈이다. 이 과정의 출발점에, 문학에 국한시키면, 노동해방문학과 주체문학이 놓여 있다는 것은 참으로 아이러니한 일이다. 당시 노동해방문학과 주체문학은 가장 급진적인 문학이념으로 여겨졌고, 많은 이들이 그 지나친 급진성 때문에 좌절했다고 말한다. 그러나 노동해방문학과 주체문학은 기실 소련과 북한의 '체제'문학에 불과했을 뿐이다. 요컨대 거기에는 처음부터 반체제적 급진성이란 존재하지 않았던 것이다. 당(파)성론과 수령론에서 극명하게 드러나듯 그것은 일종의 국가주의 프로젝트였다. 90년대 이후의 민족·민중 담론 또한 현실화 내지는 정책화를 명분으로 국가와 유착하는 경향을 보여주었고, 이러한 국가주의화 경향이 제도화의 실제 내용이었다고 할 수 있다. 말하자면 국가를 '변혁'한 것이 아니라 국가에 '포섭'된 것이다. 물론 변혁과 포섭의 비례관계는 보다 정밀한 고찰을 요구한다. 또한 변혁과 포섭의 상호 습합은 담론의 현실화 과정에서 불가피한 일이기도 하다. 그러나 '변혁'보다 '포섭'의 비율이 갈수록 높아지고 있는 것은 분명하다는 점에서 민족·민중 담론에서 반체제적 급진성이 탈각된 것은 부인하기 힘들다.

탈근대 담론의 대두가 갖는 진정한 의의는 여기에 있지 않은가 하는 것이 필자의 생각이다. 민족·민중 담론이 반체제적 급진성을 잃어가고 있는 국면에서 담론의 급진성을 복원하고자 하는 욕구가 탈근대 담론에는 일정하게 담겨 있었다는 것이다. 많은 맑스주의자들이 탈근대 담론을 수용하는 과정을 보더라도 그 점을 확인할 수 있다. 그들이 푸코, 데리다, 들뢰즈, 네그리를 받아들인 저변에는 사상적 전향을 넘어선, 반체제적 급진성의 회복이라는 문제의식이 놓여 있다. 탈근대론 모두가 그런 것은 아니지만, 탈근대 담론의 일정 부분에 그러한 문제의식이 담겨 있다는 것은 그 자체로 중요하다. 두 가지 점에서 그러한데, 하나는 그것이 민족·민중 담론의 자기갱신이 어떤 방향으로 이루어져야 할지를 환기한다는 것이고 다른 하나는 탈근대 담론이 비판받아야 할 이유도 거기에 있다는 것이다.

첫 번째 사항과 관련해서는 민족·민중 담론, 좁혀서 민족문학론의 자기갱신은 결국 반체제적 급진성을 회복하는 방향으로 이루어져야 한다는 것을 지적하지 않을 수 없다. 이는 민족문학론이 자본주의 근대를 극복하기 위한 기획으로 거듭나야 함을 의미한다. 노동해방문학이나 주체문학과 같은 국가주의 프로젝트는 그 대안이 될 수 없다. 이들처럼 국가에 '포섭'된 이념은 관료주의에 따른 또 다른 계급모순을 잉태할뿐더러 자본주의 근대를 온존시키는 국가간체제를 강화해주기 때문이다. 그러므로 국가의 '변혁'을 통해 제국주의적 국가간체제에 균열을 만들고 그럼으로써 자본주의 근대를 극복할 근거지들을 만들어가는 탈식민 문학, 곧 자본주의 근대의 내부에서 자본주의 근대와 맞서는 '진지전'적 문학이념으로 민족문학론을 갱신해 나가야 할 터이다.

두 번째 사항은 이 글의 주제에 해당한다. 과연 지금 한국근대문학 연구에 적용되고 있는 탈근대 담론이 반체제적 급진성을 내장하고 있는가. 나아가 탈근대 담론이 제시한 탈근대라는 대안이 대안적 근대성으로 요약할 수 있는 민족문학론을 대체할 만한 구상인가. 그리고 탈근대 담론의 주요 개념들이 한국근대문학의 반체제적·급진적 잠재력을 제대로 설명할 수 있는가. 이에 대한 필자의 판단은 회의적이다. 탈근대 담론이 한국근대문학을 조망하는 새로운 시각을 제공한 것은 인정해야 할 터이다. 무엇보다 탈근대 담론은 근대성에 대한 발본적 성찰을 촉구했다. 90년대 이래의 근대성 연구는 거기에 영향 받은 바 크다. 민족문학론이 본디 급진적 근대 기획임에도 불구하고 근대성 그 자체에 대한 자기의식은 부족했던 것이 사실이다. 탈근대 담론의 도전은 민족문학론으로 하여금 근대의 복합성과 양면성에 새롭게 주목하도록 강제했다. 그러나 그와 동시에 탈근대 담론은 여러 측면에서 한국근대문학을 왜곡하고 단순화했다. 한국근대문학의 풍부한 성취와 가능성을 외면한 채 한두 개의 코드로 한국근대문학을 '본질화'시켰다. 한국근대문학을 서구 근대의 확장 내지는 모방으로 과잉 일반화해 비(非)서구 (반)주변부, 곧 제3세계문학으로서의 한국근대문학이 지닌 차이와 특수성을 은폐했다. 민족·민중 담론을 전면 부정함으로써 한국근대문학이 제국주의와 자본주의에 맞서면서 이룬 반체제적 급진성을 평가절하했다.

필자는 탈근대 담론에 대해 이런저런 비판을 지속적으로 해왔다. 이는 탈근대 담론이 무가치해서가 아니라 반대로 풍부한 가능성을 함축하고 있다고 생각하기 때문이다. 사실 사회운동 쪽을 보면 민족·민중 담론과 탈근대 담론은 일정한 긴장 속에서도 다양한 연대와 협력을 벌

이고 있다. 민주주의라는 가치와 자본주의 근대의 극복이라는 문제의
식에서 양자가 겹치는 부분이 적지 않기 때문이다. 그에 비해 인문학,
특히 한국근대문학 분야에서는 양자가 평행선을 달리고 있는 모습을
보여준다. 이러한 대립은 자칫 진보 담론의 동반 몰락으로 이어질 위험
성을 안고 있다. 그런 점에서 민족문학론과 탈근대 담론 또한 '생산적
대화'가 필요하다. 다만 이때의 대화란 상호존중에 바탕한 비판적 대화
여야 할 것이다.

2. 주체의 해체와 저항

탈근대 담론의 가장 중요한 목표는 '주체의 해체'라고 생각된다. 탈
근대 담론은 근대성의 핵심에 '주체'의 문제가 놓여 있다고 본다. 그 주
체가 인간이든 남성이든 부르주아든 백인이든 근대의 주체 중심주의는
주체에 속하지 않는 타자들을 배제하고 억압해 왔다고 탈근대 담론은
비판한다. 근대의 계몽 기획이 주체를 세우고 확장하기 위한 노력이었
다는 점에서 탈근대 담론의 비판은 정곡을 찌르는 바 있다. 하지만 주
체 해체가 초래한 주체의 부재 상태는 '누가' 근대극복을 실천할 것인
가라는 상식적인 질문 앞에서 탈근대 담론을 곤혹스럽게 만든다. 근자
에 유행하고 있는 해체론적 후기식민론의 경우도 그러한 곤경에서 자
유롭지 못하다.

해체론적 후기식민론에 따르면, 식민주의의 헤게모니에서 벗어날 수
있는 주체는 존재하지 않는다. 알뛰세 식으로 말하면, 피식민 주체는

식민주의가 호명할 때 비로소 주체로 정립된다. 당연히 피식민 주체는 순응할 때뿐 아니라 저항할 때조차도 식민주의의 권역을 벗어날 수 없다.[1] 바바가 혼종을 탈식민 저항의 유일한 방안으로 생각한 것도 그와 관련이 깊다. 그러나 혼종에서 식민주의의 극복을 기대하기란 현실적으로 불가능하다. 혼종적 저항이란 '주체 없는 과정'이기 때문이다. 해체론적 후기식민론의 관점에서 보자면, '주체' 자체가 식민주의의 산물이다. 식민주의가 호명하기 전에는 주체란 존재하지 않았기 때문이다. 그때 존재한 것은 규정할 수 없는 타자이다. 식민주의가 호명하고서야 비로소 '민족'이라는 주체가 구성된다. 당연히 그 '민족'은 제국의 복사(複寫)가 된다. 제국의 복사인 '민족'의 저항이 식민주의의 메아리가 되는 것은 필연적이다. 해체론적 후기식민론이 제국과 민족을 공모 또는 거울관계로 비판하는 것은 그래서이다. 바바는 이러한 이론적 곤경을 해결하기 위해 혼종적 저항을 구상한다. 그러나 혼종적 저항은 식민주의의 양가성이 낳은 효과, 곧 '구조의 효과'이다.[2] 여기에 혼종적 저항의 원천적 한계가 담겨 있다. 왜냐하면 식민주의의 극복은 그것을 기획하고 실천할 주체 없이는 불가능한 일인데, 혼종은 주체가 결여된 효과라는 점에서 탈식민 주체의 형성에 의미 있는 기여를 하기 어렵기 때문이다. 이러한 문제점은 바바가 식민주의를 텍스트주의적으로 이해하는 것과 긴밀히 연관되어 있다. 여기서 텍스트주의라는 말은 바바가 식민주의를 구체적이고 경험적인 현실이라기보다는 일종의 담론으로 이해하고 있다는 의미이다. 당연히 양가성 또한 현실과 상호작용하면서

---

1) 이에 대한 좀더 자세한 비판으로는 하정일, 「한국 근대문학 연구와 탈식민」, 『탈식민의 미학』, 소명출판, 2008, 57~64면 참조.
2) H. 바바, 『문화의 위치』, 나병철 역, 소명출판, 2002, 223면.

유동하고 변이하는 역사적 운동이 아닌, 텍스트에 내재된 담론적 본질처럼 다루어진다.[3] 해체론적 후기식민론 계열의 연구들이 이태준과 이광수의 차이, 임화와 최재서의 차이를 제대로 읽어내지 못하곤 하는 것도 그 연장선상에 놓여 있다. 어째서 일제말기 이들의 글이 비슷하게 혼종적임에도 불구하고 그 실천적 효과는 판이한 것일까. 그것은 이들의 글에 함축되어 있는 혼종성의 비례관계, 곧 텍스트를 구성하는 상충하는 의미 요소들 간의 역관계가 다르기 때문이거니와 이 비례관계의 차이는 다름 아니라 주체의 차이가 만든 것이다. 주체의 문제에 사려 깊게 접근해야 하는 것은 그래서이다. 만약 주체를 지울 경우 이 차이를 설명하기 힘들어진다. 탈근대 담론이 종종 과잉 일반화의 오류에 빠지곤 하는 것도 이와 무관하지 않아 보인다. 주체와 맥락을 괄호 속에 묶어놓을 때 모든 담론은 오십보백보가 되기 십상이기 때문이다.[4]

최근의 한국근대문학 연구는 주체를 괄호 칠 때의 문제점을 고스란히 보여준다. 특히 일제말기의 한국문학에 대한 많은 연구들이 이 시기의 문학을 식민주의에 순응하거나 포섭된 것으로 단순화하는 경향을 극심하게 보여주는데, 이는 주체를 인정하지 않거나 식민주의에 호명된 존재로 보는 선입견과 무관하지 않다. 그러니 이광수와 이태준, 임화와 최재서가 똑같아 보이는 것이다. 그 결과 일제말기 한국문학에 대한 최근 연구들은 기이하게도 탈근대론자들이 극력 비난하는 민족주의자인 임종국의 친일문학론과 비슷한 결론을 내놓고 있다. 하지만 주체

---

3) 이에 대해서는 H. 바바, "Cultural Diversity and Cultural Differance", The Post-Colonial Studies; Reader, New York, 1999, pp.206~209 참조. 여기서 바바는 양가성이 문화 자체의 내적 속성이기 때문에 모든 문화는 동일성과 차이를 동시적으로 산출한다고 말한다. 그런 점에서 양가성은 모든 담론 또는 문화의 보편적 본질이 된다.

4) 이에 대한 좀더 자세한 비판으로는 하정일, 「탈식민의 역학」, 『탈식민의 미학』, 16~18면 참조.

와 맥락의 상호관계에 주목해 식민지시대의 한국문학을 조망하면, 최소한 세 유형의 탈식민 저항이 존재했음을 발견할 수 있다. 식민주의를 전면적으로 거부하면서 대안적 이념이나 세계상을 모색하는 대안적 저항, 식민주의 내부에서 양가성의 모순관계를 추궁하는 내적 저항, 식민주의의 자기 완결성에 균열을 일으켜 양가성을 구조화시키는 혼종적 저항이 그것이다.5) 이 세 유형의 탈식민 저항에서 우리는 한국근대문학의 저항적 전통이 대단히 복합적이고도 다층적이라는 사실을 확인할 수 있거니와 탈식민 저항에 주목하지 않고서는 한국근대문학이 이룬 풍성한 성취를 온전히 이해할 수 없는 것도 그래서라고 할 수 있다.

　탈근대 담론이 주체 문제를 풀기 위해 내놓은 대안적 주체는 소수자, 서발턴(subaltern), 다중(multitude) 같은 것들이다. 이들은 민족이나 민중이 빠지곤 하는 주체 중심주의에서 상대적으로 자유로운 주체들이다. 타자를 만들고 그들을 배제하거나 억압하지 않는다는 점에서 그러하다. 서로 이론적 맥락이 다르긴 하지만, 이들은 공통적으로 근대성의 외부에 존재하는 주체들이다. 다중은 탈근대적 주체임을 표방하고 있으니 말할 것도 없고, 소수자나 서발턴 역시 근대의 영원한 타자들이라는 점에서 근대성의 바깥으로 추방된 존재들이다. 그러나 다중은, 네그리의 주장과는 달리, 실존하지 않는 이념형적 가상이라는 점에서 이론적 개념이라기보다는 일종의 메타포에 가깝다. 실체성 자체가 모호한 다중이 대안적 주체가 되는 것은 현실적으로 거의 가능성이 없다.6) 그에 비해 소수자나 서발턴은 '타자 속의 타자'라는 의미에서 근대성의 맥락에 자

---

5) 탈식민 저항의 세 유형에 대한 좀더 자세한 설명으로는 앞의 글, 32~36면 참조.
6) 다중 개념에 대한 좀더 자세한 비판으로는 하정일, 「탈민족 담론과 새로운 본질주의」, 『탈식민의 미학』, 73~77면 참조.

리잡고 있다. 민족·민중 담론과 탈근대 담론이 이들을 매개로 연대하고 협력할 수 있는 것도 그런 연유에서이다. 특히 소수자나 서발턴은 민족과 민중이 주체 중심주의로 흐르는 것을 견제해준다. 이들은 민족과 민중 내부에도 타자가 존재함을 성찰하도록 해주기 때문이다. 그런 점에서 민족문학은 소수자나 서발턴에 진지한 관심을 기울여야 할 것이다. 그러한 관심은 민족문학이 대안적 근대성을 넘어 근대극복의 이념으로 자기갱신하는 데 소중한 디딤돌이 될 것이다. 하지만 이들이 민족이나 민중을 대신한 대안적 주체가 될 수 있을지는 의심스럽다. 소수자는 계급적·민족(인종)적·성적으로 분절되어 있는 이질적 집단이라는 점에서 자본주의 근대와 소수자의 관계는 그야말로 혼종적이다. 그런 만큼 자본주의 근대에 맞선 집합적 주체로의 결사를 이루어내기가 민족이나 민중보다 훨씬 어려울뿐더러 대항 헤게모니나 대안적 이념을 창출할 가능성도 그다지 많아 보이지 않는다. 서발턴은 자기규정적 주체가 아니라는 점에서 주체 형성의 잠재력이 더욱 적다. 스피박이 말한 의미에서의 서발턴은 스스로를 재현할 수도 다른 누군가에 의해 재현될 수도 없다. 그렇게 되는 순간 그들은 더 이상 서발턴이 아닌 것이다. 그 결과 주체 중심주의의 덫에서는 빠져나올지 모르겠으나 저항 주체로서의 잠재력은 상실된다.

이들이 근대극복의 주체로 재정립되려면 민족·민중과 결합되어야 한다. 그럴 때 소수자나 서발턴이 자본주의 근대에 맞선 자기 정체성을 실천적으로 구성할 수 있기 때문이다. 문제는 소수자나 서발턴이 민족·민중과 결합할 때 탈근대 담론이 해체하고자 했던 대문자 주체를 다시금 불러들이는 꼴이 될 수 있다는 점일 터이다. 이 문제는 민족과 민중 또한 단일한 정체성으로 환원되지 않는다는 사실의 인식을 통해서 해결할 수 있을 것이다. 민족과 민중도 내적으로 다양한 정체성들로 분절되어 있는 이질적 집합체이다. 다만 내적 이질성에도 불구하고 그들이 결사와 연대를 이룰 수 있는 것은 제국주의와 자본의 타자라는 역사적 공통성 때문이다. 그렇게 보면, 탈근대 담론이 민족과 민중에 극도의 부정적 태도를 표명하는 것은 일종의 과민반응이라 할 수 있다. 민족·민중이 원천적으로 대문자 주체인 것은 아니기 때문이다. 오히려 탈근대 담론이 민족·민중을 대문자 주체로 인식하는 것 자체가 민족과 민중의 유동적이고 복합적인 정체성을 읽지 못한 본질주의적 단순화라고도 할 수 있다. 주체 해체의 적극적 의미는 대문자 역사를 해체하고 소문자 역사'들'을 복권시키고자 하는 데 있다. 따지고 보면, 민족·민중 담론이야말로 서구 중심적이고 자본 중심적인 대문자 역사를 해체하고 세계사적 근대를 다양한 근대'들'의 역사로 재구성하고자 한 기획이었다. 그 과정에서 민족과 민중을 특권화하고 타자를 배제하는 주체 중심주의에 빠지기도 했지만, 민족·민중 담론 전체가 그랬던 것도 아닐뿐더러 90년대를 거치면서 소수자나 서발턴과 같은 타자들까지 포괄하려는 자기갱신의 노력을 계속해왔다. 반면에 탈근대 담론은 주체의 해체에 몰두한 나머지 중심주의의 극복이라는 원래의 문제의식을 잊어버리고 해체 자체가 목적이 된 듯한 문제점을 노정하고 있다. 해체의 끝은 폐허일 뿐이다. 해체가 폐허로 종결되지 않으려면 탈근대 담론은 새로운 주체의 구성에 능동적으로 나서야 한다. 특히 탈근대 담론이 반체제적 급진성을 잃지 않으려면 자본주의와 제국주의에 맞설 주체를 고민해야 한다. 소수자나 서발턴의 문제가 중요하지 않다는 것이 아니다. 이들만으로는 자본주의와 제국주의를 극복하기에 역부족이라는 뜻이다. 그런 점에서 소수자와 서발턴을 포괄하되 보다 집합적이고 실천적인 연대가 필요하다. 하지만 민족과 민중에 대한 재인식이 선행되지 않는 한 탈근대 담론에서 이를 기대하기는 현재로서는 어려워 보인다.

2. 풍속과 대중

2000년대 들어 풍속론적 문학연구는 한국근대문학 연구의 새로운 분야로 각광받고 있다. 소장 학자들을 중심으로 미시사나 일상사 혹은 대중문화에 대한 재조명이 적극적으로 이루어지고 있는 현상에 대해 필자는 두 가지 이유를 지적한 바 있다. 하나는 문학이 과거와 같은 권위를 잃어버림에 따라 문학을 문학 자체의 틀이 아니라 문화나 풍속과 같은 좀더 넓은 시야 속에서 새롭게 이해해야 할 필요가 생겼다는 점이며, 다른 하나는 문학 중심주의의 폐단을 극복하기 위해서라는 점이다. 문학 중심주의는 문학과 비(非)문학을 단절시켰고, 그 결과 이른바 '문학적인 것'에 대한 배타적 연구가 횡행했으며, 이러한 배타성은 다시 문학의 고립화를 조장해왔다.[7] 기실 문학의 위상 변화와는 별개로 문학 중심주의는 많은 폐단을 낳았던 것이 사실이다. 무엇보다 문학 중심주의는 문학을 특권화함으로써 문학의 사회적 연관을 희석시켰다. 문학의 참된 자율성이란 문학과 사회를 분리시킴으로써 얻어지는 것이 아니라 사회의 한 주체로서 현실에 능동적으로 개입할 때 실현되는 것이다. 그런 점에서 문학의 특수성이란 것도 사회의 다양한 심급들이 갖고 있는 각각의 특수성 그 이상도 이하도 아니다. 문학 중심주의는 문

---

7) 하정일, 「'개인'의 이데올로기를 넘어서」, 『탈식민의 미학』, 147~148면.

학의 특수성을 '그 이상'의 것인 양 오도해왔다. 가령 미적 저항만을 자본과 시장에 대한 진정한 저항으로 치켜세우는 논리가 그 대표적인 예라 할 수 있을 것이다. 미적 저항에 대한 과대평가는 문학과 비문학 사이에 얼토당토않은 서열관계를 만들어내기도 했지만, 그것은 문학의 위기라는 부메랑이 되어 돌아왔다. 그런 점에서 풍속론적 문학연구는 문학과 비문학 혹은 문학과 사회 사이의 분리를 메워줄 새로운 시도로 많은 이들에게 받아들여졌다.

하지만 최근의 풍속론적 문학연구는 이러한 기대에 부응하고 있다고 말하기 어렵다. 지금의 풍속론적 문학연구는 문학 중심주의의 역편향으로 치닫고 있는 실망스러운 모습을 보여준다. 풍속론적 문학연구의 문제점은 문학 작품을 한갓 풍속 자료로 취급함에 따라 문학의 특수성이 풍속사적 일반성, 즉 지배 문화 속에 흡수되고 만다는 데 있다. 이렇게 될 때의 가장 심각한 결과는 '차이'가 지워진다는 것이다. 이를테면 이기영·이태준·현경준·안수길 등의 만주 인식에 함축된 차이가 '만주 로맨티시즘'이라는 풍속 혹은 지배 문화에 묻혀 소실되어 버린다. 그러나 이들의 차이는 풍속사적 일반성으로 균질화할 수 없는 식민주의의 균열상을 드러내 보여준다는 점에서 '미세하지만 중요한 차이'이다. 이 차이를 통해 식민주의의 자기완결적인 동시에 비(非)자속적인 양가성, 곧 지배 문화의 헤게모니가 결코 봉합할 수 없는 모순을 확인할 수 있기 때문이다. 문학이 풍속의 자료로 화하는 순간 이러한 양가성과 모순을 볼 수 없게 된다.

풍속사 연구가 빠질 수 있는 가장 위험한 함정이 균질화이다. 풍속이란 김남천의 말마따나 제도에 대한 개인들의 습득 감각을 가리킨다. 다시 말해 풍속이란 제도나 구조가 개인 차원에서 혈육화된 상태를 뜻한다. 그런 점에서 풍속은 '개체화된 구조'이다. 하지만 풍속의 주체인 개인은 철저히 대중으로서의 개인이다. 대중으로서의 개인이란 평균화된 개인, 익명화된 개인이다. 그런데 이때의 평균화된 개인이 사적 개인이라는 점에 주목해야 한다. 사적 개인만이 대중으로 전화(轉化)될 수 있다.8) 사회적 개인, 그러니까 계급적 개인이나 민족적 개인 또는 성적 개인은 결코 대중으로 균질화되지 못한다. 이들은 계급적·민족적·성적 적대(敵對)로 인해 날카롭게 분할되어 있기 때문이다. 반면에 사적 개인은 적대가 지워져 있거나 은폐되어 있다.(가령 사적 개인들은 시장에서는 그들의 계급적·민족적·성적 차이와 관계없이 똑같은 '소비자'이다.) 적대가 없을 때 통합될 수 있는 법. 그래서 사회적 개인들이 적대가 지워진 사적 개인들로 해소되면서 그들의 집합체로서의 대중이 성립되는 것이다. 풍속 역시 마찬가지다. 개개인이 가진 차이나 개성이 균질화될 때 풍속의 형성이 가능해진다. 평균화되고 익명화된 사적 개인들의 집합인 대중이 풍속의 주체가 되는 것은 그런 연유에서이다.

물론 제대로 된 풍속사 연구는 풍속 혹은 대중의 이면에 감추어져 있는 균열과 차이를 드러내고 그것이 자본주의 근대와 맺고 있는 복합적 관계를 보여준다. 하지만 근래 우리 한국근대문학 학계에서 제출되고 있는 풍속사 연구는 그러한 자의식이 심히 부족한 듯하다. 연애나 성 풍속, 대중문화, 금광 열풍, 취미 오락 등에 대한 논저들이 쏟아져 나오고 있지만, 이 연구들은 그것을 자본주의화 과정의 자연스러운 산물로 설명하는 데 그친다. 반면에 그 풍속들이 어떻게 계급적으로 혹은 민족적으로 분절/위계화되어 있고, 어떻게 균질화된 대중을 창출하며,

---

8) 하정일, 앞의 글, 149~150면.

식민지 자본주의가 대중사회를 관리하고 자신의 모순을 은폐하는 데 어떤 방식으로 기여하고, 나아가 대중들이 풍속을 통해 어떻게 식민지 자본주의에 포섭되거나 맞서는지 등등에 관해서는 별다른 관심을 보여주지 않는다. 풍속사 연구가 대중용 '고급' 읽을거리로 끝나지 않으려면, 이 문제들에 대한 규명은 필수적이다. 그럴 때 근대의 해체와 급진적 비판이라는 탈근대 담론 본래의 목적을 달성할 수 있기 때문이다. 그러나 대부분의 풍속사 분야 저작들은 그렇지 못하다. 이는 풍속사 연구가 현재 '고급' 상업문화의 일부가 되었음을, 즉 시장의 시스템에 자발적으로 편입했음을 의미하는 심각한 징후이다.

그런 점에서 풍속론적 문학연구는 무엇보다 문제적 개인이라는 프리즘을 통해 모든 것을 양적인 평균성으로 균질화시키는 대중사회의 위력에 균열을 일으키고 풍속 내부에 잠복해 있는 '미세하지만 중요한' 차이를 포착해내는 문학의 특수성에 주목하는 노력을 기울일 필요가 있다. 그런데 풍속 내부의 이러한 차이는 대중 내부의 차이와 상호 조응하고 있다는 데 주목해야 한다. 앞에서 언급했듯이 대중은 '소비'의 차원에서는 획일화된 집단이지만, '생산'의 차원에서는 계급적으로 민족적으로 성적으로 날카롭게 분할되어 있다. 말하자면 대중은 동일성과 차이라는 이중성을 내포한 존재인 셈이다. 물론 대중의 이중성은 지배 이데올로기에 의해 소비 쪽만이 과잉 노출되고 생산 쪽은 은폐되는 비대칭적 이중성이다. 그래서 풍속과 대중의 표면에 주목할 경우 지배문화에 포섭된 획일성만을 발견하게 되는 것이다. 최근의 풍속론적 문학연구를 포함한 풍속사 연구에서 발견되는 획일주의는 바로 대중에 대한 이러한 일면적 인식과 깊이 관련되어 있다. 요컨대 '생산관계 속의 대중'을 보지 않고 있는 것이다. 대중을 생산관계의 맥락에서 바라볼 때 대중의 이중성을 통찰하고 대중 내부의 차이를 분별하는 것이 가능해진다. 풍속론적 문학연구에서 문학에 방점이 찍혀야 하는 참된 이유도 여기에 있다고 할 수 있다. 문제적 개인의 영역인 문학이 주목하는 것이 바로 대중의 이중성과 차이, 그리고 그와 깊이 연동된 풍속 내부의 차이―예컨대 만주 로맨티시즘 내부의 차이―이기 때문이다. 그렇게 보면, 향후 풍속론적 문학연구의 향방은 문학의 '문학됨'을 어떻게 살려내느냐에 달려 있다고 해도 과언이 아닐 것이다.

　대중 내부의 차이에 주목한 탈근대 담론이 없는 것은 아니다. 가령 천정환의 『근대의 책읽기』가 대표적인 경우라 할 수 있다. 이 저서는 대중을 전통적 독자층, 근대적 대중 독자, 엘리트적 독자층으로 나누어 세 독자층의 길항관계 속에서 한국근대문학의 형성과정을 규명한다. 독자 '대중' 내부의 차이에 대한 강조는 한국근대문학의 형성과정을 '순문예' 중심으로 단선적으로 설명해온 기존의 연구 관행에 대한 의미 있는 도전이다. 그러나 천정환의 연구 역시 소비자로서의 대중에만 초점을 맞추고 있기는 마찬가지다. 이로 말미암은 가장 큰 문제점은 독자를 실제 독자로 한정하게 된다는 점이다. 말하자면 잠재 독자에 대한 배려가 부족하다는 것인데, 그에 따라 『근대의 책읽기』는 대안적 주체의 문제를 다루지 못하는 한계를 보여준다. 대안적 주체는 가능성의 영역에 속한다는 점에서 잠재 독자와 밀접히 연루되어 있기 때문이다. 잠재 독자는 생산관계 속의 대중을 문제 삼을 때 포착된다. 이른바 '민중'이 그러하다. 민중은 실제 독자―소비자로서의 대중―라는 측면에서는 전통적 독자층이나 근대적 대중 독자에 속하지만, 잠재 독자의 측면에서 보면 천정환이 말하는 '순문예'의 주요 동력 가운데 하나이다. '순문예'의 분화, 특히 부르주아 문학과 프롤레타리아 문학으로의 분화에 결정적인 계기가 된 것이 바로 잠재 독자로서의 민중이었기 때문이다. 소비자로서의 대중에만 초점을 맞추는 한 이 문제를 설명하기 어렵다.

이와 관련하여 음독(音讀)과 묵독(默讀)을 다룬 장은 아쉽다. 천정환은 "'고독한 묵독'은 돌이킬 수 없는 추세였고 역사발전의 정방향이었다."[9]고 단언하면서 마치 음독의 전통이 근대문학의 형성과 함께 끝난 것처럼 간주한다. 그러나 음독 혹은 구술적 전통은 '순문예'의 역사에서 당당한 한 축을 차지해왔다. 민요시라든가 이야기시가 그것이며, 소설에서도 『임꺽정』이나 『고향』 같은 작품에서 구술적 전통을 확인하기란 그리 어렵지 않다. 해방 이후에도 이야기시의 전통은 신동엽이나 신경림 등에게 이어져왔고, 『장길산』 같은 소설에도 구술적 전통은 깊이 각인되어 있다. 이러한 구술적 전통은 잠재 독자로서의 민중과의 소통을 위한 것이라 할 수 있다. 프롤레타리아 문학이나 민족문학이 구술적 전통을 적극 활용하고 있는 데서 그 점을 확인할 수 있다. 생산관계 속의 대중 혹은 생산자로서의 대중에 관심을 기울여야 하는 까닭이 여기에 있다. 생산자로서의 대중이 곧 민중이기 때문이다. 천정환의 연구에는 이에 대한 관심이 부족하다. 그것이 '순문예' 내부의 차이라든가 잠재 독자의 의의를 보다 깊이 있게 규명하지 못한 중요한 이유라는 것이 필자의 생각이다. 『근대의 책읽기』는 소비자로서의 대중 내부의 차이를 파헤치고 있다. 그 점에서 이 연구는 기존의 출속사 연구나 문화연구보다 한 걸음 나아가 있다. 그러나 대중을 소비자라는 측면에서만 바라보고 있는 점에서는 기존 연구들과 대동소이하다. 풍속이나 문화는 계급투쟁, 좀더 포괄적으로 말하자면 헤게모니 투쟁의 장이다.[10] 이 헤

---

9) 천정환, 『근대의 책읽기』, 푸른역사, 2006, 120면.
10) 이에 대한 좀더 자세한 설명으로는 스튜어트 홀 외, 「하위문화, 문화, 그리고 계

게모니투쟁은 소비의 영역과도 관계가 적지 않지만, 근원적으로는 생산의 영역에서 비롯된다. 『근대의 책읽기』는 헤게모니투쟁을 다루지만, 그것은 시장에서의 헤게모니투쟁에 한정되어 있다. 소비자로서의 대중에만 주목하고 있기 때문이다. 그래서 한국근대문학의 형성과 분화과정이 자본주의화 과정과 그대로 일치하게 되는 것이다. 물론 한국근대문학의 비(非)자본주의적 부분은 소수이고 비주류이다. 그러나 이 소수와 비주류를 배제하고는 한국근대문학의 '특수성'을 설명할 수 없다. 이들을 제외한 한국근대문학이란 서구 근대의 반복일 뿐이기 때문이다. 특수성을 통과하지 않는 근대극복은 관념에 불과하다.

3. 본질주의와 단수(單數)의 근대

근대성을 파시즘과 연결시켜 해석하는 작업들이 역사학, 사회과학, 문학연구 등에서 심심치 않게 이루어지고 있다. 파시즘을 근대성으로부터의 일탈로 볼 것인가 아니면 근대성의 한 속성으로 이해할 것인가는 오랜 논쟁의 역사를 갖고 있다. 필자 역시 최근의 파시즘 연구가 보여주는 주된 입장, 곧 파시즘을 근대성의 한 속성 혹은 근대의 한 측면으로 설명하는 논리에 동의하는 편이다. 하지만 최근의 파시즘 연구는

급」, 『문화, 일상, 대중』, 박명진 외 편역, 한나래, 1996, 216~225면 참조. 특히 스튜어트 홀은 "문화에 관한 정의는 복수(cultures)이지 단수(Culture)가 아니라고" 강조하면서 "문화들 간에는 투쟁, 긴장, 갈등이 필연적이며 문화들은 계급 문화, 계급 형성 및 계급 투쟁 – '하나의 생활 방식'의 진화라기보다 '여러 생활 방식들' 사이의 투쟁 – 에 연결되어 있다"고 주장한다. 그러면서 이 점을 규명한 선구적 업적으로 E. P. 톰슨의 『영국 노동계급의 형성』을 든다. 스튜어트 홀, 『스튜어트 홀의 문화 이론』, 임영호 편역, 한나래, 1996, 147면.

여기서 한걸음 더 나아가 근대성과 파시즘을 동일시하는 면모까지 보여준다. 이런 식의 발상은 파시즘 연구에만 국한된 것이 아니다. 요즈음의 연구에서 근대성=식민주의, 근대성=남성 중심주의, 근대성=서구 중심주의, 근대성=주체 중심주의 같은 주장들을 발견하기란 그리 어렵지 않은 일이다. 탈근대가 유일한 대안으로 제기되곤 하는 것도 그래서일 터이다. 근대성이 이처럼 총체적 '악'이라면 탈근대 말고는 다른 대안이 존재할 수 없기 때문이다. 필자는 이러한 근대관을 '단수의 근대'라고 명명하면서, '단수의 근대'가 근대의 복합성을 단순화함으로써 근대가 보여준 역동성과 해방적 가능성을 보지 못하게 만드는 이데올로기적 기능을 수행하고 있음을 비판한 바 있다.11)

특히 파시즘 연구가 갖는 위험성은 그것이 민족문학의 가치와 가능성을 전면 부정하는 데까지 이르렀다는 사실에 있다. 이 계열의 연구들은 민족 이야기를 배제와 억압의 내러티브로 읽는 경향을 강하게 보여준다.12) 이 민족 이야기에는 저항적 민족주의를 비롯한 모든 민족 담론이 포괄된다. 신형기에 따르면, "민족사 쓰기는 결국 자기 중심적으로 선별되고 꾸며진 역사"이다. 당연히 민족 이야기는 대중을 억압하고 동원하는 파시즘적 기제가 된다.13) 이 계열의 연구들은 민족 혹은 민중 담론에 내재해 있는 선별/배제/동원/억압의 논리에 주목한다. 이러한 문석이 전적으로 틀린 것은 아니다. 민족·민중 담론이 무언가를 배제하거나 동원하는 서사인 것은 부인하기 힘들기 때문이다. 따라서 민족문학은 이러한 비판도 겸허하게 경청할 필요가 있다. 문제는 이러한 주장

---

11) 이에 대한 좀더 자세한 논의로는 하정일, 「복수(複數)의 근대와 민족문학」, 『탈식민의 미학』, 92~100면 참조.
12) 하정일, 「탈민족 담론과 새로운 본질주의」, 『탈식민의 미학』, 85~90면 참조.
13) 신형기, 「민족 이야기를 넘어서」, 『당대비평』, 2000년 겨울, 181~185면.

들이 보여주는 본질주의적 단순화이다. 파시즘론이나 민족주의 비판론들은 대개 민족문학 또는 한국근대문학을 하나의 본질로 환원시킨 다음 그것을 다시 전체로 일반화하는 담론 전략을 보여준다. 가령 이런 식이다. ①한국근대문학의 이런저런 작품들에서 타자를 배제하고 동원하는 특징이 나타난다. ②그것은 한국근대문학이 원래부터 그러한 속성을 지니고 있었기 때문이다. ③그러므로 모든 한국근대문학은 그러한 속성을 보여준다.

①은 그 자체로는 틀리지 않은 진술이다. 한국근대문학의 역사에는 그런 작품들이 산재해 있기 때문이다. 다만 그때의 해석이 주체와 맥락을 고려하지 않는 텍스트주의적 독법에 의거해 이루어지는 바람에 종종 작품에 대한 자의적 해석이나 오독에 빠지곤 한다는 사실은 지적하고 넘어가야겠다. 필자는 현실까지도 상호텍스트성으로 환원시키는 텍스트주의적 독법 대신에 주체와 맥락에 주목하는 수행적 독법을 대안으로 제시한 바 있다. 그럴 때 이태준이나 신동엽 혹은 김정한이나 최정희에 대한 오독과 자의적 해석에서 벗어날 수 있기 때문이다. 텍스트주의에는 주체와 맥락이 빠져 있다. 주체는 구조의 효과이거나 담론의 등가물이며, 맥락은 유물론적 의미의 독자성과 경험적 기반을 상실한 채 텍스트의 하나로 흡수된다. 따라서 텍스트주의적 독법은 텍스트를 매개로 벌어지는 주체와 맥락의 상호작용을 읽을 수 없다. 바흐찐에 따르면, "의미는 본질적으로 아무것도 의미하지 않는다. 의미는 단지 잠재성―구체적인 주제 속에서 의미를 가질 수 있는 가능성―을 지닐 뿐이다." 잠재성이 현실화되는 과정, 즉 말이 의미를 갖게 되는 과정은 "그 말이 실현되는 구체적 상황과 분리될 수 없"다. 따라서 담론의 의미를 "이해한다는 것은 스스로를 그것(발화 주체―인용자)에로 방향지우

고, 그에 상응하는 맥락 속에서 발화의 적절한 위치를 발견하는 것”이다. 그런 점에서 “모든 진정한 이해는 본질적으로 대화적이다.” 바흐찐이 의미의 생성과 이해의 과정을 이렇게 설명하는 가장 근본적인 이유는 언어를 ‘사회적 상호작용의 산물’로 생각했기 때문이다.[14] 언어의 수행성이란 바로 이러한 사회적·화행적(話行的) 상호작용을 가리키는 개념이다. 텍스트주의와는 반대로 담론조차도 하나의 사회적 실천으로 읽어야 하는 것은 그래서이다.

②는 전형적인 본질주의적 환원론이다. 본질주의적 환원론은 존재를 ‘하나의 본질’로 환원시켜 그것만으로 존재의 전체를 설명하는 논리이다. 이 계열의 연구에 따르면, 한국근대문학의 본질은 민족주의, 전체주의, 파시즘, 식민주의, 중심주의와 같은 것이다. 그러면서 이들은 한국근대문학의 다른 측면들을 의도적으로 지워버리는데, 이러한 본질주의적 환원론은 사실상 그들이 그토록 비난하는 배제의 논리와 똑같다. 본질주의는 ‘단수의 근대’ 인식과 밀접히 결부되어 있다. 근대를 복합적이고 모순적인 체제로 이해하지 못하고 하나의 본질로 수렴되는 ‘표현적 총체성’의 구조로 생각하는 것이 그것이거니와 그 연장선상에서 한국근대문학을 하나의 본질로 단순화하는 이론적 폭력이 발생한 것이다. 이것이 한국근대문학의 전체상과 어긋나는 것임은 물론이다. 더욱 심각한 것은 이러한 본질주의적 단순화가 한국의 근대를 서구 근대의 확장 내지는 재생산으로 보는 서구 중심주의에 깊이 침윤되어 있다는 사실이다. 가령 민족(주의) 비판이 대표적인 사례일 터이다. 이들이 생각하는 민족은 서구적 의미의 민족이다. 단수의 근대 인식이 그러하듯

---

14) M. 바흐찐, 『마르크스주의와 언어철학』, 송기한 역, 한겨레, 1988, 140~142면.

이들 역시 세계사적 근대를 서구 근대의 확장과정으로 이해한다. 민족 역시 그 연장선상에 있다. 그래서 민족은 언제나 서구적 의미의 민족일 뿐이고, 민족문학 또한 마찬가지다. 하지만 차테르지의 설명처럼 피식민 민족은 서구적 의미의 민족에 '지배되면서도 다른', 즉 동일성과 차이를 동시에 지닌다. 이들은 그 중 동일성에만 주목해 피식민 민족(주의)를 단순화시킨다. 피식민 민족(주의)에 대한 올바른 입장은 동일성과 차이를 입체적으로 읽으면서 그것이 맥락 속에서 어떠한 효과를 발휘하는가를 규명하는 것이다. 그럴 때 가령 민족문학의 민족 서사가 자본주의 근대와 (신)식민주의에 맞선 민중의 '주체화'라는 맥락적 효과를 발휘했음을 온당하게 간취할 수 있다.

파시즘론이 보여주는 또 하나의 본질주의적 단순화의 사례는 민족이나 계급 같은 집단을 동원의 산물로 일면화하는 점이다. 그러나 최서해와 강경애의 문학을 검토하면서 필자가 확인한 것은 이들에게 민족이란 선험적 실체나 동원의 산물이 아니라 개인의 자발적 선택과 참여로 형성된 결사라는 점이다. 민족이 '매일매일의 국민투표'라는 르낭의 유명한 명제처럼 민족은 끊임없이 새롭게 선택되고 만들어지는 결사체이다. 종족(ethnos)과 민족의 결정적 차이가 이 점에 있거니와 근대적 민족은 "동의, 함께 공동의 삶을 계속하기를 명백하게 표명하는 욕구"에 의해 구성되는 결사인 셈이다. 가령 최서해와 강경애의 문학에서 독립운동에의 투신은 바로 그러한 의미를 갖고 있다. 엄밀히 말해, 조선인 이주민들은 종족적으로만 같을 뿐 하나의 온전한 민족(nation)을 이루지 못한 상태이다. 고립된 개인으로 뿔뿔이 흩어져 있기 때문이다. 독립운동에의 투신을 통해 종족은 비로소 민족으로 전화(轉化)한다. 이처럼 피식민 민족은 개인의 실존적 위기를 해결하기 위한 민중 결사적 성격을 갖고 있다. 물론 근대적 민족의 형성과정에 부르주아 지배체제를 수립하기 위해 민중을 동원하려는 계급적 전략이 작동하고 있음은 부인할수 없다. 그런 점에서 근대적 민족은 양면성－결사와 동원－을 갖는다. 피식민 민족의 경우도 마찬가지다. 피식민 민족은 제국주의에 맞서 스스로를 지키기 위한 저항의 공동체라는 결사적 측면과 함께 민족 부르주아의 헤게모니를 강화하려는 동원적 측면을 동시에 갖고 있다. 부르주아 계몽문학이 그 가운데 후자를 대표한다면, 최서해와 강경애는 전자의 입장에 서 있다. 부르주아 계몽문학이 '위로부터의 민족', 즉 부르주아 헤게모니에 바탕한 민족을 상정하고 있었던 데 비해 최서해와 강경애는 민중이 중심이 된 '아래로부터의 민족'의 가능성을 보여준다. 그래서 부르주아 계몽문학의 민족이 언제나 민중에게 '부과된' 민족인데 비해 최서해와 강경애 문학에서 민족은 민중이 스스로 '만들어가는' 민족이다. 이들 문학의 민족에서 민중 동원적 성격보다 민중 결사적 성격이 훨씬 강한 것은 그 때문이라 할 수 있다. 이는 최서해와 강경애의 문학이 부르주아 민족주의와 구별되는 민족 인식을 갖고 있음을 의미한다.[15] 최서해나 강경애가 보여준 '아래로부터의 민족'은 파시즘과는 거리가 멀다. '아래로부터의 민족'은 동원의 산물도 아니고, 선험적 실체도 아니며, 초월적 대주체도 아니라는 점에서 그러하다. 오히려 그것은 개인의 사회성에 대한 자각, 실존적 위기를 극복하기 위한 결사, 아래로부터의 참여와 연대를 특징으로 한다는 점에서 급진적 민주주의의 상과 부합한다. 근대성＝파시즘의 시각으로는 근대의 이러한 해방적 잠재력을 결코 읽어낼 수 없다는 점에서 파시즘론은 근대화론의 맹목과

---

15) 이에 대한 자세한 설명으로는 하정일, 「민족과 계급의 변증법」과 「강경애 문학의 탈식민성과 프로문학」, 『탈식민의 미학』 참조.

는 반대 방향에서의 맹목을 보여준다.

③은 본질주의적 환원론에 바탕한 과잉 일반화이다. 본질이 하나라면 한국근대문학의 역사는 그 하나의 본질이 이런저런 방식으로 실현되어온 과정일 뿐이다. 말하자면 한국근대문학은 특정한 본질 또는 기원의 반복과 변형에 불과한 셈이다. 이러한 과잉 일반화는 근대를 하나의 공시적 구조로 보기 때문이라 할 수 있다. 장기지속이라는 맥락에서 근대를 공시적 구조로 이해하는 것은 가능하고 또 필요한 일이다. 그롤 통해 우리는 한국근대문학에 관한 통역사적 경향을 발견할 수 있기 때문이다. 그러나 그것을 위해서라도 단수의 근대라는 관점을 넘어 근대의 복수성을 적극 인정하는 자세가 필수적이다. 단수의 근대 인식으로는 근대 내부에서 벌어지는 '근대들' 간의 역동적 경쟁과 각축이라는 '통역사적 경향'을 결코 읽어낼 수 없기 때문이다. 따라서 근대성을 파시즘이나 민족주의 같은 하나의 본질로 환원시키는 한 장기지속적 근대의 상은 항상 빈곤할 수밖에 없다. 그렇게 보면, 탈근대 담론이 무엇보다 먼저 탈피해야 할 것은 단수의 근대 인식이라 할 수 있겠다.

4. 소결—탈근대 담론과의 '생산적 대화'는 가능한가

돌이켜 보면, 탈근대 담론이 민족문학(론)에 끼친 긍정적 영향이 적지 않다. 민족과 계급으로 포괄할 수 없는 타자들에 대한 성찰을 촉구했다는 점에서 그러하다. 그러한 성찰이 탈근대 담론 때문만은 아니고 오래 전부터 내부적으로 민족문학(론)을 쇄신하려는 노력이 한켠에서 진행되었지만, 탈근대 담론이 그 작업을 촉진시키는 데 일조한 것은 틀림없다. 하지만 탈근대 담론은 과연 스스로에 대한 성찰에 얼마나 진지했는지 궁금하다. 필자가 보기에, 탈근대 담론은 자신의 모순과 한계를 확대 재생산하면서 스스로를 극단화하고 있는 듯하다. 본질주의, 텍스트주의, 서구 중심적 보편주의, 단수의 근대 인식, 탈주체론 같은 문제점들이 갈수록 심화되고 있기 때문이다. 그러면서 탈근대 담론은 자본주의 근대와 제국주의에 대해 무력해지다 못해 자발적으로 포섭되는 징후마저 보여준다. 근대에 대한 발본적 비판을 슬로건으로 내세웠던 탈근대 담론이 시장의 메카니즘에 흡수되고 있는 모습은 아이러닉한 사태이다. 이대로 가면 해체는 마침내 폐허로 귀결될 것이다.

이러한 극단화는 아마도 민족문학(론)의 퇴조와 더불어, 빠르게 진행되고 있는 자본주의의 전지구화와 맞물려 있는 것으로 보인다. 일찍이 마르크스는 자본주의가 만물의 상품화와 세계의 시장화를 초래할 것이라고 예견한 바 있다. 한국의 탈근대 담론은 이러한 예견에서 얼마나 자유로운지 자문해볼 필요가 있다. 시장의 논리를 내면화한 것은 아닌지, 시장을 현실 전체와 동일시하고 있지는 않은지, 대중을 소비자로 단순화한 것은 아닌지, 그럼으로써 대중을 턱없이 신비화하거나 반대로 혐오하고 있지는 않은지, 주체를 이데올로기에 호명되는 수동성으로 폄하한 것은 아닌지, 그리하여 주체를 국가와 자본에 포섭된 비(非)주체로 일면화하지는 않았는지 등등. 그런 점에서 탈근대 담론은 자본주의와 제국주의와 서구 중심주의에 견결하게 저항해온 민족문학(론)에서 배울 것은 배우는 유연함과 겸손함을 가져야 한다. 그럴 때 주체 형성과 근대극복의 지혜, 생산자로서의 대중과 민중에 대한 새로운 인식, 한국적 근대의 특수성에 대한 통찰이 가능해질 터이다. 물론 역도 마찬가지다. 이러한 상호 배움의 과정을 통해서만 민족문학론과 탈근대 담론의 참다운 '생산적 대화'가 가능해질 것이다.

학문의 식민성과 기원의 은폐

1. 학술교류의 일방성과 식민적 무의식

한국 근대문학 연구와 비평의 일본 의존이 어제오늘의 일은 아니다. 근대문학이 출발한 때부터 지금까지 100여 년간 한국 문학연구/비평은 음으로 양으로 일본 지식계의 영향에서 자유로운 적이 없었던 것이 사실이다. 해방 이전이야 그렇다 치더라도 해방 이후에도 이러한 일본 의존이 계속되어 왔다는 것은 이유 여하를 떠나서 참으로 착잡한 일이다. 물론 해방 이후에는 유럽과 미국의 학문을 직수입하게 되었으니까, 이식의 경로는 다변화된 셈이다. 하지만 그런 가운데서도, 적어도 한국 근대문학 연구/비평에 관한 한, 일본은 여전히 중요한 지식 수출국이자 중개상이었다. 여기에는 근대세계체제의 (반)주변부라는 지정학적 위상에서 비롯된 한국 근대학문의 구조적 식민성을 넘어서는 미묘한 의미가 담겨 있다. 이와 관련해 두 가지 사실에 주목할 필요가 있다. 먼저 해방 이후의 한국 문학연구/비평을 주도한 이들이 일본어로 교육받은 세대라는 점이다. 그런 만큼 그들에게 일본어 텍스트는 선진 학문을 공부하는 데 가장 편하고 익숙한 문헌이었다. 다음으로는 대학원 학생교류를 지적하지 않을 수 없다. 1980년대부터 본격화된 이 제도는 일본의 최신 이론을 수입하고 확산시키는 핵심 통로가 되었다. 이때부터 일본 학계의 유행 담론이나 주요 동향들이 거의 실시간으로 한국에 소개되고 번역되기 시작했다. 그러면서 이들을 직간접적인 매개고리로 학술교류 또한 활성화되어 이제는 하나의 제도로 정착된 느낌이 들 정도다.

이러한 학술교류를 터부시할 필요는 없다. 번역과 소개를 포함해 다양한 학술교류는 학문의 발전을 위해서나 한국 문학연구/비평의 세계화를 위해서나 더욱 권장되어야 할 터이다. 문제는 그것이 쌍방향적이지 않다는 점이다. 필자가 과문한 탓인지는 모르겠으나, 일본 학계가 한국의 문학연구/비평의 영향을 받은 사례를 보거나 들은 적이 없다. 반면에 그 반대의 사례는 너무도 많다. 이는 한일 학술교류가 일본→한국으로의 한 방향으로만 이루어지고 있다는 의미이다. 이러한 일방성이 과연 한국의 문학연구/비평이 일본의 그것보다 열등하거나 후진적이기 때문만일까. 사태는 그렇게 단순해 보이지 않는다. 물론 일본의 새로운 학술 담론들이 한국의 문학연구/비평에 적지 않은 기여를 한 것은 사실이다. 특히 민족(주의)에 대한 자기비판적 성찰의 이론적 근거를 제공해준 점은 중요한 공헌임에 틀림없다. 『내셔널 히스토리를 넘어서』, 『내셔널리즘과 젠더』, 『국민이라는 괴물』, 『포스트콜로니얼』 같은 저작들은 민족주의와 식민주의의 내적 연관, 민족의 특권화가 초래한 역기능, 국민국가의 본원적 한계, 민족주의에 내재한 파시즘적 속성 등과 관련한 날카로운 통찰을 보여주었고, 한국의 문학연구/비평은 이들에 의거해 한국근대문학을 새롭게 조명하기 시작했다. 그 과정에서 한국근대문학의 중핵을 이루어온 민족(주의)에 대한 급진적 비판이 봇물처럼 터져 나왔다. 이러한 상황은 '억압된 것들의 귀환'이라고도 부를 수 있는데, 민족(주의)에 의해 소외되고 배제되었던 타자들이 자기 목소리를 내기 시작했다는 점에서 그러하다.

그렇게 보면, 1990년대 후반부터 본격화된 일본 진보 담론의 수용과정은 이식의 산물만은 아니라고 할 수 있다. 1980년대 말부터 한국의 저항적 민족주의는 일종의 한계상황에 직면해 있었다. 현실 사회주의의 몰락과 냉전체제의 종식으로 전지구적 자본주의라는 새로운 세계질서가 등장하고 있었지만, 한국의 저항적 민족주의는 통일지상주의로 역주행하면서 '보수화'의 길을 걸었다. 통일지상주의가 진보 담론의 보수화를 의미하는 것은 그것이 민족을 특권화하면서 다른 가치들을 부차화시키는 이데올로기이기 때문이다. '어떤' 통일이냐를 어느 때보다도 깊이 고민해야 할 전지구적 자본주의시대에 통일지상주의는 바로 그 '어떤'을 지워버림으로써 진보성을 상실한 것이다. 이는 90년대 이후에는 통일 대 반(反)통일이 더 이상 진보와 보수를 가르는 기준이 되지 못하고 있는 데서 확연히 드러난다. 전지구적 자본주의가 한국에서 갖는 중요한 의미 가운데 하나가 자본도 통일을 지지하게 되었다는 것이다. 전지구적 자본주의의 관점에서는 북한도 하나의 시장이고 공장일 뿐이기 때문이다. 이것이 전지구적 자본주의의 실제 내용이고 신자유주의의 구체적 함의이다. 90년대 이후 한국의 젊은 진보주의자들이 민족(주의)에 회의와 불신의 눈길을 보내기 시작한 것은 그런 맥락에서였다고 할 수 있다. 그런 점에서 앞에서 거론한 저작들은 '이식'되었다기보다는 '발견'되었다고 해도 좋을 것이다. 말하자면 민족(주의)에 대한 회의와 불신을 정당화해줄 이론적 근거를 그 저작들에서 찾아낸 셈이다.

하지만 일본의 진보 담론을 받아들인 계기가 내발적(內發的)이라고 해서 학문의 식민성을 탈피했다고 할 수는 없다. 그러기에는 비판적 수용 혹은 주체적 전유(專有)가 너무도 부족하기 때문이다. 이 문제를 검토하기 전에 민족주의에 대한 비판적 성찰이 한국의 진보 담론 내부에서도 오래전부터 진행되어 왔다는 사실을 강조해두어야겠다. 1970년대 말부터 이미 백낙청이나 김종철 같은 문학비평가들이 민족주의의 한계와 양면성을 비판하면서 민족주의의 극복을 제창했고, 1980년대에는 주변부 자본주의론과 세계체제론을 도입해 전지구적 관점에서 식민주의를 규명하려는 노력이 광범위하게 시도되었다. 뿐만 아니라 민족국가의 건설이라는 일국주의적 기획에서 벗어나 자본주의 근대 이후를 사유하는 근대극복론이 다양한 형태로 제기되었으며, 계급·성·생태와 같은 가치들에 합당한 위상을 부여하려는 작업들도 꾸준히 모색되었다. 이러한 노력들은 하나같이 민족주의와 근대주의의 한계를 뛰어넘고자 하는 구상과 밀접하게 관련되어 있었거니와 그런 점에서 거기에는 현재의 한국 문학연구/비평이 경청해야 할 심오한 단서들이 풍부하게 담겨 있다. 그러나 2000년대의 한국 문학연구/비평은 1970~80년대의 탈식민적 사유들에 무관심할뿐더러 그것들을 민족주의의 변종 정도로 치부하는 심각한 왜곡마저 일삼고 있다. 1970~80년대의 탈식민 담론들이 민족이라는 심급에 선차적 중요성을 부여했던 것은 분명하다. 하지만 그것은 민족을 특권화하기 위해서가 아니라 한국적 근대의 특수성을 해명하기 위해서였다. 계급·성·생태 같은 심급들은 보편 범주이다. 그래서 그것들이 우리의 구체적 삶과 만나려면 특수화의 과정을 거쳐야 하는데, 근대의 국가간체제에서는 대개 민족이라는 매개를 통해 '보편의 특수화'가 진행된다. 1970~80년대의 탈식민 담론들은 바로 그 점에 주목했던 것이다. 그런 점에서 작금의 한국 문학연구/비평은 먼저 우리 내부의 지적 성취를 제대로 이해하는 일부터 할 필요가 있다. 그렇지 않으면 외국 이론을 수용하는 작업이 민족적 열등감에서 비롯된 식민적 무의식의 발로(發露)라는 비판을 면하기 어려울 것이다.

같은 맥락에서 일본의 학술 담론에 대한 비판적 독해가 부족하다는 점도 문제이다. 지식의 수용과정은 반드시 특수성의 관문을 통과해야 하는 법이다. 앞에서 언급한 '보편의 특수화'가 지식의 영역에서도 필수과정이라는 말이다. 어떤 지식도 특수의 시험을 견디지 못하는 한 보편으로 정립될 수 없기 때문이다. 엄밀히 말해 니시카와 나가오, 우에노 치즈코, 고모리 요이치의 저작들은 일본이라는 또 하나의 특수에 바탕해 구성된 담론이다. 따라서 그것들이 보편으로 정립되려면 다른 특수들과의 맞대면을 통해 스스로를 조정하고 재구(再構)하는 지난한 과정을 거쳐야 한다. 이것을 우리는 '특수의 보편화'라고 부를 수 있을 것이다. 그런 점에서 보편의 특수화와 특수의 보편화는 별개의 과정이 아니라 끊임없이 왕복운동하면서 보편에 다가가는 동일한 과정의 두 계기인 셈이다. 그런데 최근의 한일 학술교류에서는 이러한 왕복운동이 전혀 보이지 않는다. 그것은 근본적으로 교류가 일본→한국이라는 한 방향으로만 진행되고 있기 때문이고, 그 일방성마저도 아무런 여과 없이 이루어지고 있기 때문이다. 그렇다면 이러한 일방성은 과연 특수성의 시험을 거칠 필요가 없기 때문인 걸까. 필자의 판단으로는, 그렇지 않다.

가령 니시카와 나가오의 저작은 제3세계의 민족운동에 대한 심각한 무지를 보여준다. 그는 "식민지 지배로 고통을 겪었던 나라가, 식민지

지배를 행했던 구종주국의 양심적이고 심각한 자기반성을 수용하지 않고, 오히려 국민국가 건설을 서두르기 때문에, 민족=국가주의적 측면에서 종종 구종주국의 가장 반동적이고 극우적인 담론과 유사해져 갑니다."[1]라고 단정한다. 그러나 이러한 단정은 한국의 저항적 민족주의가 민주화운동과 반체제운동의 주요 축이었음을 모르지 않고서는 내릴 수 없는 섣부른 판단이다. 요컨대 그것은 제3세계 민족운동에 대한 무지에서 비롯된 과잉 일반화인 것이다.[2]

우에노 치즈코의 저작 역시 비슷한 문제점을 노정한다. 우에노는 "민족 언설은 여성을 '민족 주체' 속으로 거두어들임으로써, 더욱 분명하게 말하자면 여성의 이해를 남성의 이해로 일체화(사실은 종속)시킴으로써 내셔널리즘 동원에 이용한다."[3]고 비판하는데, 이것 역시 모든 민족 담론이 그렇지는 않다는 사실을 외면한 과잉 일반화이다. 어떤 명제가 진리가 되려면 모든 반증(反證)을 견뎌내야 한다. '민족 언설은 여성의 이해를 남성의 이해에 종속시킨다'는 명제는 그렇지 못하다. 무엇보다 '종군 위안부' 문제에 대한 정대협의 입장에 민족주의적 성차별이 담겨 있다는 비판이 그렇다. 여기서 우에노 치즈코는 성차별과 민족차별을 분리시키면서 논의를 이끌어 가는데, 실제로는 식민지 체제에서 성차별과 민족차별은 분리불가능하게 얽혀 있는 법이다. 따라서 조선인 '위안부'에 대한 성적 착취는 민족적 착취와의 연관 없이는 온전한 이해가 불가능하다. 식민 본국의 여성에 대한 성적 착취와 피식민국 여성에 대한 성적 착취를 동일선상에서 바라보아서는 곤란한 것은 그래서이

---

1) 니시카와 나가오, 『국민이라는 괴물』, 윤대석 역, 소명출판, 2002. 6면.
2) 이에 대한 좀더 자세한 비판으로는 하정일, 「탈민족 담론과 새로운 본질주의」, 『탈식민의 미학』, 소명출판, 2008, 78~80면 참조.
3) 우에노 치즈코, 『내셔널리즘과 젠더』, 이선이 역, 박종철출판사, 1999, 133~134면.

다. 우에노 치즈코가 '종군 위안부' 문제에 대해 별다른 대안을 내놓지 못하는 것도 피식민 여성의 특수성에 대한 인식 부족과 관련이 깊다고 할 수 있을 것이다.

2. 보편의 특수화와 특수의 보편화

고모리 요이치의 『포스트콜로니얼』은 좀더 미묘한 문제성을 내포하고 있다. 고모리 요이치는 이 저작에서 자기식민화와 식민지적 무의식이란 개념을 통해 식민주의의 내면화과정을 탐색하는데, 이 개념들은 한국의 문학연구/비평이 한국근대문학에 숨어 있는 식민주의―이른바 우리 안의 식민주의―를 발굴하는 데 적극 활용되었다. 일단 이 개념적 장치들이 새로운 것이 아니라 이미 파농에 의해 제시되고 정립된 것들이라는 점을 명기해둔다. 파농과의 차이는 고모리 요이치가 식민지적 무의식과 식민주의적 의식의 관계를 샴쌍둥이 같은 것, 그러니까 민족과 제국이 맞짝 관계인 것처럼 기술하고 있다는 점이다. 물론 이러한 해석은 오독일 수도 있다. 고모리 요이치는 일본의 사례만을 분석 대상으로 삼고 있기 때문이다. 하지만 한국의 근대문학 연구/비평 종사자들은 그 개념들을 보편 이론으로 받아들였다. 더구나 『포스트콜로니얼』에 그러한 해석의 여지가 있는 것 또한 사실이다. 식민지적 무의식이 일본의 '피식민' 상황을 조건으로 삼아 만들어진 개념이라는 점에서 그러하다. 따라서 식민지적 무의식/식민주의적 의식은 넓은 의미에서의 피식민 나라 모두에 적용 가능한 것이 된다.

식민지적 무의식과 식민주의적 의식이 샴쌍둥이 같은 관계라면, 제3세계의 저항적 민족주의나 민족운동은 식민주의의 늪에서 벗어날 수 없게 된다. 민족이라는 서구 근대의 이념을 수용하는 순간 식민지적 무의식에 빠지게 되고 그것은 자동적으로 식민주의적 의식으로 전화(轉化)되기 때문이다. 고모리 요이치 역시 그러한 논리적 위험성을 의식했는지, 나쓰메 소세키를 통해 식민지적 무의식/식민주의적 의식과는 다른 경로의 가능성을 탐색한다. 고모리 요이치의 해석의 핵심은 나쓰메 소세키가 민족주의의 모순과 식민주의의 한계를 비판적으로 투시했다는 것이다. 하지만 몇 번을 읽어봐도 나쓰메 소세키의 문학을 그렇게 해석할 수 있는 근거가 무엇인지를 찾을 수 없다. 오히려 한국어판 해제에서 박유하가 가한 비판, 즉 "고모리의 나쓰메 해석은 유감스럽게도 나쓰메 자신의 것이라기보다는 오히려 고모리 자신의 문제의식이 대입된 것"[4]이라는 설명이 훨씬 설득력이 있다. 나쓰메 소세키에 대한 고모리 요이치의 애정은 잘 알려져 있거니와 나쓰메 소세키가 그럴 만한 자격을 갖춘 작가라는 점은 얼마든지 인정할 수 있다. 필자 역시 나쓰메 소세키의 문학이 동아시아의 초기 근대문학에서 갖는 가치를 중국의 루쉰 및 한국의 염상섭과의 비교 속에서 고찰한 바 있다.[5] 그럼에도 불구하고 나쓰메 소세키의 문학이 탈식민적 저항성을 내장하지 않고 있다는 것은 분명하다. 오히려 나쓰메 소세키는 『마음』을 위시한 여러 글에서 식민지적 무의식과 식민주의적 의식을 거리낌 없이 표출하고 있다.[6] 필자는 그것을 제국주의 국가의 자유주의자 혹은 개인주의자가

---

4) 박유하, 「현재로서의 '식민지 이후'」, 『포스트콜로니얼』(고모리 요이치, 송태욱 역, 삼인, 2002), 159면.
5) 이에 대해서는 하정일, 「염상섭 혹은 탈식민 문학의 세계성」, 『탈식민의 미학』 참조
6) 이에 대한 자세한 분석으로는 유상희, 『나쓰메 소세키 연구』, 보고사, 2001. 제5장

떠안을 수밖에 없는, 불가능하지는 않지만 피하기 힘든 한계라고 생각한다. 그렇다면 고모리 요이치는 어째서 이처럼 무리한 해석을 하고 있는 것일까. 필자의 추측으로는, 그것은 민족과 제국을 맞짝 관계로 바라보는 시각과 무관하지 않다. 이러한 시각에서는 마르크스주의를 포함해 모든 민족 담론을 탈식민의 범주에서 제외시켜야 한다. 민족이란 어느 순간 제국으로 전화되도록 예정되어 있는 식민주의의 자식이기 때문이다. 아들이 아버지를 미워하면서도 아버지를 닮아가듯 민족은 제국을 미워하면서도 제국을 닮아간다는 것이 고모리의 논법인 셈이다. 나쓰메 소세키는 그렇듯 모든 민족 담론들을 지우고 남은 비(非)민족·비(非)제국의 문학이다. 그러나 나쓰메 소세키의 문학은 비민족일 수는 있으되 비제국은 아닌듯하다는 데 고모리 요이치의 난감함이 있다. 나쓰메 소세키에 대한 무리한 해석은 여기서 기인한 것 아닐까. 요컨대 비민족이 비제국임을 입증하려는 과정에서 실상과 어긋난 자의적 해석이 나올 수밖에 없었다는 것이다.[7]

필자의 이러한 추측은 『나는 소세키로소이다』에서 보다 분명하게 확인된다. 이 저서에서 고모리 요이치는 나쓰메 소세키가 "'자기본위'라고 명명한 단독적인 개인이라는 입각점"에 의거해 식민주의와 민족주의를 동시에 뛰어넘었다고, 즉 비민족과 비제국을 동시에 수행했다고

　　참조.
7) 이러한 자의적 해석은 후술(後述)할 가라타니 고진에게서도 나타난다. 가라타니는 『마음』에서 '선생'이 말한 '메이지 정신'이 "메이지 20년대에 정비되고 확립되어가는 근대국가체제 안에서 배제되어 있던 다양한 '가능성' 그것이었다"고 해석한다. 그러나 메이지 천황과 노기 대장이 일본 제국주의의 상징과도 같은 인물들이라는 점에서 이런 식의 해석은 보편적 설득력을 갖기 힘들어 보인다. 가라타니 고진, 「소세키의 다양성」, 『언어와 비극』, 조영일 역, 도서출판b, 2004. 61면. 그리고 이에 대한 비판으로는 하정일, 「염상섭 혹은 탈식민 문학의 세계성」, 『탈식민의 미학』, 193~195면 참조.

해석한다.[8] 하지만 제3세계의 역사, 좁혀서 한국의 근대사를 보건대 '단독적인 개인'의 이념보다는 민족의 이념이 비제국과 반(反)제국의 선두를 이루어왔다. 물론 민족의 이념은 종종 식민주의와 중첩되기도 했지만, 그런 위태로운 줄타기 속에서도 저항적·민중적 민족운동은 식민주의에 견결히 맞서면서 한국의 민주변혁 운동의 한 축을 이루었다. 반면에 '단독적인 개인'의 이념은 식민주의에 침묵하거나 타협하곤 했음을 한국 자유주의의 역사는 실증으로 보여준다. 누군가는 말한다. '단독적인 개인'의 이념은 자유주의와는 다른 것이라고. 물론 그럴 수도 있다. 그렇다면 민족의 이념에 대해서도 똑같이 말해야 한다. 민족의 이념이 모두 민족주의인 것은 아니며, 민족주의가 모두 식민주의와 내통하는 것은 아니라고. 필자가 고모리 요이치의 나쓰메 소세키 해석을 문제 삼는 까닭은 비민족이 곧 비제국일 수 없을뿐더러 민족과 제국이 반드시 맞짝 관계인 것도 아니라는 사실을 강조하기 위해서이다. 나쓰메 소세키의 문학에 대한 고모리 요이치의 과도한 해석은 그 점을 역설적으로 환기해준다.

고모리 요이치의 『포스트콜로니얼』과 나쓰메 소세키론을 통해 다시 한 번 확인할 수 있는 것은 일본의 진보적 지식인들이 민족에 대해 갖고 있는 강박관념이다. 민족과 제국이 내통해온 일본의 근현대사를 고려하면, 그러한 강박관념은 충분히 이해가 된다. 하지만 그것을 과잉 일반화시켜서는 곤란하다. 과잉 일반화는 결코 또 다른 특수들의 관문을 통과할 수 없기 때문이다. 특수의 보편화가 불가능하다는 말이다. 게다가 그것이 제3세계의 역사에 대한 무지의 산물이라면 문제는 더욱

---

8) 고모리 요이치, 『나는 소세키로소이다』, 한일문화연구회 역, 이매진, 2006, 74~75면.

심각하다. 제3세계의 역사, 특히 반체제운동으로서의 저항적·민중적 민족운동의 역사를 모르고는 제3세계의 근대에서 민족이 갖는 독특한 의미를 제대로 통찰할 수 없다. 니시카와 나가오와 우에노 치즈코가 제3세계의 민족 담론을 쉽사리 극우 이데올로기나 남성중심주의와 등치시키는 것도 제3세계라는 지정학적 맥락에서 민족이 다른 심급과 가치들을 연결해주는 매개고리의 역할을 해왔다는 사실을 간과했기 때문이라고 할 수 있다. 고모리 요이치가 비민족─비제국의 경로에 집착하는 것도 마찬가지다. 식민국의 민족과 제국이 대칭 관계인 데 반해 피식민국의 민족과 제국은 비대칭 관계이다. 이러한 비대칭성으로 인해 피식민 민족은 제국의 샴쌍둥이가 아닐 수 있는 것이다. 민족에 대한 고모리 요이치의 강박관념은 이에 대한 인식 부족에서 비롯된 것으로 보인다. 만약 고모리 요이치가 제3세계 탈식민 운동의 역사에 좀더 관심을 기울였다면 민족─비제국 혹은 민족─반제국의 가능성도 풍부하게 발견할 수 있었을 터이고, 그랬더라면 식민지적 무의식/식민주의적 의식이라는 개념틀도 특수의 시험을 견뎌낼 수 있는 튼실한 보편 이론으로 정립되었을지 모른다. 그런 점에서 일본의 진보적 지식인들은 한국의 진보적 민족 담론들을 진지하게 공부할 필요가 있다. 그럴 때 일본의 진보적 지식인들에게 희박한 '제3세계 민중의 시각'을 보완할 수 있을 것이고, 한일 학술교류 또한 쌍방향성을 회복한 참다운 소통의 장이 될 수 있을 것이다.

하지만 문제가 보다 심각한 쪽은 한국의 문학연구/비평이다. 적어도 일본의 학자들은 자신들의 역사적 실상에 즉한 연구를 하려고 최대한 노력하고 있다. 그럼으로써 특수의 보편화까지는 나아가지 못했지만, 특수의 특수성은 규명해냈다. 그러나 2000년대 한국의 문학연구/비평은 일본의 특수 이론을 수입해 그것을 한국근대문학에 기계적으로 적용하는 데 급급할 뿐이다. 앞에서 지적했다시피 동기가 내발적이라고 해서 지식의 수입이 곧바로 정당화되는 것은 아니다. 그것이 아무리 '교류'의 외양을 띠고 있다 하더라도, 일본발(發) 담론에 대한 비판적 검토와 우리의 특수성과의 정합성 여부에 대한 반성적 성찰의 과정을 거치지 않는 한 '이식'이라는 딱지를 떼기는 어려울 것이다. 이론 수용의 이식성은 무엇보다 해당 담론을 보편 이론으로 전제하는 안이함에서부터 나타난다. 비판이란 한마디로 대상을 상대화하는 것이다. 그럴 때 특수와 특수의 맞대면이 가능해지면서 보편으로의 일보 전진이 이루어진다, 구체적으로 말하자면, 일본의 근대라는 특수성과 한국의 근대라는 특수성이 소통하면서 보편으로의 상호지양이 성취되는 것이다. 그런데 2000년대의 한국 문학연구/비평에서는 해당 담론을 상대화하는 비판적 작업을 찾아보기 힘들다. 상대화의 과정이 생략될 때 우리가 할 수 있는 일이란 기계적 적용밖에는 없다. 이런저런 이론들이 과거 어느 때보다도 난무하고 있지만, 정작 이론에 대한 고민은 보이지 않는 것도 그래서이다. 보편 이론은 일본, 미국, 프랑스에 널려 있으니 그것들을 유행 따라 수입해 열심히 외우고 정리해서 한국문학에 그럴 듯하게 적용하기만 하면 된다. 그러니 이론에 대한 열정, 곧 이론을 스스로 창출하려는 지적 분투가 무슨 필요가 있겠는가.

2000년대의 한국 문학연구/비평이 신실증주의적 경향을 극심하게 노정하고 있는 현상도 이와 관련이 깊다. 수입 이론이 보편으로 전제되어 있는 상태에서 가능한 작업은 그 이론을 입증할 증거들을 찾는 일이다. 그리하여 2000년대의 한국 문학연구/비평 전공자들은, 풍자적으로 말하자면, 증거 수집가가 되었다. 최근 10여 년간 엄청난 양의 한국문학 관련 논저들이 쏟아져 나왔지만, 시대와 대상과 자료만 다를 뿐 내용은 엇비슷한 것도 그 때문이라 할 수 있다. 한국의 문학연구/비평 전공자들도 이를 모르지 않는다. 학진 탓만은 아니라는 사실도 잘 안다. 그러면서도 여전히 똑같은 작업을 반복할 수밖에 없는 것은 이론을 스스로 창출하려는 문제의식이 부족하기 때문이다. 더구나 신실증주의는 항용 가치중립성과 객관성을 명분으로 삼아 탈이념화로 치닫기 마련이다. 거꾸로 이념에 대한 알레르기 반응이 신실증주의화를 부추겼다고도 볼 수 있다. 분명한 것은 신실증주의와 탈이념이 서로가 서로를 강화시켜주는 악순환적 관계를 맺고 있다는 사실이다. 이러한 현상은 제도사, 풍속사, 문화사 분야를 넘어 이제는 사상사나 문학비평사로까지 확장되고 있는 실정이다. 가령 사상이나 문학비평의 내적 논리와 성립조건을 규명하겠다면서 가치 판단을 유보하거나 심지어는 거부하는 행태가 그것이거니와 이처럼 실천적 사유가 거세된 문학연구/비평에서 학문적 식민성의 극복을 기대하기란 애당초 불가능한 일이다. 여기서 1970~80년대의 민족문학론을 다시 한 번 되돌아 볼 필요가 있다. 민족문학론제3세계문학론민중문학론분단체제론근대극복론으로 이어져온 민족문학론의 도정은 바로 이론을 스스로 창출하려는 분투의 과정이었다. 민족 환원론, 제3세계주의, 이론 중심주의, 근대주의, 심지어는 파시즘이라는 비판까지 나왔고, 그러한 비판들에 일정한 진실이 담겨 있던 것도 사실이다. 그러나 적어도 민족문학론의 역사는 한국문학이라는 특수의 특수성을 규명하고 또 다른 특수들과의 맞대면을 통해 보편으로의 상호지양을 이루려는, 다시 말해 특수의 보편화와 보편의 특수화의 끊임없는 왕복운동을 통해 보편에 다가가려는 실천적 역동성을 보여주었다. 반면에 2000년대의 한국 문학연구/비평에서는 그러한 역동성이 어디에서도 발견되지 않는다. 소란스러운데 말은 없고, 분주한데 열매는 없다. 이론 수입업자들, 지식 중개상들, 증거 수집가들이 판치는 한 앞으로도 그럴 것이다. 학문의 식민성은 그래서 무서운 것이다.

3. (잉여)가치론과 은폐된 기원

이제 가라타니 고진에 대해 살펴볼 차례다. 가라타니 고진이 현재 한국 문학연구/비평에 가장 커다란 지적 영향력을 행사하고 있는 이론가라는 점은 아무도 부인하지 않을 것이다. 『일본근대문학의 기원』을 모방하거나 거기에서 영감을 얻은 연구들이 숱하게 쏟아져 나왔고, 이후에도 그의 저작들은 대부분 뜨거운 반향을 불러일으켰다. 가라타니 고진은 적어도 한국 문학연구/비평에서는 푸코, 데리다, 들뢰즈, 네그리 등과 동렬에 놓여 있는 인기인이다. 특히 몇 년 전에 소개된 「근대문학의 종언」은 한국문학계에 핵폭탄 급의 충격을 던지면서 지금까지도 그에 대한 찬반 논란이 계속되고 있다. 더구나 그 글에서 가라타니 고진이 근대문학이 끝났다고 판단한 결정적 사례로 한국문학을 언급한 바람에 반응은 더욱 격렬할 수밖에 없었다. 당시 필자는 그러한 사태가 다소 황당하게 느껴졌다. 두 가지 이유에서 그랬는데, 하나는 한국문학에 대한 가라타니 고진의 판단이 별다른 근거 없이 나온 것이라는 점이고 다른 하나는 한국문학의 위기에 대한 질타가 어제오늘의 일이 아니라는 점이었다. 따라서 외국의 일개 문학비평가의 한마디에 갑작스레 호들갑을 떨어대더니, 그리고는 또 얼마 안가 순식간에 뜨거워졌다

가 금세 식어버리는 양은냄비처럼, 언제 그랬느냐싶게 무풍지대의 평
온을 즐기는 한국문학의 부박함을 바라보면서, 한심하기도 하고 착잡
하기도 했던 것이 사실이다. 지금도 그 생각에는 변함이 없지만, 조영
일이라는 젊은 문학연구자의 글을 접한 후 한국문학에 대한 가라타니
의 관심에 나름의 연조(年條)가 있음을 알게 되었다. 물론 그 정도의 연
조를 갖고 한국문학의 종언을 운운하는 것이 성급한 일임에는 틀림없
지만 말이다.

이 글의 주제와 관련해 가라타니 고진에 대한 조영일의 작업은 여러
모로 시사적이다. 조영일은 가라타니 고진의 주요 번역자인 동시에 일
급 연구자이다. 「근대문학의 종언」에 관한 글로는 황종연의 「문학의
묵시록 이후」(『현대문학』, 2006. 8.)와 함께 조영일의 글이 가장 치밀해 보
인다. 뿐만 아니라 가라타니에 의거해 조영일이 현재의 한국문학에 대
해 내리고 있는 진단과 평가는 필자의 생각과도 상통하는 바가 적지
않아 반갑기조차 하다. 특히 2000년대 한국문학이 처한 본원적 위기를
직시해 문학의 급진성을 복원하고자 하는 실천적 문제의식은 그의 가
라타니 수용을 외국 이론의 기계적 적용이라는 차원에서 벗어나게 해
주고 있다. 그런 점에서 조영일의 작업은 일본 담론 수입이 보여주는
경박한 세태와는 분명 선을 달리 한다. 그러나 담론을 상대화하고 특수
화하는 비판적·반성적 과정이 부족하다는 점에서는 조영일 역시 간단
치 않은 문제점을 보여준다.

조영일의 글들9)을 읽으면서 느낀 가장 아쉬운 점은 '근대문학의 종
언'이라는 명제를 너무 쉽게 긍정해버렸다는 것이다. 이 점에서는 황종

---

9) 대상으로 삼은 조영일의 텍스트는 『가라타니 고진과 한국문학』(도서출판b, 2008)이다.

연도 비슷하다. 황종연은 "근대문학은 끝났다는 가라타니의 주장이 타당하고 유용한 가설이라는 데는 의문의 여지가 없다."라고 단정적으로 진술한다. 하지만 문학에 관한 황종연의 탈근대주의적 견해를 감안하면, 그러한 동의는 당연하다고 할 수 있을 것이다. 황종연에게 불만스러운 일은 근대문학의 종언이 아니라 근대문학 이후에는 참다운 문학이란 존재할 수 없다는 발언이다. 황종연이 근대문학 이후의 문학, 곧 탈근대 문학의 존립 가능성 쪽으로 논의의 초점을 바꾼 것은 그래서이다. 그에 비해 조영일은 근대문학은 '영구혁명 중에 있는 주체성의 표현'(싸르트르)이라는 가라타니 고진의 생각에 동의하는 쪽이다. 그렇다면 종언론을 받아들이는 순간 의미 있는 문학은 종말을 고하게 되는 셈이다. 실제로 가라타니는 앞으로는 통속문학 혹은 오락으로서의 문학만이 존재할 것이라고 말하고 있거니와 따라서 필자를 포함해 가라타니식의 근대문학관을 갖고 있는 사람들에게 종언론이란 자신의 실존이 걸린 근본문제가 된다. 말하자면 황종연과 조영일에게 종언론의 위상은 본질적으로 다른 것이다. 그런 만큼 조영일은 근대문학의 종언이라는 명제를 받아들이는 데 있어 좀더 신중했어야 옳다. 종언론을 인정한다는 것은 사실상 문학연구/비평을 그만두어야 한다는 의미이기 때문이다. 문학이 없는데, 문학연구/비평이 어떻게 존재할 수 있겠는가. 가라타니 고진의 종언론을 긍정하는 많은 사람들이 이 명제를 일종의 메타포나 위기에 대한 경고로 해석하는 것도 그러한 곤혹스러움을 회피하기 위해서이다. 하지만 그런 식의 회피 전략은 가라타니의 입론과는 전혀 무관한 것이다. 왜냐하면 가라타니의 종언론은 메타포가 아니라 문자 그대로의 의미이기 때문이다.[10]

종언론을 판단하는 데 있어 제일 중요한 문제는 종언의 전제와 조건에 관한 것이다. 다시 말해 근대문학의 종언을 초래한 조건이 무엇인지, 그 조건에 대한 가라타니 고진의 견해가 타당한지, 그리고 가라타니가 생각하는 종언론의 전제가 과연 적절한 것인지 같은 문제들이 우선적으로 검토되어야 한다는 것이다. 가라타니 고진이 종언의 조건으로 제시하는 것은 네이션-스테이트-자본주의라는 근대체제가 완성되었다는 사실이다. 그로 인해 "'공감'의 공동체, 즉 상상의 공동체인 네이션의 기반"이었던 소설-곧 근대문학-의 역할이 수명을 다한 것이다. 여기서 주목할 것이 네이션-스테이트-자본주의 시스템이 완성된 세계는 어떤 것인가 하는 문제이다. 그것은 가라타니가 타인지향이라고 명명한 일본적 스노비즘이 전(全)지구적으로 만연한 사회를 가리킨다. 이러한 사회에서는 내면성과 주체성이라는 근대문학의 전제 자체가 소멸되는데, 타인지향의 사회란 그것들이 원천적으로 결여된 세계를 가리키기 때문이다. 그러면서 가라타니는 타인지향의 세계가 소비사회의 등장과 맞물려 있다고 해석하면서, 소비사회의 본질을 '상인자본주의적인 것'의 부활로 이해한다. 요컨대 근대문학의 종언의 최종심급에 소비사회와 상인자본주의를 놓고 있는 것이다.

따라서 종언론을 판단하는 데 있어 가장 결정적인 기준은 '상인자본주의적인 것'의 지배 여부이다. 가라타니 고진에 따르면, '상인자본주의적인 것'이란 "생산이 아니라 유통의 차액에서 잉여가치를 얻으려고" 하는 것을 뜻한다. 전지구적 소비사회란 바로 "그런 자본의 본성이 전

---

10) 가라타니 고진은 「문학의 쇠퇴」라는 글에서 "나카가미 겐지의 죽음(1992년)은 총체로서의 근대문학의 죽음을 상징하는 것이었다. 그것은 더 이상 다른 가능성이 있는 것이 아니었다. 그저 끝이었다. 물론 문학은 계속될 것이지만, 그것은 내가 관심을 가지는 문학은 아니었다. 실제 나는 문학과 인연을 끊어버렸다."고 진술하고 있다. 근대문학이 끝났으니 문학과 인연을 끊는 것은 당연한 수순이라는 말이다. 가라타니 고진, 『근대문학의 종언』, 조영일 역, 도서출판b, 2006. 40면.

면에 등장"한 세계이다.[11] 그런데 근대문학 종언론의 최종심급에 해당하는 이 지점에서 가라타니는 치명적 문제점을 노정한다. 가라타니는 마르크스의 견해에 따라 자본주의를 가치증식에 의해 존립되는 경제체제로 규정한다. 놀라운 것은 가라타니 고진이 잉여가치를 교환=유통=소비과정에서 발생하는 것으로 설명하고 있다는 점이다. 이러한 견해는, 책마다 정도의 차이가 있기는 하지만, 『마르크스 그 가능성의 중심』(1978)에서부터 『탐구 1』(1986)과 『트랜스크리틱』(2001)에 이르기까지 일관되게 견지된다. 최근작인 『세계공화국』(2006)도 비슷한 입장인 것으로 보인다. 가라타니는 『탐구 1』에서 "어떤 생산물도 팔리지(화폐와 교환되지) 않으면 '가치'도 아닐뿐더러 '사용가치'조차 아"니며 "생산과정 자체로부터도 '가치'를 규정할 수 없"[12]다고 단정하고 있고, 『트랜스크리틱』에서는 "마르크스는 잉여가치를 생산과정에서만이 아니라 유통과정에서도 보려 했다."면서 "잉여가치는 총체적으로 노동자가 노동력을 팔고, 그 돈으로 다시 그들이 만든 것을 사는 데서 생겨난다."[13]고 발언한다. 마르크스의 잉여가치론에 대한 이러한 해석은 교묘한 곡해(曲解)를 담고 있다. 왜냐하면 마르크스는 잉여가치가 생산과정에서 잉여노동의 수탈로부터 발생한다고 명확하게 기술하고 있기 때문이다.[14] 물론 마르크스는 화폐의 자본으로의 성장, 곧 가치증식으로서의 자본은 "반드시 유통영역에서 일어나야 하며, 또 그러면서도 유통영역에서 일어나서는 안된다."고 얼핏 이율배반적으로 말하고 있기는 하다. 하지만 이 발언이 가라타니의 해석처럼 잉여가치가 생산과정뿐 아니라 유

---

11) 가라타니 고진, 『근대문학의 종언』, 85~86면.
12) 가라타니 고진, 『탐구 1』, 송태욱 역, 새물결, 1998, 110면.
13) 가라타니 고진, 『트랜스크리틱』, 송태욱 역, 한길사, 2005, 398면 및 404면.
14) K. 마르크스, 『자본론 1』, 김수행 역, 비봉출판사, 2001, 286~287면.

통과정에서도 발생한다는 뜻은 아니다. 『정치경제학 비판 요강』에서 간명하게 정식화했듯이, "살아 있는 노동은 가치 창출적인 데 반해 유통은 가치 실현적"[15]이라는 것이 마르크스의 잉여가치론의 요체이다. 말하자면 유통은 노동에서 창출된 잉여가치가 구체적으로 실현되는 장소일 뿐이라는 것이다.

　『자본론』에 대한 가라타니 고진의 곡해는 다분히 의도적인 것으로 보인다. 두 가지 점에서 그러하다. 첫 번째는 소비=교환 영역의 선차적 중요성을 강조하기 위해서이다. 가치가 생산과정뿐 아니라 유통과정에서도 발생한다면, 소비영역은 최소한 생산영역과 동등한 사회운동의 장으로 간주되어야 한다. 『트랜스크리틱』에서 가라타니 고진은 소비자운동, 그의 표현을 빌리면, '소비자로서의 노동자' 운동이야말로 참다운 반체제운동이 될 수 있다고 강조하는데, 그것은 "자본에서 소비영역은 노동자가 유일한 주체로서 나타나는 구조론적 장"이며, "소비자의 의지에 종속되는 유일한 장"이기 때문이다. 가라타니가 노동운동과 소비자운동의 결합을 제창하는 것은 그런 맥락에서이다. 물론 결합의 방점은 소비자 쪽에 찍혀 있다. 한 대담에서 가라타니가 강조했듯이, 노동자는 생산지점에서는 자본이나 네이션과 공유하고 있는 이해관계 때문에 보편적이 될 수 없는 데 비해 유통과 소비의 장에서의 노동자, 곧 소비자는 그러한 이해관계를 초월하여 보편적이 될 수 있기 때문이다.[16] 그러나 소비자가 보편적이라는 주장은 받아들이기 힘든 가설이다. 소비자 자체가 계급적·민족적·성적으로 분절되어 있어 '초월론적' 보편성을 공유할 수 없거니와 소비영역에서의 노동자 주체성 역시 하나의 가상

---

15) K. 마르크스, 『정치경제학 비판 요강 2』, 김호균 역, 도서출판 백의, 2000, 180면.
16) 가라타니 고진, 『근대문학의 종언』, 262면.

에 불과하다. 가령 노동자는 해고되는 순간 소비영역에서 퇴장당한다. 그와 동시에 보편성을 표현할 기회도, 주체성을 누릴 자유도 사라진다. 이 점만 보더라도 노동자의 소비자로서의 보편성과 주체성이 얼마나 가변적인 것인지, 소비영역에서의 노동자의 입지가 생산영역에 얼마나 의존하고 있는지를 쉽게 이해할 수 있다. 그럼에도 불구하고 가라타니 고진이 그러한 주장을 펼칠 수 있는 저변에는 소비=유통영역이 가치를 만들어내는 유력한 장소라는 명제가 깔려 있다.

두 번째는 소비사회로의 진입이 근대문학이 종언을 고하게 되는 결정적 조건이 된다는 점이다. 글의 주제와 관련해 더욱 중요한 것이 이 대목이다. 근대소설의 반체제적 급진성은 역사적으로 생산관계의 모순을 혁파하려는 사회적 실천들과 본질적 관계를 맺어 왔다. 가령 가라타니 고진이 동의를 표한 싸르트르의 '영구혁명 중에 있는 주체성'도 급진적이고 반체제적인 프롤레타리아문학에의 열망을 함축하고 있다. '프락시스로서의 문학'이 바로 그것이다. 한국의 진보적 문학들도 마찬가지다. 식민지시대의 프로문학이나 리얼리즘문학, 해방 이후의 민족·민중문학과 노동문학이 그러했다. 근대문학에 관한 이런 유(類)의 구상들은 생산영역이 잉여가치를 수탈하는 착취의 공간이자 노동자계급의 주체성이 살아 숨쉬는 곳이라는 판단에 기초하고 있고, 그러한 판단은 생산과정이 가치를 창출하는 특권적 장이라는 전제에 의거하고 있다. 하지만 소비영역도 가치를 창출하는 장이라면, 더구나 교환논리가 사회 전체를 지배하게 된 것이 소비사회라면, 이제 생산영역은 더 이상 노동자 혹은 민중의 주체성이 작동하는 장소로서의 위상을 유지하기 어려워진다. 사정이 그러하다면, 소비사회에서는 고전적 의미의 근대소설은 존속하기 힘들 수밖에 없다. 하지만 이러한 판단이 적어도 가라타니가 참조하고 있는 마르크스의 견해와는 다른 것임은 분명하다.

가치의 창출을 어떻게 이해할 것인가, 이 문제는 가라타니 고진이 평생 동안 씨름해온 화두라 할 수 있다. 그의 전체 사상과 사회운동론뿐 아니라 근대문학 종언론도 이 문제와 깊숙이 연동되어 있다. 왜냐하면 생산영역이 가치를 창출하고 노동자의 주체성이 살아 숨쉬는 특권적 장이라면, 현대가 소비사회든 후기자본주의사회든 아니면 신자유주의 사회든 '영구혁명 중에 있는 주체성의 표현'으로서의 근대문학은 여전히 필요하고 유효하기 때문이다. 그러나 조영일의 종언론 해석에는 이 문제에 대한 비판적 검토가 결락되어 있다. 가라타니가 거론한 종언의 이러저런 징후들이 과연 있는가 없는가를 따지는 것은 일종의 증거 찾기에 불과하다. 사실 그러한 증거는 마음만 먹으면 얼마든지 찾아낼 수 있는 것들이다. 네이션의 형성과 관련한 소설의 역할 종료, 소비사회의 성립과 대중문화의 지배, 주체성의 상실과 자기소외, 문학의 제도화와 문예창작과의 번창 등등. 하지만 이러한 징후들이 아무리 많다 하더라도 종언론의 전제와 조건이 잘못된 것이라면, 그것은 보편 이론으로서의 가치를 지닐 수 없다. (잉여)가치론은 바로 그 전제와 조건의 정수에 해당한다.

필자가 보기에, 가라타니 고진의 (잉여)가치론은, 그의 표현을 빌리자면, '기원의 은폐'에 골몰하고 있는 담론이다. 가치의 기원, 유통의 기원, 소비의 기원, 영구혁명의 기원, 주체성의 기원. 근대문학 종언론은 이것들의 기원을 은폐함으로써 성립된 담론이다. 가치와 주체성의 원천인 생산과 노동이라는 기원을 은폐하는 한 종언론은 허망한 주장일 수밖에 없다. 왜냐하면 그 곳은 지금도 가치의 창출과 착취, 지배와 저항, 적대와 대립, 주체성과 주체성의 충돌과 지양으로 생동하고 있기 때문이다. 다만 소비 대중사회가 그것을 은폐하고 있을 뿐이며, 우리 모두가 외면하고 있을 따름이다. 한국문학의 현재와 관련해 시사하는 바도 많고 현대사회의 본질에 대한 새로운 가르침도 적지 않지만, 기원을 은폐한 담론이 보편 이론이 되기는 힘들다. 필자의 판단이 틀렸을 수도 있다. 그러나 맞고틀림과는 별개로, 비판적 독해에 의한 담론의 상대화 과정을 거칠 때에만 특수와 특수의 소통을 통한 보편으로의 상호지양이 가능한 법이다. 조영일의 가라타니 고진론은 일본발 담론 수입의 관행과는 다른 진지함과 실천적 문제의식으로 가득 차 있다. 그럼에도 불구하고 상대화의 노력은 여전히 발견하기 어려운 것이 사실이다. 다시 한 번 강조하건대, 학문의 식민성은 그래서 무서운 것이다.

탈근대주의와 과잉 식민성 혹은 신실증주의

1. 한국근대문학 연구와 탈근대주의

일본이 한국을 강제 병합한 지 100년이 넘었고 우리가 일제로부터 해방된 지도 벌써 70년이 다 되어간다. 하지만 그럼에도 불구하고 한국근대문학 연구는 현재 식민주의에 주눅들어 있다. 1990년대에 빠른 속도로 수용되어 이제는 한국근대문학 연구의 주류 담론으로 자리잡은 탈근대주의는 식민주의를 신격화했다. 탈근대주의자들이 보기에 식민주의에 대한 도전은 불가능한 일이다. 모두가 식민주의라는 매트릭스에 갇혀 있기 때문이다. 당연히 어떠한 도전도 정교한 매트릭스의 일부일 뿐이다. 비유하자면, 우리 모두는 부처님 손바닥 위에 있는 손오공이다. 손오공이 아무리 날뛰어도 부처님 손바닥에서 벗어날 수 없었던 것처럼 식민주의에 대한 도전도 식민주의의 권역 안에서 한없이 맴돌 뿐이다.

탈근대주의는 식민주의에 대한 발본적(拔本的) 비판을 표방했다. 하지만 발본적 비판의 끝은 식민주의의 특권화였다. 이러한 역설은 민족주의와 식민주의에 대한 오해 내지는 편견과 밀접하게 관련되어 있다. 따라서 한국근대문학 연구가 식민주의의 극복이라는 공안(公案)에 기여할 수 있는 학문적 실천이 되려면 탈근대주의의 오해와 편견을 교정하는 작업이 선행되어야 한다. 탈근대주의가 주류 담론이 되면서 한국근대문학 연구 역시 이러한 오해와 편견에 깊이 침윤되어 있기 때문이다.

2. 민족주의의 단순화와 과잉 일반화

민족주의에 대한 탈근대주의의 이해는 단순하기 그지없다. 탈근대주의가 바라보는 민족주의는 식민주의의 반복 그 이상도 이하도 아니다. 유럽의 민족주의든 제3세계의 민족주의든, 부르주아 민족주의든 민중적 민족주의든, 문화적 민족주의든 저항적 민족주의든, 모든 민족주의는 식민주의와 일란성 쌍둥이일 뿐이다. 민족주의와 식민주의의 관계에 대한 탈근대주의의 전형적인 설명 방식은 다음과 같다.

> 일본 제국주의의 다민족주의적 지배 아래에서 조선 민족의 자기 확립이란, 제국의 영토 안에서 민족의 '특수한' 영역을 분절(分節, articulate) 함으로써 '민족 주체'를 명료하게 하는 것이다. 그럼으로써 '특수'로서의 민족의 확립은 '보편'으로서의 제국을 지탱하는 것이다. 요컨대, 제국이 랑그(langue)라면 민족은 빠롤(parole)인 것이다. 이 영역을 둘러싸고 벌어지는 헤게모니 쟁투, 그것이 이른바 '민족운동'인 것이다.[1]

---

1) 김철, 「'결여'로서의 국(문)학」, 『식민지를 안고서』, 역락, 2009, 33면.

이 구절에 대한 상세한 비판은 이미 김홍규에 의해 이루어진 바 있다.[2] 김홍규의 비판에 기본적으로 동의하면서 필자는 두 가지 사항을 첨부하고자 한다. 하나는 김철이 '하나의 민족주의'만을 설정하고 있다는 점이다. 김철은 민족주의가 복수(複數)일 가능성을 조금도 인정하지 않는다. 김철에게 주시경, 김두봉, 정인보, 신채호, 최현배는 모두 '똑같은' 민족주의자들이다. 말하자면 타협적 민족주의와 비타협적 민족주의, 민족주의 우파와 좌파, 부르주아 민족주의와 민중적 민족주의의 차이에 대한 분별이 김철에게는 없다. 모든 민족주의는 하나같이 제국을 지탱해주는 이데올로기일 뿐이다. 최현배의 이데올로기가 조선어학회의 이데올로기로 곧바로 확장될 수 있는 것도 그래서이다.[3]

하지만 민족주의는 하나가 아니다. 필자는 이광수의 문화적 민족주의와 신채호의 저항적 민족주의의 비교를 통해 이 점을 확인한 바 있다.[4] 후기식민론의 대표 주자로 불리는 사이드 역시 민족주의가 하나가 아님을 인정하고 있다. 사이드는 "분리주의적이고, 심지어 국수주의적이며 권위주의적인 민족주의"와 "여러 문화와 민족과 사회 집단 사이를 횡단하는, 더욱 거대하고 더욱 관용적인 인간 공동체의 모습을 선

---

2) 김홍규, 「한국 근대문학 연구와 식민주의」, 『창작과 비평』, 2010. 봄, 308~313면.

3) 이에 대해서는 김철, 「갱생(更生)의 도(道) 혹은 미로(迷路)」, 같은 책. 참조. 조선어학회는 최현배로 대표되는 민족주의 우파, 신명균과 같은 민족주의 좌파, 이극로 류의 사회주의자가 혼거하고 있던 단체였다. 다양한 이데올로기들이 병존할 수 있었던 것은 민족어의 수호를 통한 탈식민 저항이라는 공통분모 때문이었다. 이 점은 1934년에 발표한 '조선어학회 맞춤법 통일안 지지 성명'에 민족주의 우파와 좌파 및 사회주의자들이 대거 서명한 사실에서도 확인된다. 따라서 조선어학회의 정체성을 최현배로 환원시키는 것은 전형적인 과잉 일반화라 할 수 있다. 조선어학회와 조선총독부의 대립적 관계에 대해서는 최경봉, 「일제강점기 조선어학회 활동의 역사적 의미」, 『민족문학사연구』 31호, 2006 참조.

4) 하정일, 「자율적 개인과 부르주아 결사로서의 민족」, 문학과사상연구회, 『이광수 문학의 재인식』, 소명출판, 2009.

택하는 민족주의"를 분명하게 구별한다. 사이드가 후자에서 민족주의의 가능성을 보고 있음은 물론이다. 사이드는 후자의 민족주의가 "비유럽 세계 모든 곳에서 서양의 지배에 대한 저항을 자극하고 추진해온 것은 역사적인 사실"이라면서, "이 사실을 반대한다는 것은, 뉴턴의 만유인력의 법칙에 반대하는 것 이상으로 소용없는 짓"이라고 단언한다.5) 민족주의에 대한 김철의 일방적 비판에는 사이드와 같은 분별력이 부족하다. 김철은 부르주아 민족주의 중에서도 가장 보수적이고 권위주의적인 최현배의 민족주의를 택해 그것의 폐해를 분석한 연후에 그 분석 내용을 저항적이고 진보적이고 민중적인 민족주의들에까지 확대 적용한다. 민족주의가 복수라는 점에서 김철은 과잉 일반화의 오류를 범하고 있는 셈이다.

다른 하나는 김철이 민족주의를 식민주의의 복사판으로 여기고 있다는 점이다. 민족주의가 식민주의에서 '파생된' 것은 부인할 수 없는 사실이다. 가령 신채호의 민족주의는 사회진화론이라는 식민주의 이데올로기의 강력한 영향 하에서 형성되기 시작했다. 신채호의 국수(國粹)보전설이나 지·정·의 삼분론 또한, 김철의 설명처럼, "'제국'을 경유한 근대적 학적 체계라는 '보편'의 매개를 통해" 정립된 것이다. 하지만 신채호는 사회진화론이나 국수보전설을 '노예해방의 사상'으로 변용시켰으며,6) 지·정·의 삼분론을 "망국민에게 필요한 정명(正名)으로 되받아" 써 민족의식의 정립을 위한 매개체로 활용했다.7) 다시 한 번 사이

---

5) 에드워드 W. 사이드, 『문화와 제국주의』, 박홍규 역, 문예출판사, 2005, 422~423면.
6) 하정일, 「급진적 근대기획과 예술의 정치화」, 『탈식민의 미학』, 소명출판, 2008, 160~176면.
7) 구장률, 「망명객 신채호와 디아스포라의 문학」, 『한국문학의 로컬리티와 디아스포라』, 민족문학사연구소 창립 20주년 기념 2차 심포지움 자료집, 2010, 96~100면.

드를 인용하자면, 사이드 역시 김철과 비슷하게 민족주의가 "제국 문화에 의해 이미 수립된 여러 형식, 또는 적어도 제국 문화의 영향을 받거나 제국 문화에 침식된 여러 형식을 재발견하고 이용하지 않을 수 없"음을 인정한다. 그러나 그렇다고 해서 민족주의가 식민주의의 복사판은 결코 아니라고 사이드는 역설한다. 오히려 제3세계 민족주의는 '제국 문화'의 '재해석과 재이용'을 통해 "독립 운동을 성공으로 이끈 지침이 되"었으며, 나아가 "백인과 비백인이 공유하는 영역에 대한 재인식과 재고찰을 촉구"하기도 했다. 사이드는 응구기 와 시옹고, 에메 세제르, C. L. R. 제임스, 타고르, 네루다, 파농 등을 대표적인 사례로 제시한다. 이것이 가능한 까닭은 모든 문화의 역사가 '문화적 차용의 역사'이기 때문이다. "상이한 문화 사이에는 모든 종류의 전유(專有)와 공동 체험과 상호 의존이 있다. 이것이 보편적인 규범이다."8) 피식민 민족주의가 제국의 시스템에 균열을 만들어낼 수 있는 것은 그래서이다.

　제국 문화의 재활용을 통한 탈식민 저항의 또 다른 사례로는 '필리핀 민족의 아버지'로 추앙받는 호세 리살이 있다. 『상상의 공동체』의 저자인 베네딕트 앤더슨은 『세 깃발 아래에서』라는 최근작을 통해 리살의 소설이 필리핀 민족주의의 탈식민 저항에 심대한 영향력을 발휘했음을 밝히고 있다. 소설과 민족주의의 관련성에 대해서는 이미 『상상의 공동체』에서 상세하게 논의된 바 있으므로 딱히 새로운 것이 없는 내용이다. 이 저서에서 흥미로운 것은 리살의 소설이 유럽과 미국의 소설들과 맺고 있는 관계에 대한 설명이다. 앤더슨은 리살이 포, 뒤마, 말라르메, 보들레르, 세르반테스, 위스망스 등의 문학을 원천으로 하고

------

8) 에드워드 W. 사이드, 같은 책, 408~421면.

있다는 사실을 다양한 자료들을 통해 보여준다. 하지만 리살의 문학이 유럽 문학의 복사판은 아니다. "리살의 독창성은 그가 읽은 것을 바꾸어 쓰고, 엮고, 변형하는 방식에 있었다."고 앤더슨은 강조한다. 요컨대 리살은 유럽과 미국의 문학을 재활용해 "필리핀 반식민주의 민족주의자들의 정치적 상상력을 자극"한 독창적인 문학작품을 만들어낸 것이다. 리살은 민족주의에서 출발해 말년에 아나키즘을 받아들였고, 스페인 식민주의자들에게 붙잡혀 36세의 젊은 나이에 폭동 교사 및 반역죄로 총살형을 당했다. 그런 점에서 리살의 삶의 행로는 신채호를 연상시키기도 한다. "리살의 죽음은 즉석에서 민족의 열사를 만들어냈고, 혁명 운동을 넓고 깊게 키워낸 데다, 다음 해 카노바스의 암살을 간접적으로 초래했으며, 스페인 제국의 종말을 향한 길을 열었다."9) 이것이 민족주의가 내장한 탈식민 저항의 힘이다.

리살의 사례에서도 알 수 있듯이 제국주의 시대에 제국 문화의 영향을 받는 것은 피식민 문화의 필연적인 조건이다. 영향관계란 대개 힘의 논리에 의거하기 때문이다. 하지만 영향관계가 반드시 우열관계로 이어지는 것은 아니다. 사이드의 말마따나 '문화적 차용'은 문화 형성의 '보편적인 규범'일 뿐이다. 19세기 후반의 러시아문학이나 20세기의 라틴아메리카문학과 아프리카문학은 원판의 모방을 넘어 독창적이고 역동적인 민족문학을 산출했다. 그 과정에서 민족주의가 민족의식의 창출을 통해 원판과 '비슷하면서도 다른' 민족문학의 등장에 직·간접적으로 관여했음은 물론이다.

반면에 김철은 보편과 특수의 관계를 우열관계로만 인식한다. 보편

---

9) 베네딕트 앤더슨, 『세 깃발 아래에서』, 서지원 역, 도서출판 길, 2009, 2장과 4장 참조

→특수의 경로만 인정할 뿐 특수→보편의 경로는 부정하는 것도 그래서일 터이다. "제국이 랑그라면 민족은 빠롤이다."라는 발언도 그러한 맥락에서 나온 것이라 할 수 있다. 엄밀히 말하자면, 보편-특수의 상호관계에 대한 이런 식의 이해방식이야말로 제국주의적인 것이다. 그러한 이해방식은 특수가 보편의 지형을 바꾸기도 한다는 사실에 대한 외면 혹은 은폐로부터 나온 것이기 때문이다. 말하자면 그것은 제국의 우월성과 민족의 열등성이라는 식민주의적 계서제를 정당화하기 위한 이데올로기적 장치인 셈이다. 동시대에만 국한시키면, 보편→특수의 경로만 보일 수도 있다. 그러나 역사를 좀더 거시적으로 놓고 관찰하면, 특수가 보편의 지형을 바꾼 경우를 적지 않게 발견할 수 있다. 19세기 후반의 러시아문학이나 20세기의 라틴아메리카문학은 특수로서의 후발 민족문학이 보편으로서의 세계문학의 유럽중심적 지형을 바꿔놓은 대표적인 사례라 할 수 있다.

필자는 민족주의가 원천적인 한계를 가진 이데올로기라는 사실을 부정하지 않는다. 지금의 시점에서 보건대, 민족주의의 한계는 너무도 분명하다. 독립국가의 건설이라는 전망에 갇혀 있는 것이라든가 자본주의와 부르주아의 이해관계에 봉사하는 이데올로기라는 사실 또는 민족이라는 초월적 대(大)주체에 의해 다른 주체들-계급·여성·개인 같은-이 주변화된다는 점 등이 그것일 터이다. 배타주의, 분리주의, 자민족 중심주의 같은 것들을 추가할 수도 있겠다. 그래서 파농은 민족의식을 사회의식으로 진전시키지 않으면 민족주의는 '막다른 골목'에 봉착하게 될 것이라고 경고하기도 했다.[10] 따라서 민족주의의 한계를 비판적

---

10) F. 파농, 『대지의 저주받은 사람들』, 남경태 역, 그린비, 2004, 230면.

으로 인식하는 것은 참다운 인간해방의 길을 찾기 위해서라도 필수적인 일이다. 다만 그러한 비판적 인식은 균형감각을 바탕으로 해야 한다. 요컨대 민족주의의 해방적 힘과 원천적 한계를, 즉 민족주의의 양면성을 투시하는 입체적 안목이 긴요하다는 것이다. 탈근대주의에는 바로 이러한 균형감각이 결여되어 있다.

민족주의에 대한 차테르지의 설명방식은 그런 점에서 시사적이다. 차테르지는 제3세계의 민족주의가 '정신적 주권영역'을 설정하면서 시작되었다고 본다. 이 '정신적 주권영역'이란 달리 말하면 '민족문화'를 가리킨다. 민족주의는 식민 국가가 민족문화에 개입하는 데 강력하게 저항함으로써 '근대적이지만 서구적이지는 않은' 민족문화를 창출하려 한다. 따라서 이 '내부' 영역은 서구 근대와의 동일성을 지향하는 정치·경제·과학·기술과 같은 물질적 '외부' 영역과는 달리 '차이'를 특징으로 한다. 차테르지는 "민족이 상상된 공동체라면, 그것이 만들어지는 곳이 여기"라고 말한다. 차테르지에 따르면, 민족주의의 '가장 강력하고 창조적이며 역사적으로 중요한 기획'이 바로 이것이다.[11] 말하자면 '근대적이지만 서구적이지는 않은' 민족문화 기획이야말로 민족주의의 해방적 측면인 셈이다. 그렇다고 해서 차테르지가 민족주의의 한계를 부인하는 것은 아니다. 민족주의의 한계는 물질적 '외부' 영역과 관련되어 있다. 이 영역에서 민족주의는 서구 근대가 제시한 전범들 가운데 하나를 선택해야 했고, 그 결과 인도는 근대 자유민주주의 국가의 이데올로기에 포섭되었다. 여기에 민족주의의 한계가 집약되어 있다는 것이 차테르지의 견해이다.[12]

---

11) P. Chatterjee, 『The Nation and Its Fragments』, Prinston University Press, 1993, p.6.

12) P. Chatterjee, ibid, p.10.

이처럼 차테르지는 민족주의의 양면성을 입체적으로 통찰하면서 민족문화 기획에서 새로운 문화와 공동체 창출의 가능성을 찾는다. 왜냐하면 거기에 식민주의와 근대주의에 대한 '수많은 파편화된 저항들'이 담겨 있기 때문이다. 반면에 차테르지와는 달리 민족문화에 대한 탈근대주의의 시각은 부정일변도이다. 그러한 부정적 시각은 민족문화가 민족주의에 기반하고 있다는 판단에 근거하고 있다. 민족문화가 민족주의에만 기반한 것은 아니다. 예컨대 사회주의 민족문화도 분명한 역사적 실체로서 존재해왔다. 그런 점에서 탈근대주의는 민족문화도 단순화시키고 있다. 하지만 문제의 초점은 다른 데 있다. 민족주의에 기반한 민족문화가 왜 문제인가. 탈근대주의에 따르면, 그 까닭은 한마디로 민족주의가 식민주의의 쌍생아이기 때문이다.

가령 허병식은 민족주의자인 이태준의 『사상의 월야』를 비판하면서 주인공인 송빈이 "식민지적 무의식을 내면화한 존재"라고 규정한다. 왜냐하면 송빈의 정체성 자체가 "식민지 권력의 놀이 속에 지식의 생산을 기입하는 지배의 내면화 속에 비로소 형성된 것"[13]이기 때문이다. 『사상의 월야』가 자전소설이라는 점에서 이태준은 "식민지적 무의식을 내면화한" 작가인 셈이다. 이러한 해석은 전형적인 민족주의=식민주의 논법이다. 이와 관련하여 흥미로운 것이 각주에서 "문화적 특수성을 담지한 공간으로서의 동양을 상정한 것 또한 지배의 내면화로 볼 수 있다."고 설명하고 있는 점이다. 그러나 이태준의 동양론을 '지배의 내면화'로 보기는 어렵다. 그것을 근대초극론과 연결시키는 것은 말할 나위도 없다. 이태준은 오히려 동양적인 것을 전(前)근대적인 세계로 제한하

---

13) 허병식, 「이태준과 교양의 형성」, 『한국근대문학연구』 10호, 2004, 131~139면.

면서 동양적 전통에 매달리는 태도를 시대착오적이라고 곳곳에서 비판한다. 필자는 일제말기의 동양 담론이 크게 세 분파로 나누어진다고 설명한 바 있다. 첫 번째가 동양을 절대화하는 논리이고, 두 번째는 동양을 심미화하는 논리이며, 세 번째는 동양을 상대화하는 논리이다. 첫 번째를 대표하는 이광수는 도의나 천명 같은 동양적 가치를 시간적 불가역성을 뛰어넘는 초역사적 실체로 신비화시켰다. 두 번째를 대표하는 것은 김동리인데, 김동리는 동양적 가치를 미적인 영역에 한정하되 그것을 서구 근대에 맞선 주권적 영역으로 특권화시켰다. 이태준은 세 번째에 해당한다. 그런 점에서 이태준을 동양주의자로 해석하는 것은 동양 담론의 다기한 분파를 분별하지 않은 데 따른 오독(誤讀)이라 할 수 있다[14] 일제말기의 동양 담론을 보더라도 민족주의가 하나가 아님을 재확인할 수 있거니와 『사상의 월야』의 민족주의에 좀더 사려 깊게 접근해야 하는 것도 그런 연유에서이다.

『사상의 월야』에서 식민지적 무의식이 발견된다는 분석은 부분적으로 타당성이 있다. 송빈의 동경 유학에 제국에 대한 무의식적 선망이 숨어 있다는 점에서 그러하다. 하지만 그것은 그야말로 부분적이며, 더구나 그러한 무의식적 선망은 동경 유학생들이 일반적으로 지니고 있던 것이다. 「만세전」의 이인화도 그렇지 않은가. 따라서 제국에 대한 선망은 동경 유학생들의 의식과 무의식의 분열 혹은 정체성의 혼란으로 이해하는 것이 온당하다. 성장소설이 이러한 문제를 다루는 것은 당연한 일이다. 중요한 것은 정체성의 분열과 혼란을 넘어 송빈이 궁극적으로 지향하고자 하는 바가 무엇이냐는 것이다. 그것은 한마디로 좌절

---

14) 하정일, 「친일과 저항의 경계를 어떻게 잡을 것인가 — 이태준을 중심으로」, 『탈식민의 미학』, 298~299면.

된 아버지의 꿈을 계승하겠다는 것이다. 아버지 이야기를 소설의 서두에 배치한 것도 그래서이다. 송빈의 아버지는 누구인가. 그는 재산과 벼슬을 모두 포기하면서 계몽운동에 뛰어들었다가 오히려 역적으로 몰려 서북간도로 망명하게 된 인물이다. 요컨대 전투적 계몽주의자이다. 망명지에서 "조선 사람들을 모아 일본의 유신에 상응하는 이곳 유신을 일으킬 큰 뜻을" 품었지만, 도중에 객사하고 만다. 그런 점에서 송빈의 동경 유학은 아버지가 이루지 못했던 계몽의 꿈을 실현하기 위한 준비라 할 수 있다. 제목을 '사상의 월야'로 잡은 것도 그러한 주제의식과 관련이 깊다.[15] 『사상의 월야』에서 이를 보지 않는 것은 균형감각을 상실한 독법이다. 『사상의 월야』를 쓴 동기 자체가 식민주의에 맞서 스스로의 정체성을 재정립하기 위한 자기확인이었기 때문이다. 그럼에도 허병식이 『사상의 월야』가 "예속된 국민(subject, 신민)이라는 식민지 주체를 창출하는 기도를 내장하고 있"다고 비난하는 것은 민족주의에 대한 뿌리깊은 불신의 발로(發露)가 아닐 수 없다. 차테르지의 시각에서 보자면, 그러한 태도는 제3세계 민족주의의 역사성과 특수성에 대한 무지(無知)가 낳은 편견일 뿐이다.

3. 과잉 식민성과 근대주의

민족주의에 대한 탈근대주의의 뿌리깊은 불신의 배후에는 식민주의에 대한 도저한 공포가 웅크리고 있다. 탈근대주의가 바라보는 식민주

---

15) 하정일, 「계몽의 정신과 자기확인의 서사」, 『20세기 한국문학과 근대성의 변증법』, 소명출판, 2000, 218~220면.

의는 신과 같은 절대적 타자이다. 그것은 식민주의가 자기완결적이고 자기충족적인 체제/이데올로기이기 때문이다. 그런 만큼 식민주의에는 어떠한 균열이나 모순도 없으며, 자신에 대한 저항과 도전마저 식민주의의 시스템 속으로 포섭한다. 가령 이런 식이다.

> 조선학 개념의 기원에서 확인할 수 있는 것은 민족주의와 식민주의, 민족적 동일성의 욕망과 식민제국의 욕망이 서로 공모관계에 있다는 점이다. 물론 이것은 개별 주체의 의지 차원의 문제만은 아니다. 문제의 핵심은 식민제국 일본이 자신의 정체성을 확립하기 위해 만들어낸 타자의 표상 체계로서의 조선학 개념이 1930년대 조선 연구자들에게 자연스럽게 받아들여졌다는 데 있다. 물론 그것은 식민제국이 만든 학교·학술·출판 등 여러 제도적 장치를 통해 조선학이 근대적인 지적 담론으로서 안정화된 결과였다. 또한 **이것은 조선학 개념의 기원에 내포된 제국주의의 시선이 일정 정도 조선 연구자들에게 내면화되었다는 것을 뜻하기도 한다.** 요컨대 '조선적인 것'에 대한 욕망에 의해 추동된 조선학은 식민제국의 조선 연구를 성립 조건으로 한다는 점에서 제국주의의 파생 담론이라고 할 수 있다. 이런 맥락에서 **조선학은 식민제국 일본에 의해 관리되고 통제되었던 것이다.**[16](강조-인용자)

여기서 주목되는 것은 조선학에 "개념의 기원에 내포된 제국주의의 시선"이 내면화되었다는 언급이다. 식민주의를 내면화한 조선학이 식민주의와 공모관계를 이루는 것은 자연스러운 일이며, "식민제국 일본에 의해 관리되고 통제"되는 것도 당연한 사태이다. 탈근대주의에서 이런 식의 서술은 거의 관례화되어 있다. 하지만 조선학 또한 민족주의가 그러한 것처럼 양면적이다. 말하자면 저항과 공모가 모순적으로 병존

---

16) 김병구, 「고전부흥의 기획과 '조선적인 것'의 형성」, 『민족문학사연구』 31호, 소명출판, 2006, 23~24면.

하고 있다고 보는 것이 진실에 가까울 것이다.[17] 그럼에도 탈근대주의가 공모관계만을 일방적으로 강조하는 것은 식민주의가 자기완결적이고 자기충족적인 시스템이라는 완강한 통념과 본질적 관계를 맺고 있다. 그래서 공모만 보이고 저항은 보이지 않는 것이다. 어떠한 저항도 식민주의의 자기완결성과 자기충족성으로 말미암아 식민주의의 시스템 속으로 회수되기 때문이다.

하지만 이미 마르크스는 "아일랜드가 영국 지주제도의 보루"[18]라는 언명을 통해 식민주의의 비완결성과 비자족성을 갈파한 바 있다. 식민주의의 비자족성은 "계급적 헤게모니를 추구하는 가운데 국가가 지배계급과 피지배계급 사이의 불안정한 타협의 균형 안에서 활동하기 때문이다."[19] 식민 지배는 피식민자의 동의와 협력 없이는 존립 불가능한 법이다. 그런 점에서 식민주의는 탈근대주의자들의 통념과는 달리 매우 불안정하고 비자족적인 체제이며, 탈식민 저항의 가능성은 이로부터 발생한다.[20] 사이드는 식민주의의 비완결성과 비자족성에 대해 제인 오스틴의 『맨스필드 파크』를 사례로 들어 설명하기도 한다. 사이드에 따르면, 소설 속 맨스필드 파크의 삶은 철저히 '노예노동에 의해 유지된 설탕 대공장'에 의지하고 있다. 요컨대 맨스필드 파크의 "버트램가 사람들은 노예무역, 설탕, 식민지 농장주의 계급적 뒷받침 없이는

---

17) 이에 대해서는 베네딕트 앤더슨, 『세 깃발 아래에서』, 1장 참조. 여기서 앤더슨은 이사벨로 데 로스 레예스를 통해 피식민국의 민족(속)학이 갖는 복합적 면모를 세밀하게 그려내고 있다. 한국의 경우에도 신채호와 최남선의 국학에서 그러한 복합성을 확인할 수 있다. 이에 대해서는 윤영실, 「'국민'과 '민족'의 분화」, 『상허학보』 25집, 2009 참조.

18) K. 마르크스, 『마르크스-레닌주의 민족이론』, 편집주 편역, 나라사랑, 1989, 107면.

19) N. 플란차스, 『국가·권력·사회주의』, 박병영 역, 백의, 1994, 39면.

20) 이에 대한 좀더 자세한 설명으로는 하정일, 「한국근대문학 연구와 탈식민」, 『탈식민의 미학』, 소명출판, 2008, 61~67면 참조.

존재할 수 없"다는 것이다.[21] 그런 점에서 카리브해 지역 식민지는 『맨스필드 파크』의 서사를 존립시켜 주는 일종의 무의식적 기초라 할 수 있다. 서사의 표면에는 등장하지 않지만, 그것 없이는 맨스필드 파크의 삶이 불가능하다는 점에서 그러하다.

C. L. R. 제임스의 『블랙 자코뱅』은 이 점을 보다 분명하게 보여준다. 『블랙 자코뱅』에서 제임스가 강조하는 것은 두 가지이다. 하나는 노예제도와 노예무역이 프랑스 자본주의의 토대였다는 점이다. "18세기에 프랑스에서 발전한 거의 모든 사업은 기니 해안 또는 아메리카 대륙, 둘 중 한 곳으로 향하는 제품이나 상품에 그 기원을 두고 있었다." 가령 "프랑스는 산도밍고와의 무역에만 750척의 대형 선박과 2만4천 명의 선원들을 투입했다." 1789년 프랑스의 수출 무역액은 1700만 파운드였는데, 그 가운데 산도밍고와의 무역액이 1100만 파운드에 달했다.[22] 프랑스 자본주의가 산도밍고와의 무역에 거의 전적으로 의존하고 있었던 셈이다. 따라서 아이티라는 식민지 없이는 프랑스 자본주의는 존재할 수 없었다고 해도 결코 지나친 말이 아니다. 여기서 우리는 식민주의의 비완결성과 비자족성을 분명하게 확인할 수 있다. 식민주의의 비완결성과 비자족성은 탈식민 저항의 근거지가 된다. 식민주의의 모진 억압과 감시 속에서도 저항이 끊이지 않을 수 있는 것도 그래서이다.

다른 하나는 아이티 혁명이 프랑스 혁명을 자양분으로 삼아 이루어졌다는 점이다. 프랑스 혁명의 물결은 아이티의 흑인들에게까지 미쳤다. 아이티 혁명의 영웅인 투생과 '블랙 자코뱅'들은 프랑스 혁명의 이념인 자유·평등·우애를 노예해방의 명분으로 삼았다. 투생은 총재정

---

21) 에드워드 W. 사이드, 앞의 책, 196~203면.
22) C. L. R. 제임스, 『블랙 자코뱅』, 우태정 역, 필맥, 2007, 80~81면.

부에 보낸 서신에서 이렇게 말하고 있다.

> 내 소중한 여러분이여, 여러분의 손에 내 손을 올려놓고 내가 한 맹세를 다시 한 번 되새기는 것으로 충분합니다. 감사의 마음이 내 마음에서 사라지기 전에, 프랑스와 내 임무에 대한 나의 충성심이 사라지기 전에, 자유의 신이 자유파괴자 무리에 의해 모독을 당하고 더럽혀지기 전에, 그리고 **프랑스가 자국의 권리와 인류애의 옹호를 위해, 자유와 평등의 승리를 위해 내게 맡긴 그 검과 저 무기들을 내 손에서 탈취해가기 전에, 나는 내 목숨을 내던질 것입니다.**(강조-인용자)[23]

이 서한에서 투생은 자유와 평등과 인류애를 위해 스스로의 목숨을 던질 각오가 되어 있다고 역설한다. 자유와 평등과 인류애가 프랑스 혁명의 자유·평등·우애와 동의어임은 물론이다. 투생은 그것들을 프랑스가 자신에게 맡긴 '검과 무기'로 지키겠다고 결의하는데, 이 발언은 '네 칼로 너를 치리라'는 말을 연상시킨다. 1판 서문에서 제임스는 "프랑스 혁명이 일어나고 산도밍고가 그 영향을 받은 지 2년 만인 1791년 8월 이 곳 노예들이 반란을 일으켰다."고 기술했다. 투생의 서신은 프랑스 혁명이 아이티 혁명에 끼친 영향을 극명하게 입증해준다.

이 사실이 의미하는 바는 단순히 '문화적 차용'의 문제만이 아니다. 여기에는 탈근대주의의 또 다른 가설에 대한 비판이 담겨 있다. 탈근대주의의 또 다른 가설이란 근대주의가 곧 식민주의라는 것이다. 탈근대주의 계보에 속하는 연구들은 공공연하게 혹은 암암리에 식민주의=근대주의라는 가설을 바탕에 깔고 있다. 따라서 근대성의 성취를 추구한 사회운동이나 이념은 모두 식민주의와 공모관계에 놓이게 된다. 민족

---

23) C. L. R. 제임스, 같은 책, 266면.

주의가 전형적인 경우라 할 수 있다. 왜냐하면 민족주의야말로 근대주의를 표방한 대표적인 운동/이념이었기 때문이다. 사회주의도 근대성의 성취에 매진하곤 했다는 점에서 식민주의의 자장에서 자유롭지 않다.

그러나 탈근대주의의 가설과는 달리 근대주의와 식민주의의 관계는 복잡하기 그지없다. 발전사관, 생산력주의, 국가주의, 자민족중심주의, 과학기술주의, 사회진화론, 개발주의, 도구적 합리성 등 서로 겹치는 영역이 많은 것은 틀림없는 사실이다. 근대주의가 식민주의에 곧잘 포섭되곤 하는 것도 그래서일 터이다. 하지만 그렇다고 해서 근대주의가 항상 식민주의로 환원된다고 보는 것은 논리적 비약이다. 근대주의와 식민주의는 때로는 공모하기도 했지만, 때로는 대립하기도 했다. 앞에서도 언급했듯이 민족주의는 근대주의의 한 분파이지만, 식민주의에 종종 격렬하게 저항했다. 사회주의도 특히 제3세계에서 민족국가의 건설이라는 근대적 목표를 위해 헌신했지만, 식민주의와는 적대관계를 이루었다. 따라서 "식민지가 근대며 근대는 식민지다."[24]라는 식의 일반화는 근대주의와 식민주의가 보여준 복잡한 길항의 역사를 외면한, 받아들이기 힘든 가설에 불과하다.

『블랙 자코뱅』이 기술하고 있는 프랑스 혁명과 아이티 혁명의 상호관계야말로 근대주의=식민주의 가설에 대한 확실한 반증(反證)이다. 프랑스 혁명은 근대 혁명의 상징이었고, 자유·평등·우애는 이후 근대주의의 표상이 되었다. 그런데 그것이 아이티 혁명의 도화선이자 명분이 되었다는 것은 근대주의가 탈식민의 이념으로 작용했음을 의미한다. 프랑스 혁명은 프랑스 부르주아의 헤게모니를 확정해준 사건이었

---

24) 김철, 『복화술사들 : 소설로 읽는 식민지 조선』, 문학과지성사, 2008, 9면.

다. 그리고 아이티는 프랑스 부르주아의 부와 권력의 원천이었다. 그렇게 보면, 아이티 혁명은 실제로 '네 칼로 너를 친' 사건이었던 셈이다. 그것이 가능했던 것은 자유·평등·우애라는 근대주의 이념 덕이었으니, 이를 통해 근대주의와 식민주의의 이중적 관계—공모와 대립이라는—가 선명하게 드러난다.

한국근대문학의 역사 또한 마찬가지다. 식민지 시대의 작가들은 일본으로부터 지식이나 교양의 형태로 근대주의를 습득했다. 그들이 습득한 근대주의는 식민주의와 이중적 관계를 맺고 있었다. 따라서 작가들이 근대주의를 어떻게 수용하느냐에 따라 근대주의는 저항의 거점이 되기도 하고 협력의 명분이 되기도 했다. 프랑스 혁명을 어떻게 받아들이냐에 따라 제국주의로 가기도 하고 탈식민 투쟁으로 가기도 했던 것처럼 말이다. 이태준·임화·한설야와 이광수·최재서·백철의 행로는 그러한 과정을 거쳐 갈라진 것이다. 그런 점에서 근대주의=식민주의 가설에 묶여 있는 한 일제말기 협력과 저항의 복잡다단한 스펙트럼을 규명하는 것은 불가능하다. 근대주의=식민주의의 시각에서 보는 한 식민주의에 대한 저항은 있을 수 없는 일이 된다. 식민지 시대의 작가들 가운데 누구도 근대주의를 초월한 인물이 없었기 때문이다. 식민지 시대의 작가들에게 그것을 요구하는 것 자체가 일종의 소급입법이기도 하다. 그러므로 식민지시대 한국문학의 실상을 온전히 이해하려면 무엇보다 먼저 근대주의=식민주의라는 강박에서 자유로워져야 한다. 그럴 때 비로소 근대주의와 식민주의의 이중적 관계를 발견하는 것이 가능해질 것이며, 저항과 협력 사이의 복잡다단한 스펙트럼도 규명할 수 있게 될 것이다.

4. 결론에 대신하여―비평적 관점의 실종과 신실증주의

탈근대주의는 이념의 시대가 막을 내린 1990년대에 한국사회에 급속히 유포되었다. 그런 만큼 한국의 탈근대주의는 출발할 때부터 이념에 대한 환멸로 가득 차 있었다. 이념에 대한 환멸은 비평적 관점의 실종으로 이어졌다. 비평의 자리를 대신한 것은 해석이었다. 1990년대 이래 해설비평이 평단을 장악한 것은 잘 알려진 일이다. 해설비평의 유행은 출판 상업주의와도 깊이 연루되어 있었다. 이념의 빈자리를 자본이 꿰차면서 벌어진 사태였다. 탈근대주의 역시 출판 상업주의의 덕을 많이 보았다. 탈근대주의가 빠른 속도로 주류 담론으로 부상할 수 있었던 것은 출판 상업주의와의 유착 없이는 어려웠을 것이다. 출판 상업주의는 비평적 관점의 실종을 더욱 부채질했다. 이른바 학진 시스템 역시 이러한 풍조에 한몫 단단히 했다. 학진 시스템의 핵심은 연구의 계량화라 할 수 있거니와 그에 따라 연구자들은 많은 시간과 공력을 요구하는 비평적 사유보다 자료를 정리하고 해석하는 작업을 선호하게 되었다.

2000년대 한국근대문학 연구의 신실증주의화는 이러한 맥락에서 벌어지고 있는 현상이다. 비평이란 기본적으로 시시비비를 가리는 행위이다. 따라서 비평에서 가치판단은 빼놓을 수 없는 필수 요건이다. 요컨대 '해석 먼저 하고 가치판단은 나중에 하자'는 논리가 성립될 수 없는 영역이 비평인 것이다. 흔히 '해석이나 잘 해'라는 말을 하지만, 비평에서 해석과 가치판단은 분리 불가능하다. 가치판단 없이는 제대로 된 해석이 이루어질 수 없기 때문이다. 그런 점에서 가치판단을 괄호친 신실증주의는 해석에서도 문제를 야기할 수밖에 없다. 차승기는 사실

논쟁을 다룬 필자의 글을 비판하면서 다음과 같이 말한다.

> 그(하정일 — 인용자)는 중일전쟁 이후 대두된 '사실'이라는 기표가 '지성의 반대말', '파시즘의 상징', '문학적 제재' 등의 서로 다른 의미와 연결되어 있음에 주의하면서 '사실'에 대한 태도를 ①사실수리론(백철) ②사실회피론(김환태) ③사실길항론(임화)으로 구분하고 있다. 그러나 '사실'의 다양한 의미를 세심하게 구별해야 한다는 경고는 이 세 가지 유형을 나누는 과정에서 잊혀지고, — 당연하게도 — '사실길항론'이 윤리적인 탁월성을 인정받는 예정된 결론으로 귀착하고 있다. 하지만 문제는 '사실' 논의를 촉발시킨 중일전쟁 시기의 불확정성·비결정성은 사실에 맞서야 한다는 당위적인 진술에 의해 해결되지 않는다는 데 있다.[25]

차승기의 비판은 그것의 타당성 여부를 떠나 신실증주의와 관련해 중요한 몇 가지 논점을 제기하고 있다. 먼저 차승기는 시시비비를 가리는 일을 윤리적 탁월성이나 당위적 진술에 매달리는 것으로 격하하고 있다. 하지만 필자는 문학연구를 포함한 인문학에서 윤리나 당위의 문제가 본질적인 의미를 갖는다고 생각한다. 윤리와 당위는 현실 속에서 주체가 어떤 선택을 할 때 중요하게 작용한다. 그것은 비유하자면 일종의 정언명령과 비슷한 것이다. 개인의 이해관계나 욕망을 넘어선 윤리적 선택과 당위적 요구가 필요한 때와 장소가 있는 법이다. 특히 인간으로서의 존엄성과 직결된 문제가 발생했을 때 윤리와 당위의 문제는 필연적으로 제기된다. 식민주의에 어떠한 태도를 취할 것인가 하는 문제도 거기에 해당한다. 요컨대 식민주의에 대한 태도를 선택하는 문제는 "사실에 맞서야 한다는 당위적인 진술에 의해 해결되지 않는다" 하

---

25) 차승기, 「'사실의 세기', 우연성, 협력의 윤리」, 『민족문학사연구』 38호, 2008, 269면.

더라도 회피할 수 없는 정언명령과 같은 사안이었다는 것이다. 사실 논쟁에 대한 비평적 개입이 필요한 것은 그래서이다. 이 문제는 차승기가 강조하는 '분석'으로는 결코 규명될 수 없기 때문이다.

더구나 백철·임화·김환태가 식민주의에 대해 어떠한 태도를 취하고 있는가 하는 것은 윤리와 당위의 차원을 넘어 정치적 효과라는 문제와도 연계되어 있다. 필자가 보기에, 백철의 협력, 김환태의 침묵 혹은 순응, 임화의 내적 저항이 '사실'을 바라보는 이들의 태도와 직결되어 있다. 특히 신실증주의와 연관시켜 보자면, 백철의 경우가 문제적이다. 백철의 사실수리론의 요체는 문학과 정치의 결탁을 승인한 것이다. 휴머니즘론을 논할 때까지만 하더라도 문학과 정치의 분리를 주장했던 백철은 사실수리론으로 오면 돌연 문학과 정치의 결탁을 제안한다. 여기서 정치가 파시즘을 가리키는 것임은 물론이다. 그런 점에서 백철이 식민주의에의 협력으로 나아가는 과정에서 사실수리론은 결정적인 계기를 이룬다. 사실수리론은 윤리와 당위의 차원에서 보면 존엄성의 포기를 의미하며, 정치적 효과의 맥락에서는 친일 협력의 명분이 되고 있다. 이에 대해 시시비비를 가리지 않는다면, 즉 비평적 개입을 하지 않는다면, 인문학의 존재 가치는 과연 무엇인가.

놀라운 것은 차승기가 백철의 사실수리론에 대해 "정치보다 우월한 영역에 문화를 설정하고 그 초월적인 곳에 주체 정립의 근거를 마련하고자 하는 이에게는, 실제 세계에서의 정치와의 '혈연관계'는 결코 문화주의자의 불명예가 되지 않는다."라고 설명하고 있다는 사실이다. 현란한 수사를 제거하면, 요점은 문화주의자에게 친일 협력은 '불명예'가 아니라는 것이다. 백철이 과연 문화주의자였는지도 의심스럽지만, 친일 협력은 인간으로서의 존엄성을 포기한 선택이라는 점에서 명백한 '불명예'이다. 주체로서의 삶이 아니라 신민으로서의 삶을 선택했기 때문이다. 물론 불명예가 아니라는 진술은 아마도 백철의 생각이 그렇다는 의미일 것이다. 하지만 그러한 백철의 생각에 대해 차승기는 비평적 개입을 하지 않는다. 가치판단을 괄호친 것이다. 그 대신 차승기는 당시가 비상사태(예외상태)였으며, '협력의 윤리적 공간'이 저항이냐 협력이냐는 선택보다 선행하는 시대였다고 '해석'한다.

이처럼 신실증주의는 판단중지 상태에서의 '해석'을 특징으로 한다. 판단중지의 근거는, 차승기의 경우, 비상사태이다. 하지만 차승기의 말마따나 한국 근·현대사가 "분단, 전쟁, 계엄으로 이어지는 항상적인 비상사태(예외상태)"라면 판단중지 역시 '항상적'일 수밖에 없으며, 그럴 때 가능한 것은 '해석' 뿐이다. 그렇다면 시시비비를 가리는 비평 행위는 '항상적'으로 쓸모없는 일인 셈이다.

차승기의 경우와는 다른 방식이지만, 탈근대주의는 전반적으로 신실증주의에 깊이 침윤되어 있다. 얼핏 보면 민족주의와 근대주의를 비판하는 것 같지만, 꼼꼼히 살펴보면 그것은 비판이라기보다는 '증거 찾기'에 가깝다. 식민주의=근대주의=민족주의를 자명한 사실로 전제한 상태에서 그들 간의 공모관계를 확인할 뿐이라는 점에서 그러하다. 식민주의=근대주의=민족주의의 자명성에 질문을 던지지 않는 한 탈근대주의에서 참다운 비평적 개입은 기대하기 힘들다. 식민주의=근대주의=민족주의라는 등식 하에서는 한국근대문학은 결코 식민주의의 회로에서 벗어날 수 없기 때문이다. 그렇다면 한국근대문학 연구가 할 수 있는 일은 앞으로도 '증거 찾기' 밖에는 없을 것이다.

'문학'교육과 문학'교육'

7차 및 개정 문학교육 과정을 중심으로

1. 문학의 위기와 문학교육

대학교에서 문학을 가르친 지 20년이 넘었지만, 문학교육에 관한 글을 써본 적은 한 번도 없다. 그렇게 보면, 고등학교의 문학교육에 대해 얘기한다는 것이 주제넘은 짓 아닌가 하는 걱정이 든다. 그러나 20년 넘게 문학을 '교육'해 왔으니 필자도 따지고 보면 문학교육에 관한 나름의 전문가라고도 할 수 있다. 사실 문학교육이란 분야는 경계가 대단히 애매하고, 그런 만큼 학문적 정체성 역시 유동적이라고 할 수 있다. 문학과 교육이 결합되면서 만들어진 분야이기 때문이다. 그래서 어느 쪽에 방점을 찍느냐에 따라 사정이 달라지는 것이다.

문학교육에 관해 무언가 한 마디 해야겠다고 결심한 것은 작금의 문학 상황 때문이다. 문학의 위기라는 말조차 진부해졌을 정도로 문학의 위기는 이제 일상화되고 구조화되어 있다. 그 원인은 여러 가지가 있을 것이다. 이를테면 매체 환경의 변화라든가 소비사회의 등장, 문화산업의 번창과 상품미학의 만연을 비롯한 이런저런 사회경제적 조건의 열악화를 주요 원인으로 거론할 수 있다. 이러한 사회경제적 변화가 문학에 극히 부정적인 환경을 제공한 것은 분명하다. 그러나 필자가 무엇보다 심각하다고 느끼는 현상은 문학 애호가층의 급감이다. 따지고 보면, 문학을 둘러싼 환경이 유리했던 적은 없다. 이것은 만물을 상품화하는 자본주의의 예술 적대적 성격을 생각하면 당연한 일이라고 할 수 있을 터이다. 비(非)상품인 문학예술과 교환가치라는 척도에 의거해 움직이는 시장 시스템은 원천적으로 대립적이다. 문학과 시장의 불화는 앞으로 더욱 심화될 것이다. 그런 점에서 문학을 둘러싼 환경이 나아지기를 기대하는 것은 자본주의체제가 지속되는 한 불가능한 일이다.

하지만 그러한 환경과 조건 속에서도 그동안 문학이 버텨올 수 있었던 것은 사회 전체로 보면 소수지만 문학에 대한 깊은 애정을 갖고 있는 문학 애호가들 덕분이었다고 해도 과언이 아니다. 문학 애호가들은 문학작품을 구매하는 소비자일 뿐 아니라 문학의 사회적 위상을 지탱해주는 버팀목이었다. 특히 후자가 갖는 의미는 각별한 바 있다. 문학 애호가층의 구매력은 한 사회의 구매력 총량과 비교하면 사실 별것 아니다. 중요한 것은 문학에 대한 이들의 애정과 존경이 문학을 바라보는 사회의 시각을 결정하는 데 커다란 영향력을 발휘해왔다는 점이다. 그런데 이제는 주변을 아무리 둘러봐도 문학 애호가를 발견하기가 힘들어져 버렸다. 영화로, TV로, 인터넷으로, 게임으로 옮겨갔기 때문이다.

현대판 파트론이라고도 할 수 있는 문학 애호가층의 급감은 환경이나 조건과 같은 외적 요인의 변화가 아니라 '주체'의 변화라는 점에서 근본적인 변화이다. 기존의 문학 애호가들은 소멸하고 있는데, 새로운 문학 애호가들은 나오지 않고 있다는 점에서 그러하다. 그런 점에서 작금의 위기는 근본적 위기이다. 더구나 이러한 추세가 불가역적(不可易的)으로 보인다는 점에서 문학의 위기는 바야흐로 문학의 죽음으로 이어질지도 모른다. 물론 특정 예술 장르의 죽음은 언제나 있는 일이다. 그렇게 보면, 문학이 죽는 것도 자연사적 과정의 일부로 볼 수 있다. 엄밀히 말하면, 지금 죽어가고 있는 문학이란 ‘문자’ 예술로서의 문학이다. 따라서 ‘언어’ 예술로서의 문학은 영화 속에서, 드라마 속에서, 게임 속에서 여전히 살아 숨쉬고 있다고도 할 수 있을 것이다. 문제는 ‘문자’ 문학의 위기가 ‘언어’ 문학의 퇴화를 가져오면서 예술과 문화 전체의 질을 저하시키고 있는 사태이다.

근대 이후 ‘문자’ 문학이 문화와 예술 전반에 드리운 그림자는 넓고도 깊다. 영화나 텔레비전 드라마는 물론이고 컴퓨터 게임조차도 ‘문자’ 문학을 바탕으로 하고 있다. 시나리오 없는 영화, 대본 없는 드라마, 스토리 없는 게임이란 존재하지 않는다. ‘문자’ 문학은 이렇게 현대의 문화와 예술 전반에 깊숙이 스며들어 있다. 그런 점에서 ‘문자’ 문학은 말의 참된 의미에서의 ‘기초’ 예술, 즉 그것 없이는 예술이 성립할 수 없다는 의미에서의 기초 예술이다. 문학의 위기가 문화예술 전체의 질적 저하를 초래하는 것은 그런 연유에서이다. 우리가 문학의 위기를 비판적으로 바라보아야 하는 진정한 까닭이 여기에 있다.

문학 애호가층의 급감이 문제가 되는 것도 그러한 맥락에서이다. 말하자면 문학 애호가층의 급감은 비단 문학의 위기에서 그치는 것이 아니라 현대의 문화예술 전반을 위기로 몰아갈 가능성이 농후하다는 것이다. 이러한 가능성은 점점 현실화되고 있기도 한 것이 상품미학에 바탕한 문화산업의 비약적 성장이 그것이다. 문화산업의 비약적 성장은 상업적 대중문화를 한국문화의 주류로 만들었다. 문학은 이제 대중문화의 위세에 밀려 한국문화의 귀퉁이로 내몰린 상태이다. 게다가 문학 또한 문화산업에 급속히 포섭되어가고 있는 것이 부인할 수 없는 현실이기도 하다. 특히 2000년대의 한국문학은 문화산업화 경향을 극명하게 보여주고 있다. 문학의 산업화는 작가들로 하여금 삶과 현실과 역사에 대한 깊은 사유 대신 볼거리—스펙터클—를 제공하는 데 골몰하게 만든다. 이러한 우려는 결코 문학주의자의 자폐적 진단이 아니다. 문학과 문화의 결합이 문제가 아니다. 앞에서 지적했듯이, 이미 오래전부터 문학과 문화는 결합되어 있었다. 필자가 문제 삼는 것은 문학과 산업의 지극히 비대칭적인 역관계이다. 요컨대 문학의 산업 종속성이다. 문학 애호가층이 복원되지 않는 한 이러한 종속관계는 교정될 수 없을 것이다.

　문학교육이 문제가 되는 것은 이 지점부터이다. 필자가 보기에 문학교육의 초점은 문학 애호가의 양성에 맞춰져야 한다. 문학'교육' 전문가들의 입장은 다를지도 모르지만, '문학'교육을 담당하고 있는 필자로서는 문학 애호가를 길러내지 못하는 문학교육이 도대체 무슨 필요가 있냐는 생각이다. 이러한 관점에서 보자면, 지금의 문학교육은 문학교육의 기본 방향에서 한참 어긋나 있다. 문학 애호가는커녕 요사이 유행하는 말로 문학 비(非)호감층만 양산하고 있기 때문이다. 전통적으로 문학 애호가층의 핵심은 대학생들이었다. 하지만 요즘의 대학생들은 거의 대부분이 문학과 담 쌓고 살고 있다고 해도 과언이 아니다. 이렇게 된 것은 중등교육 과정에서의 문학교육과 무관하지 않아 보인다. 물론 대학 또한 그 책임으로부터 자유롭다고는 할 수 없다. 가령 읽기 중심의 교육에서 쓰기 중심의 교육으로 바뀌고 있는 대학 교양교육의 현실이 그러하다. 읽기와 듣기는 쓰기와 말하기의 필수적 전제조건이다. 읽기와 듣기가 빠진 쓰기와 말하기는 소통적 합리성의 배양을 어렵게 할 뿐더러 심미적 감수성의 형성에도 부정적으로 작용하기 일쑤이기 때문이다. 그런 점에서 최근 대학의 교양 글쓰기는 과거의 ‘교양국어’와 비교해 보더라도 문학 애호가를 양성하는 데 별다른 기여를 하지 못하고 있다.

하지만 이 글에서는 고등학교의 문학교육을 중심으로 논의를 풀어나가고자 한다. 고등학교에서의 문학교육이 잘못되면 대학에서 그것을 교정하기가 대단히 힘들기 때문이다. 감수성이란 습관과 비슷해서 일단 한 번 형성되면 좀처럼 바뀌지 않는다는 점에서 그러하다. 우리가 고등학교의 문학교육에 관심을 가져야 하는 것도 그래서이다. 논의의 초점은 두 가지이다. 하나는 7차 교육과정과 개정 교육과정에서의 문학의 위상이며, 다른 하나는 문학을 이해하고 가르치는 방식에 관한 것이다.

2. 국어교육의 도구로서의 문학

7차 교육과정에서 국어과목의 기본 구성은 아래 표와 같다.[1] 개정 교육과정은 국어·화법·독서·작문·문법·문학·매체언어로 되어 있는데, 국어생활이 빠지고 매체언어가 추가되어 있다. 그러나 기본 체제는 비슷하지 않은가 한다. 내용 항목이 거의 같기 때문이다.

---

1) 『7차 국어과 교육과정 해설』, 교육인적자원부, 2000, 2면.

과 목	제 6 차		제 7 차	
	성 격	단위 수	성 격	단위 수
국 어	공통 필수 과목	10	국민 기본 공통 과목	8
국 어 생 활			일반 선택 과목	4
화 법	과정별 필수 과목	4	심화 선택 과목	4
독 서		4		8
작 문		6		8
문 법		4		4
문 학		8		8

위의 표에 따르면, 국어과목은 '국민 기본 공통 과목'과 '선택 과목'으로 구성되며, 선택과목은 다시 일반 선택과 심화 선택으로 나누어진다. 선택과목은 국어생활, 화법, 독서, 작문, 문법, 문학으로 짜여 있다. 이러한 과목구성 아래에서 국어교육의 최상위 목표는 학습자의 '창의적 국어사용 능력 향상'으로 설정되어 있으며, 이 목표 달성에 필요한 교육 내용으로 듣기, 말하기, 읽기, 쓰기, 언어, 문학의 여섯 영역을 두고 있다. 개정 교육과정 역시 비슷해 듣기, 말하기, 읽기, 쓰기, 문법, 문학으로 짜여 있고, 국어교육의 목표도 전체적으로 국어사용 능력을 함양하는 데 맞추어져 있다. 그런 점에서 개정 문학 교육과정은 새로운 독자적 교육과정이라기보다는 7차의 보완이라는 성격이 강하다. 7차와 개정 문학교육을 함께 살펴보고자 하는 것도 그 때문이다.

이렇게 보면, 7차 교육과정에서 문학은 6개 선택 과목의 하나이고, "국어 교과의 문학 영역의 학습 내용을 심화 발전시킨 과목"[2]이며, '창의적 국어사용 능력 향상'이라는 국어교육의 최상위 목표를 심화하기 위해 존재한다. 개정 교육과정에서도 문학은 "국어과목 중에서 문학 영

---

2) 「7차 문학 교육과정」, happycampus.com, 2004.

역을 심화 발전시킨 과목”3)으로 규정되어 있기 때문에, “국어를 창조적으로 사용하는 능력과 태도를 길러 국어를 정확하고 효과적으로 사용하게” 하는 국어과목의 목표에서 벗어날 수 없다. 그런 점에서 7차 교육과정이나 개정 교육과정에서 문학의 위상과 기능은 대동소이(大同小異)하다고 할 수 있다.

문학이 선택 과목으로 설정되어 있는 것에는 별다른 이견(異見)이 없다. 문학에 관심 있는 학생들이 문학을 선택하는 것이 당연하기 때문이다.(물론 이 선택이 대개 학생이 아니라 학교에 의해 이루어진다는 점은 지적해둘 필요가 있다.) 문학을 선택한 학생들이 문학 애호가로 성장하기를 우리는 기대할 수 있을 것이다. 문제는 문학교육의 목표가 ‘창의적 국어사용 능력의 향상’에 복속되어 있다는 점이다. 이는 문학이 국어사용 능력을 향상시키기 위한 수단 내지는 방법이라는 의미인데, 이렇게 되면 문학교육이 문학 애호가를 기르는 일과는 일단 거리가 생기게 된다. 문학 애호가들이 국어사용 능력을 향상시키기 위해 문학 작품을 읽는 것은 아니기 때문이다. 문학의 관점에서 보자면, 국어사용 능력의 향상은 문학을 즐기는 과정에서 나오는 부수적 결과이다. 문학 작품을 읽는 궁극적 이유는 ‘문학성’을 체험하기 위해서라 할 수 있다. 요컨대 문학의 문학됨을 느끼기 위해서인 것이다. 문학성이란 다른 언어 텍스트와는 구별되는 문학만의 독특한 자질을 가리킨다. 따라서 문학 작품을 읽는 것은 바로 문학만의 독특한 자질을 체험하기 위해서인 셈이다.

하지만 국어사용 능력을 최상위 목표로 두게 되면 문학성의 체험은

---

3) 「개정 국어과 교육과정」, 교육인적자원부, 2007, 116면.

오히려 국어교육의 부수적 산물로 격하될 가능성이 높아진다. 현실적으로 그럴 수밖에 없는 것이 수능 시험 자체가 심미적 능력에 대한 테스트와는 무관하기 때문이다. 수능 시험에서 문학 지문이 언어 능력을 평가하기 위한 자료로 취급된다는 것은 고등학교에서의 문학교육이 국어사용 능력이라는 목표에 복속되어 있음을 말해주는 뚜렷한 징표이다. 고등학교에서의 모든 교과교육이 수능 시험의 범주에서 벗어날 수 없다는 점에서 그러하다. 이처럼 문학교육이 국어사용 능력이라는 국어과목의 목표에 복속되어 있는 한 문학교육을 통해 문학 애호가를 길러내는 일은 기대하기 어려울 수밖에 없다. 문학교육이 국어사용 능력, 즉 말하기/듣기/읽기/쓰기로 분절되고 해소될 가능성이 크기 때문이다. 실제로 개정 교육과정을 위한 시안을 보면, 이러한 우려가 한갓 기우만은 아님을 확인할 수 있다. 문학과 문법을 없애고 4영역 체제로 개편하려는 논의가 있었다는 진술이 있을뿐더러 6영역 체제를 유지하기는 하되 실질적으로는 말하기/듣기/읽기/쓰기의 4영역으로 문학이 해소되는 경향을 강하게 보여준다. 말하자면 문학은 국어 능력 향상을 위한 보조 텍스트의 위상을 더욱 분명히 갖게 된 셈이다. 물론 개정 교육과정은 그렇게 되지는 않았다. 그러나 문학교육의 목표에 심미성의 체험이 핵심 내용으로 들어있지 않은 것은 분명하다.

7차 및 개정 문학교육 과정은 전체적으로 문학교육이 국어과목의 여러 하위 항목 가운데 하나로 배치되어 있고, 6개의 영역이 분업 체제를 구성하고 있는 특징을 보여준다. 일단 이러한 기능주의적인 국어교육 체제에서는 문학의 위상이 상당 정도 가치 절하될 수밖에 없어 보인다. 문학의 특수성이나 독자성이 자리할 여지가 별로 없기 때문이다. 다시 문학의 관점에서 보자면, 이런 식의 문학교육은 문학에게는 그다지 도움이 되지 못한다. 문학을 기능주의적으로 도구화하고 있다는 점에서 그러하다. 문학이 국어사용 능력의 향상을 위한 수단이라면, 최고 수준의 국어사용 능력을 원하지 않는 학생들에게 문학은 어렵고 지겨운 존재가 될 수밖에 없다. 7차 교육과정에서 본격화된 이러한 경향은 개정 교육과정에서는 더욱 강화되고 있는 것으로 보여 매우 우려스럽다.

따라서 문학교육이 문학 애호가를 키우는 데 기여하고 나아가 문학을 살리는 데 기여하려면 무엇보다 국어과목에서의 문학의 위상에 대한 새로운 인식이 절실하다. 이런저런 목적을 위해 활용하거나 6개의 분업 체제 아래 배치된 텍스트가 아니라 자신만의 독자적인 목표를 갖는 독립적 위상이 문학에 부여되어야 한다. 그런 점에서 6개 영역 체제는 적절한 틀이 아니다. 이 체제는 기본적으로 국어사용 능력―말하기/듣기/읽기/쓰기―이라는 목표를 중심으로 짜여진 것이기 때문이다. 오히려 말하기/듣기/읽기/쓰기가 한 세트로 묶이고, 문학은 또 하나의 독립 영역으로 설정되는 것이 훨씬 바람직하다. 서로의 목표가 다르기 때문이다. 그리고 문학은 심미성의 체험을 통한 감수성의 함양이라는 목표에 입각해 교과과정과 내용 및 방법 등이 구체화되어야 하며, 국어사용 능력은 문학교육의 부수적 산물로 자리매김 되어야 한다. 이럴 때 비로소 문학교육을 통한 문학 애호가의 양성을 기대할 수 있을 것이다.

물론 문학 애호가의 양성이 문학교육의 목표가 될 수는 없다. 필자가 문학 애호가의 양성을 강조하는 것은 이 점에 유념해야만 문학교육의 목표와 방법을 올바로 설정할 수 있기 때문이다. 다시 말해 문학 애호가의 양성에 기여하지 못하는 문학교육이란 어떤 명분으로도 정당화될 수 없다는 것이다. 그러한 문학교육은 문학을 죽이는 데 일조할 뿐이라는 점에서 그러하다. 독자 없는 문학이 존재할 수 있겠는가. 문학 없는 문학교육이 가능한가. 문학교육에서 교육의 관점 이상으로 문학의 관점이 중요한 까닭이 여기에 있다. 그런 점에서 문학 애호가의 양성이라는 문제설정은 문학교육의 올바른 목표와 방법을 판단하는 규범적 준거라 할 수 있다.

3. 자기부정으로서의 문학교육

7차 교육과정에서 문학교육의 구체적 내용 또한 '창의적인 국어사용 능력의 향상'에 복속되어 있다. "문학교육도 작품 중심의 교육에서 벗어나 사고와 표현, 문화를 고려하는 종합적 관점에서 이루어져야 할 것"4)이라는 설명은 바로 그러한 시각을 바탕으로 하고 있다. 이는 달리 말하면 문학교육이 말하기/듣기/읽기/쓰기로 요약되는 국어사용 능력의 향상에 이바지해야 한다는 의미이다. 실제로 해설은 "문학교육의 성격은 국어과 교육 일반의 목적과 성격에 따라 결정된다."고 명시하고 있으며, '종합적 관점'이 '창의적인 국어사용 능력'과 직결되어 있음을 인정하고 있다.5) 국어사용 능력의 향상에 이바지하는 일 자체가 잘못된 것은 아니다. 문학이 언어/문자 예술인 한 국어사용 능력을 향상시키는데 문학이 활용되는 것은 어찌 보면 지극히 자연스러운 일이다. 문제는 '작품 중심의 교육에서 벗어나'야 한다는 진술에 담긴 속뜻이다. 왜냐하면 이 말에는 문학교육의 최상위 목표가 국어사용 능력의 향상이라는 의미가 숨어 있기 때문이다.

---

4) 「7차 국어과 교육과정 해설」, 301면.
5) 「7차 국어과 교육과정 해설」, 301면.

이에 대해서는 먼저 지금까지 작품 중심의 문학교육이 이루어진 적이 있었던가 라는 질문을 던지지 않을 수 없다. 엄밀히 말해, 작품과 관련된 이런저런 지식들에 대한 교육이 있었을 뿐 작품 중심의 문학교육은 없었다고 해도 지나치지 않을 것이다. 사정이 그렇다면, ‘작품 중심의 교육에서 벗어나’야 한다는 주장은 문제설정 자체가 잘못된 것이라 할 수 있다. 없는 것을 있는 것처럼 호도하고 있다는 점에서 그러하다. 오히려 작품 중심의 문학교육이 제대로 수행되지 않았던 것이야말로 고등학교 문학교육의 가장 심각한 문제점이라고 보는 것이 보다 정확한 진단이다. 이와 관련해 심미성이 무엇인가에 대해 간략하게나마 언급할 필요가 있다. 흔히 심미성 하면 작품의 형식이나 기법을 떠올리곤 하는데, 이는 형식주의나 신비평의 압도적 영향 탓이라고 할 수 있다. 작품 분석을 기법들에 대한 분석으로 도배하던 시절을 우리는 기억하고 있다. ‘작품 중심의 문학교육’은 혹시 이를 가리키는 것은 아닐까. 그러나 형식이나 기법은 심미성의 일부에 불과하다. 심미성은 내용과 형식을 두루 포괄하는 개념이다. 흔히 말하는 내용과 형식의 조화가 곧 심미성이다. 내용은 그대로 두고 형식과 기법만 바꾸었다고 해서 문학이 되는 것은 아니다. 내용까지 바뀔 때 비로소 문학이 창출된다. 가령 문학의 이데올로기는 정치의 이데올로기와 근본적으로 다르다. 정치의 이데올로기는 이데올로기 자체인 데 비해 문학의 이데올로기는 성찰된 이데올로기 혹은 자기성찰적 이데올로기이다. 그래서 문학은 이데올로기를 수용하는 동시에 거부할 수 있는 것이다.[6] 그런 점에서 문학은 내용에서부터 독자성과 차별성을 갖는다고 할 수 있다. 문학 특유의 내포

---

6) P. 마슈레, 『문학생산이론을 위하여』, 배영달 역, 백의, 1994, 157면 참조.

적 의미란 바로 이러한 차별적 내용과 독자적 형식이 결합되면서 생성되는 것이다. 따라서 심미성을 체험한다는 것은 차별적 내용과 독자적 형식이 결합되면서 문학이 생성되는 전체 과정을 작품을 통해 경험하는 것을 뜻한다. 그러므로 문학교육은 작품만으로 이루어질 수는 없지만, 작품을 '중심으로' 이루어져야 한다. 요컨대 작품을 중심에 놓고 작품의 다양한 개인적·사회적 맥락을 연계시켜 가면서 문학교육이 수행되어야 한다는 것이다. 그럴 때 심미성의 체험에 바탕한 참다운 '문학'교육이 가능할 것이다. 그러나 7차 문학교육에는 이러한 고민이 부족한 듯하다.

고민의 부족은 문학교육의 목표에서도 드러난다. 7차 문학교육의 목표는 "문학의 수용과 창작활동을 통하여 문학 능력을 길러, 자아를 실현하고 문학 문화 발전에 능동적으로 참여하는 바람직한 인간을 기른다"로 되어 있다. 그리고 그에 따른 세부 목표는 "문학활동의 기본 원리와 문학에 대한 체계적인 지식을 이해한다", "작품의 수용과 창작활동을 함으로써 문학적 감수성과 상상력을 기른다", "문학을 통하여 자아를 실현하고 세계를 이해하며, 문학의 가치를 자신의 삶으로 통합하려는 태도를 지닌다", "문학의 가치와 전통을 이해하고 문화 활동에 능동적으로 참여하여 문학 문화 발전에 기여하려는 태도를 지닌다"의 네 가지로 설정되어 있다.[7]

전체적으로 무난해 보이지만, 유독 '수용'이라는 표현이 마음에 걸린다. 왜 '감상'이라고 하지 않고 '수용'이라고 했을까. 이에 대해 해설은 인지와 정의를 구분하지 않고 통합하기 위해서라고 설명한다.[8] 말하자

---

7) 「7차 국어과 교육과정 해설」, 303면.
8) 「7차 국어과 교육과정 해설」, 303면.

면 ‘감상’이 주로 ‘정의’ 부분과 직결되어 있기 때문에 인지(認知)와 정의(情意)의 통합적 활동을 강조하기 위해 ‘수용’이라는 용어를 선택했다는 것이다. 문학 작품을 읽는 일이 인지와 정의 두 측면에 두루 걸쳐 있는 것은 사실이다. 하지만 인지보다는 정의가 선차적인 것도 분명하다. 정확히 말하면, 정의적 인지가 문학 독서의 특징이라 할 수 있다. 이는 문학 작품이 레이먼드 윌리엄즈의 표현을 빌리면 ‘정서의 구조’이기 때문이다. 이때 정서란 ‘느껴진 사고’를 뜻한다.[9] 우리가 문학 독서 행위를 ‘감상’이라고 부르는 것은 그래서이다. 느낌, 정의, 감정, 감각 등이 선차적이라는 전제가 거기에는 담겨 있다. 물론 선차성은 중요성과는 다르다. 인지와 정의는 둘 다 중요하다. 문학 작품 자체가 ‘사고와 감정의 통일체’이기 때문이다. 요점은 ‘존재론적으로’ 감정, 감각, 정의, 느낌이 앞선다는 것이다. 인지조차도 정의적 성격을 갖는 것이 문학적 인지의 특징이다. 그런 점에서 문학교육은 일차적으로 감수성 교육인 것이다. 문학 독서를 ‘수용’으로 규정하는 것은 이러한 선차성에 대한 인식을 흐릴 위험성이 다분하다.

더구나 ‘수용’이 국어사용 능력의 향상과 연결된 개념이라면 더더욱 문제가 된다. 문학교육이 “사고와 표현, 문화를 고려하는 종합적 관점”에서 이루어져야 한다는 언급을 고려하면 이러한 우려가 지나친 것만은 아닌 듯하다. 7차 문학교육은 전체적으로 선차성에 대한 인식이 결여되어 있다. 이는 과거의 형식주의나 신비평에 의존한 문학교육에 대한 반발이 낳은 역편향이라 할 수 있다. 신비평이 작품의 테두리를 넘어선 문학연구를 비(非)본질적 연구라고 비난했음은 잘 알려진 일이다.

---

9) R. 윌리엄즈, 『이념과 문학』, 이일환 역, 문학과지성사, 1982, 116면.

7차 문학교육은 아마도 이러한 신비평적 관점을 극복하고자 하는 의도를 가지고 있는 것 아닌가 싶다. '종합적 관점'의 강조는 그와 밀접히 관련되어 있는 것으로 보인다. 하지만 '종합적 관점'이 작품 중심성을 부정하는 것이어서는 곤란하다. 작품에서 출발해 다양한 맥락들을 거쳐 다시 작품으로 돌아오는 해석학적 순환 없이는 '문학'교육이 불가능하기 때문이다. 국어사용 능력 역시 해석학적 순환과정의 다양한 맥락 가운데 하나일 뿐이다.

개정 문학교육에서도 이러한 기조(基調)는 그대로이다. 가) 문학에 대한 지식과 경험을 바탕으로 능동적으로 문학 활동을 한다. 나) 문학 작품의 수용과 생산을 통하여 언어에 대한 통찰력을 기르고, 창의적으로 사고하고 소통하는 능력을 기른다. 다) 문학을 통하여 인간과 세계를 총체적으로 이해하고, 문학의 가치와 아름다움을 향유하며, 공동체의 문화 발전에 적극적으로 참여한다.[10] 개정 문학교육의 3가지 세부 목표에서 '문학의 아름다움을 향유한다' 정도가 심미성의 체험과 관련된다고 할 수 있겠는데, 이 부분의 위상은 그야말로 이런저런 것들 중의 하나 정도로 주변화되어 있다. 핵심 목표와는 거리가 멀다는 말이다.

더욱 문제인 것은 창작이 생산으로 바뀌었다는 점이다. 7차 교육과정에서 감상이 수용으로 바뀐 바 있는데, 개정 교육과정에서는 창작까지 생산으로 바뀐 것이다. 창작이 생산으로 바뀌었다는 것은 문학교육에서의 글쓰기가 문학적 글쓰기에 국한되지 않고 모든 글쓰기로 확장되었음을 의미한다. 그런 점에서 그것은 7차 문학교육의 문제의식의 연장선상에 놓여 있다. 감상과 창작이 수용과 생산으로 바뀌었다는 것은

---

10) 「개정 국어과 교육과정」, 116면.

말하기/듣기/읽기/쓰기로 문학교육이 해소되었음을 말해주는 명백한 방증이라 할 수 있다. 그렇게 보면, 개정 교육과정에서 심미성의 체험이 주변화되어 있는 것은 당연한 일인 셈이다.

이러한 문제점은 문학성에 대한 인식 수준과 직결되어 있다. 해설은 문학을 "인지적, 정의적, 심미적 복합구조물"이라고 말할 뿐 그 가운데 문학을 문학답게 하는 고유한 자질이 무엇인지에 대해서는 별다른 설명을 내놓지 않고 있다. 당연히 문학의 기능 또한 "인식적, 미적, 윤리적 기능"이 섞여 있다고 설명된다.[11] 개정 문학교육 역시 마찬가지거니와 이러한 나열로는 문학의 문학됨, 곧 문학성을 해명하기 어려워진다. 정도의 차이는 있겠지만, 문학 이외의 텍스트들에도 이러한 특성과 기능들이 뒤섞여 있기 때문이다. 그렇다면 굳이 문학이라는 과목을 따로 두어야 하는 이유가 불분명해진다. 개정 국어과 교육과정 논의과정에서 문학을 빼는 문제가 거론된 것도 그와 무관하지 않다고 할 수 있다. '인지적, 정의적, 심미적 복합구조물'이면서 '인식적, 미적, 윤리적 기능'을 수행하는 텍스트는 문학 말고도 많기 때문이다. 그렇다면 이러한 교육은 문학에 관한 교육이라기보다는 리터러시(literacy), 즉 읽고 쓰는 능력에 대한 교육이라고 해야 한다. 리터러시 교육을 반드시 문학과목에서 담당해야 할 필요란 없다. 그런 점에서 7차 및 개정 문학교육은 문학교육의 존재 가치를 스스로 부정하는 안(案)인 셈이다.

문학교육의 새로운 존재 가치를 주장하는 안에 자기부정이 담겨 있는 역설적 상황은 선차성의 문제에 대한 인식 부족이 낳은 결과이다. 문학을 전공한 사람이 읽고 쓰는 능력을 잘 가르칠 수 있다는 것과 문

---

11) 「7차 국어과 교육과정 해설」, 306면.

학교육이 필요하다는 것은 서로 다른 차원의 문제이다. 만약 문학교육이 리터러시 능력을 키워주는 것을 목표로 한다면, 문학과목은 없어도 된다. 문학 전공자가 글쓰기 강좌를 통해 가르치면 되기 때문이다. 문학교육의 존재 가치를 주장하려면 텍스트 일반과는 다른, 문학만의 독자적이고 차별적인 가치를 입증해야 한다. 그것을 입증하지 못하면 이를테면 작문과목과 문학과목의 차이를 설명할 수 없다. 다시 말해 글쓰기 일반과 문학적 글쓰기의 차이를 분명히 할 때에만 문학과목의 존재 가치를 주장할 수 있는 것이다. 그런데 7차 및 개정 문학교육은 감상과 창작을 수용과 생산으로 풀어놓음으로써 글쓰기 일반과 문학적 글쓰기의 차이를 스스로 해체했다. 이렇게 되면, 문학과목은 작문과 독서로 해소되거나 작문과 독서의 하위 영역으로 들어가더라도 사실상 아무런 문제가 없다. 문학교육이 리터러시 교육의 한 부분으로 편제되었기 때문이다. 이런 연유로 선차성의 문제를 거론하지 않을 수 없는 것이다. 그런 점에서 문학의 본질과 기능에 대한 설명은 나열식이 아니라 느낌/감정/감각/정의에서 출발해 사고/인식/이념/사상으로 나아가는 단계를 밟는 것이 적절하다. 그럴 때 선차성의 문제를 명확히 할 수 있기 때문이다.

이처럼 선차성을 분명히 할 때 문학성을 설명할 수 있고, 문학성을 중심으로 문학 독서가 이루어질 때 문학의 특수성과 독자성, 곧 심미성에 대한 이해가 제대로 정립될 수 있다. 이 발언은 결코 문학을 특권화하는 문학주의적인 논리가 아니라 문학의 특수성을 강조하기 위해서이다. 다시 말해 문학과 비(非)문학의 차이를 학생들에게 이해시킬 수 있다는 것이다. 필자 역시 문학에 대한 '종합적 관점'을 강조해왔고, 문학이 '인지적, 정의적, 심미적 복합구조물'이라고 설명해왔으며, 문학작품을 맥락 속에서 읽어야 한다고 주장해왔다. 그러나 그것은 항상 심미성을 전제로 한 것이었다. 이 전제가 없으면 문학 자체가 성립하지 않기 때문이다. 그런 점에서 좋은 것은 다 모아놓고 보자는 식의 나열주의는 겉보기에는 그럴 듯하지만, 최소한 문학에 관한 한 대단히 위험한 설명 방식이다. 나열주의는 초점을 흐려 문학의 정체성에 대한 혼란을 가져온다는 점에서 뿐 아니라 문학과 비(非)문학, 가령 문학 교과서와 다른 교과서의 차이를 지워버린다는 점에서도 반(反)문학적이기 때문이다.

이처럼 나열주의적이고 기능주의적인 문학 이해는 궁극적으로 문학 교육을 국어사용 능력의 향상을 위한 말하기/듣기/읽기/쓰기 교육으로 분절하고 해소시킬 위험성이 크다. 말하기/듣기/읽기/쓰기 교육이 중요하지 않다는 것이 아니다. 서로의 영역과 목표와 정체성이 다르다는 말이다. 말하기/듣기/읽기/쓰기의 영역과 문학의 영역은 서로 겹치고 연관되는 부분도 적지 않지만, 기본적으로 별개의 세계이다. 일상의 영역과 문학의 영역은 긴밀하게 연관되어 있으면서도 서로 다른 세계이기 때문이다. 그런 점에서 7차 및 개정 문학교육은 심각한 범주 혼동을 범하고 있다.

4. 감상과 창작에서 수용과 생산으로

문학교육의 참다운 목표가 심미성의 체험을 통한 감수성 교육에 있다면, 문학교육의 중심축은 감상이 되어야 마땅하다. 이에 대해 과거로 회귀하는 것이라는 비판이 나올 수 있다. 그러나 중요한 것은 감상의 방식이다. 다시 말해 학습자 중심의 감상, 독자의 능동성에 바탕한 감상이 아니었다는 점이 문제라는 것이다. 그러므로 교사가 일방적으로 해석하고 가르치는 과거와 같은 방식의 감상이 잘못된 것이지 감상 자체가 틀린 것은 아니라는 사실을 놓쳐서는 안된다. 따지고 보면, 심미성을 체험하는 데 감상만큼 좋은 것이 없다. 중요한 것은 학생들을 주체적인 독자로 존중하고 그들이 자기 나름의 방식으로 작품을 읽도록 유도하는 일이다. 학생들은 아직 감수성이 여물지 못한 수준이기 때문에 교육과 계몽은 필수적이다. 다만 그 교육과 계몽은 학생들의 독자로서의 자발성과 능동성에 바탕해 이루어져야 한다. 학생들을 독자－주체로 대하는 것, 이것 역시 '문학'교육의 특수성일 터인데, 7차 및 개정 문학교육은 학생들을 주체로 존중하기 위해 노력하는 모습을 보여준다. 이 점은 7차 및 개정 문학교육의 최대 장점이라 할 만하다.

하지만 '문학의 수용' 항목을 보면, 심미성, 곧 문학의 문학됨의 체험과 관련된 내용은 찾아볼 수 없다. 이는 학생들을 문학 '독자'로 설정하지 않은 것과 무관하지 않아 보인다. 7차 및 개정 문학교육에서 학생의 위상은 텍스트 수용자이다. '문학의 수용' 항목의 내용들은 대부분 텍스트 일반에 관한 것들이며, 문학 독서의 특수성은 거의 고려되고 있지 않다. 특히 개정 문학교육에서 이러한 경향이 더욱 심화되어 있거니와 그로 보아 앞으로의 문학교육이 갈수록 말하기/듣기/읽기/쓰기 교육으로 해소되는 방향으로 나아갈 것임을 충분히 유추할 수 있다. 이래서는 '문학'교육은 원천적으로 불가능해질 수밖에 없다. 감상이 문학교육의 중심축이 되어야 하는 것은 그래서이다. 감상을 통하지 않고는 문학의 문학됨을 온전히 체험할 수 없기 때문이다. 고등학교 수준에서 감상 이상으로 나아가는 것이 과연 적절한지에 대해서도 세심한 검토가 필요하다. 감수성이 채 형성되지 않은 상태에서 문학적 글쓰기로 비약하는 것은 오히려 문학에 대한 호감을 잃어버리게 만들 수도 있기 때문이다. 그런 점에서 7차 및 개정 문학교육은 지나치게 많은 일들을 잡화점 식으로 벌려놓고 있다는 의구심을 불러일으킨다. 이것저것 다 하려고 하다가는 하나도 제대로 하지 못하는 법이다. 그런 점에서 7차 교육과정의 표현을 빌리면, 수준별 교육이 필요하다. 무조건 문학적 글쓰기를 해보는 것이 능사는 아니다. 각각의 학생들에게 그 수준에 맞는 감수성 교육의 방법을 생각해야 하고, 그러한 맥락에서 보면 문학성을 제대로 체험하게 해주는 감상이 문학교육의 중심축이 되는 것이 바람직하다. 그리고 나머지는 그때그때의 상황에 맞춰 유연하게 대처하는 것이 보다 효율적이다. 요컨대 중요도에 따라 교육 내용들을 적절하게 분별하는 선택과 집중이 필요하다는 말이다. 7차 및 개정 문학교육에는 그러한 의미에서의 선택과 집중이 보이지 않는다. 좋은 것은 다 모아놓고 보자는 식의 나열주의가 위험한 것은 그래서이다.

문학의 관점에서 볼 때 문제가 더욱 심각한 것은 개정 문학교육 과정이다. 문학의 수용에서 심미성의 체험과 관련된 항목이 아예 빠져 있고, 감상이 그저 ‘다양한 맥락에서 작품을 섬세하게 읽는 것’ 정도로 설명되고 있기 때문이다. 섬세한 독서는 심미적 독서와는 거리가 멀다. 심미적 독서란 문학성에 주목해 작품을 읽는 것을 가리키기 때문이다. 따라서 문학성에 주목하지 않는 한 작품을 아무리 다양한 맥락에서 섬세하게 읽더라도 심미성의 체험은 기대할 수 없다. 더구나 수용마저도 수용, 생산, 소통의 한 부분으로 자리매김 되어 있어 그 비중이 1/3에 불과하다. 실제 교육현장에서는 어떤지 모르겠으나, 이론적으로만 보자면 이러한 문학교육 편제에서는 문학 감상이 형식에 그칠 가능성이 크다. 감상이 중심축으로서의 위상을 갖지 못하고 있기 때문이다. 생산과 소통이라는 항목을 보면, 문제가 좀더 복잡해진다. 심미성의 체험이 전제되지 않은 상태에서의 생산과 소통이 과연 제대로 이루어질 수 있을까. 물론 생산과 소통은 감상 혹은 수용 능력을 높여주는 역할을 할 수 있을 것이다. 감상/수용, 창작/생산, 소통은 상호보완적인 관계를 맺고 있기 때문이다. 하지만 고등학생 수준에서는 아무래도 감상이 중심축이 되어야 한다. 생산과 소통은 감수성이 어느 정도 갖춰진 상태에서 가능하다는 점에서 그러하다. 이는 터를 닦지 않고는 집을 지을 수 없는 것과 같은 이치다. 그런 점에서 개정 문학교육 과정에서는 감상 중심의 문학교육, 즉 심미성의 체험을 통한 감수성의 향상을 기대하기 어려워 보인다. 한마디로 문학 애호가의 양성이 불가능한 교육방식인 셈이다.

5. 문학을 살리는 문학교육

7차 및 개정 문학교육을 함께 묶어서 바라보면 하나의 방향성이 뚜렷이 드러난다. 그것은 문학을 말하기/듣기/읽기/쓰기로 해소해가는 경향이다. 문학교육은 '창의적 국어사용 능력'이라는 국어과목의 최상위 목표에 복속되어 있고, 문학교육의 주요 내용들 또한 실질적으로는 '문학 능력'보다는 리터러시 능력을 길러주는 데 주안점을 두고 있다. 특히 '감상과 창작'이 7차에서는 '수용과 창작'으로, 개정안에서는 '수용과 생산'으로 바뀐 것은 문학교육이 말하기/듣기/읽기/쓰기 교육 쪽으로 나아가고 있음을 분명하게 환기해준다. 그에 따라 심미성의 체험과 관련된 내용은 최소화되었고, 문학의 특수성이나 독자성에 대한 배려는 극도로 약화되었으며, 문학을 ‘국어사용 능력’의 향상을 위한 수단으로 도구화하는 기능주의가 강하게 나타난다. 이러한 경향은 문학작품의 특수성을 인정하지 않고 텍스트로 일반화해버리는 탈근대주의적 논리와도 무관하지 않은 것으로 보여 더욱 우려스럽다.

이러한 방향성은 교육적 관점이 문학교육을 지배하고 있는 것과 관련이 깊어 보인다. 요컨대 7차 및 개정 문학교육은 ‘문학’교육이라기보다는 문학‘교육’에 가깝다는 것이다. 문학적 관점에 의해 규율되는 ‘문학’교육까지는 아니더라도 문학과 교육이 어느 정도 균형을 이루어야 심미성의 체험을 통한 문학적 감수성의 함양이라는 목적을 달성할 수 있다. 그리고 그때 우리는 문학교육을 통한 문학 애호가의 양성을 기대할 수 있을 것이다. 하지만 7차 및 개정 문학교육은 그와는 거리가 멀어 보인다. 이대로 가면 문학교육은 말하기/듣기/읽기/쓰기 교육의 한 부분으로 해소될 것이고, 그 순간 문학교육 무용론이 득세하게 될 것이다. 그런 점에서 7차 및 개정 문학교육에는 자기부정의 씨앗이 담겨 있다고 할 수 있다.

물론 문학교육이 폐지되거나 리터러시 교육의 일환으로 편제되는 것도 하나의 길일 수 있다. 존재 가치가 없으면 소멸되는 것이 세상의 이치(理致)이다. 그러나 문학이 여전히 존재 가치를 갖고 있다고 생각한다면, 현재의 문학교육은 전면적으로 방향전환 해야 한다. 7차 및 개정 문학교육은 문학을 살리는 문학교육이 아니기 때문이다. 존재 가치가 있음에도 살리지 않는다면 그것은 심각한 직무유기이다. 문학교육 전공자들 역시 문학인 아니겠는가.

문학을 살리는 문학교육의 출발점은 문학적 관점의 적극적 도입이다. 문학적 관점에 의해 규율되는 '문학'교육이 되도록 해야 한다는 말이다. 이를 위해서는 먼저 문학의 특수성과 독자성이 무엇인지를 분명히 해야 한다. '종합적 관점'이나 '복합구조물' 같은 설명방식은 문학과 비(非)문학의 차이를 모호하게 만들 뿐이다. 이러한 규정은 비문학 텍스트들에도 똑같이 적용될 수 있기 때문이다. 그런 점에서 선차성의 문제가 중요하다. '종합적 관점'이나 '복합구조물'이 틀렸다거나 중요하지 않다는 것이 아니라 심미성이 선차적임을 분명히 해야만 문학의 특수성과 독자성을 제대로 해명할 수 있다는 것이다.

같은 맥락에서 좋은 것은 다 모아놓은 나열주의와 문학을 국어사용능력의 향상을 위한 수단으로 도구화하는 기능주의를 탈피해 중요도에 따라 교육목표와 내용을 적절하게 배치하는 선택과 집중이 긴요하다. 심미성의 체험을 통한 문학적 감수성의 함양을 중심으로 모든 것을 새롭게 배치해야 한다는 것이다. 사실 현행 문학교육은 너무도 번잡해 무엇 하나 제대로 가르치기 어렵게 되어 있다. 꼭 하나만 가르친다면 무엇을 가르칠 것인가에 대한 고민이 보이지 않는다. 이러한 고민에서부터 시작해야 하나라도 제대로 가르칠 수 있는 법이다. 그 '꼭 하나'는 바로 심미성의 체험을 통한 문학적 감수성의 함양이 되어야 한다.

심미성의 체험을 통한 문학적 감수성의 함양에 가장 좋은 교육 방법은 감상이다. 물론 이때의 감상은 학생들을 독자-주체로 존중하고 학생들의 자발성과 능동성에 기초한 감상이어야 할 것이다. 감상이 중심축이 되고 창작과 소통이 그에 맞춰 병행되는 교육 방식이 심미성의 체험에도 훨씬 효과적일뿐더러 고등학생의 감수성 수준에도 적합하다. 그런 점에서 감상과 창작을 수용과 생산으로 풀어버린 데다 수용의 비중마저도 생산이나 소통과 똑같이 1/3로 배분해놓은 개정 문학교육은 ‘문학’교육의 측면에서 보자면 최악의 안(案)이라 해도 지나치지 않을 것이다.

끝으로 문학교육 편제에 대해서도 한마디 하지 않을 수 없다. 현행처럼 문학이 국어과목에 복속된 6개 선택과목의 하나로 되어 있는 한 문학교육의 독자적 정체성을 확보하기가 어렵다. 더구나 리터러시 교육의 강화라는 최근의 추세를 감안하면 이러한 편제 아래에서 문학교육이 갖게 될 위상이란 말하기/듣기/읽기/쓰기 교육의 한 부분일 것이다. 따라서 문학교육의 독자성을 확보하고 문학 본연의 정체성에 부합하는 문학교육을 하기 위해서는 문학이 국어과목의 한 영역으로 배치되어 있는 편제에서 독립할 필요가 있다. 다시 말해 국어과목과는 별개의 일반 선택과목으로 존재하는 것이 바람직하다는 것이다. 한국문학을 가르치는 것이 아니라 문학을 가르치는 과목이라는 점에서도 문학이 굳이 국어과목에 복속되어야 할 이유가 없다. 그럴 경우 과연 몇 명이나 문학과목을 듣겠느냐고 걱정하는 이들도 있을 것이다. 하지만 그것이 ‘문학’교육의 취지에 부합한다면 그렇게 하는 것이 바른 길이다. 더구나 그럼에도 불구하고 문학과목을 신청한 소수의 몇 명이 확실한 문학 애호가가 될 수 있다는 점을 생각하면, 그러한 편제야말로 문학을 살리는 문학교육을 가능하게 해주는 방안이기도 하다. 국어과목으로부터의 독립이 현실적으로 어렵다면, 차선책으로 말하기/듣기/읽기/쓰기와 연계된 선택과목들을 한 세트로 하고 문학은 그와는 다른 세트로 분리하는 방안도 생각해볼 수 있다. 국어과목으로부터 독립하는 것보다는 효과가 덜 하겠지만, 이렇게라도 해야만 최소한 문학교육이 리터러시 교육의 일환으로 해소되는 것을 막을 수 있을 것이다.

『해방 전후사의 재인식』의 민족과 민족주의

조관자와 김철의 글을 중심으로

1. 탈근대론과 정치적 보수주의

『해방전후사의 재인식』(이하『재인식』)은 그 자체로만 보면 대단히 모순적이고 분열적인 책이다. 이 책은 최원식이 지적했다시피 "편자들과 필자들 사이에 균열이 가로지르고 있"는,[1] 말하자면 총론과 각론이 따로 노는 형국을 보여준다. 하지만 『재인식』이 만들어내고 있는 이데올로기적 효과는 비교적 수미일관하다고 할 수 있는데, 그것은 한마디로 정치적 보수주의로 요약된다. 이 책에 실린 문학논문의 필자들은 탈근대론 혹은 해체론에 가까운 학자들이다. 탈근대론의 이념적 스펙트럼은 대단히 넓지만, 이들의 학문적 경력을 생각하면 보수주의와는 거리가 먼 게 사실이다. 그럼에도 불구하고『재인식』전체의 이데올로기적 지향과 효과가 진보 담론의 가치를 전면 부정하는 정치적 보수주의인 것도 분명하다. 어떻게 탈근대론이 정치적 보수주의와 공존할 수 있을

---

[1] 최원식, 「다시 찾아온 토론의 시대」,『창작과비평』, 2006년 여름호, 351~352면.

까, 혹은 정치적 보수주의라는 동일한 이데올로기적 효과를 산출하게 되었을까.

1990년대에 탈근대론은 민족문학론을 대체할 새로운 급진주의 기획으로 각광받은 바 있었다. 그래서 당시 적지않은 맑스주의자나 민족문학론자들이 탈근대론을 적극 수용하기도 했었다. 하지만 지금 탈근대론은 적어도 한국에서는 더이상 급진적이라거나 진보적인 담론이라고 불리기 힘든 퇴행상을 노정(露呈)하고 있다. 이 점은 특히 자본주의와 제국주의에 대한 무기력한 모습에서 극명하게 나타나는데, 필자는 이러한 현상이 근대성과 민족(주의)에 대한 잘못된 이해와 맞물려 있다고 생각한다. 『재인식』에 실린 문학논문들 또한 마찬가지다. 필자는 그중에서 조관자와 김철의 글을 대상으로 이 문제를 살펴보고자 한다. 이들의 글은 탈근대론과 해체론적 후기식민론의 강력한 자장 아래 놓여 있다. 그런 점에서 두 글은 근대주의와는 정반대편에 이론적 입각점을 잡고 있다. 하지만 두 글의 결론은 근대주의와 묘한 거울관계를 이룬다. 이러한 사태는 민족과 민족주의에 대한 두 글의 유럽중심주의적 사고방식과 긴밀하게 연동되어 있다. 따라서 필자는 민족과 민족주의에 대한 두 글의 입장을 중심으로 이들이 어떻게 유럽중심주의적 민족(주의) 인식과 관계되어 있는지, 그리고 그러한 인식이 어떤 연유로 근대주의와 은밀한 공모를 형성하게 되는지 고찰해보고자 한다. 조관자의 글을 먼저 보고 김철의 글을 그 연장선에서 분석하는 순서로 논의를 진행할 터인데, 그 까닭은 조관자의 글이 민족과 민족주의에 대한 입장을 선명하게 보여주기 때문이다.

2. 이광수 비판과 민족주의의 단순화

조관자의 「'민족의 힘'을 욕망한 '친일 내셔널리스트' 이광수」는 민족주의가 "관제 민족주의나 저항적 민족주의 둘 다 대중의 생존 욕망을 자극하고 동원하고 통합하려는 권력의지"[2]의 산물이라는 관점에서 이광수의 친일논리를 규명하고 있다. 이광수의 친일론 자체에 대한 해석은 전반적으로 지극히 상식적이고, 기왕의 전통적인 연구들과 대동소이하다. 이 글의 특징은 이광수의 친일논리를 민족주의의 필연적 결과로 이해하는 데 있다. 따지고 보면, 이런 식의 시각 역시 이제는 상식처럼 되었으니 새롭다고 하기는 어렵다. 하지만 그런만큼 상식 뒤에 웅크리고 있는 편견과 고정관념 또한 완강하다.

민족과 민족주의에 대한 조관자의 시각은 '대중을 동원하기 위한 권력의지의 산물'로 요약할 수 있다. 이와 관련해 먼저 이러한 시각이 1990년대에 처음 등장한 것이 아니라는 사실을 지적할 필요가 있다. 1980년대에도 많은 연구자들이 민족주의를 비슷하게 설명했다. 맑스주의 쪽의 학자들이 그랬는데, 특히 '부르주아 민족주의'에 대해 그렇게 비판했다. 민족주의를 부르주아 지배를 위한 동원 이데올로기로 이해하는 것은 맑스주의의 오랜 전통이라고 할 수 있다. 탈근대론이나 해체론적 후기식민론의 전유물이 아닌 것이다. 이와는 다른 민족주의 해석은 제3세계 맑스주의에서 촉발되었다. 이른바 침략적 민족주의와 저항적 민족주의, 부르주아 민족주의와 민중적 민족주의의 구별이 이들에 의해 본격적으로 시도되었다. 이러한 해석이 나오게 된 배경에는 제3세

2) 박지향·김철·김일영·이영훈 편, 『해방전후사의 재인식 1』, 책세상, 2006, 526면. 이하 면수만 표시.

계의 특수성에 대한 재인식이 가로놓여 있다. 피식민 혹은 종속이라는 역사적 조건 속에서 저항적이고 민중적인 민족주의가 반체제운동의 주요 분파로 기능하는 현상을 설명하기 위해 민족주의 내부의 차이에 주목한 것이다. 제3세계의 저항적·민중적 민족주의는 담론 자체만 보면 제국주의의 침략적·부르주아적 민족주의와 비슷하다. 하지만 그 '비슷한' 이념이 상이한 역사적 맥락에서는 서로 다른 효과를 낳는다. 이는 민족주의가 이념이기 전에 운동이었다는 점과 함께 이념/담론이 언제나 구체적 현실과 상호작용하는 사회적 '실천'이라는 사실과 깊이 관련되어 있다. 한국의 진보적 학자들이 80년대에 저항적·민중적 민족주의를 적극적으로 평가한 것도 같은 맥락에서였다. 그래서 80년대의 진보학계가 한편으로는 민족주의의 극복을 주장하면서, 다른 한편으로는 저항적·민중적 민족주의를 포용하려는 자세를 보여주었던 것이다.

이렇게 보면, 조관자가 80년대 한국의 진보적 연구자들과 다른 점은 부르주아 민족주의에 대한 규정을 민족주의 일반으로 확대한 것이라고 할 수 있다. "모든 내셔널리즘이 '민족'의 이름으로 행사하는 권력운동"(553면)이라는 규정은 이로부터 나오게 된다. 따라서 논점은 '모든' 민족주의를 대중동원의 권력 이데올로기로 보는 것이 타당한가에 있다. '모든' 민족주의를 등가적으로 보는 시각이 갖는 문제점은 구체적으로 신채호와 최남선 혹은 이태준과 이광수의 차이를 설명하기 힘들다는 데 있다. 이들은 '모두' 민족주의자이지만 행로는 달랐다. 친일과 반일, 협력과 저항, 동일화와 반/비동일화로 갈라진 연유는 어디에 있을까. 민족주의 내부의 차이에 주목해야 하는 까닭이 여기에 있다. 물론 친일과 반일, 협력과 저항 양자가 칼로 무 베듯 확연하게 갈라지는 것은 아니다. 확연하게 갈라진다고 본 80년대의 시각은 그런 점에서 '도식적'

이다. 하지만 그렇다고 해서 이 둘이 같다고 할 수는 없다. 그 효과 내지는 결과가 엄연히 다르기 때문이다. 따라서 두 민족주의의 겹침과 갈림을 입체적으로 조망하는 것이 가장 온당한 자세일 터인데, 조관자의 시야는 지나치게 단선적이다. 조관자처럼 민족주의를 대중동원을 위한 권력의지의 산물로 일률 규정하는 한, 한국근대사의 수많은 반식민·반체제 민족주의를 설명하기 어려워진다.

민족주의를 대중동원을 위한 권력의지의 산물로 이해할 때의 또다른 문제점은 민족을 동원의 대상으로 못 박는다는 데 있다. 전통적 민족주의는—친일 민족주의든 저항 민족주의든—민족을 주어진 것, 생래의 것, 선험적인 것으로 규정해왔다. 그리고 민족주의는 그에 근거해 개개인을 통합하고 민족에의 충성을 요구해왔다. 하지만 이러한 민족 규정은 민족을 피로 상징되는 종족집단으로 잘못 이해한 결과이다. 민족이 종족집단이라면 개개인의 주체적 판단과 선택은 아무런 의미도 가질 수 없게 된다. 개인이 어떤 선택을 하든 민족은 영원히 변하지 않는 초월적 대주체로 존재하기 때문이다. 그런 점에서 조관자의 민족 규정은 이러한 종족주의적 민족관이 갖는 전체주의적 억압성을 비판하는 장점을 갖고 있다. 하지만 민족을 이렇게만 규정하면 민족주의는 전체주의나 파시즘과 변별되기 힘들어진다. 실제로 조관자는 민족주의와 파시즘을 동질적인 이데올로기로 보고 있다. 이러한 생각은 조관자뿐 아니라 탈근대론이나 해체론적 후기식민론에 매료된 한국의 많은 학자들이 공유하는 것이기도 하다. 민족주의를 일률적으로 타파해야 할 부정적 이데올로기로 보는 것도 그 때문이다.

그러나 '민족'은 동원의 결과인 동시에 결사의 산물이기도 하다. '매일매일의 국민투표'라는 르낭의 정의처럼 민족을 자발적 동의와 적극적 참여에 기반한 결사체로도 이해할 때 민족에 대한 복합적이고 중층적인 이해가 가능하다. 저항적·민중적 민족주의는 민족의 이러한 속성을 반영한 이념이라 할 수 있다. 물론 신채호에게서 잘 드러나듯 저항적·민중적 민족주의 또한 종종 민족을 생래적 종족집단으로 이해하곤 했지만, 그와 동시에 민족을 평범한 민중이 만들어가는 것으로 생각하기도 했다. 이 지점에서 민족을 엘리뜨에 의해 주도되는 것으로 본 이광수와 신채호가 갈라진다.3) 가령 최서해의 가장 중요한 문학사적 업적이 바로 민족을 민중적 결사로 그려낸 점이다. 부르주아 민족주의 문학은, 심지어 염상섭마저도 민족을 언제나 '위로부터의 민족', 즉 부르주아 헤게모니에 바탕한 민족으로 상정했다. 반면에 최서해의 문학은 '아래로부터의 민족', 곧 민중이 스스로의 자발적 결단과 선택에 의거해 만들어가는 민족의 가능성을 보여준다.4) 이 '민족'은 부르주아 민족주의가 설정한 민족과 분명하게 구별되는데, 이러한 '민족'의 상은 조관자식의 민족관으로는 설명하기 힘들다. 한국의 민중적 민족주의가 반영한 민족은 바로 이러한 '아래로부터의 민족'이고, 여기에 민중적 민족주의의 '맥락적 적실성'5)이 존재하는 것이다.

---

3) 이에 대한 자세한 설명으로는 하정일, 「자율적 개인과 부르주아 결사로서의 민족」, 문학과사상연구회, 『이광수 문학의 재인식』, 소명출판, 2009 참조.
4) 이에 대한 자세한 설명으로는 하정일, 「민족과 계급의 변증법」, 『탈식민의 미학』, 소명출판, 2008 참조.
5) '맥락적 적실성'과 관련해 이글턴은 이데올로기란 "단순한 허위의식이 아니라 역사 발전의 특정한 단계와 특정한 국면에 적합한" 담론이라고 설명한다. T. 이글턴, 『이데올로기 개론』, 여홍상 역, 한신문화사, 1994, 160면.

3. 허위의식으로서의 식민주의와 헤게모니

조관자는 이광수의 딜레마가 "주권 없는 민족을 대상으로 하여 힘있는 국민의 형성을 목적한 데 있다"(533면)고 말한다. 중일전쟁 이후 조선의 민족주의가 일본의 민족주의를 '대리 수행'하게 된 것은 그 때문이라는 것이다. 당연히 "일본 내셔널리즘이 확대됨에 따라 조선의 내셔널리스트는 전도된 형태로 '민족역량'의 확대를 욕망하게 된다."(같은 곳) 그런 점에서 이광수의 적극적인 친일은 "단순히 민족주의운동을 포기한 결과가 아니며 식민지 자본주의가 생존하기 위한 전진적인 투항"(536면)이다. "종속적인 자본주의의 발전을 우선시하여 독립의 목표를 상실한 것은 확실히 패배적인 행위로 보인다. 그러나 그것은 친일 내셔널리즘의 자본과 권력운동이 살아남기 위한 필연적인 귀결이다."(537면)

 이 인용문은 글의 핵심에 해당하는 대목이라 할 수 있다. 여기에서 조관자는 이광수가 친일로 나아가게 된 경위를 국민을 형성하기 위한 전도된 형태의 실천이자 자본과 권력운동의 생존방책으로 설명한다. '자본과 권력운동의 생존방책'은 식민지시대 이래 맑스주의가 부르주아 민족주의에 대해 일관되게 설명해온 내용이고, '국민 형성을 위한 전도된 실천'은 최근의 후기식민론이 애용하는 논리이다. 전통적 맑스주의와 해체론적 후기식민론이 결합된 형국인데, 이 두 측면이 이광수의 친일담론에 공존하는 것은 틀림없다. 부르주아 민족주의의 궁극적 목적이 '자본의 존립'에 있고 자본을 존립시키려면 '국민의 형성'이 필수불가결했기 때문이다. 따라서 이러한 해석에 대해서는 전적으로 동의할 수 있다. 물론 좀더 정치한 설명이 필요한 것은 사실이다. 자본운동이나 국민 형성과의 관련성은 이광수에게만 국한된 것이 아니라 부르주아 민족주의 전체와 연결된 것이기 때문이다. 그런 점에서 가령 동양주의, 특히 유교적 전통과의 관련성이 빠진 것은 아쉽다. 이광수가 내선일체, 팔굉일우(八紘一宇)의 이데올로기로 나아가게 된 저변에는 동양적 가치관의 현재화라는 문제의식이 뿌리 깊게 자리잡고 있기 때문이다. 이 부분을 해명해야 이광수가 친일로 나아가게 되는 고유한 내적 논리를 설명할 수 있다.

하지만 더 중요한 문제는 이광수가 받아들인 식민주의 이데올로기에 대한 이해방식이다. 조관자는 "'내선일체'가 현실적으로 성립될 수 없는 허구"라고 못박으면서 "이러한 허구의 실체화가 음모될 때에 삶의 세계는 폭력적인 광기의 장이 된다"(544면)고 기술하고 있다. 이 지점에서 민족주의는 "'파블로프의 개'와 같이 허위능력을 상실한 인간을 창조"하려는 파시즘과 만난다고 조관자는 본다. 그리고 그런 점에서 이광수가 말한 "'일본정신'은 언어적 수사로서만 현전"(546~47면)할 뿐이라고 비판한다. 왜냐하면 그것은 "생존의 이익을 도모하는 친일 내셔널리즘의 힘에 대한 욕망을 숨기고 가상된 동포애의 집단 도취적인 희생을 찬미하는 파시즘의 낭만적인 수사"(547면)와 똑같기 때문이다.

식민주의에 대한 이러한 설명은 전형적인 허위의식론이다. 말하자면 민족주의가 모순을 은폐하고 동원과 착취를 정당화하는 억압적이고 폭력적인 이데올로기라는 것이다. 같은 맥락에서 조관자는 민족주의를 "'국민감정'에 기생하여 대중적인 권력을 낳으며, 민족 동일체에 대하여 '아니오'를 허락하지 않는 절대권력이 되고 있다"(554면)고 비판한다. 민족주의에 이러한 허위의식이 존재하는 것은 부인하기 힘든 사실이다. 그러나 민족주의를 전적으로 허위의식으로만 보는 한, 대중의 자발적 동의 기제를 설명하기 어려워진다. 이것을 설명하려면, 이글턴이 말한 '맥락적 적실성'이 고구되어야 한다. 요컨대 민족주의에는 현실의 어떤 부분 또는 대중의 특정한 욕구를 반영한 특정 국면에서의 적실성이 존재한다는 것이다. 가령 내선일체론에 대한 이광수의 반응이 그러하다. 내선일체론이 헤게모니담론이 될 수 있었던 것은 거기에 조선인이 받는 민족적 차별에 대한 일정한 보상이나 교정이 담겨 있었기 때문이다. 이광수는 바로 그 점에 주목했던 것이다. 다만 내선일체론이 차별과 평등의 길항관계를 해결할 수 없는 양가적 담론이라는 것이 문제인데, 차별을 포기하는 순간 내선일체론의 궁극적 목표인 헤게모니적 지배가 무너지기 때문이다. 이광수가 '동포에 고함'에서 징병제 실시 결정을 보고서야 비로소 내선일체론을 진심으로 믿게 되었다고 말한 것은 그런 연유에서이다. 요컨대 징병제 실시란 조선인도 진정한 일본국민이 되었음을 뜻하고, 따라서 동등한 권리를 요구할 수 있게 되었다고 생각한 것이다. 그런 점에서 이광수의 민족주의에는, 그것이 명백한 친일담론임에도 불구하고, 특정 단계에서의 조선민족의 특정한 욕구를 반영한 '맥락적 적실성'이 담겨 있는 셈이다. 물론 내선일체론이 발휘하는 효과란 헤게모니적 지배, 즉 구조적 차별과 착취의 틀 내에서만 가능한 극히 제한적인 것이었다. 그럴 수밖에 없는 것이 내선일체론 자체가 일제의 헤게모니적 지배를 위해 고안된 이데올로기였기 때문이다. 이광수의 민족주의가 일정한 '맥락적 적실성'에도 불구하고 식민주의에의 투항으로 귀결된 것은 내선일체론의 이러한 양가성과 그에 따른 봉합 불가능한 모순을 읽지 못했기 때문이다. 그리고 그렇게 된 저변에는 조관자가 언급한 예의 '자본과 권력'의 관점이 깔려 있음은 물론이다. 반면에 저항적·민중적 민족주의는 민중의 관점에서 민족문제를 바라보려 노력함으로써 내선일체론을 포함한 일제의 식민주의 이데올로기에 내재한 모순을 통찰할 수 있었다. 필자가 '아래로부터의 민족', 곧 민중적 결사로서의 민족을 강조한 것도 그래서인데, 말하자면 저항적·민중적 민족주의는 민중이 주체가 된 민족의 가능성에 주목한 결과 이광수 류의 부르주아 민족주의와는 달리 식민주의와 분명한 선을 그을 수 있었던 것이다.

4. 「농군」의 수행적 독서

조관자는 결론에서 "모두가 권력을 욕망하는 사회에서는 권력의 신민이 아니라 권력의 주체로서 권력의 횡포에 대하여 '아니오'를 말하는 힘이 필요하다"(555면)고 말한다. 이는 너무도 지당한 이야기다. 하지만 이 말은 비단 민족주의에만 해당하는 발언은 아닐 터이다. 따라서 이런 식의 발언으로 민족주의를 비판하는 것은 막연하기 이를 데 없다. 모든 민족주의가 "'피와 혼'의 논리로써 '우리'라는 자연의 귀소, '원초적 합의'를 마련하고 있"는(554면) 이데올로기인 것은 아니다. 앞에서 언급했다시피 한국의 민중적 민족주의는 민중이 주체가 된 '아래로부터의 민족', 즉 민중적 결사로서의 민족을 도모했다. 한국의 민중적 민족주의는 일본의 민족주의, 더 멀리는 독일의 민족주의에 빚진 바 적지 않지만, 그와 동시에 거기에는 개인의 실존적 위기를 극복하고자 하는 자발적 결단과 선택이 담겨 있기도 하다. 최서해나 강경애(姜敬愛)의 문학에서 그것을 어렵지 않게 확인할 수 있거니와 후기 신채호에게서도 그러한 경향이 일정하게 나타난다. 그러므로 제3세계의 탈식민 민족주의를 입체적으로 이해하려면 이 두 측면—대중동원적 측면과 민중결사적 측면—을 입체적으로 조망해야 한다. 하지만 조관자는 이광수의 친일 내셔널리즘을 '민족주의 일반'으로 환원함으로써 모든 민족주의, 나아가 모든 민족담론을 등질화한다. 조관자의 민족주의 비판이 이렇게 단순화되고 만 것은 제국주의적 민족주의와 피식민 민족주의의 동일시→친일 민족주의와 저항 민족주의의 동일시→모든 이념을 권력의지로 환원하는 해체론적 환원론의 결과로 보인다.

피식민 민족주의에 대한 단순화는 김철에게서도 비슷하게 반복된다. 김철은 「몰락하는 신생—'만주'의 꿈과 「농군」의 오독」에서 이태준의 「농군」을 "'만주 경영'이라는 제국주의의 "새로운 시대적 흐름"에 편승한, 다시 말해 당대의 '국책(國策)'에 적극적으로 부응한 소설"(481면)이라고 혹독하게 비난한다. 그렇게 보는 이유로 김철은 "만주사변 이후 폭증하는 '만주 유토피아니즘'과 식민지 조선의 관계"(485면)를 지적한다. 김철에 따르면, "만주는 피식민지인으로서의 조선인이 제국의 '일등국민'으로 도약할 수 있는 현실을 제공하는, 또는 그런 현실을 꿈꾸게 하는 공간으로 작용"(같은 곳)했고, 그 연장선상에서 중국 농민을 야만적인 '토민'으로 바라보는 제국주의적 시선이 「농군」에 스며들어 있다. 김철은 「농군」이 만보산(萬寶山) 사건의 진상을 왜곡하면서까지 "'수난당하는 피해자로서의 조선 농민 대 야만스러운 가해자로서의 중국 군벌과 농민'이라는 구도로 사건을 형상화하는 데에는, 실은 가해자인 자신의 미묘한 위치를 부정하고자 하는 욕구, 피해와 가해의 이중적 위치가 동시에 혼재하는 데에서 오는 의식의 착종을 수난자로서의 자기 확립을 통해 방어하고자 하는 욕구가 매개되었던 것"(497면)이라고 설명한다. 그런 점에서 「농군」은 "'왕도낙토'와 '오족협화'를 바탕으로 하는 '만주 이데 올로기'의 문학적 구현"(508면)에 불과하며, "'유사(類似) 해방감'과 '의사 (擬似) 제국주의자'로서의 포즈"(522면)에서 벗어나지 못한 태작이라는 것 이 김철의 결론이다.

김철의 「농군」 비판은 피식민자의 저항 민족주의가 식민자의 제국주 의적 민족주의와 동일한 담론구조를 갖고 있다는 전제에 바탕하고 있 다. 「농군」에서 드러나는 종족주의(ethnocentrism), 문명 대 야만의 인종차별 적 이분법, '의사 제국주의'적 포즈 같은 것들에서 그 점이 확인된다고 김철은 말한다. 말하자면 조관자와 마찬가지로 피식민 저항 민족주의 와 제국주의적 민족주의를 동일시하고 있는 것이다. 그러나 김철의 주 장과는 반대로 「농군」은 오히려 피식민 민족주의가 제국주의적 민족주 의와는 다른 효과를 발휘한다는 사실을 잘 보여주는 작품이다. 「농군」 이 만주 토착민에 대해 인종차별적이고 종족주의적인 시각을 보여주는 것은 사실이다. 하지만 그렇다고 해서 「농군」이 식민주의에 굴복한 국 책소설은 아니다. 이런 식의 논법은 부분을 가지고 전체를 재단하는 전 형적인 침소봉대(針小棒大)다. 이와 관련하여 작품의 배경이 '장작림(張作 霖)정권 시대'라는 부기(附記)는 중요한 맥락적 의미를 갖는다. 이 부기에 따르면, 작품의 시대적 배경은 1920년대이다. 이는 「농군」에서 그려지 는 시대가 만보산 사건 이전이라는 '소설적' 의미를 갖는다. 그런 맥락 에서 보자면, 「농군」과 만보산 사건의 '사실적 합치' 여부를 따지는 것 은 작품의 서사논리와 맞지 않는다. 「농군」의 시대적 배경이 1920년대 라는 사실은 조선인과 중국인 사이의 역관계에 대한 중요한 단서를 제 공한다. 만주국 건국 이후에도 조선인은 일본인에 이은 '이등국민'이 아니었지만, 만주국 건국 이전에는 더더욱 그러했다. 요컨대 1920년대의 조선인 이주민은 중국인에 비해 정치적·경제적·사회적인 모든 면에서 열등하고 차별적인 위치에 놓여 있었던 것이다. 만주 토착민에 대한 인종차별적이고 종족주의적인 태도가 식민주의적 폭력이 되려면 조선인이 중국인보다 우월한 위치에 있어야 한다. 식민주의란 기본적으로 '강한' 민족과 '약한' 민족 사이의 지배와 착취 관계를 바탕으로 하기 때문이다. 1920년대의 조선인은 중국인에게 식민주의적 권력을 행사할 수 있는 위치가 결코 아니었다. 더구나 '사실적 합치' 여부는 식민주의와의 관련성을 판단하는 근거가 될 수도 없다. 이 점은 가령 만보산사건을 소재로 한 안수길의 「벼」와 비교해 보더라도 분명하게 드러난다. 「벼」는 만보산사건 때 발포도 없었고 사상자도 없었다고 사실과 합치되게 기술하고 있음에도 불구하고 오히려 식민주의에의 포섭 징후를 농후하게 보여준다. 그것은 나까모도라는 일본인을 곡식도 사주고 학교도 경영하면서 오족협화에 적극 기여하는 긍정적 인물로 묘사하고, 더 나아가 그를 중국인의 억압에서 조선인 민중을 벗어나게 해줄 구원자로 설정함으로써 일제와 조선 민중 사이의 모순을 가리고 있기 때문이다. 이는 소설과 만보산 사건의 '사실적 합치' 여부가 식민주의에 포섭됐는지 아닌지를 구획하는 기준이 될 수 없음을 말해준다.

뿐만 아니라 이태준은 「만주기행」에서 만보산 사건의 진상을 있는 그대로 기술하고 있다. 이는 이태준이 종족주의자도 인종차별주의자도 아니었음을 말해준다. 조선인과 중국인의 처지와 관계를 비교적 객관적으로 바라보고 있다는 점에서 그러하다. 그런 이태준이 「농군」에서는 「만주기행」과 다른 이야기를 하고 있다면, 「만주기행」을 쓸 때의 이태준이 일년 만에 표변한 것일까. 그렇게 보는 것은 그후의 글들이 종족주의나 인종차별주의와 아무 관련이 없다는 점에서 적절한 설명이라고 할 수 없다. 그보다는 시대적 배경이 다르기 때문이라는 설명이 더 설득력이 있다. 만주국 건국 이전과 이후의 조선인 이주민 대 중국인의 민족적 역관계가 달랐다는 사실이 「농군」과 「만주기행」의 차이를 낳은 주요인이라는 것이다. 말하자면 두 글에 담겨 있는 시대가 1920년대와 1930년대로 달랐기 때문에 서사의 논리도 달라지게 되었다는 것이다. 이 점을 제대로 이해하는 데 결정적으로 중요한 것이 소설의 첫부분, 그러니까 기찻간 장면이다. 특히 '양복쟁이' 형사가 윤창권 일가가 어째서 만주로 이민 가는지 캐묻는 대목은 조선인의 만주 이민이 일제 농업정책의 총체적 실패에 따른 결과임을 은밀하게 환기한다. 심문을 방불케 하는 형사와 윤창권의 대화에 따르면, 윤창권 일가는 자작과 소작을 겸하는 자소작농이었지만 먹고살 수가 없어서 아내까지 '방적공장'에 나갔고, 그래도 형편이 나아지지 않아서 마지막으로 만주 이민을 선택하게 되었다. 그러나 만주에만 가면 잘살 수 있다는 말에 논 팔고 집 팔아 왔건만 그들을 기다리는 것은 중국인들의 차별과 억압이었으니, 토착민들의 폭력에 맞서 "덤벼라! 우린 여기서 못 살면 죽긴 마찬가지다"라고 외치는 창권의 절규는 그런 맥락에서 나온 최후의 몸부림이었다.

기찻간 장면은 형사와 윤창권의 긴장어린 대화를 통해 일제와 조선 민중의 대립상을 날카롭게 암시한다. 이 대목을 소설 첫머리에 넣은 의도는 식민주의의 허구성을 비판하기 위해서라고 할 수 있다. 이 장면이 없었다면 조선 농민들이 만주에 이민 가야 했던 역사적 연원에 대한 해명이 생략되면서 「농군」은 제국주의와 조선민중의 모순을 다룰 수 없었을 터이다. 그랬다면 서사의 축도 조선인과 중국인의 갈등으로 단순화되면서 민족적 저항이 식민주의에 포섭되는 결과를 낳았을지도 모른다. 하지만 기찻간 장면은 조선인 이주민들의 종족주의적인 행태가 일제의 식민주의적 착취와 무관하지 않음을, 즉 수탈과 착취로부터 자신을 지키고 생존을 도모하기 위한 불가피한 선택이었음을 환기함으로써 식민주의와 비판적 거리를 유지시켜준다.[6] 그런 점에서 만주의 조선인 이주민 공동체는 일제와 중국인에 의한 이중의 억압에 맞서 자신들의 실존적 위기를 해결하기 위해 자발적으로 구성한 민중결사라 할 수 있다. 요컨대 그것은 '아래로부터의 민족', 곧 피식민이라는 역사적 조건 속에서 민중을 주체로 하여 형성된 민족인 것이다.

이처럼 「농군」의 서사에서 우리는 피식민 민족주의가 담론적 유사성에도 불구하고 피식민 주체가 처한 맥락의 특수성으로 인해 제국주의적 민족주의와는 다른 저항적 효과를 발휘한다는 사실을 확인할 수 있다. 그렇게 보면, 김철의 「농군」 비판에는 맥락의 차이가 만들어내는 수행적(performative) 효과의 차이에 대한 분별이 결여되어 있다. 이러한 오독은 일차적으로 경험적 현실까지 상호텍스트성으로 환원하는 텍스트주의적 독법이 낳은 결과라 할 수 있다. 그러나 더 근본적인 이유는 김철이 "제국주의 지배 아래에서의 민족운동이라는 것은 제국의 체제 안에서 민족 영역을 분절하고 명료화함으로써 궁극적으로는 제국의 체제를 안정시키는 것"(「대담」, 『재인식』 2권, 626면)이라고 생각하기 때문이다. "민족과 제국은 서로 그렇게 길항하면서 협조하는 관계"(같은 곳)지만, 그러한 '길항과 협조' 역시 '제국의 체제 안에서' 벌어지기 때문에 어떠한 민족운동도 결국에는 '제국의 체제를 안정시키는' 역할을 할 수밖에

---

6) 이태준 문학의 탈식민적 성격에 대한 자세한 설명으로는 하정일, 「1930년대 후반 이태준 문학과 내부 식민주의」와 「친일과 저항의 경계를 어떻게 잡을 것인가―이태준을 중심으로」(『탈식민의 미학』) 참조. 「농군」과 「만주기행」에 대한 설명은 이 두 편의 글에서 관련 부분을 요약·보완한 것이다.

없다는 것이다. 말하자면 피식민 저항 민족주의는 제국주의의 ‘파생물’이기 때문에 식민주의의 헤게모니에서 결코 벗어날 수 없는 셈이다. 김철처럼 생각하는 한, 식민주의에 대한 어떠한 저항도 무망(無望)한 일이된다. 제국주의 체제의 ‘안’에 있는 한 식민주의의 헤게모니에 포섭되도록 예정되어있기 때문이다. 그렇다면 경험적 현실 속에서 제국주의의 ‘바깥’은 존재하지 않는다는 점에서 탈식민은 불가능한 일일 수밖에없다. 하지만 챠테르지가 적절히 규정한 바 있듯이 피식민 민족주의는‘제국주의에 지배되면서도 구별되는’ 이념이자 운동이다.7) 이는 피식민이라는 역사적 조건의 차이가 낳은 결과거니와 이 점에 바로 피식민민족운동의 탈식민적 가능성이 있다. 식민주의 내부로부터 식민주의를극복해가는, 이른바 ‘내적 저항’을 피식민 민족운동에서 발견할 수 있는 것도 그래서이다. 이태준의 「농군」은 그러한 의미에서의 내적 저항을 잘 보여준다.

5. 민족주의와 탈민족주의를 넘어서

조관자와 김철의 글에 대한 비판적 고찰을 통해 다시 한번 발견하게되는 사실은 민족과 민족주의에 대한 유럽중심주의적 사고방식이다. 민족주의와 식민주의의 상관성에 주목하는 이해방식은 제국주의의 중심이던 유럽의 역사에서는 통용될 수 있다. 민족주의 일반에 대한 유럽좌파의 부정적 시각은 그런 맥락에서 이해할 수 있다. 조관자와 김철은

---

7) P. Chatterjee, *Nationalist Thought and the Colonial World*, University of Minnesota Press, 1995, p.42.

일본에서의 민족주의 비판으로부터 영향 받은 바 큰 것으로 보이는데, 사실 일본의 진보적 지식인들이 유럽 좌파의 민족주의 비판을 적극 수용한 것은 일본의 역사적 경험과 밀접하게 관련되어 있다. 일본은 아시아의 제국주의 국가로 이웃나라들을 침략하고 내부적으로는 천황제 파시즘을 밀어붙이면서 민족주의를 정당화 이데올로기로 내세웠었다. 지금도 민족주의가 일본 보수 우파의 핵심 이데올로기라는 사실까지 감안하면 일본의 진보적 지식인들이 민족주의를 극력 비판하는 것은 당연한 일이라 할 수 있다. 그러나 피식민 지역에서는 사정이 다르다. 대부분의 유럽 좌파나 일본의 진보적 지식인들도 마찬가지지만, 조관자와 김철 역시 이에 대한 역사적 분별력이 부족하다. 침략의 이데올로기로 기능했던 유럽이나 일본의 경우와는 달리 피식민 지역에서는 민족주의가 종종 저항의 담론으로 작용했다. 물론 저항적·민중적 민족주의 또한 억압과 동원의 권력담론으로 변질되는 장면들을 우리는 숱하게 목격했다. 그런 점에서 민족주의는 분명한 한계를 안고 있다. 민족문제나 분단문제를 해결하기 위해서라도 민족주의의 극복이 절실한 것은 그래서이다. 하지만 민족주의가 역사적으로 대중동원과 민중결사라는 양면성을 갖고 있었다는 점 또한 놓쳐서는 안된다. 이 양면성이야말로 피식민 민족주의의 역사성의 뼈대를 이루기 때문이다. 그 가운데 저항적·민중적 민족주의는 피식민이라는 맥락적 특수성으로 인해 반제국주의적 민중결사라는 측면을 좀더 강하게 보여주곤 한다. 「농군」에서 그 점을 확인하기란 그다지 어렵지 않은 일이다.

그럼에도 불구하고 조관자와 김철이 피식민 민족주의에 비판의 시선을 보내는 것은 아마도 민족주의의 대중동원적이고 종족주의적 측면에 대한 경계심 때문일 것이다. 이러한 우려는 분명 일리가 있다. 하지만 민족과 민족주의에 대한 유럽중심주의적 단순화는 민족과 민족주의의 역사성 전체에 대한 부정으로 이어지면서 자신들의 주관적 의도와는 반대로 식민주의를 묵인하는 심각한 이데올로기적 효과를 낳는다. 여기서 '묵인'이라고 말한 것은 조관자와 김철이 제국주의에 대한 민족적 저항의 가능성을 원천 부정함으로써 결과적으로 식민주의를 특권화시키고 있다는 의미이다. 식민주의의 묵인은 근대주의와의 묘한 유착을 통해 이루어진다. 민족과 민족주의에 대한 김철과 조관자의 이해는 근대주의자들의 그것과 별반 다르지 않다. 근대주의 역시 민족과 민족주의를 유럽적 의미로 이해한다. 그럴 수밖에 없는 것이 근대주의는 세계사적 근대를 유럽적 근대의 확장과정으로 바라보기 때문이다. 탈근대론의 근대 인식 또한 비슷하다. 그에 따라 탈근대론에서 제국주의적 근대와 식민지적 근대는 동형관계로 이해된다. 식민지적 근대란 유럽적 근대의 이식이자 모방이기 때문이다. 조관자와 김철이 피식민 민족주의를 제국주의적 민족주의와 동일한 것으로 일률 규정하는 것은 그래서이다. 따라서 이들은 유럽적 근대와는 다른 근대의 가능성을 상상하지 못하며, 당연히 유럽적 근대의 대안도 탈근대 이외에는 존재할 수 없게 된다. 민족과 민족주의의 탈근대론적 대안은 민족을 지우는 것이다. 민족이 존재하는 한, 근대를 초월할 수 없기 때문이다. 민족과 민족주의에 대한 한국판 탈근대론의 맹목적 비난은 그 연장선상에 놓여 있다. 이 지점에서 탈근대론은 신종 근대주의인 신자유주의와 만난다. 신자유주의에서 말하는 전지구화만큼 민족을 지우는 효과적인 방략은 없거니와 탈근대론의 민족과 민족주의 비판이 정치적 보수주의의 정당화라는 이데올로기적 효과를 낳는 것도 그와 무관하지 않다고 할 수 있다. 요컨대 '민족 지우기'를 공통분모로 탈근대론과 근대주의가 손을 잡은 셈이다.

　『재인식』에 실려 있는 한국어문학 관련 글들 가운데 이혜령과 최경희의 논문도 비슷한 시각을 보여준다. 이에 대해서는 상세한 비판이 이미 나온 바 있기 때문에[8] 여기서는 다루지 않겠지만, 두 글 역시 피식민 민족을 유럽적 의미의 민족으로 이해하고 있다는 점만은 지적하고 넘어가야겠다. 이혜령은 제국과 피식민 민족운동을 일종의 공생관계로 일면화한다는 점에서 그러하고, 최경희는 민족 혹은 민족주의를 여성을 억압하는 동원 이데올로기로 단순화한다는 점에서 그러하다. 그 결과 이혜령은 조선어학회운동에 담겨 있는 '내적 저항'을 읽지 못하며, 최경희는 거꾸로 최정희의 「야국초」를 친일로 위장한 페미니즘소설로 해석하는 심각한 오독을 범한다. 이는 공히 피식민 민족의 특수성을 인정하지 않는 유럽중심주의적 민족 인식에서 비롯된 결과라 할 수 있다. 특히 최경희의 글은 피식민이라는 역사적 조건에서 민족과 매개되지 않은 현실 인식이 얼마나 위험한가를 극명하게 보여준다. 글의 분석 대상인 최정희의 「야국초」는 성 차별을 일본의 '국민'이 됨으로써 해결하고자 한 '명백한' 친일소설이다. 최정희가 친일 협력이라는 해결방식을 선택한 것은 여성문제를 민족문제와 분리시켜 고립적으로 생각했기 때문이다. 일본 '국민'이 된다 하더라도 피식민 상태에서는 영원히 이등 국민, 이등 여성일 수밖에 없는 일인데, 최정희는 그 엄연한 사실을 보지 못한 것이다. 그렇게 된 것은 작가가 피식민이라는 역사적 조건에서 민족문제가 갖는 전략적 선차성을 깨닫지 못했기 때문이다. 여성문제

---

8) 이혜령의 글에 대한 비판은 최경봉, 「일제강점기 조선어학회 활동의 역사적 의미」(『민족문학사연구』 31호, 2006), 최경희의 글에 대한 비판은 김양선, 「탈근대·탈민족 담론과 페미니즘 문학연구」(민족문학사연구소 2006년 학술심포지엄 발제문) 참조

와 민족문제는 가치론적으로는 동등하다. 그러나 피식민이라는 맥락과 만나게 되면 양자의 전략적 의의는 달라질 수밖에 없다. 성 차별 때문에 식민지가 되었다고는 볼 수 없기 때문이다. 이 점에 민족문제의 전략적 선차성이 놓여 있다. 그런데 최경희가 그 점을 엄정히 짚지 않은 채 '표층 서사'와 '하위 서사'를 분리시키는 방식으로 작품의 페미니즘적 측면만 따로 떼내어 강조하는 것은 최정희가 범한 실수를 똑같이 반복하는 일이다. 이러한 독법은 민족 혹은 민족주의의 가부장주의적이고 엘리트주의적인 측면에만 주목하는 단선적 인식을 바탕으로 하고 있거니와 여기서 우리는 조관자나 김철과 비슷한 문제점을 재확인할 수 있다. 그런 점에서 『재인식』은 민족주의와 탈민족주의를 동시에 넘어 민족의 역사성과 복합성을 입체적으로 통찰하는 일이 참으로 화급한 과제라는 사실을 다시 한번 우리에게 환기해준다.

개인과 가족의 기묘한 동거

1. 신경숙 문학과 1990년대

신경숙은 1990년대 한국문학을 상징하는 작가라 해도 과언이 아니다. 그녀만큼 평단과 독서계, 자유주의문학과 민족문학, 신진세대와 중견세대 모두를 아우르면서 상찬받은 작가도 드물 것이다. 신경숙은 90년대 한국문학의 모든 영예를 한 몸에 독점하다시피 했다. 문학주의, 내면, 문체, 미적 자율성, 삶의 섬세한 결, 모성성, 일상성 등 90년대 한국문학을 특징짓는 모든 것들이 신경숙 문학으로 흘러들었다. 문학비평가들은 신경숙을 통해 90년대 한국문학의 방향성을 읽었고, 신경숙에게서 한국문학의 새로운 가능성을 찾아냈으며, 신경숙에 기대 80년대 한국문학을 비판했다. 그런 점에서 신경숙은 행복한 작가다.

하지만 신경숙이 과연 진실로 행복한 작가일까. 필자는 그렇지 않다고 생각한다. 신경숙 문학은 지나치게 과대평가되었으며, 이 과대평가는 신경숙 문학의 발전을 가로막았다. 출판 상업주의와 문학비평가들의 파당적 이해관계에 의해 신경숙 문학의 약점과 한계는 은폐된 채 허망한 교언영색(巧言令色)들만 지겹게 반복되었다. 비판의 부재는 자기 성찰을 불가능하게 만들었으니, 신경숙 문학의 답보(踏步)는 그로 말미암은 필연적 결과였다.

지금의 시점에서 볼 때 신경숙 문학은 너무도 시대에 뒤떨어져 있다. 이러한 지체는 이미 90년대부터 시작된 일이지만, 비판의 부재가 그것을 못보게 만들었을 뿐이다. 신경숙의 입장에서 보더라도 이는 참으로 불행한 일이 아닐 수 없다. 한 재능 있는 작가를 시대적 지진아로 만든 문학비평의 역기능도 한심한 일이지만, 그러한 사태가 신경숙 개인에게만 국한된 것이 아니라는 데 문제의 진정한 심각성이 있다. 문학의 자율성과 위엄을 되찾겠다는 선언으로 시작한 90년대 한국문학이 문학의 주변부화와 상업주의화로 귀결된 데 문학비평은 한몫 단단히 한 셈이다.

따라서 이제라도 신경숙 문학, 나아가 90년대 한국문학의 제자리를 찾아주는 작업이 이루어져야 한다. 그럴 때 자기성찰과 새로운 방향 모색이 가능하기 때문이다. 한국문학은 실로 미증유의 위기를 맞이하고 있다. 이 위기는 현실의 급속한 변화가 낳은 산물이기도 하지만, 동시에 한국문학 스스로가 자초한 사태이기도 하다. 문학의 현실 연관성을 스스로 부정한 대가인 것이다. 문학이 자신만의 성채에 유폐될 때 문학은 대중과 멀어질 수밖에 없다. 대중과 소통할 수 있는 고리가 사라지기 때문이다. 90년대 한국문학은 소통의 고리들을 끊임없이 제거해 왔다. 일상의 섬세한 결을 얘기했지만, 그 일상은 대중의 일상이 아니었다. 내면과 욕망을 표현했지만, 그것들은 대중의 내면이나 욕망과는 거리가 멀었다. 도대체 대중의 대다수를 구성하는 민중의 일상과 내면과 욕망을 제외하고 대중과의 소통을 기대하는 것이 가능한 일인가.

그런 점에서 90년대 한국문학의 파탄은 80년대를 부정할 때부터 예비된 일이라 할 수 있다. 신경숙 문학 역시 이러한 관점에서 재조명되어야 한다. 신경숙 문학의 결함과 한계는 고스란히 80년대와의 단절과 접목되어 있다. 다시 말해 신경숙 문학에 80년대적 문제의식이 전무(全無)하다는 점이야말로 그의 문학의 원천적 한계이다. 어째서 그러한가. 이것이 이 글이 탐구하고자 하는 주제이다.

2. 사회성을 결여한 개인주의와 '나'

1990년대 신경숙 문학의 공과를 논하려면 『외딴방』부터 검토하는 것이 순서이겠다. 『외딴방』에서 비로소 신경숙은 평단 전체의 총아가 되었기 때문이다. 그 이전까지만 해도 의심의 눈초리를 거두지 않던 민족문학 쪽도 『외딴방』에 대해서는 이구동성으로 찬양 일색이었다. 특히 민족문학의 이론적 수장이라 할 수 있는 백낙청의 고평(高評)은 결정적인 기폭제가 되었다. 백낙청은 『외딴방』이 "문학에 대한 물음의 집요성이나 현실에 대한 탐구의 깊이에서" 『난장이가 쏘아올린 작은 공』이나 『삼대』 혹은 『임꺽정』에 필적하거나 뛰어넘는 성취를 이룬 작품이라고 극찬한다. 백낙청에 따르면, "개인 차원의 진정한 변화가 수반되는 '시대의 증언'이나 '사회현실의 고발'만이 뜻있는 사회 변화를 가져올 수 있고 민족문학의 이름도 살릴 수 있"는 법인데, 『외딴방』이 그러한 경지를 보여준다는 것이다.[1]

　　백낙청의 극찬에 일리가 없는 것은 아니다. 『외딴방』은 분명 신경숙 문학, 나아가 90년대 한국문학 전체를 놓고 보더라도 뛰어난 작품이다. 70년대 말에서 80년대 초에 이르는 시기의 민중 현실을 대단히 독특한 방식으로 섬세하게 그려냈기 때문이다. 예의 ‘일상의 섬세한 결’을 살리면서도 ‘산업역군의 풍속화’를 재현한 것이다. 이 점에서 『외딴방』은 90년대 한국문학에서 우뚝 솟아 있는 작품이라 할 만하다. 특히 현재와 과거를 넘나들면서 문학과 현실의 상호관계를 끈질기게 탐문한 점이라든가 70년대 여성 노동자들의 누추한 삶에 인간적 존엄성을 부여하려는 진지한 노력은 공감 가는 바가 적지 않다. 하지만 백낙청의 평가에는 선뜻 동의하기 힘든데, 그럴 수밖에 없는 것이 백낙청은 『외딴방』을 실제 이상으로 과대평가하고 있다고 판단되기 때문이다.

　　무엇보다 ‘현실에 대한 탐구의 깊이’에서 『외딴방』이 『난장이가 쏘아올린 작은 공』보다 윗길이라는 평가가 문제다. 사실 『외딴방』이 보여주는 현실인식의 수준은 그렇게 높다고 하기 어렵다. 70년대 여성 노동자들의 삶을 ‘풍속’ 차원에서 이모조모 재현하고 있는 것은 사실이고, 그들을 단순한 피해자가 아니라 인간으로서의 존엄성을 지닌 ‘주체’로 그리고 있는 것도 틀리지 않다. 그 가운데서도 후자는 수난 대 저항의 80년대 식 이분법을 뛰어넘는 경지마저 보여준다. 이런저런 착취와 억압 속에서도 저마다 나름의 꿈을 꾸면서 살아가는 여성 노동자들의 모습은 비록 그 꿈들이 좌절될 게 뻔하다 하더라도, 아니 오히려 그렇기에 더욱 아름다워 보인다. 문학에 대한 화자의 열망을 포함하여, 그 저마다의 꿈들이 바로 냉혹한 자본주의에 대한 나름의 저항이기 때

---

1) 백낙청, 「『외딴 방』이 묻는 것과 이룬 것」, 『창작과비평』, 1997. 가을, 234~240면.

문이다.

하지만 그것들은 그야말로 '풍속'의 차원에 머물러 있다. 저마다의 일상과 꿈들이 뿔뿔이 흩어져 있기 때문이다. 노동현실이나 노동운동과 관련한 많은 이야기를 하고 있지만, 그 이야기들은 언제나 풍문으로만 들려온다. 그 절박한 현실이 풍문으로 그치곤 하는 것은 그것들이 화자, 곧 작가의 삶과 구체적인 관계를 맺고 있지 못하기 때문이다. 헤겔을 읽는 미서나 사진작가가 되겠다는 외사촌이나 그토록 친했던 희재 언니에 대해서도 화자는 항상 일정한 거리를 두고 있다. 이 거리는 멀지는 않지만 대단히 견고해서 좀처럼 누구도 화자의 삶 내부 깊은 곳으로 틈입해 들어오지 못한다. 또한 그 거리는 화자 스스로가 만든 거리여서 화자의 생각이 근본적으로 바뀌지 않는 한 결코 지워질 수 없는 거리이다. 그러나 화자—작가는 그 거리를 지우려 별달리 노력하지 않은 채 타자들을 멀찌감치서 바라볼 뿐이다. 그래서 『외딴방』이 아름답게 그리고 있는 꿈들은 합쳐지지 못하고 힘겹게 각개약진한다. 70년대 말 노동자들의 일상이 '풍속'의 수준을 넘어서지 못하는 연유가 여기에 있다.

이와 관련하여 『외딴방』이 화자와 희재 언니의 화해로 '아름다운 마무리'를 이루었다는 평가(백낙청, 같은 글, 246~247면)에 주목할 필요가 있다. 이러한 평가는 백낙청뿐 아니라 다른 평자들도 공통적으로 내리고 있는데,[2] 이 화해가 중요한 것은 이를 계기로 화자가 70년대 말의 시절을 함께 했던 여성 노동자들을 그녀의 친구로 받아들이는 내적 변화를

---

2) 남진우의 「우물의 어둠에서 백로의 숲까지」(『외딴방』 해설, 문학동네, 1995)나 류보선의 「두 개의 성장과 그 의미」(『경이로운 차이들』, 문학동네, 2002)도 비슷한 입장을 보여준다.

겪게 되기 때문이다. 더구나 "그들이 나의 내부에 퍼뜨린 사회적 의지를 잊지 않으리. 나의 본질을 낳아준 어머니와 같이, 익명의 그들이 나의 내부의 한켠을 낳으주었음을…… 그래서 나 또한 나의 말을 통하여 그들의 의젓한 자리를 세상에 새로이 낳아주어야 함을……"이라는 진술에 이르면, 화자의 내적 변화는 사회적 연대감으로까지 확대되는 것처럼 보이기도 한다.[3]

하지만 화자와 희재 언니의 화해를 과연 사회적 연대감의 차원으로까지 확대 해석할 수 있는 것인지, 심지어는 그를 바탕으로 『외딴방』이 "80년대를 전후한 한국의 명실상부한 총체적인 역사"(류보선, 같은 글, 29면)를 형상화했다고 볼 수 있는지에 대해서는 회의적이다. 이는 작품의 말미에 나오는 노동자 소년의 삽화를 감안하더라도 마찬가지다. 작품 전체의 흐름상 그런 식의 해석은 논리적 비약이다. 왜냐하면 이전까지의 흐름은 화해나 소통과는 거리가 있기 때문이다. 앞에서 지적했다시피 등장인물들의 삶은 철저히 각개약진의 형국을 보여준다. 특히 화자는 시종일관 누구와의 소통도 거부한 채 자신의 꿈만을 추구한다. 작가가 되겠다는 화자의 꿈은 그녀를 다른 노동자들과 구별시켜 줄뿐더러 자신을 자신답게 해주는 유일한 근거이다. 그런 점에서 화자는 철저한 개인주의자이다. '개인'은 존중받아야 할 가치임에 틀림없다. 그런 만큼 자신의 꿈을 소중히 여기는 화자의 개인주의를 나무랄 수는 없다.

문제는 그녀의 개인주의가 사회성을 결여한 개인주의라는 사실이다. 그녀의 개인주의는 자신과 타자를 구별하고 차이화하는 개인주의이다.

---

3) 실제로 류보선은 이 대목을 두고 『외딴방』이 "거대서사에 의해 침묵을 강요당했던 주체들, 현상들, 사물들의 치밀한 복원"을 꾀했다는 한 근거로 제시하기도 한다. 류보선, 같은 글, 29면.

요컨대 화자에게 개인주의란 나를 남과 다르게 해주는 이념적 근거일 뿐이다. 그래서 그녀에게는 노동자들의 계급적 연대가 언제나 낯설게 느껴지며, 그들과의 거리가 당연하게 받아들여진다. 화자에게 중요한 것은 그녀의 꿈, 작가가 되겠다는 꿈뿐이므로 그 이외의 것에 대해서는 무관심으로 시종한다. 가령 노조가 잔업 거부를 강행할 때 화자와 외사촌은 학교에 못갈까 두려워 작업장에 남는다. 외사촌이 자신들의 행위에 대해 수치스럽다고 눈물을 글썽이며 말할 때 화자는 "나는 글 쓰는 것 이외의 다른 일은 아무래도 괜찮다구. 지금도 하나도 안 부끄러워. 아무렇지도 않아!"(『외딴방』 1, 128면)라고 반박한다. 물론 속마음이야 그렇지 않았을 터이지만, 여기서 우리는 자신을 노동 현실로부터 분리시키려는, 즉 동료 노동자들과의 연대 거부를 글쓰기로써 정당화하려는 완강한 자의식을 목격하게 된다. 이처럼 글쓰기에 대한 화자의 개인적 욕망은 언제나 사회적 연대를 압도한다.

작가는 역사와 현실을 외면해서는 안된다는 셋째 오빠의 말에 "나는 그런 것들보다 그때 연탄불은 잘 타고 있었는지, 가방을 챙겨들고 방을 나간 오빠가 어디 길바닥에서 자지 않았는지, 그런 것들이 더 중요하게 느껴져."라고 속으로 응답한다. 이 발언을 한 시점이 현재라는 데 주목하기 바란다. 말하자면 작가는 과거에 대한 회상을 거친 시점에서도 여전히 개인적 가치를 사회적 가치보다 우위에 두고 있는 것이다. 그리고 나서 작가는 "나는 내가 사회의 일원이라고 생각해. 문학이 좋아서 내가 꿈을 꿀 수 있다면 사회도 꿈 꿀 수 있는 거 아니야?"(『외딴방』 1, 260~261면)라고 결론짓는다. 개인의 합이 곧 사회라는 소박한 사회의식을 표현하고 있는 이 구절에서 사회성의 결여를 읽기란 그다지 어렵지 않다.

사회성을 결여한 개인주의는 다른 작품들에서도 쉽게 발견된다. 예컨대『깊은 슬픔』같은 작품에서 그려지고 있는 삼각관계가 그러하다. 이 작품의 삼각관계는 개인 대 개인의 관계로 시종한다. 게다가 개인 대 개인의 관계마저 소통이 끊어져 있는데, 이 소통 단절은 서로가 서로에게 자신의 욕망만을 투사하기 때문이다. 은서에 대한 완의 욕망, 완에 대한 은서의 욕망, 은서에 대한 세의 욕망, 세에 대한 은서의 욕망은 어떠한 상호성의 고리도 찾지 못한 채 제각각 파국을 향해 치닫는다. 더욱 심각한 것은 이러한 비극적 삼각관계가 성격의 비극으로 처리되고 있다는 점이다. 은서의 비극적 삶은 모성적 가치관의 패배도 아니고 근대사회에의 부적응이 빚은 좌절도 아니다. 그것은 단지 무엇엔가 집착해야 존재의 안정감을 느끼는 은서의 특이한 성격이 초래한 비극일 따름이다. 완과 세 역시 마찬가지다. 그 집착은 서로의 관계에 균열을 만들면서 애써 찾았던 안정감을 오히려 깨뜨려 버린다. 그러면 세 사람은 다른 무언가에 집착함으로써 잃었던 안정감을 되찾으려 하지만, 그럴수록 그것은 다시금 새로운 파탄을 불러올 뿐이다.『깊은 슬픔』은 이러한 악순환이 만들어낸 비극을 섬뜩하게 그려내고 있다.

그러나 그 비극에는 유감스럽게도 사회성의 음영이 제거되어 있다. 아무리 알레고리적으로 읽어도『깊은 슬픔』은 스스로의 욕망에 고통받는 개인의 이야기일 뿐이다. 얼핏 이슬어지에서의 유년 체험이 농촌적 삶과 도시적 삶 사이의 긴장관계를 조성하는 역할을 할 듯 싶지만, 실제로는 세 사람의 삶에 아무런 영향력도 발휘하지 못한다. 뒤에서 자세히 살펴보겠지만, 고향 체험이 갖는 각별한 의미가 신경숙 문학에는 있다. 그러나 적어도 도시에서의 그들의 삶과 상호작용하는 서사적 환경으로서의 의미를 갖지 않는 것은 분명하다.

신경숙 문학의 평판작 가운데 하나인「풍금이 있던 자리」에서도 예의 사회성의 결여를 발견할 수 있다. 이 소설은 아내 있는 남자와의 사랑으로 번민하는 한 여성의 내면적 고뇌를 다룬 작품이다. 함께 먼 곳으로 도망치자는 남자의 제안을 두고 주인공은 처음엔 뛸 듯이 기뻐하다가 이내 고민에 빠지게 된다. 고민의 계기는 바람난 남편의 마음을 돌리기 위해 울면서 에어로빅을 하고 줄넘기를 하던 중년 부인과 점촌 아줌마이다. 자신이 바로 중년 부인과 점촌 아줌마를 울린 여자 아닌가라는 깨달음이 유부남과의 사랑의 도피를 주저하게 만든 것이다. 만약 소설이 이 문제를 집중적으로 추궁했다면 「풍금이 있던 자리」는 가부장주의나 낭만적 사랑에 대한 페미니즘적 비판을 주제로 한 작품이 되었을 것이다. 하지만 소설은 이 대목에서 신경숙 문학 특유의 운명론으로 되돌아간다. 새어머니와 자신의 운명의 동질성, 그것도 지극히 사적인 동질성이 작품의 서사를 지배하면서 사회성은 그만 휘발되고 만다. 대신 소설은 '그 여자처럼 되고 싶다'는 화자의 욕망과 '나처럼은 되지 마'라는 새어머니의 회한 사이에서 갈등하는 이야기로 축소된다. 화자는 '나처럼은 되지 마' 쪽을 택한다. 물론 이 갈등 역시 얼마든지 사회성의 관점에서 다룰 수 있었던 소재이다. 그러나 소설은 이 문제를 모성의 차원으로 전이시켜 버린다. 새어머니가 집을 나간 것은 어머니가 집에 나타나 막내 동생에게 젖을 먹인 후 떠나는 모습을 본 다음날이다. 말하자면 어머니의 모성에 대한 같은 여자로서의 동질감이 새어머니로 하여금 아버지를 포기하게 만든 것이다.

모성은 사회성 이전의 의식, 즉 여성의 생물학적 본성과 관련된 일종의 집단 무의식이라 할 수 있다. 그러므로 모성과 사회성은 우열을 따질 관계는 아닐 터이다. 하지만 적어도 모성성의 차원에만 붙박혀 그것을 확장된 맥락 속에 집어넣지 않는 한 사회성을 담아내기란 어려울 수밖에 없다. 흥미로운 것은 새어머니에 대한 이야기는 풍성한 반면 어머니가 집에서 쫓겨난 후 겪은 일들은 삭제되어 있다는 사실이다. 집에 다시 돌아온 뒤의 후일담도 없다. 요컨대 어머니가 겪었을 고통은 생략되어 있는 셈이다. 에어로빅을 하는 중년 여인이나 줄넘기를 하는 점촌 아줌마보다 모성과 사회성의 길항을 다루기에 더 없이 좋은 존재가 어머니였는데도 불구하고 어머니에 대한 이야기가 빠진 이유는 무엇일까. 중년 여인이나 점촌 아줌마에 대한 이야기는 어차피 '삽화적'일 수밖에 없고 이 삽화적 한계로 인해 사회성이 부차화되고 말았다는 점에서 아쉬움은 더욱 커진다. 모성을 당연시하는 선입견, 즉 모성이란 너무도 자연스러운 것이어서 전후 맥락을 굳이 그릴 필요가 없다는 선입견이 초래한 결과는 아닐는지. 이렇게 보는 까닭은 은선이라는 사랑하는 남자의 딸에게 화자도 별다른 전후 맥락 없이, 그래서 독자의 입장에서 보자면 다소 느닷없이 모성적 감정을 느끼기 때문이다. 이를 통해 우리는 작가가 모성을 선험적인 원리로 수용하고 있음을 감지하게 된다.

그런 점에서 이 소설은 어머니−새어머니−화자를 관통하는 모성에 대한 이야기라고 요약할 수 있다. 비슷한 제재를 취급한 은희경의 「명백히 부도덕한 사랑」이 문제를 사회적 관계의 윤리성이라는 차원에서 따지고 있는 것과 비교하면4) 「풍금이 있던 자리」의 사회성 부족은 더욱 도드라진다. 뒤에서 본격적으로 다루겠지만, 이 작품을 통해 우리는 신경숙의 의식세계가 사회성 이전, 정확히 말하면 근대 이전의 단계에 거주하고 있음을 다시 한 번 확인할 수 있다.

이렇듯 사회성을 결여한 개인주의는 신경숙 문학 전체를 관통하는

---

4) 이에 대한 자세한 설명으로는 하정일, 「냉소와 동경 사이에서−은희경론」, 『분단 자본주의 시대의 민족문학사론』, 소명출판, 2002. 참조.

근원적 이념이다.『외딴방』역시 그 연장선상에 놓여 있다. 좋은 의미든 나쁜 의미든 사회적 의미연관이 풍성했던 70년대 말~80년대 초의 노동자 체험을 회상하는 과정을 거친 연후에도 작가의 의식이 사회적 가치보다 개인적 가치를 우위에 두는 데 머물러 있다면, 더구나 그 사회라는 것마저 개인의 단순한 합으로 이해하는 수준이라면,『외딴방』의 현실인식에 높은 점수를 주기란 곤란한 일이다.『난장이가 쏘아올린 작은 공』이나『삼대』와 비교하면 더더욱 그렇다.

'개인 차원의 진정한 변화'를『외딴방』이 보여준다는 평가도 마찬가지다. 개인의 합이 사회라는 인식이나 '내가 꿈 꿀 수 있다면 사회도 꿈 꿀 수 있어' 식의 소박한 사회의식을 '개인 차원의 진정한 변화'로 볼 수 있을까. 민중에 대한 연대감을 거론할 수도 있겠지만, 노동자 소년에게 느끼는 연대감은 그야말로 돌발적인 것이고, 희재 언니를 비롯한 70년대 말의 여성 노동자들에 대한 연대의식은 철저히 개인적 차원에 머물러 있다. 이는 무엇보다 그들과의 소통이 주관적 차원에서만 이루어질 뿐 사회적·역사적 차원에서는 여전히 단절 상태라는 데서 뚜렷이 드러난다. 만약 진정한 변화가 있었다면 역사와 현실을 강조하는 셋째 오빠의 발언에 일상이 더 중요하다는 식의 반박은 할 수 없었을 것이다. 일상의 양적인 집적이 곧바로 역사가 되지는 않기 때문이다. 일상적 삶 역시 사회적 실천의 하나지만, 모든 사회적 실천이 일상으로 환원되지는 않는다. 따라서 역사란 일상을 포함한 다양한 사회적 실천 '들'이 만들어낸 결과물이다. 이 사회적 실천들에는 변혁운동이라든가 혁명과 같은 이른바 '거대 서사'적 실천들도 들어 있다. 이것들을 제외한 역사란 도저히 성립 불가능한 법이다. 그런 점에서『외딴방』에 '80년대를 전후한 한국의 명실상부한 총체적 역사'가 담겨 있다는 류보선의 진술은 전형적인 과잉 해석이다.

따지고 보면, 노동자들의 삶이 파편적으로 묘사되고 있는 점도 여러 모로 걸린다. 화자에게 노동 현실이 자신의 현실의 전부는 아님에 틀림 없다. 그러므로 노동 현실이 화자의 입장에서 취사선택되는 것은 서사의 논리상 당연하다. 하지만 취사선택의 기준이 문제다. 그것은 철두철미 '나'이다. 인간은 개인적인 동시에 사회적인 존재이다. 화자 역시 예외는 아니다. 소설의 화자가 개인적 판단과 사회적 판단을 병행해야 하는 것은 그래서이다. 그러나 『외딴방』은 개인적 판단만을 취사선택의 유일한 기준으로 삼는다. 노동운동에 대한 이야기들이 항상 '풍문'으로만 전해지는 것은 그런 연유에서이다. '풍문' 이상이 되려면 사회적 판단이 작동해야 하는데, 『외딴방』에는 그것이 없다. 반면에 『난장이가 쏘아올린 작은 공』은 다양한 시점의 변화를 통해 '나'를 뛰어넘는 고도의 사회적 판단들을 수행한다. 이 작품이 보여주는 서사적 통합성은 거기에서 비롯된다. 그에 비해 『외딴방』에서는 '나'를 뛰어넘는 취사선택을 찾아보기 힘들다. 게다가 그 '나'마저도 시종일관 동일한 '나'이다. 취사선택이 서사적 통합으로까지 진전되지 못하고 끝내 파편화에 그친 소이가 여기에 있다. 사회성을 결여한 개인주의가 서사성의 훼손을 초래한 셈이다.

3. 근대성의 미달로서의 가족주의

『외딴방』을 중심으로 비(非)사회적 개인주의가 신경숙 문학의 근원적 이념임을 밝혀 보았는데, 사실 개인주의가 항상 사회성을 결여한 것은 아니다. 가령 사회계약론은 근대적 개인주의가 사회성을 어떻게 수용하는지를 잘 보여준다. 사회를 개인들간의 계약의 산물로 이해하는 사회계약론은 사회에 대한 개인의 우위를 바탕으로 하면서도 시민이라는 범주를 통해 사회를 유지하기 위한 개인의 헌신을 요구한다. 개인의 헌신을 요구할 수 있는 것은 사회가 개인의 방파제 역할을 하기 때문이라고 사회계약론은 설명하는데, 그것이 실제로는 부르주아 지배를 공고히하기 위한 것이라는 역사적 함의를 논외로 하면, 이를 통해 우리는 근대적 개인주의가 사회성에 대한 나름의 인식을 갖고 있다는 사실을 확인할 수 있다.

그런 점에서 신경숙의 개인주의는 근대적 개인주의와도 다른 독특한 이념이라 할 수 있다. 이와 관련해 중요한 것이 소통의 문제이다. 앞에서 필자는 신경숙 문학의 주인공들이 대개 타자들과 소통 단절의 상태에 놓여 있다고 언급한 바 있는데, 언제나 그런 것은 아니다. 오히려 신경숙 문학 전체를 놓고 보면, 원활한 소통이 이루어지는 경우가 꽤 많다. 그러나 소통이 이루어지는 대상은 늘 한정되어 있다. 그 대상은 바로 가족이다. 신경숙 문학에서 가족은 개인과 함께 최고의 가치를 구성한다. 그의 소설에서 가족이 빠지는 경우는 찾아보기 힘들며, 『외딴방』에서도 가족은 핵심적인 역할을 한다. '나'를 끝까지 이해하고 보호해주는 것도 가족이고, '나'가 자신만의 성채에 유폐되는 것을 견제하는 것도 가족이며, '나'와 삶의 모든 희노애락을 함께 하는 것도 가족이다. 한마디로 신경숙에게 가족은 운명 공동체이다.

타자와의 관계도 가족적 환유에 의거해 규정된다. 신경숙 문학에서 사랑이란 가족적 친밀성의 다른 이름이다. 신경숙 문학의 주인공들이 예정된 파탄에도 불구하고 그토록 사랑에 목매곤 하는 것은 상대방을 가족과 같은 운명 공동체로 여기기 때문이다.『깊은 슬픔』에서 완에 대한 은서의 집착은 가족에 대한 집착에 다름 아니다. 은서가 완의 배신을 끝내 이해하지 못하는 것도 그래서이다. 가족이라면 배신할 수 없기 때문이다. 그런 점에서 가족이 아닌 완의 배신은 예고된 것이나 다름없다. 세와 진정으로 화합하지 못하는 무의식적 원인도 완의 배신이 불러온 타자에 대한 도저한 불신감 때문이다. 완의 배신을 통해 타자가 가족이 될 수 없음을 확인한 은서로서는 세를 신뢰하기 어려웠을 터이다.

사랑과 가족적 친밀성에 대한 은서의 혼동은 동생과의 관계에 대한 세의 의심에서 결정적으로 드러난다. 세는 은서와 그녀의 동생인 이수의 관계가 연인처럼 보인다고 쏘아붙인다. 은서는 아니라고 부정하지만, 다른 사람들에게 그렇게 보일만한 이유는 분명히 있다. 죽으면서 마지막으로 보내는 편지의 대상이 동생이라면, 동생에 대한 은서의 마음이 얼마나 각별한 것인지 미루어 짐작할 수 있다. 죽음의 자리에서 은서는 비로소 사랑과 가족적 친밀성은 다른 것이라고 토로하지만, 그럼에도 불구하고 은서가 새로운 사랑을 찾는 대신 죽음을 선택한 것은 사랑과 가족적 친밀성이 다른 것이라는 사실을 끝내 받아들이지 못했음을 말해준다.

가족 이외에 타자와 마음으로 소통하는 경우가 없는 것은 아니다. 같은 여성이 상대가 될 때 종종 그런 소통을 보여준다.『깊은 슬픔』의 화영,『외딴방』의 희재 언니,「멀리 끝없는 길 위에」의 이숙,「풍금이 있던 자리」의 새어머니에 이르기까지 신경숙 문학의 주인공이 마음으로부터의 깊은 소통을 함께 나누는 존재들은 하나같이 여성들이다. 그러나 이 여성들과의 관계 역시 가족적 친밀성을 예외없이 보여준다.「풍금이 있던 자리」의 주인공이 어머니가 집을 나간 후에도 그녀의 부재를 절감하지 못하는 것도 새어머니가 어머니의 자리를 완벽히 대신했기 때문이라 할 수 있다. 말하자면 주인공은 새어머니를 '어머니' 그 자체로 느꼈던 셈이다. 그런 점에서 여성들과의 소통도 성적 연대감에 기초한 것이라기보다는 가족의 대리물로서의 의미를 강하게 갖는다.

이처럼 가족은 신경숙 문학에서 최상의 가치로서의 위상을 갖고 있다. 그래서 개인적 가치마저도 가족 앞에서는 고개를 숙인다. 그래도 상관없는 것이 가족은 이미 주인공의 개인적 가치를 수긍할 만반의 준비를 갖추고 있기 때문이다.(그러므로 개인주의와 가족주의의 모순은 신경숙 문학에서 나타나지 않는다.) 『외딴방』의 큰 오빠가 그러하고, 「깊은 슬픔」의 동생이 그러하다. 「감자 먹는 사람들」, 「모여 있는 불빛」, 「깊은 숨을 쉴 때마다」, 「달의 물」에서 그려지고 있는 '가족'은 견고한 운명 공동체이다. 그 견고함은 서로에 대한 지극한 사랑과 배려에 바탕한 견고함이다. 그래서 어떤 외압이나 고난도 가족 공동체의 견고함만은 훼손하지 못한다. 심지어는 죽음조차도 그들을 갈라놓지 못하는데, 죽은 이들도 기억을 통해 가족과 영원히 함께 하기 때문이다. 「감자 먹는 사람들」의 아버지가 "언제부턴가 한해 한해 계획을 세워 선조들의 허름한 묘지를 다듬고 묘비를 세우"는 행위에서 가족 공동체의 무한성은 잘 드러난다. 조부의 묘 아래에 아버지 자신의 가묘를 만들어놓은 것을 보며 화자는 가족의 의미를 새삼 되새기게 되거니와 죽음마저 초월한 가족이란 삶의 유한성을 벗어날 수 없는 '개인'을 뛰어넘는 절대적 가치가 아닐 수 없다.

가족이라는 가치에 대한 작가의 경외를 두고 임규찬은 "진정한 공동체의 본질에 충실한 사람됨"에 대한 관심이라고 설명한 바 있다. 나아가 "그의 소설에서 풍기는 모성성의 문제도 이와 무관치 않을 것"이라고 임규찬은 해석한다.[5] 황종연 또한 신경숙 소설에서 그려지는 "가족의 발견은 서로 의존하여 살아가는 인간의 본성에 내재하면서 또한 자연의 깊은 이치에 이어져 있다고 생각되는 인륜성에 대한 자각과 일치한다."고 평가한다.[6]

임규찬과 황종연의 해석은 분명 신경숙 문학의 본질을 적절하게 해명해준다. 하지만 여기서 한걸음 더 나아가 생각해야 할 것이 있는데, 그것은 모성성이니 인륜성이니 하는 특성이 근대성과 맺고 있는 관계이다. 황종연이 올바로 지적했듯이, 신경숙 문학의 주인공들은 대개 "가족의 범위를 넘어선 삶의 세계에서는 인간적 친화"에 성공하지 못한다. 그런데 그러한 실패가 황종연의 추정과는 달리 신경숙 문학이 "사인성(私人性)의 영역에 한정"[7]되어 있기 때문만은 아니라는 데 문제의 심각성이 존재한다. 신경숙 문학이 설정하고 있는 '사인성의 영역' 마저 근대성의 세례를 충분히 받지 못했다는 것이야말로 문제의 핵심이라는 말이다. 이와 관련하여 무엇보다 신경숙 문학의 가족이 가부장적 가족이라는 점에 주목해야 한다. 신경숙 문학의 가족은 아버지를 정점으로 하고 남성이 헤게모니를 쥔 전통적 가족이다. 물론 대부분의 경우 그 아버지와 오빠는 이해심 많고 폭력적이지도 않으며 자상하기까지 하다. 그런 점에서 신경숙 문학의 가족은 '모범적'인 가족이다. 하지만 그럼에도 불구하고 가부장적 위계는 철저하다. 아버지의 행동을 누구도 거역하지 못하며, 오빠의 발언에 누구도 대놓고 반박하지 못한다.

---

5) 임규찬, 「마음의 육신이 짓는 문학의 집」, 『오래전 집을 떠날 때』 해설, 창작과비평사, 1996, 358~360면.
6) 황종연, 「내향적 인간의 진실」, 『비루한 것의 카니발』, 문학동네, 2001, 127면.
7) 황종연, 「개인 주체의 귀환」, 같은 책, 210~211면.

그래서 신경숙 문학의 여주인공들에게 아버지와 오빠는 절대적인 권위이다.

신경숙 문학 특유의 모성성은 이러한 가부장적 위계에 바탕한 모성성이다. 그런 만큼 그 모성성은 전통적 모성상에 가깝다. 도시에서 공부하고 직업을 갖고 생활하는 여성 주인공들조차도 인고하고 순종하는 전통적 모성상에서 벗어나 있지 못하다. 『외딴방』의 작가, 『깊은 슬픔』의 은서, 「풍금이 있던 자리」의 주인공, 「감자 먹는 사람들」의 화자, 모두가 예외 없이 전통적 모성성에 길들여진 인물들이다. 그런 점에서 신경숙 문학의 모성성은 근대 이전의 단계에 속해 있다. 신경숙 문학의 가족이 가부장적 가족이라면, 그로부터 나오는 인륜성 역시 가부장적인 것일 수밖에 없다. 가부장적 인륜성은 작가에게 철저히 내면화되어 있다. 신경숙 문학 전편에 걸쳐 아버지와 오빠에 대한 복종과 순응은 사랑이라는 말로 정당화하기 힘들 정도로 절대적이다. 이런 식의 인륜성이 하버마스적 의미의 근대적 인륜성에 미달하는 것임은 물론이다.

신경숙 문학의 주인공들이 가족 이외의 타자들과 좀처럼 의미 있는 소통을 경험하지 못하는 것도 이와 관련이 깊다. 근대성 이전 단계의 가부장적 공동체 의식으로는 근대적 합리성에 무기력할 수밖에 없다. 앞에서 언급한 사회성 결여도 도저한 근대성 앞에서 허물어진 가부장적 인륜성의 또 다른 표현이다. 가부장적 공동체 의식은 사회의식이 아니라 집단의식이다. 이 가족적 혹은 혈연적 집단의식은 사회의식 이전의 것이다. (시민)사회란 역사적으로 근대적 개인―그것이 계급적 개인이든 민족적 개인이든 사적 개인이든―들의 결사체이다. 그에 비해 가족적 집단의식은 가부장제에 기반하고 있다는 점에서 전근대적인 것이다. 가부장적 공동체 의식이 사회성을 결여할 수밖에 없는 소이(所以)가 여기에 있다.

비사회적 개인주의는 일종의 형용 모순이다. 앞에서 지적했다시피 개인주의에도 분명한 사회의식이 내재해 있기 때문이다. 그럼에도 신경숙 문학에서 이러한 규정이 유효한 것은 사회성 결여와 개인주의를 가부장적 가족주의가 연결해주기 때문이다. 말하자면 사회성의 결여가 가부장적 가족주의가 근대적 세계 속에서 필연적으로 노정(露呈)하게 되는 무기력의 표징이라면, 개인주의는 가부장적 가족주의가 근대성의 위력 앞에서 자신을 보호하기 위한 방패막이인 셈이다. 이렇듯 신경숙 문학에서 개인과 가족의 기묘한 동거는 본질적 의미를 갖고 있다.

4. 내면과 사적 개인

간략한 분석을 통해 우리는 신경숙 문학이 비사회적 개인주의와 가부장적 가족주의를 두 축으로 삼아 짜여져 있음을 확인할 수 있었다. 어느쪽이든 하나같이 신경숙 문학이 근대성 이전의, 근대성에 무기력한, 근대성의 세례를 받지 못한 문학임을 말해준다. 이러한 근대성 미달의 문학에서 근대를 극복할 수 있는 소설적 전망을 기대하기란 불가능한 노릇이다. 그런 점에서 신경숙 문학에 대한 기존의 상찬은 과대평가임에 분명하다.

이러한 과대평가는 추측컨대 80년대 민족문학에 대한 혐오감으로부터 비롯되었을 가능성이 크다. 자유주의문학이든 민족문학이든 80년대 민족문학의 도식성과 단순성에 극도로 식상했고, 그것이 '80년대 식'과는 다른 문학에 대한 정도 이상의 환호를 불러일으킨 것은 아닐까. 하지만 복잡하고 섬세한 문학이라고 해서 단순하고 도식적이지 않은 것은 아니다. 신경숙 문학이 보여주는 현실 인식은 얼핏 매우 섬세하고 복잡한 것 같지만 기실은 비사회적 개인주의와 가부장적 가족주의라는 단순 소박한 이념에 바탕하고 있다. 이러한 단순 소박한 이념에서 깊이 있는 현실 인식을 기대하기는 어렵다. 실제로 신경숙 문학의 현실 인식은 풍문과 풍속의 수준에 머물러 있을뿐더러 민중과의 연대감 또한 지극히 개인적인 차원을 벗어나지 못하고 있다.

신경숙 문학의 현실 인식이 사회적 지평으로까지 확장되지 못하는 까닭은 작가가 개인적 가치를 사회적 가치와 분리하고 특권화하기 때문이다. 개인적 가치의 특권화는 소재를 선별하고 재배치하는 데까지 개입함으로써 서사성의 훼손을 가져오기도 한다. 가령『난장이가 쏘아 올린 작은 공』이 개인적 판단과 사회적 판단을 병행함으로써 서사적 통합성을 이룬 데 비해『외딴방』은 개인적 판단으로 시종함으로써 서사의 파편화를 초래한 것이다.

신경숙 문학에서 서사의 파편화를 보완해주는 역할을 하는 것이 가족이라는 가치이다. 파편처럼 흩어졌던 제재들은 '가족'을 매개로 다시금 수렴된다. 난맥처럼 흐트러져 있던 신경숙 문학의 서사가 그나마 일정한 통합성을 이루어낼 수 있었던 것은 실로 '가족' 덕분이다. 하지만 이 '가족'이 가부장적 가족이라는 데 신경숙 문학의 치명적 결함이 있다. 가부장적 가족주의란 근대 이전의 집단의식이어서 참다운 의미에서의 사회성을 담지하기가 불가능하다. 사회성이란 근대적인 것이기 때문이다. 가부장적 가족주의에 길들여져 있는 신경숙 문학의 주인공들이 근대적 도시 생활 속에서 의미 있는 소통을 경험하지 못하는 것도 그런 연유에서이다.

사태를 더욱 꼬이게 하는 것은 통속성이다. 『외딴방』을 제외한 신경숙의 모든 장편소설들은 통속성에 깊이 침윤되어 있다. 『외딴방』은 민중 현실과 만남으로써 그나마 통속성을 벗어날 수 있었지만, 다른 장편들에는 그러한 의미 있는 사회적 만남이 없다. 그러다 보니까 모든 만남이 철저히 개인 대 개인의 관계로 폐쇄되며, 특히 남녀 관계가 이렇게 개인 대 개인의 관계로 축소될 경우 그것은 불가피하게 사적 욕망들만 난무하는 통속소설로 변질되기 마련이다.

이러한 사태를 피하기 위해 신경숙 문학이 동원하는 것이 이른바 ‘내면’이다. 사실 신경숙 문학의 주제 의식이라든가 현실 인식 또는 이념은 소박하기 그지없다. 따라서 신경숙 문학에서 마지막으로 남는 것은 문체이다. 작가 스스로도 문체에 대한 지극한 관심을 여러 차례 토로한 바 있거니와 많은 문학비평가들을 매료시킨 것 또한 무엇보다 신경숙 문학의 독특한 문체이다. 신경숙 문학의 문체적 특징은 단연 ‘내면’에 대한 섬세한 묘사이다. 따라서 ‘내면’은 신경숙 문학의 문체를 특징짓는 원천이자 통속성에서 탈출할 수 있게 해주는 동력이다. 하지만 ‘내면’에 대한 작가의 과도한 집착은 거꾸로 독이 되기도 한다. 근대적 내면은 사적 개인의 표식으로 만들어진 것이다. 그래서 사회와의 소통이 단절된 내면 탐구는 신경숙 문학의 ‘사소성(些少性)’을 확대 재생산할 뿐이다. 사소성의 확대 재생산이 비(非)사회성을 더욱 악화시키고 나아가 근대성에 대한 무기력함을 심화시킬 것은 명약관화하다. 그것이 작가의 주체적 선택이라면 어쩔 수 없는 일이지만, 적어도 그러한 사태가 민족문학의 관점에서 바람직스럽지 못한 일인 것은 틀림없다.

글의 초두에서 말했듯이 신경숙 문학은 90년대 한국문학의 상징과도 같다. 그런 만큼 신경숙 문학의 한계는 그대로 90년대 한국문학의 한계로 이어진다. 신경숙 문학의 단순 소박함만큼이나 90년대 한국문학 역시 단순 소박하다. 단지 그 단순 소박함을 내면, 문체, 일상, 욕망 같은 현란한 외피(外皮)로 은폐했을 따름이다. 그 현란함을 걷고 나면 90년대 한국문학이란 얼마나 황폐한가. 근대성과의 고투가 근대극복을 지향하는 문학을 창출하는 데 관건임을 신경숙 문학은 우리에게 새삼 일깨워준다.

탈식민 서사와 식민적 무의식

1. 『화두』의 이중구조

『화두』는 세 개의 여행담으로 짜여져 있는 소설이다. 하나는 세 번의 미국 여행담이고, 다른 하나는 구소련 여행담이며, 자기로의 여행담이 세 번째이다. 세 여행담은 한 개인의 내면 기록이자 해방 이후 민족사에 대한 성찰인 동시에 현대 세계사에 대한 분석이다. 말하자면 개인─민족─세계가 서로 어떻게 연결되어 있는지를 폭넓은 인문학적 교양에 바탕해 사유한 결과물인 셈이다. 이런 과정을 거쳐 2차대전이 끝난 후부터 현실 사회주의의 붕괴에 이르기까지의 세계사가 서사화된다. '서사화'란 용어를 쓴 것은 『화두』가 보여주는 세계사가 문학화된 역사이기 때문이다. 요컨대 『화두』의 세계사는 개인의 내면을 축으로 하여 재구성된 세계사, 즉 개인사로서의 세계사이다. 그런 점에서 『화두』의 세 개의 여행담 가운데 중심 서사는 자기로의 여행담이다.

개인사로서의 세계사라는 문학적 역사는 역사소설이 일반적으로 보여주는 특징이라 할 수 있다. 하지만 역사소설의 종착지는 대부분 대문자 역사이다. 그래서 역사소설의 등장인물들 역시 대문자 역사와 호환 가능한 인물, 다시 말해 어떤 집단이나 계급을 대표할 수 있는 전형적 인물이다. 그에 비해 『화두』의 종착지는 소문자 역사, 곧 개인사이다. 『화두』는 2차대전 이후의 우리 민족사와 세계사를 종횡무진으로 다루고 있지만, 그것들은 결코 대문자 역사로 환원되는 적이 없다. 반대로 그것들은 항상 개인으로 환원된다. 물론 『화두』의 개인 – 소설의 화자인 '나' – 은 '사적' 개인이 아니다. 『화두』의 개인은 문학의 성 속에 파묻혀 살아온 사적 개인이자 분단체제에 규율된 사회적 개인이며 냉전시대를 견뎌온 세계사적 개인이다. 『화두』의 세계사가 개인사이면서도 사사화(私事化)되지 않을 수 있었던 비결이 여기에 있다.

소설의 첫 부분은 이와 관련해 의미심장하다. 조명희의 「낙동강」 서두를 인용하면서 시작하는 『화두』의 첫머리는 개인 – 민족 – 세계의 삼각관계를 바라보는 작가의 시각을 은밀하게 보여준다. 문학에 대한 개인적 체험에서 시작해 소설은 가족사로, 민족사로 확대되었다가 다시금 '자아비판'이라는 개인적 체험으로 회귀한다. 이때 개인적 체험으로의 회귀는 단순히 민족에서 개인으로의 전환 내지는 축소가 아니라 사건 전체에 대한 '총괄'이라는 의미를 갖는다. 다시 말해 '자아비판' 체험이 북한사회 전체에 대한 평가의 준거로 작용하고 있는 것이다. 그렇지만 '자아비판'이라는 개인적 체험이 사적 체험만은 아닌 것이 '자아비판'에는 해방직후 북한사회의 객관적 특질을 드러내 보여주는 측면이 담겨 있기 때문이다. 그런 점에서 '자아비판' 체험은 주관적인 동시에 객관적인 의미를 담지하고 있다. 요약하면 이렇다. 사회적인 것이 항상 개인으로 회귀한다는 점에서, 요컨대 대문자 역사가 아니라 소문자 역사를 문제삼고 있다는 점에서 『화두』는 일반적인 역사소설과 구별된다. 동시에 그 개인이 사적 개인이자 사회적 개인이라는 점에서, 즉 객관적 의미를 담지한 역사적 개인이기도 하다는 점에서 『화두』는 단순한 심경소설 또한 아니다. 『화두』는 그런 점에서 역사에 대한 문학적 반응의 새로운 가능성을 보여준 작품임에 틀림없다.

『화두』가 개인사로서의 세계사를 성찰하고 있는 일종의 '문학적' 역사인 만큼 사관 혹은 역사의식이 작품에서 차지하는 비중은 결정적일 수밖에 없다. 특히 『화두』는 일관된 역사의식 아래서 소설의 서사를 구성하고 있어 더욱 그러하다. 『화두』를 일관하는 역사의식은 탈식민 의식이다. 『화두』는 탈식민 의식에 의거해 분단시대의 민족사와 개인사를 조망하고 세계사의 흐름을 이해하며 종국적으로 탈식민 서사를 구축하려 한다. 다시 말해 『화두』의 모든 사건들, 이야기들, 사유들을 탈식민 서사를 구심점으로 하여 배치하려 한다. 하지만 세련된 언술과 현란한 사유에도 불구하고 『화두』의 탈식민 서사는 곳곳에서 심각한 균열을 노정하고 있다. 이러한 균열은 '식민적 무의식'에 의해 만들어진 것이다. 탈식민 의식은 불안정한 데 비해 식민적 무의식은 완강하다. 그래서 탈식민 서사는 내내 흔들리다가 표면 주제에서 멈추고 만다. 그에 비해 『화두』에서 식민적 무의식은 탈식민 서사라는 표면 주제에 맞서 단단한 이면 주제를 이루고 있다. 그런 점에서 『화두』는 탈식민 의식과 식민적 무의식이 대립하고 있는 이중구조를 보여준다. 탈식민 의식과 식민적 무의식의 대립은 세 개의 여행담에서 일관되게 나타난다.

다음 장에서는 세 개의 여행담에서 양자가 어떻게 대립하고 있는지를 분석하면서 식민적 무의식이 얼마나 견고하게 내면화되어 있는지를 살펴보도록 하겠다. 이를 통해 『화두』의 탈식민 서사가 어떠한 자기모순에 빠져 있는지가 드러나게 될 것이다.

2. 『화두』의 탈식민 서사

『화두』에서 미국 여행은 세 번에 걸쳐 이루어진다. 첫 번째는 1973년의 여행이고, 두 번째는 1979년의 여행이며, 세 번째는 1987년의 여행이다. 세 번의 미국 여행을 거치면서 작가는 미국은 제국이고 노예 소유자이며 세계체제의 중심임을 인식해간다. 또한 미국 이해와 병행해 한국은 식민지이고 노예이며 주변부임이 뼈아프게 재확인된다. 이러한 인식은 소설 곳곳에서 반복되면서 중심 대 주변의 제국주의적 질서에 바탕한 자본주의 세계체제라는 상이 그려진다. 물론 미국과 자본주의에 대한 『화두』의 이해 방식이 새삼스러운 것은 아니다. 최인훈은 이미 『회색인』에서부터 그와 같은 사고를 보여준 바 있으며, 따지고 보면 『광장』 또한 비슷한 생각을 내비치고 있다. 그렇게 보면 『화두』의 미국관과 자본주의관은 작가가 오랫동안 갈고 닦아온 사유의 결정체라 할 수 있다.

구소련 여행담 역시 『광장』 이래의 사회주의관의 연장선상에 놓여 있다. 맑스와 레닌을 호의적으로 바라본다든가 러시아혁명의 의의를 높이 평가한다든가 하는 등 달라진 면이 있기는 하지만, 스탈린 이후의 현실 사회주의에 대한 시각은 '밀실 없는 광장'에서 크게 벗어나 있지 않다. 새로운 것은 두 가지이다. 하나는 현실 사회주의의 붕락에 대한 분석이다. 작가는 고르바초프의 개혁 정책이 현실 사회주의의 몰락을 초래했다고 비판하는데, 말하자면 개혁과 개방에 대한 장기적 비전도 없고 국가를 통치하는 기본 능력도 갖추지 못했으며 사회주의가 무엇인지조차 모르는 얼치기 개혁주의자로 말미암아 현실 사회주의가 순식간에 무너지고 말았다는 것이다. 다른 하나는 현실 사회주의와 자본주의의 유착관계에 대한 강조이다. 작가는 스탈린 사후 구소련은 "세계혁명의 중심도 아무 것도 아니고, 기득권의 유지가 최대 관심사인, 세계를 양분하고 있는 국제적 현위치가 최대 관심사인 패권국가의 한쪽 나라"(『화두』 2권, 민음사, 1997, 442면. 이하 권수와 쪽수만 표기)로 전락했다고 진단한다. 그 결과 군소 국가의 혁명세력을 희생시키면서라도 미국과의 우호관계를 절대조건으로 받아들이"(2권, 442면)는 나라로 변질되었다는 것이다. 작가는 고르바초프의 개혁을 그러한 '우호관계'의 완성으로 해석한다. 그렇다면 구소련의 붕괴와 현실 사회주의권의 몰락은 세계사의 예정된 코스가 되는 셈이다. 미국관의 우호관계가 절대조건인 나라가 미국의 이데올로기와 배치되는 사회주의를 끝까지 움켜쥐고 있을 수는 없기 때문이다. 고르바초프는 그 코스를 단축시킨 조연일 뿐이다.

『화두』의 이러한 분석은 다소 과장된 면이 있는 것이 사실이다. 무엇보다 고르바초프를 지나치게 폄하하고 있는 점이 그러하다. 고르바초프가 개혁의 결과를 잘못 예측한 엄청난 실수를 범하긴 했지만, 그렇다고 해서 그가 사회주의가 무엇인지도 모르는 얼치기는 아니다. 고르바초프는 시장과 사회주의를 결합시키려 했고 사회주의의 인류 보편적 가치를 중시했던 개혁 사회주의자였다. 개혁의 결과를 정확히 예측할 수 있는 사람이란 없다. 개혁의 과정에는 너무도 많은 변수들이 음으로 양으로 작용하기 때문이다. 맑스도 "인간은 자신의 역사를 만들어 가지만, 그들이 바라는 바대로 그것을 이루는 것은 아니"라고 말하지 않았던가. 그런 점에서 고르바초프의 개혁에 대한 『화두』의 비판은 결과론적 비판이라는 혐의가 짙다. 하지만 전체적으로 보면 현실 사회주의에 대한 『화두』의 통찰은 자못 날카롭다. 현실 사회주의가 미국이라는 제국을 중심으로 한 세계체제의 한 부분에 불과했고, 세계체제란 중심부 자본주의에 의해 지배되는 제국주의체제이며, 그런 점에서 현실 사회주의의 몰락은 시기가 문제였을 뿐 예정된 운명이었다는 통찰은 근대와 자본주의와 식민주의의 상호관계를 정확히 지적한 것이라 할 수 있다.

근대의 이면(裏面)인 식민주의에 대한 인식은 자기로의 여행에서 더욱 깊어진다. 『화두』에서 자기로의 여행담이 차지하는 비중은 절대적이다. 소설의 모든 사건, 이야기, 사유들은 궁극적으로 자기 여행으로 회귀한다. 세 번의 미국 여행과 한 번의 구소련 여행도 마찬가지다. 미국과 구소련에서 겪는 사건들이 그 자체로 끝나는 경우란 거의 없다. 그것들은 대부분 자기를 비추는 거울로 기능한다. 그래서 가령 오션 시티로의 가족 여행이 W시에서 살던 시절의 아버지에 대한 회상으로 이어지고 아르바뜨 거리를 산책하다가 문득 해방직후에 보았던 '뜨락또르'에 대한 기억을 떠올린다. 그런 점에서 『화두』는 결국 자기를 찾아가는 여행담이라 할 수 있으며, 미국과 구소련 여행은 자기라는 목적지에 가기 위한 우회로가 되는 셈이다. 『화두』를 개인사로서의 세계사에 대한 기록이라고 한 것도 그 때문이다. 요컨대 작가에게 세계사는 개인사를 해명하기 위한 우회로인 것이다.(물론 이때의 개인사란 세계사를 본질적 구성부분으로 하는 개인사이기도 하다.)

자기로의 여행은 두 개의 원체험과 한 개의 계보학으로 짜여져 있다. 두 개의 원체험은 유명한 '자아비판' 체험과 '작문 낭독' 체험이다.

자아비판 체험은 작가의 다른 소설들에서도 종종 등장하는, 말하자면 작가의 무의식을 장악하고 있는 원체험이다. 자아비판 체험은 한편으로는 사회주의에 대한 비판적 시각을 형성시켰고, 다른 한편으로는 이른바 '체제'―즉 광장―에 대한 원초적 거부감을 배양했다.『광장』을 자세히 들여다보면 이명준이 진정으로 소망했던 것은 '순수한 밀실'이라는 것을 발견하게 된다. 이남뿐 아니라 이북에도 밀실은 있다. 다만 이북의 밀실은 사회주의라는 이데올로기에 의해 지배되고 있는 밀실이며, 이남의 밀실은 자본주의에 의해 더럽혀진 밀실이다. 그런 점에서 이명준이 거부한 것은 광장 없는 밀실도, 밀실 없는 광장도 아니다. 그는 항상 밀실을 찾아 헤맨다. 이명준이 제3국을 선택한 것도 그곳이야말로 광장의 간섭이 없는, 광장과 단절된 '순수한 밀실'이기 때문이다. 그런 점에서 이명준이 거부한 것은 광장, 즉 체제에 의해 '오염된 밀실'이다. 이러한 밀실 지향성이 생성된 원천이 바로 자아비판 체험이다.

자아비판 체험을 통해 생성된 밀실 지향성은『화두』에서는 문학에 대한 집착으로 표현된다. 북한에서 살던 시절 작가에게 문학이란 "'현실의 거울'이 아니라, 현실에서 왔거나 말거나 말의 힘만으로 홀연히 있게 되는 '그 자신으로서의 현실'"(1권, 65면)이었으니, '그 자신으로서의 현실'이란 곧 밀실의 다른 표현일 터이다. 문학에 대한 집착은 작문 낭독 체험에 의해 돌이킬 수 없는 운명으로 견고화된다. "이 작문은 작문의 수준을 넘어섰으며 이것은 이미 유망한 신진 소설가의 '소설'이라"(1권, 82면)는 선생님의 칭찬은 작가로 하여금 창작의 길로 들어서게 한 결정적인 원체험이었으니, 그렇게 보면 북한에서의 삶은 작가에게 시련이자 기회였다고 할 수 있다.

흥미로운 것은 작문의 대상이 된 작품이 조명희의 「낙동강」이라는 사실이다. 「낙동강」이 프로문학의 물꼬를 튼 작품임은 잘 알려져 있거

니와 문학을 '그 자신으로서의 현실'이라고 여기고 있던 소년에게 주어
진 작문 과제가 하필 식민지 자본주의를 적극 비판하고 있는 「낙동강」
이라는 것이 예사롭지 않다. 여기서 우리는 작가가 밀실주의자에서 탈
식민주의자로 변화하게 되는 중요한 단서를 발견할 수 있다. 작가는
"소설 속의 인물들인 박성운과 로사가 실지로 만난 사람들처럼 느꼈다.
그들이 나를 해방해 주었다고 나는 생각하였다. 나는 그들에게 신세를
진 것이다."(1권, 83면)라고 술회한다. 이 진술은 작가와 「낙동강」의 묘한
인연을 암시한다. 작문 낭독 체험이 소설 내내 보여주는 조명희에 대한
지속적 관심으로 이어지면서 탈식민 서사의 주요 축을 만들어내기 때
문이다. 이와 관련해 다음 대목은 의미심장하다.

> 그 싸움(러일전쟁-인용자)이 있은 10년 후에 러시아는 세계사에 대
> 해 전혀 다른 도전을 한다. 당시 세계는 식민지 소유국과 그들의 식민
> 지로 구성되어 있었다. **자본주의와 식민주의는 동전의 안팎으로 같은 사
> 실의 다른 표현이었다.** 황제의 러시아도 그 패권 세력에 끼려는 나라였
> 다. 그러나 잇따른 좌절로 식민지 없는 자본주의의 약점이 국민의 복지
> 를 해결하지 못하자, 농민반란의 전통은 도시에까지 파급했다. 지금까
> 지와는 다른 사회혁명 세력이 형성되었다. 그들은 식민지 획득으로 사
> 회문제를 해결하는 방식을 비판하고, **식민지 획득이 필요하지 않은 방법
> 으로 세계를 재편성함으로써 세계가 약육강식의 살육 마당에서 벗어나기
> 를 주장했다.** 그런 원칙에 의한 나라를 우선 자신들의 나라 러시아에 세
> 우기로 그들은 결심하였다. 그리고 그들은 혁명에 성공했다.(2권, 452면.
> 강조-인용자)

이 구절은 자본주의와 사회주의에 대한 작가의 시각을 극명하게 보
여준다. 작가에 따르면, 자본주의는 식민주의와 동전의 안팎이며, 사회

주의는 식민주의와는 다른 질서를 세계에 세우려 한 이념이다. 자본주의는 식민주의인 반면 사회주의는 탈식민의 이념이라는 작가의 해석은 근대 세계사를 탈식민의 관점에서 조망하려는 의도의 표현이라 할 수 있다. 이 점은 다음 대목에서 보다 확실해지는데, 여기서 결정적 의미를 갖는 것이 조명희이다. "스스로가 노예의 땅에 태어났다가 거기서 더이상 버티기 어려워지자 망명했던 조명희. 그리고 그 대의의 이름으로 총살된 조명희."(2권, 453면) 이처럼 작가에게 조명희는 무엇보다 탈식민의 작가로 받아들여진다. 조명희가 사회주의를 선택한 것도 탈식민에 대한 열망 때문이었고 소련 망명도 마찬가지였다. 따라서 조명희가 총살되었다는 것은 곧 사회주의가 탈식민의 이념을 포기했다는 것을 뜻하며, 탈식민의 이념을 포기한 사회주의란 자본주의와 본질적 차이가 없는 이념에 불과할 뿐이다. 이로써 작가가 고르바초프의 개혁에 그토록 비판적이었던 까닭이 분명해진다. 탈식민이 결여된 탈냉전은 자본주의와의 동일화 과정에 마침표를 찍는 행위라는 것, 이것이 작가의 생각인 것이다. 고르바초프의 개혁을 구체제와의 단절이 아니라 완결로 이해하는 것도 그래서이다. 요컨대 고르바초프의 개혁은 자본주의 세계체제로의 편입을 완성시켰다는 점에서 사회주의가 변질되는 과정의 마무리인 셈이다. 러시아혁명에 대한 재해석뿐 아니라 현실 사회주의에 대한 비판 또한 탈식민의 관점에서 이루어지고 있다는 것은 『화두』가 얼마나 탈식민의 이념에 철저한가를 방증해준다.

이처럼 조명희와의 만남은 작가를 밀실주의자에서 탈식민주의자로 변화시키는 중요한 계기로 작용한다. 작문 낭독 체험이 자아비판 체험과 함께 작가의 원체험을 이루는 까닭도 그것이다. 만약 자아비판 체험만이 원체험이었다면 작가는 밀실주의자로 시종했을 것이다. 하지만 작문 낭독 체험은 자아비판 체험과 균형을 취하면서 밀실주의를 극복하고 탈식민 문학으로 지평을 넓혀가도록 작가를 추동(推動)했다. 더구나 조명희와의 만남은 문학적 계보에 대한 자의식을 형성해가는 데 있어서도 중요한 역할을 한다. 조명희―임화―이태준―박태원―이용악으로 이어지는 계보가 그것이니, 이들은 한국 탈식민 문학의 계보에서 중요한 위치를 점하고 있는 작가들이다. 「낙동강」, 「우리 오빠와 화로」, 「해방전후」, 「오랑캐꽃」, 『천변풍경』 등은 한국 탈식민 문학의 역사에서 빼놓을 수 없는 문제작들이다. 작가는 자신의 문학을 이 계보의 끄트머리에 놓는다. 작가는 이들과의 연대감을 '빙의(憑依)'라고 표현하기도 하는데, 이 말은 "식민지 지식인들이 인생을 던져 풀려고 그렇게 몸부림쳤던, 그 '몸부림' 자체가 나의 몸으로 알아진 상태―라기보다 나 자신이 그 몸부림이 되는 실감"(2권, 206면)을 의미한다. 작가는 이러한 빙의 상태를 "내가 곧 이상이며, 박태원이며, 이태준이며 그리고 조명희이기까지 하다는 느낌"(2권, 207면)이라고 설명한다. 당대의 대표적 모더니스트가 자신의 문학적 연원을 조명희, 임화, 이태준, 이용악 등에게서 찾고 있다는 것은 무엇을 가리키는 것일까. 그것은 한마디로 작가가 탈식민을 자신의 이념으로 새로이 받아들였음을 의미한다. 『화두』가 곳곳에서 한국근대문학사와 문학작품에 대한 자신의 견해를 피력하고, 그것을 준거로 세계를 조망하고, 자신의 문학을 그 계보의 연장선에서 이해하려 노력하는 것은 그래서이다.

『화두』의 세 개의 여행담을 개괄적으로 고찰하면서 확인하게 되는 것은 이 소설을 구성하고 있는 뼈대가 바로 탈식민 서사라는 사실이다. 소설의 중심 화두인 미국, 구소련, 조명희는 각각 탈식민과 관련된 주요 주제를 표상하고 있다. 미국은 식민주의에 바탕한 자본주의 세계체제의 중심이고, 소련은 실패한 탈식민 기획인 사회주의의 종주국이며, 조명희는 탈식민의 새로운 가능성을 상징한다. 『화두』는 조명희에서 시작해 미국과 구소련을 거쳐 조명희로 귀결되는 서사 진행을 보여준다. 이러한 서사 구조에 함축된 의도는 자명하다. 미국과 구소련을 통해 식민주의의 두 유형을 비판적으로 고찰하고, 조명희를 통해 양자를 극복할 탈식민의 새로운 길을 찾기 위해서이다. 『화두』를 탈식민 서사로 해석하는 것은 그런 까닭에서이다. 특히 그 과정에서 한국근대문학의 계보학은 중요한 의미를 갖는다. 그 계보를 통해 작가의 소설적 목표가 탈식민에 있음을 분명하게 확인할 수 있기 때문이다. 조명희의 생애를 끈질기게 추적하는 이유도 제3세계의 탈식민화라는 『화두』의 구상을 수용할 때 비로소 이해될 수 있다. 식민지 자본주의에 저항하다 망명하고 현실 사회주의에 의해 총살된 조명희의 비극적 삶이야말로 자본주의와 현실 사회주의가 식민주의라는 세계질서 속에서 은밀하게 결탁하고 있다는 것, 따라서 진정한 탈식민화는 양자를 동시적으로 넘어설 때 가능하다는 것, 한국 탈식민 문학의 역사는 바로 그 길을 찾기 위한 고뇌의 산물이라는 것을 극명하게 보여주기 때문이다.

3. 『화두』의 식민적 무의식

하지만 『화두』의 탈식민 서사는 개인사로서의 세계사를 구축하려는 작가의 웅대한 구상에도 불구하고 곳곳에서 균열을 일으킨다. 게다가 이 균열들은 부차적인 것이 아니라 본질적인 것이라는 점에서 더욱 심각하다. 『화두』의 균열은 식민적 무의식으로 말미암은 결과이다. 이 식민적 무의식은 그림자처럼 탈식민 의식을 내내 쫓아다니며 괴롭힌다. 그로 인해 『화두』의 탈식민 서사는 식민적 무의식과 충돌하면서 파열되고 일그러진다. 그러면서 탈식민 서사를 표면 주제로 밀어내고 식민적 무의식이라는 이면 주제가 만들어진다. 식민적 무의식이 또 하나의 주제로까지 구조화되어 있다는 것, 이것이 『화두』의 감춰진 비밀이다.

식민적 무의식이 가장 착잡하게 드러나는 것은 미국 여행담이다. 작가에게 미국은 "자기네 나라에서는 대통령이 선거법을 위반했다고 해서 대통령을 물러가게 하는 정치문명을 가진 나라"인 동시에 "30년에 걸친 군사독재를 하필이면 식민지 군대의 용병 출신들을 핵으로 삼아 조종한"(2권, 163면) 나라이다. 작가는 미국의 이러한 이중성에 분노를 표한다. 하지만 분노의 뒷면에는 선진적 문명에 대한 선망이 은밀하게 깃들어 있다. 그래서 분노가 힘을 잃은 채 항상 어중간하게 끝나고 만다. 분노가 탈식민 의식이라면 선망은 식민적 무의식이다. 왜냐하면 그 선망에는 미국의 선진적 문명이 누구의 피와 희생에 바탕해 만들어졌는지에 대한 진지한 성찰이 부족하기 때문이다. 가령 작가는 재미 동포들의 용모는 한국인 그대로지만 "고향의 동족들에 비해서" "표정이나 몸가짐은 너그럽고 덜 서둔다"(1권, 124면)고 말한다. 그러면서 그것을 '문화인류학'적 수준의 문제로 해석할 뿐 작가는 다양한 차별 속에서 단순히 '적응'이 아니라 '생존'하기 위해 이민자들이 겪었을 숱한 고통에 대해서는 모르는 체 한다. 그럴 때 남는 것은 미국의 '문화인류학적' 수준에 대한 무의식적 선망이다. 이러한 생각은 급기야 "아메리카는, 객지가 어디나 그런 것처럼 모든 나그네들에게 고향을 가르쳐준다. 나그네가 객지를 고향 삼을 수 있다는 '가능성의 고향'까지를."(1권, 349면)이라는 표현으로까지 나아가는데, 작가가 미국을 이렇게 정의할 수 있는 것은 따지고 보면 미국의 이중성이라는 사유에서 비롯된다. 말하자면 미국을 외부와 내부로 나누고, 외부에 대해서는 제국주의적이지만 내부에 대해서는 민주주의적이라고 이해하는 데서 미국이 '가능성의 고향'이라는 사고가 나오게 되는 것이다. 내부의 미국에 대한 무의식적 선망은 다음과 같은 대목에서 절정에 이른다.

> 로마에 오는 사람들은 이렇게 여러 가지 사연을 가지고 있다. 그들의 고향에서 잘 풀리지 않던 일을 여기서는 이루어낸 사람들이 많다. 그대신 여기는 시라쿠사도 알렉산드리아도 아니다. 무엇인가를 버리는 대신 무엇인가를 얻는다. 이민 올 때부터 지금까지의 이야기를 띄엄띄엄 혼잣말하듯 하는 그녀의 이야기를 통해서 그런 대로 한 가족의 지난 10여 년이 짐작이 갔다. 지하철에서 만나는 남미 사람들, 인도 사람들이 떠오른다. 브록포트의 인도 교수. 모두 자기네 고향에서 어려웠던 인생을 여기서 새로 꾸며나가고 있는 사람들이다. 버지니아의 우리 가족도 이 사람들과 같은 성격의 대열에서 이 나라에 왔고 여기서 그런 대로 길을 찾았다.(1권, 205면)

이 진술을 보며 떠오르는 미국의 상은 다인종·다문화 사회이다. 일단 미국 안으로만 들어오면 그때부터 그들은 어떤 민족이건 혹은 어떤 문화건 간에 미국 시민으로 인정받으며 살아갈 수 있다고 작가는 말한다. 요컨대 모든 인종과 문화가 혼합되고 용해되는 용광로, 이것이 미국의 내적 특질인 셈이다. 그러고 보면『화두』에는 멸종되어 가는 인디언의 비극이라든가 인종 차별의 실상 혹은 계급적 불평등의 현실에 대한 이야기가 거의 없다.『화두』가 주목하는 미국의 현실은 중산층 미국인의 현실이거나 중산층에 편입하는 데 성공한 이민자의 현실이다.

이처럼 『화두』는 미국을 내부와 외부로 나누고 내부는 다시 중산층과 비(非)중산층으로 나눈 후 미국 내부의 중산층 현실만을 따로 떼내어 고찰한다. 다인종적이고 다문화적이며 민주주의적인 미국이라는 이미지는 바로 중산층의 현실만을 대상으로 해 내려진 평가이다. 여기에는 미국 내부의 식민지라 할 수 있는 민중들—인디언, 유색 인종, 노동계급 등등—이 소외되어 있다. 중산층의 다인종적·다문화적 현실이 신식민주의적 대외 정책과 함께 내부 식민지에 대한 착취와 차별에 기반해 만들어진 것이라는 점에서 『화두』가 보여주는 선망은 실제라기보다는 식민적 무의식이 만들어낸 이데올로기에 가깝다. 하물며 그 다인종적·다문화적 현실이라는 것도 시장의 법칙 내에서만 용인되는 것임에야 더 말할 나위도 없을 것이다. 이 지점에서 우리는 현실을 밀실과 광장으로 단순화시킨 채 '순수한 밀실'이라는 가상을 찾아 헤매는 『광장』식의 이분법이 미국을 바라보는 데도 작용하고 있음을 다시 한 번 확인하게 된다.

이와 함께 작가가 미국에 체류하던 시기들이 하나같이 한국사회가 역사적 격변에 휩싸여 있던 때라는 점에도 유의할 필요가 있다. 유신시대의 초기와 말기, 그리고 민주화투쟁의 절정기였던 87년. 이 격변의 시대에 작가는 미국에 머물면서 작가 교류 프로그램에 참여하거나 연극 공연을 준비하고 있었다. 그래서 한국에서 벌어지는 사태는 먼 곳에서 들려오는 풍문이 되고, 작가는 국외자로서 그것을 관찰할 따름이다. 반(反)유신 투쟁과 6월 항쟁이야말로 한국인들이 벌인 처절한 탈식민 투쟁이었다는 점에서 그 투쟁의 체험과 기억이 빠진 『화두』의 탈식민 서사에는 진정성이 부족하다. 한국의 정정(政情)이 불안하니 미국에서 살자는 가족의 권유에 작가가 73년에서 76년까지 미국에 머물러 있었다는 사실까지 떠올리면 진정성에 대한 회의는 더욱 깊어진다.

구소련 여행담에서 드러나는 식민적 무의식은 좀더 미묘하다. 현실 사회주의에 대한 작가의 시각은 단호하다. 현실 사회주의는 사회주의 본래의 탈식민 기획이 거세된, 그리하여 식민주의와 공모(共謀)관계에 있는 변질된 사회주의에 불과하다. 따라서 그것은 사회주의라기보다는 패권주의 혹은 변형된 식민주의이다. 현실 사회주의의 몰락은 그런 점에서 사회주의의 변질이 초래한 예정된 결말이다. 이것이 작가가 현실 사회주의를 바라보는 기본 시각이다. 말하자면 변질된 사회주의에 대한 탈식민적 비판이 구소련 여행담의 주제를 이룬다. 현실 사회주의를 식민주의와의 공모관계로 파악하는 작가의 통찰은 예리하다. 그러나 미국을 분석할 때와 마찬가지로 이 단호함에는 민중들의 동향이 제거되어 있다. 현실 사회주의의 몰락은 지배층의 오판(誤判)에만 기인한 것이 아니라 민중 봉기의 산물이기도 하다. 다시 말해 '변질된' 사회주의에 대한 민중적 저항이 현실 사회주의의 몰락으로 귀결된 것이다. 또한 현실 사회주의의 몰락이 냉전체제의 종말을 낳은 것은 분명 세계사의 의미 있는 진전이다. 냉전체제의 종말이 자본주의의 전지구화를 불러왔지만, 전지구적 자본주의가 자본주의의 완성이자 위기라는 점에서 현실 사회주의의 몰락은 자본주의 세계체제에 유리한 사건만은 아니기 때문이다. 이제 자본주의는 모든 모순과 적대를 홀로 감당해야 하는 처지가 되었거니와 월러스틴의 말마따나 자본주의 세계체제는 근본적 위기를 맞이한 셈이다.

『화두』는 현실 사회주의의 몰락에 함축된 이러한 복합적 의미를 제대로 성찰하지 못하고 있다. 만약 현실 사회주의의 몰락을 복합적으로 이해했더라면 그것이 탈식민화의 좌절인 동시에 진전이기도 하다는 점을 읽어낼 수 있었을 터이다. 그러나 『화두』는 현실 사회주의의 몰락을 단순화시킨다. 이러한 단순화 역시 민중의 동향에 대한 무관심이 빚어낸 소치(所致)이니, 그런 점에서 작가의 탈식민 의식은 중산층이라는 계급적 제한성에 갇혀 있다. 그런데 『화두』의 계급적 제한성 깊은 곳에 예의 식민적 무의식이 웅크리고 있음을 놓쳐서는 안된다. 사실 작가의 탈식민 의식이 보여주는 계급적 제한성은 자아비판 체험으로 상징되는 북한 체험과 관련이 깊다. 작가 가족은 해방 직후에 이북에서 몰락을 경험했다. 집안의 몰락은 작가 개인에게는 자아비판 체험에서 극대화된다. 자아비판 체험은 작가가 사회주의를 구체적으로 실감한 사건이었다. 당연히 유년기의 작가에게 그 체험은 원체험이 되어 현실 사회주의를 바라보는 준거로 기능한다. 문제는 자아비판 체험이 현실 사회주의에 대한 비판적 준거가 되려면 먼저 정당성을 얻어야 한다는 점이다.

작가가 조명희에게 집착한 것은 바로 이런 연유에서이다. "내 마음속에서 '박성운'을 등장시킨 독서감상문을 문학 선생님으로부터 인정받은 사실이 마치 포석 조명희로부터 인정받기나 한 것처럼 전이가 이루어져 있었다."(2권, 268면)는 고백에서 정당화 욕구를 발견하기란 어렵지 않다. 말하자면 작가는 조명희와 자신을, 정확히 말하면 조명희의 숙청과 자신의 자아비판 체험을 동일시함으로써 그것을 정당화하고 있는 것이다. 조명희를 "후견인으로, 변호인으로 내세울 수 있었"(2권, 269면)던 것은 그런 맥락에서이다. 한마디로 조명희의 숙청에서 현실 사회주의의 허구성을 볼 수 있듯이 자아비판 체험에서도 현실 사회주의의 오류를 발견할 수 있다는 것이다. 그러나 이러한 동일시가 잘못된 것이라는 데 작가의 심각한 오해가 있다. 조명희의 숙청은 스탈린주의라는 변질된 사회주의가 낳은 산물이다. 작가는 자신의 자아비판 체험 또한 변질된 사회주의가 초래한 사건이라고 말하고 싶어 한다. 하지만 두 사건 사이에는 중요한 내용적 차이가 있으니, 조명희 숙청이 '권력'투쟁의 결과인 데 비해 자아비판은 '계급'투쟁의 일환인 것이다. 자아비판이라는 계급투쟁의 '형식'이 잘못된 것일 수는 있다. 자아비판 한다고 금새 계급의식이 바뀌는 것은 아니기 때문이다. 계급의식의 변화는 사회적 관계를 변화시키는 지난한 싸움과 자본주의의 야만성에 대한 장구한 계몽을 통해 가능한 것이다. 섣부른 자아비판은 오히려 사회주의에 대한 거부감을 조장할 수 있다.

그럼에도 불구하고 자아비판에 담겨 있는 '내용'이 계급투쟁인 것은 틀림없다. 자아비판이 노리는 바는 계급의 해체이다. 계급이 존재하는 한 자본주의의 극복은 불가능하다는 점에서 자아비판이라는 형식의 옳고 그름과는 별개로 계급의 해체라는 내용의 옳고 그름이 먼저 따져져야 한다. 작가는 자본주의가 곧 식민주의라고 말한다. 그렇다면 계급의 해체는 식민주의를 넘어서기 위해 필수불가결한 작업인 셈이다. 이를 작가에게 적용하면, 중산층이라는 계급은 식민주의를 극복하기 위해서는 해체되어야 할 존재이고, 탈식민 작가라면 그 점을 수용해야 마땅할 터이다. 그러나 작가는 자아비판의 형식만을 문제삼으며 내용은 끝내 외면한다. 그 대신 조명희와의 동일시를 통해 자신의 입장을 정당화하려 한다. 그런 점에서 중산층이라는 계급성을 외면하는 심리에는 식민적 무의식이 깃들어 있다. 이때 식민적 무의식이란 단지 자민족 중심주의나 제국주의를 모방하려는 심리만을 가리키는 개념이 아니다. 그것은 궁극적으로 자본주의에 대한 태도와 밀접히 관련되어 있다. 다시 말해 자본주의가 만들어놓은 계급관계를 반복하려는 심리야말로 식민적 무의식의 모태(母胎)이다. 자본주의를 넘어서지 않는 한, 즉 자본주의적

계급관계를 해체하지 않는 한 자본주의의 외화(外化)인 식민주의를 끝장
내기란 무망한 일이기 때문이다. 그런 점에서 자본주의는 그대로 둔 채
식민주의를 극복하겠다는 주장은 식민주의가 전지구적 규모의 자본 축
적에서 비롯되었다는 명제에 무지한 관념론일 뿐이다. 그것은 마치 뿌
리는 놓아둔 채 이파리만 자르는 것과 똑같다. 얼핏 깨끗해진 것 같지
만 얼마 지나지 않아 잡초는 더욱 무성해질 것뿐이다.

구소련에 대한 『화두』의 탈식민적 비판에는 미국의 경우와 마찬가지
로 민중의 동향이 제외되어 있다. 자아비판 체험에서 은밀히 드러나듯
그 자리를 대신 차지하고 있는 것은 계급 해체에 대한 무의식적 거부
감이다. 이는 작가가 중산층이라는 계급적 제한성에 갇혀 있음을 의미
한다. 그래서 작가는 계급문제에 대한 발본적 성찰 대신 조명희를 알리
바이 삼아 계급문제를 권력문제로 교묘하게 치환시키고, 그 권력투쟁
의 관점에서 구소련의 패권주의와 식민주의를 비판한다. 그에 따라 자
본주의=식민주의 논리는 계급문제가 거세된 권력문제로 축소된다. 자
본주의가 식민주의의 모태라는 점에서 이는 본말이 전도된 논리이다.
그리고 이러한 본말 전도의 배후에는 자본주의적 계급관계를 온존시키
려는, 『화두』에 국한해 말하자면 중산층이라는 계급적 지위를 잃지 않
으려는 식민적 무의식이 웅크리고 있다.

이제 문제는 자기로의 여행이다. 왜냐하면 앞서의 분석에서 자기로
의 여행에 담긴 숨은 욕망이 자기 정당화라는 사실을 확인했기 때문이
다. 작문 낭독 체험과 그 연장선에서 이루어지는 탈식민 문학의 계보학
은 내적으로는 자아비판 체험과 긴밀히 결부되어 있다. 그런 점에서 자
아비판 체험이야말로 『화두』의 진정한 원체험이다. 말하자면 자아비판
체험을 통해 형성된 중산층적 탈식민 의식을 정당화하기 위해 작문 낭

독 체험이 선택되고 거기에 맞춰 계보화가 이루어진다. 자아비판 체험이 얼마나 결정적인 원체험인지는 그것이 소설 곳곳에서 다양하게 변주되고 있는 데서도 확인된다. 특히 구소련 여행에서의 변주는 여러모로 각별한 의미를 담고 있다. 함께 사진 찍은 아이들에게 1달러씩 주었던 행위에 식민주의적 오만이 담겨 있었음을 자기비판하는 과정에서 자아비판의 환상이 등장한다. 사실 이 대목은 작가가 자신의 식민적 무의식을 발본적으로 성찰할 수 있는 좋은 기회였다. 작가와 아이들 사이에 맺어져 있는 식민주의적 역관계의 바탕에는 바로 계급적 서열이라는 자본주의적 원리가 깔려 있었기 때문이다. 하지만 자기비판이 자아비판의 환상으로 이어지면서 그 기회는 날아가고 만다. 1달러 준 사건이 1000달러 주었다는 추궁으로 과장되고 그것이 다시 공작금으로 날조되면서 사태는 어느새 부당한 자아비판으로 바뀐다. 1달러 준 사건의 내용성은 증발하고 형식 문제만 남게 된 것이다. 더구나 그 환상의 주인공이 작가에서 조명희로 슬그머니 바뀌면서 계급문제가 권력문제로 곧장 치환된다. "일본 제국주의자들의 고등계 형사실이면 몰라도 쏘비에트 정치경찰의 지하실에서 내가 총살되다니."(2권, 461면)라는 조명희의 절규로 오면 마침내 작가와 조명희가 동일시되면서 식민주의는 권력문제로 축소되고 작가는 식민주의의 희생자로 정당화된다.

이 에피소드를 통해 우리는 작가가 식민주의를 권력문제로 이해하고 있음을 재확인하는 동시에 작가가 자아비판 체험을 권력관계로서의 식민주의라는 틀에서 바라보고 있음을 감지하게 된다. 이렇게 식민주의의 뿌리인 자본주의적 계급관계가 사라지고 식민주의가 권력문제로 축소되면서 발생하는 현상은 탈식민이 자본주의의 극복과는 무관한 일이 되어버리는 것이다. 자기로의 여행은 이러한 왜곡을 합리화하는 과정이다.

4. 『화두』의 역설

『화두』는 개인사로서의 세계사라는 독특한 방식으로 통해 문학적 역사를 구축하고 있는 소설이다. 이렇게 독특한 형식을 택한 것은 자기로의 여행을 중심축으로 삼아 2차대전 이후의 세계사를 서사화하기 위해서인데, 그에 따라 남북한, 미국, 구소련을 넘나드는 광대한 스케일 속에서도 소설은 자기로의 여행으로 구심화(求心化)된다. 자기로의 여행을 통해 『화두』가 말하고자 하는 궁극적 주제는 탈식민이다. 그런 점에서 『화두』는 탈식민의 서사라 할 수 있다. 『화두』의 탈식민 서사는 미국 여행담, 구소련 여행담, 자기로의 여행담을 거치면서 구체화된다. 서사는 자기로의 여행→미국 여행→구소련 여행→자기로의 여행의 순서로 진행되는데, 이는 작가의 탈식민 의식이 탄생하고 형성되고 성숙되는 과정, 곧 탈식민 서사의 구성 과정과 일치한다.

탈식민 의식의 탄생은 자아비판 체험과 작문 낭독 체험을 계기로 조명희의 「낙동강」과 만나면서 이루어진다. 「낙동강」이 보여준 식민지 자본주의 비판과 사회주의적 전망은 작가에게 막연하게나마 탈식민에 대한 단초적 인식을 심어주며, 그 인식은 임화-이태준-박태원-이용악 등과의 만남을 통해 심화된다. 특히 작문 낭독 체험을 통한 조명희와의 만남은 평생 동안 지속되면서 자아비판 체험에서 형성된 밀실 지향성을 견제하고 나아가 『광장』류의 밀실주의가 탈식민 의식으로 변화되도록 추동하는 원동력이 된다.

탈식민 의식의 형성과 성숙은 미국 여행과 구소련 여행을 거치면서 이루어진다. 이 여행은 식민주의의 본질을 깨달아가는 과정이다. 세계는 미국을 중심으로 한 제국주의 체제이며, 구소련은 미국과의 유착을 통해 식민주의의 질서를 유지시키고 있는 패권국가라는 것이 기본 내용이다. 미국에 대한 시각은 작가가 이전부터 보여주었던 자본주의=식민주의 논리와 대동소이하지만, 구소련에 대한 시각은 새롭다.『화두』는 사회주의를 식민지 없는 세계체제를 만들려는 탈식민 기획으로 재해석하면서 그것이 스탈린시대부터 변질되기 시작했다고 이해한다. 그러한 변질 과정은 스탈린 사후 더욱 급속히 진행되어 고르바초프의 개혁에 이르러 완결되는데, 그런 점에서 구소련의 자본주의 세계체제 편입과 현실 사회주의의 몰락은 예정된 귀결이라는 것이 작가의 견해이다. 따라서『화두』는 자본주의와 현실 사회주의는 식민주의의 두 축이므로 진정한 탈식민화는 양자를 동시적으로 넘어설 때 가능하다고 말한다.

탈식민화의 새로운 길은 한국 탈식민 문학의 계보학을 작성하면서 구상된다. 소설이 조명희에서 끝나는 것은 그래서거니와『화두』를 쓰기 시작하는 장면에서『화두』가 끝나는 것은 따라서 탈식민의 새로운 길을 한국 탈식민 문학의 역사 속에서 찾고자 하는 의도와 직결되어 있다. 식민지를 경험한 민족의 문학, 즉 노예의 문학에서 탈식민의 새로운 길을 찾으려는 것은 소설의 서사 진행상 자연스러운 귀결인데, 자본주의와 현실 사회주의라는 식민주의의 두 유형에서 상대적으로 자유로운 민족 또는 국가는 식민지를 경험한 제3세계이기 때문이다. 그런 점에서『화두』는 한국을 포함한 제3세계에 탈식민의 새로운 가능성이 있음을 깨달아가는 과정을 그린 탈식민 서사라 할 수 있다.

하지만『화두』의 탈식민 서사는 식민적 무의식과 시종 충돌하면서 표면 주제로 그친다.『화두』의 식민적 무의식은 내면화되어 있고 이면 주제를 형성할 정도로 구조화되어 있다. 그래서 『화두』는 작가의 의도와는 달리 탈식민 의식과 식민적 무의식의 대립 구도로 구성된다.『화두』의 탈식민 서사가 균열과 모순 속에서 내내 흔들리는 것은 이 때문이다.

『화두』의 식민적 무의식은 식민주의의 단순화를 일차적 특징으로 한다. 식민주의에 대한 단순화된 인식은 민중에 대한 무관심과 관계 깊은데, 이로 인해 자본주의와 현실 사회주의가 지배층과 중산층을 중심으로 이해된다. 말하자면 식민주의 내부의 식민지라 할 수 있는 민중의 동향이 배제됨으로써 식민주의의 복합성이 사상(捨象)되는 것이다. 이로부터 미국의 다인종적이고 다문화적 민주주의를 선망하거나 현실 사회주의의 몰락에 담긴 적극적 의미를 읽지 못하거나 식민주의를 권력문제로만 바라보는 문제점이 발생한다.

이러한 문제점들은 근본적으로 자본주의가 식민주의의 뿌리임을 인식하지 못한 데서 비롯된 결과이다. 그런데 바로 여기에『화두』의 식민적 무의식이 깃들어 있다. 식민적 무의식은 제국을 모방하려는 충동만을 의미하지 않는다. 오히려 식민적 무의식의 핵심은 계급구조를 반복하고 지속시키려는 충동이다. 계급구조가 지속된다는 것은 자본주의가 지속된다는 것인데, 자본주의가 지속되는 한 식민주의의 극복은 불가능하다. 식민주의에서 자본주의가 나온 것이 아니라 자본주의에서 식민주의가 나왔기 때문이다. 그런 점에서 식민주의를 권력문제로만 이해하는 것은 본말이 전도된 이해 방식이라 할 수 있다.

『화두』의 식민적 무의식은 중산층이라는 계급적 위치를 온존시키고자 하는 충동과 밀접히 연관되어 있다. 자아비판 체험에서 이 점은 극명하게 드러난다. 자아비판에 대한 거부감은 내용적으로 계급 해체에 대한 거부감이다. 계급 해체를 두려워하고 거부하는 까닭은 중산층이라는 계급적 지위를 잃지 않으려 하기 때문이니,『화두』의 식민적 무의식의 요체가 바로 이것이다.『화두』가 중산층의 시선으로 탈식민의 문제를 해석하는 것도 이러한 무의식과 직·간접적으로 연결되어 있다. 그래서 작가는 조명희를 알리바이 삼아 계급문제를 권력문제로 치환함으로써 자본주의적 계급관계를 건드리지 않는 탈식민의 길을 모색한다.『화두』의 역설이 여기에 있다.

2부

탈식민의 계보학

반미(反美)의 세 층위
1960년대 소설을 중심으로

1. 한국문학과 미국

한국전쟁은 1950년대 이후 한국문학사의 전개과정에서 결정적인 영향을 끼쳤다. 한국전쟁은 세계사적으로 후기식민 시대 최초의 국제전이었다. 그래서 한국전쟁에는 2차대전을 계기로 변화한 세계체제의 모순이 응축되어 있었다고 해도 과언이 아니다. 2차대전 이후는 흔히 후기식민(postcolonial) 시대라고 불리어진다. 이러한 규정은 일차적으로 2차대전이 끝난 후 대다수의 피식민 국가들이 독립하면서 세계가 바야흐로 식민 시대를 벗어났다는 의미를 갖는다. 하지만 지금의 시점에서 돌이켜보건대 피식민 국가들의 독립이 과연 식민주의를 끝장냈는지는 지극히 회의적이다. 21세기에 들어선 현재에도 세계 곳곳에서는 반(反)식민 운동이나 투쟁들이 여전히 진행되고 있기 때문이다. 그렇게 보면, 후기식민 시대란 결코 식민주의가 사라진 시대라고 할 수 없다. 2차대전 이후의 세계체제를 신식민주의라고 부르는 것도 그래서일 터이다.

말하자면 근대의 제국주의체제는 2차대전을 기점으로 식민주의에서 신식민주의로 갱신된 셈이다. 신식민주의란 간단히 말해 국가의 지배를 통해 시장을 지배하는 구식민주의와는 달리 시장의 지배를 통해 국가를 지배하는 체제나 이데올로기를 뜻한다. 이러한 전략의 변화는 한편으로는 피식민 민족의 저항에 따른 수세적 대응의 산물이었지만, 다른 한편으로는 식민지를 운영하는 데 드는 제반 비용을 줄이려는, 즉 지배의 효율화를 위한 능동적 선택이었다. 그런 점에서 한국전쟁은 근대세계체제가 후기식민 시대에 맞춰 자신을 변화시키는 가운데 벌어진 전쟁이었다고 할 수 있다.

한국전쟁이 지금까지도 한국문학에 직간접적인 영향을 주고 있는 것도 이와 관련이 깊다. 후기식민 시대 제국주의체제의 신식민적 질서가 여전히 지속되고 있는 한 한국문학은 한국전쟁의 자장에서 벗어나기 어려울 것이다. 이는 무엇보다 분단체제가 해체되지 못한 데서 극명하게 드러난다. 분단이 한국전쟁의 산물이라는 점에서 분단체제가 엄존하는 한 한국문학은 한국전쟁의 영향력에서 자유로울 수 없다. 분단체제가 아직도 무너지지 않은 까닭은 2차대전 이래의 신식민적 질서가 혁파되지 못했기 때문이거니와 그런 점에서 탈식민(decolonialization)은 지금도 우리에게 해결하지 못한 역사적 과제로 남아 있다.

1990년대 이래 한국문학에서 한국전쟁과 분단에 대한 진지한 관심이 급속히 퇴조한 것은 부인하기 힘든 사실이다. 이러한 현상의 배후에 이런저런 탈근대주의가 웅크리고 있는 것도 분명해 보인다. 그렇다면 90년대 이후의 한국문학은 탈근대 담론의 시대착오성에 현혹되어 심각한 직무유기를 범하고 있는 셈이다. 지금도 현재진행중인 한국전쟁을 외면하고 있다는 점에서 그러하다. 외면한다고 해서 존재하는 것이 없어지지는 않기 때문이다. 물론 한국전쟁이 드러나는 방식은 시대마다 다르다. 하지만 한국전쟁이 현재에 개입하는 방식이 변화한 것을 마치 시대가 바뀐 것으로, 그러니까 한국전쟁 혹은 분단이 한국인의 삶에 더 이상 본질적인 의미를 갖지 못한다고 착각해서는 곤란하다. 우리가 지금도 한국전쟁과 한국문학의 관계에 관심을 기울여야 하는 것은 그런 연유에서이다. 물론 이 주제가 훈고학이 되어서는 안될 것이다. 한국전쟁과 한국문학의 관계에 주목해야 하는 진정한 이유가 그것이 여전히 지금 이 곳 우리의 삶에 관여하고 있기 때문이라는 점을 잊지 말아야 한다는 말이다.

한국전쟁에 대한 서사적 대응이 본격화하기 시작하는 것은 1960년대부터이다.[1] 1950년대의 한국문학은 한국전쟁의 체험에 지나치게 밀착되어 있어 서사적 거리를 확보할 수 없었다. 그로 인해 한국전쟁에 즉자적으로 반응할 뿐 그것을 서사적으로 성찰하는 모습은 보여주지 못했다. 한마디로 '체험의 직접성'에 매몰되어 있었던 것이다. 한국문학이 '체험의 직접성'에서 점차 벗어나기 시작하는 것은 50년대 후반부터이다. 이 시기의 소설에서 특징적인 것은 '결별의 모티프'가 종종 등장한다는 점인데, 특히 한국전쟁과 관련된 문제를 다룬 소설에서 '결별의 모티프'가 많이 발견된다. 이범선의 「오발탄」, 손창섭의 「유실몽」, 이호철의 「탈향」 등이 대표적이거니와 이 소설들에서 '결별의 모티프'는 한국전쟁의 자장에서 벗어나고 싶다는 소망 혹은 벗어나겠다는 의지의

---

1) 이와 관련하여 한 대담에서 60년대 문학은 "6·25문학으로 봐야" 한다는 김승옥의 발언은 주목할 만하다. 요컨대 50년대 문학이 "보고서를 쓰듯이 사실 나열"에 그친 데 비해 60년대 문학은 "6·25의 의미를 나름대로 해석했다"는 것이다. 이른바 '4·19세대'인 김승옥의 이러한 설명은 60년대 소설의 의의에 대한 필자의 판단과 일치한다. 김승옥 외, 「좌담 : 4월혁명과 60년대를 다시 생각한다」, 『4월혁명과 한국문학』, 창작과비평사, 2002, 32면.

표현이라 할 수 있다. 이후 한국문학은 60년대로 접어들면서 빠른 속도로 한국전쟁과 정면 대결하는 자세를 보여준다. 그런 점에서 1960년대는 한국전쟁에 대한 비판적 성찰이 본격화된 시대라 할 수 있다.[2]

이러한 비판적 성찰이 가능했던 것은 무엇보다 4·19의 영향 때문이었다. 이 점을 가장 극명하게 보여주는 것이 미국에 대한 소설적 대응이다. 50년대 소설에서는 미국에 대한 비판을 찾아보기 힘들다. 해방직후의 소설에서는 그토록 많았던 미국 비판이 50년대에는 자취를 감춘 까닭은 무엇일까. 그것은 한마디로 한국전쟁을 계기로 공고화된 대미 종속 때문이라 할 수 있을 것이다. 대미 종속은 한국을 자본주의 세계 체제에 편입시키는 한 편 남북한을 냉전의 최전선으로 만들었다. 이러한 상황에서 미국 비판이란 곧 한국의 지배체제에 대한 정면도전과 같은 의미를 갖게 된 것이다. 그런 점에서 4·19는 혁명적 사건이었다. 한국의 지배체제에 일대 균열을 일으킴으로써 당시의 이데올로기적 금기들에 대한 문제제기를 가능하게 만들었기 때문이다. 미국 비판은 그 연장선상에 놓여 있다. 미국 문제는 이데올로기적 금기들 가운데서도 단연 핵심이었다. 왜냐하면 당시 한국의 지배체제를 가능하게 해준 배후 세력이 바로 미국이었기 때문이다. 자본주의, 자유민주주의, 냉전과 반공, 이승만 독재, 이 모든 것들의 배후에 미국이 자리잡고 있었다. 그런만큼 미국에 대한 문제제기는 이들 전체의 현존(現存)을 뒤흔드는 무게감을 갖고 있었고, 따라서 지배세력의 입장에서는 모든 수단을 총동원해 그것을 막아야 했던 것이다. 60년대 소설에 미국 비판이 재등장하는 것이 중요한 의미를 갖는 것은 그래서이다. 미국 비판을 매개로 한국의

---

2) 이에 대한 자세한 설명으로는 하정일, 「주체성의 복원과 성찰의 서사」, 『분단 자본주의 시대의 민족문학사론』, 소명출판, 2002.

지배체제와 지배 이데올로기에 대한 본격적인 도전이 시작되었다는 점
에서 그러하다.

　60년대 소설에서 미국을 정면에서 다룬 작품은 그리 많지 않다. 아마
도 4·19혁명을 뒤엎은 5·16쿠데타와 그 뒤를 이은 군부 독재의 출현
이 주된 원인일 것이다. 군부 독재의 출현으로 한국사회는 다시금 과거
로 회귀했으며, 대미 종속은 보다 구조화되었기 때문이다. 그에 따라
지식인과 작가에 대한 억압은 더욱 강화되었으니, 「분지」 필화 사건이
나 인혁당 사건 등에서 그 점은 쉽게 확인된다. 하지만 4·19혁명의 영
향력은 5·16쿠데타라는 반동(反動)에도 불구하고 한국의 지식계와 문단
에 은밀하면서도 강력하게 지속되었다.3) 60년대에 촉발되어 80년대에
절정에 이르는 반미(反美) 문학의 계보는 그러한 지성사적 맥락에서 형
성된 것이다.4)

　미국 문제를 가장 적극적으로 다룬 60년대 작가로는 박연희, 남정현,
하근찬을 들 수 있다. 전광용이나 최인훈 같은 작가들의 몇몇 작품들도
미국에 대한 비판적 인식을 보여주지만, 미국 문제가 소설의 중심 주제
를 이루지는 않는다. 반면에 이 세 작가는 미국에 대한 비판적 인식을
소설의 중심 주제로 삼고 있으며, 비판의 강도 또한 대단히 강렬하다.
하지만 미국을 바라보는 이들의 시각과 입장은 상당한 편차를 보여준
다. 더구나 그 편차에는 본질적인 차이가 내포되어 있는데, 그것은 식
민주의를 이해하는 방식과 깊이 관련되어 있다. 이 글은 이들 문학의
미국 비판에서 드러나는 시각차가 식민주의에 대한 이해 방식과 어떻

---

3) 1960년대의 진보 운동에 대한 개괄적 설명으로는 박태순·김동춘 공저, 『1960년대
　의 사회운동』, 까치, 1991, 97~240면. 참조.
4) 반미 문학의 역사에 대한 간략한 개관으로는 최원식, 「민족문학과 반미문학」, 『생
　산적 대화를 위하여』, 창작과비평사, 1997, 171~190면 참조.

게 관련되어 있고, 그것이 후기식민성의 측면에서 어떤 의미를 담고 있는지를 집중적으로 분석해보고자 한다. 그 과정에서 60년대 소설이 이룬 탈식민적 성취의 수준과 그것의 문학사적 의의도 함께 짚어보도록 하겠다.

2. 윤리주의와 근본주의—반미의 두 편향

미국을 비판하는 이념적 스펙트럼을 논할 때 일반적으로 민족주의와 사회주의가 가장 쉽게 떠오른다. 하지만 박연희는 민족주의나 사회주의와는 거리가 있는 작가이다. 일정한 민족의식을 보여주긴 하지만, 작가 스스로도 "민족주의적 감정에 빠져서는 안된다"[5]고 경계하고 있고, 여러 작품들에서 사회주의에 대한 회의를 표명하고 있는 데서 그 점을 확인할 수 있다. 월남한 사실이라든가 해방직후에 『백민』에서 근무한 점 등을 보더라도 박연희는 이념적으로 우파에 속하는 작가임에 틀림없다. 그의 전반적인 작품 경향 또한 마찬가지다. 그렇다고 해서 박연희가 보수 반공주의자인 것은 아니다. 오히려 그는 반공주의에 대해 노골적인 혐오감을 종종 표출할 정도로 이념 문제에 유연하다. 가령 50년대의 문제작 가운데 하나인 「증인」은 반공 이데올로기에 대한 그의 입장을 잘 보여준다. 50년대 문학에서 「증인」만큼 독재 권력과 반공주의를 노골적으로 비판한 작품도 드물다. 소설의 주인공인 준은 사사오입 개헌을 비판하는 기사를 썼다가 신문사에서 해직된 비판적 지식인이

---

5) 박연희, 「창작 노우트」, 『한국현대문학전집 1』, 신구문화사, 1981, 479면.

다. 준은 자기 집에 하숙하는 대학생이 "마르크스, 엥겔스 전집과 헤에겔 책"을 잔뜩 가져온 것을 보고 "저 학생이 빨갱인가 봐요."라고 걱정하는 아내에게 "무식한 소릴 말아요. 철학하려면, 학문의 체곌 알아야 하잖소? 그걸 알려고 책 정돌 가지고 있는 게 뭐가 빨갱이야?"[6]라며 퉁을 놓는다. 대학생이 국제 간첩인 줄 몰랐냐고 추궁하는 형사에게도 그는 "공부하는 데 참고 정도로 보는 줄만 알았을 뿐"[7]이라고 담담하게 진술한다. 이러한 준의 발언에는 당시의 살벌한 반공 이데올로기에 대한 은밀한 거부감이 담겨 있다. 박연희가 조병옥이 사장으로 있던 야당지 『자유세계』의 편집장으로 있었음을 감안하더라도 이념 문제에 대한 그의 개방성은 당시로서는 도드라진다고 할 수 있다. 그가 월남했고 『자유세계』 또한 보수 야당과 연계되어 있던 잡지라는 사실을 고려하면 더더욱 그러하다. 그런 점에서 박연희는 말의 바른 의미에서의 자유주의자라 할 수 있다.

따라서 그가 60년대에 미국을 정면에서 비판하는 「변모」 같은 소설을 쓴 것은 결코 우연이 아니라고 할 수 있다. 말하자면 이전부터의 이념적 개방성이 4·19혁명의 영향과 상호작용하면서 미국 비판이라는 주제를 과감하게 소설화하게 되었다는 것이다. 「변모」의 주인공인 규진은 교원노조를 결성하려다 학교에서 해직된 교사이다. 그의 형은 권력욕으로 가득찬 민주당 국회의원이고, 여동생은 미국 유학을 준비 중인 음악도이다. 형은 전형적인 친미 보수주의자이고 여동생 역시 미국을 선망하고 있는 데 비해 규진은 미국과 한국의 불평등한 관계라든가 미국 중심주의에 대해 매우 비판적인 시각을 보여준다. 가령 다음과 같

---

6) 박연희, 「증인」, 『현대문학』, 1956. 2, 82면.
7) 박연희, 앞의 책, 95면.

은 규진의 발언을 통해 우리는 작가의 미국관을 미루어 짐작할 수 있다.

> "미국 원조로 한국은 지탱해 왔소. 그러나 당신들은 제품을 줬소……. 그 우수한 당신들의 제품에 비해 한국 국내 생산품이 열등하여……회임기간에 처해 있던 생산율이 위축된 건 사실 같소."
> "히히히……그게 우리나라 책임이오?"
> "전연 없다고 못할 거요."
> 나는 서슴지 않고 대답했다.
> (…중략…)
> "서구식 자본주의의 모형 안에 갇혀선 발전이 안될 것 같소. 이를테면 경제적 민족주의를 나 자신은 제창하고 싶소. 상호간 의존하는 데 편견될지 모르나 국가 경제가 그 길이 유리하다면 택할 수밖에요. 독립 정신을 갖기 위해서 말이오."[8]

미국의 원조가 완제품 위주로 이루어지기 때문에 한국의 산업화를 오히려 가로막고 있으며, "서구식 자본주의의 모형 안에 갇혀선 안될 것 같소."라며 '경제적 민족주의'를 제창하는 규진의 발언은 당시로서는 가장 진보적인 목소리라 할 수 있다. 한국의 대미 종속을 비판하고 미국식 자본주의를 거부하는 규진의 견해는 곧 작가의 정치적 입장이 투시된 것으로 이해해두 무방할 터이다.

그러나 작품의 서사는 이러한 작가의 정치적 견해와는 별 상관없이 진행된다. 작품의 서사에서 미국을 대표하는 인물은 사업가인 브라운이다. 흥미로운 것은 그가 형인 규수에게 정치자금을 제공하는 일을 하고 있다는 점이다. 그래서 규진은 그가 미국을 위해 암약하는 첩보원 아닐까 하는 의심을 하기도 하고, 그의 행동에 무언가 흑막이 있다고

---

8) 박연희, 「변모」, 『한국현대문학전집 1』, 신구문화사, 1981, 239면.

경계하기도 한다. 규진의 의심은 일리가 없지 않다. 일개 사업가가 무엇하러 별 힘도 없는 국회의원에게 정치자금을 제공하겠으며, 미국 대사관을 매일 제집 드나들 듯이 하겠는가. 하지만 소설 내내 브라운이 하는 일이 무엇인지는 끝까지 밝혀지지 않는다. 「변모」가 경향신문에 1965년 5월부터 7월까지 연재된 점을 감안하면, 이는 아마도 「분지」 필화사건의 영향 탓 아닌가 짐작된다. 「분지」가 같은 해 3월에 발표되었고 5월 초에 북한의 『통일전선』에 게재된 후 7월에 작가가 구속9)되었으니까, 사건의 전말을 모르지 않았을 박연희로서는 브라운의 암약상을 구체적으로 다루기 어려웠을 것이다. 그로 말미암아 앞의 인용문에서 보이는 미국 비판은 지극히 삽화적인 수준에서 멈추고 만다. 작품의 서사와도 아무런 살아 있는 관계를 맺고 있지 못할뿐더러 브라운을 판단하는 기준으로도 작용하고 있지 않다는 점에서 그러하다.

대신 작품은 규희와의 동거와 배신이라는 멜로드라마를 축으로 브라운이라는 인물을 그려나간다. 규희와의 동거와 배신을 통해 보여지는 브라운은 한마디로 부도덕한 인간이다. 영어 회화를 가르쳐준다는 구실로 규희와 가까워진 브라운은 그녀를 강제로 범한 후 동거에 들어간다. 그러나 5·16쿠데타가 터지자 브라운은 잠깐 본국에 다녀오겠다며 집 전세금까지 몰래 빼내서 한국을 떠난 다음 몇 달째 돌아오지 않는다. 소설의 결말 역시 돌아온 브라운을 흠씬 패주고 나서 "이제부터라도 늦지 않았어. 인간이 되란 말이야."라고 훈계하는 것으로 맺어진다. 브라운의 부도덕성을 통해 작가가 환기하고자 하는 것은 아마도 미국의 부도덕성일 것이다. 브라운을 미국의 첩보원인 것처럼 설정한 작가

---

9) 「분지」 필화 사건의 경과에 대한 간략한 설명으로는 한승헌, 「남정현의 필화, '분지'사건」, 『분지』, 훈겨레, 1987, 375~376면.

의 의도도 그것일 터이다. "브라운은 부도덕한 인간이다. 브라운은 미국의 첩보원이다. 고로 미국은 부도덕하다."라는 삼단논법인 셈이다. 말하자면 「변모」는 미국을 윤리주의의 관점에서 비판하고 있다고 할 수 있다.

윤리주의란 대상을 옳고 그름의 차원에서 판단하는 입장을 가리킨다. 그런데 「변모」에서 옳고 그름을 판단하는 기준이란 "인간이 되란 말이야.", 곧 보편적 휴머니즘이다. 작품이 브라운의 민족적 우월감이라든가 속물성에 알레르기 반응을 보이는 것도 이와 관련이 깊다. 보편적 휴머니즘의 관점에서 보면, 우월감이라든가 속물성은 비인간적인 것이기 때문이다. 하지만 작가가 보편적 휴머니즘의 관점에 서는 순간 미국에 대한 근본적 비판은 사실상 불가능한 일이 된다. 미국이란 나라가 일종의 추상적 인격체로 화하면서 구조나 체제의 문제가 은폐되기 십상이기 때문이다. 가령 「표착」이라는 소설은 「변모」와는 달리 미군 하사관과 군의관을 좋은 사람으로 그리는 상반된 모습을 보여준다. 어떤 개인을 좋은 사람으로 그렸냐 나쁜 사람으로 그렸냐 자체는 문제될 것이 전혀 없다. 하지만 박연희의 소설에서는 그들이 곧바로 미국을 환기하는 인물이라는 점에서 문제가 된다. 「표착」의 주인공인 진은 의용군에 자원했다가 포로가 된 지식인이다. 사회주의자였던 진은 포로수용소에서 결국 사상적 전향을 하게 되는데, 그 주요 계기는 두 가지이다. 하나는 인민군과 이른바 '빨갱이' 포로들의 비인간적 행태에 대한 환멸이고, 다른 하나는 포로수용소에서 미군 하사관과 군의관이 보여준 인간적 풍모이다. 이들의 인간적 풍모는 '빨갱이' 포로들의 비인간적 행태와 대비되면서 더욱 빛을 발한다. 그런데 「변모」와 마찬가지로 「표착」에서도 이들이 미국의 상징처럼 느껴진다는 것이 문제다. 그렇게 느껴지는 까닭은 이들이 미국이 중시하는 가치들, 즉 자유라든가 민주주의 혹은 합리주의의 체현자들이기 때문이다. 「변모」의 브라운도 마찬가지로 미국적 가치의 체현자로 그려진다. 다만 그때의 미국적 가치는 속물주의나 민족적 우월감 같은 부정적인 것이라는 차이가 있을 뿐이다. 그래서 미국이 어떤 경우에는 '좋은 나라'가 되기도 하고, 어떤 경우에는 '나쁜 나라'가 되기도 한다. 다시 말해 미국적 가치를 체현하는 등장인물이 어떤 가치관의 소유자인가에 따라 미국의 이미지가 극에서 극으로 요동치는 것이다. 보편적 휴머니즘에 기반한 윤리주의는 이러한 곤혹스러운 상황을 피하기 어렵다. 모든 것이 인간성의 문제로 환원되면서 국가마저도 하나의 인격체처럼 인식되기 때문이다. 따라서 미국 사람들이 개인적으로는 얼마든지 좋은 사람일 수도 있고 나쁜 사람일 수도 있듯이 추상적 인격체로서의 국가 또한 얼마든지 좋을 나라일 때도 있고 나쁠 나라일 때도 있게 되는 것이다. 박연희의 논법을 따르면, 1950~60년대의 미국은 나쁜 나라이고 한국전쟁 때의 미국은 좋은 나라이다. 1년 터울의 두 작품이 환기하는 미국의 상이 이처럼 서로 판이한 것은 「변모」의 미국인과 「표착」의 미국인의 인간성이 판이하기 때문이니, 그렇게 보면 보편적 휴머니즘은 박연희로 하여금 미국에 대한 근본적 비판, 다시 말해 미국과 식민주의의 연관성에 대한 통찰로 나아가지 못하게 한 결정적인 장애물이었던 셈이다.

물론 당시에는 휴머니즘을 내세우면서도 미국에 무비판적인 작가들이 많았던 것이 사실이다. 그러므로 「변모」의 미국 비판은 나름대로 가치가 있다. 진보적 자유주의의 가능성을 보여주었다는 점에서 그러하다.[10] 하지만 앞에서 살펴보았듯이 모든 것을 인간성의 문제로 환원하는 보편적 휴머니즘에 머물러 있는 한 식민주의에 대한 구조적이고 역사적인 비판은 어려울 수밖에 없다. 작품이 미국 비판과 관련해 부패, 비리, 부도덕성과 같은 인격적 결함에 주로 주목하는 것도 그래서거니와 그것의 가장 극단적인 형태가 바로 음모론이다. 「변모」가 브라운을 통해 끊임없이 음모의 냄새를 풍기려 하는 것도 그 연장선상에 놓여 있다. 음모란 부정, 부패, 비리, 부도덕성 같은 것들의 총화(總和)이기 때문이다. 그런 점에서 「변모」의 미국 비판은 자유주의가 나아갈 수 있는 반미의 최대치와 한계를 동시에 보여준다고 할 수 있다.

미국에 대해 가장 비판적인 시각을 보여주는 60년대의 소설로는 단연 남정현의 「분지」가 선두에 놓인다. 미국에 대한 「분지」의 비판은 그야말로 근본적이다. 주인공 홍만수의 어머니는 미군에게 강간당한 충격으로 죽고 동생인 분이는 미군 상사 스피드의 첩으로 인간 이하의 삶을 살아간다. 이에 격분한 홍만수가 스피드 상사의 부인을 향미산으로 납치해 겁탈하자 ‘펜타곤’은 이를 “자유민 전체의 평화와 안전에 대한 범죄적인 중대한 도전행위”11)로 규정한다. 이러한 펜타곤의 발언에는 약소민족을 억압해온 스스로의 과거에 대한 자기반성이 결여되어 있을 뿐 아니라 미국이 곧 자유세계 자체라는 미국 중심주의가 담겨 있다는 점에서 지극히 패권적이다. 「분지」는 바로 그 점을 신랄하게 풍자함으로써 미국의 존재 가치를 전면 부정하고 있는 것이다. 「분지」의 미국 비판이 근본적이라고 한 것은 그래서이다. 더구나 「분지」는 미국을 비판하는 데서 그치지 않고 저항의 의지를 결연하게 표명하기까지

---

10) 이와 관련하여 김동춘은 1950~60년대 한국의 자유주의가 미국과 반공과 분단 자본주의에 기댄 ‘냉전 자유주의’였다고 비판하고 있다. 박연희의 자유주의는 이러한 ‘냉전 자유주의’와 본질적으로 다르다는 점에서 당시의 이데올로기 지형에서 진보적인 성격을 갖는다. 김동춘, 「사상의 전개를 통해 본 한국의 ‘근대’ 모습」, 『한국의 ‘근대’와 ‘근대성’ 비판』, 역사비평사, 1997, 285~290면.

11) 남정현, 「분지」, 『현대문학』, 1965. 3, 64면.

한다. 미국으로 날아가 미국 여인들의 배꼽에 태극기를 꽂겠다는 말이 그것이거니와 이러한 저항 의지는 60년대 소설에서 좀처럼 찾아볼 수 없는 것이기도 하다. 그만큼 미국의 제국주의에 대한 작가의 분노 혹은 혐오감은 강렬하다.

「분지」의 반미 서사를 추동하는 원동력은 저항적 민족주의이다. 저항적 민족주의가 60년대의 반체제 이념을 대표하고 있었다는 것은 잘 알려진 일이다. 한국전쟁 이후 잠복해 있던 저항적 민족주의가 4·19혁명을 계기로 들불처럼 분출되었고, 곧바로 그것은 남한의 지배체제와 지배 이데올로기에 가장 큰 도전이 되었다. 당시의 저항적 민족주의는 통일운동과 반외세운동을 주도하면서 반체제운동의 선두를 이루었다. 군사독재 정권의 끔찍한 탄압 속에서도 저항적 민족주의는 스스로를 민중적 민족주의로 갱신해가면서 80년대까지 민주변혁운동의 중심이 되었다. 「분지」는 바로 이러한 저항적 민족주의를 가장 적극 반영한 작품이라 할 수 있으며, 이 점에 「분지」의 소설사적 의의가 집중되어 있다. 「분지」의 저항적 민족주의는 미국의 제국주의를 직접 겨냥한다. 미국의 제국주의는 어머니와 누이동생이 당한 성적 폭력과 인격 모독에서 잘 드러난다. 어머니와 누이에 대한 성적 폭력과 인격 모독은 철저히 민족적 우열관계에 바탕해 이루어진다. 「분지」는 이 점을 어머니와 누이가 대를 이어 성적 폭력을 당하고 있다는 설정을 통해 환기한다. 대를 이어 성적 폭력을 당한다는 것은 그것이 특정 개인의 인격적 결함으로 말미암은 사태가 아님을 의미하기 때문이다. 그런 점에서 어머니와 누이가 겪은 고통은 미국과 한국 사이에 맺어져 있는 비대칭적 권력관계의 소산이라 할 수 있다. 그렇지 않다면 어머니와 누이가 대를 이어가며 일방적으로 성적 폭력을 당할 이유가 없기 때문이다. 하지만 미국의 제국주의는 무엇보다 홍만수에 대한 미국의 대응에서 가장 극명하게 나타난다. "일벌백계주의에 입각하여 홍만수는 물론, 그의 목숨을 며칠이나마 돌보아준 이 향미산 전체의 부피를"[12] 핵미사일로 완전히 쓸어버리겠다는 펜타곤의 성명서는 미국의 패권주의를 희화적으로 표출한다. 일개 개인을 제거하기 위해 핵무기를 사용하겠다는 발상보다 오만방자한 패권주의는 없기 때문이다. 물론 이것은 소설적 환상일 뿐이다. 그러나 이러한 환상이 그럴듯하게 독자들에게 받아들여진다는 것은 그만큼 미국의 제국주의가 심각한 수준임을 말해준다. 이 지점에서 「분지」는 미국을 하나의 인격체로 추상화한 박연희의 소설과 갈라진다. 미국을 패권주의로 상징되는 제국주의적 세계체제 – 펜타곤은 이 세계체제를 '자유세계'라고 부른다 – 의 맥락에서 비판하고 있다는 점에서 그러하다.

그럼에도 불구하고 「분지」 역시 저항적 민족주의의 가능성과 한계를 동시에 보여준다. 저항적 민족주의가 외세에 대해 취할 수 있는 저항의 최대치는 반제(反帝) 직접투쟁이다. 「분지」에서 그것은 미국 여인들의 배꼽 위에 태극기를 꽂는 것으로 표상된다. 하지만 60년대의 한국사회는 직접투쟁을 위한 세력이나 역량을 전혀 갖추지 못한 상태였다. 반제와 반자본주의를 지향하는 이런서던 운동조직들이 만들어졌지만, 하나같이 좌절로 끝난 것도 그래서이다. 주인공을 홍길동의 10대 손으로 설정한 것은 이러한 정황과 관련이 깊다. 도술에 기대지 않고는 제국주의와의 직접투쟁이 현실적으로 불가능했기 때문이다. 따라서 「분지」가 리얼리티의 훼손을 감수하면서 우화와 환상을 적극 도입하고 있는 것

---

12) 남정현, 「분지」, 앞의 책, 64~65면.

은 직접투쟁이 불가능한 현실에서 직접투쟁의 '의지'를 표현하기 위한 미학적 장치인 셈이다. 한편으로 이러한 미학적 장치는 미국에 대한 비판과 저항의지를 극대화하는 효과를 얻고 있다. 미국의 패권주의가 희화적으로 풍자되고 있을 뿐 아니라 저항하지 않는 한 대미 종속에서 벗어날 수 없다는 메시지를 분명하게 전달하고 있다는 점에서 그러하다. 그러나 다른 한편으로 「분지」의 미학적 장치들은 반제 직접투쟁이 실제 현실에서는 불가능한 일임을 역설적으로 보여준다. 도술을 부려야 미국과 싸울 수 있다는 것은 도술이 존재하지 않는 현실 세계에서는 미국과의 직접투쟁이 불가능하다는 의미를 갖기 때문이다.13) 그런 점에서 「분지」에는 사실상 '저항'은 없는 셈이며, 저항의 '의지'만이 있을 뿐이다. 이러한 '의지'가 저항의 '주체'를 형성하는 중요한 계기가 된다는 것은 부인할 수 없지만, 그와 동시에 '의지'가 작품의 서사를 지배할 때 리얼리즘의 훼손이 필연적이라는 것 또한 분명하다. 혁명적 낭만주의가 그러했음을 우리는 잘 알고 있다. 따라서 '의지'와 리얼리티의 균형이 중요한 것인데, 「분지」의 경우 양자의 균형은 심각하게 깨져 있다. '의지'는 충일한데, 리얼리티는 너무도 미흡하기 때문이다.

이렇게 된 저변에는 작가가 후기식민 시대의 제국주의를 여전히 구식민주의와 같은 것으로 생각하는 편견이 깔려 있다. 말하자면 남정현은 미국을 구식민 시대의 제국주의 국가로 여기고 있는 것이다. 반제직투라는 저항은 그 연장선상에 놓여 있다. '구식민주의에서 신식민주의로'라는 제국주의의 변화를 보지 못하고 후기식민 시대를 구식민주의

---

13) 「분지」가 반제 직접투쟁론의 표현이라는 점에 대해서는 하정일, 「20세기 한국소설에 그려진 미국의 의미」(『사람의 문학』, 2000. 11.)에서 간략히 언급한 바 있다. 그 연장선상에서 본 논문은 반제직투론이 민족주의, 특히 근본주의와 어떠한 관계를 맺고 있는지를 상술하고자 한다.

의 연장 혹은 반복으로만 이해할 때 한국은 피식민국이 되고 미국은 식민 종주국이 된다. 반제직투론은 이러한 상황에서 택할 수 있는 저항이다. 이와 관련해 「분지」와 신채호의 「꿈하늘」이나 「용과 용의 대격전」을 비교해보는 것이 유용하다. 두 작가가 똑같이 반제직투론을 형상화하고 있기 때문이다. 하지만 작품을 둘러싼 역사적 맥락이나 의미 효과는 천양지차이다. 무엇보다 신채호의 소설은 구식민주의에 대한 문학적 저항이었다. 그런 점에서 신채호 문학의 반제직투론과 그것을 표현하기 위한 미학적 장치로서의 환상은 내적 필연성이 있었다. 신채호 시대의 식민주의는 국가의 지배에 바탕한 체제였기 때문이다. 그러므로 탈식민은 국가의 지배에서 벗어나는 데서부터 시작할 수밖에 없었으며, 반제 직접투쟁은 그 유력한 방책이었다. 신채호 문학의 환상성은 그러한 현실적 요구를 미학적으로 해결하기 위한 장치였던 것이다. 하지만 시장의 지배를 기반으로 하는 신식민주의에서는 반제 직접투쟁이 유력한 방책이라고 하기 어렵다. 신식민주의는 국가를 직접 지배하지 않는다. 대신 신식민주의는 국제 분업과 막대한 경제원조 등을 매개로 시장을 지배하며, 그러한 헤게모니적 지배에 바탕해 문화와 정치와 국가를 규율한다. 그래서 신식민주의와의 투쟁은 시장을 둘러싼 길고도 지루한 진지전이 되는 것이다. 시장을 둘러싼 싸움이란 국가의 주권이라는 문제에만 국한되지 않는 전지구적이고 총체적인 투쟁이기 때문이다. 더구나 현실적 세력과 역량마저 미비한 상태에서야 더 말할 나위도 없을 터이다.

작가가 식민주의에서 신식민주의로 변화된 현실을 읽지 못한 주된 내적 요인은 근본주의이다. 요컨대 한미관계를 국가 대 국가, 민족 대 민족의 관계로 일면화(一面化)하는 근본주의의 영향으로 인해 남정현은 신식민주의의 헤게모니적 총체성을 읽을 수 없었고, 일제강점기나 해방 이후나 '본질은 똑같다'는 비역사적 편견에 사로잡히게 되었다는 말이다. 「분지」가 직접투쟁 이외의 길을 사유할 수 없었던 것은 그래서이다. 게다가 근본주의는 '민족'을 절대시함으로써 민족을 최상위에 놓고 다른 가치나 심급들은 부차화하는 경향을 항상 보여준다. 그리하여 부차화된 가치/심급들은 자신의 고유성을 상실한 채 민족이라는 가치/심급을 위해서만 의미를 갖게 되면서, 민족문제만 해결하면 그만이라는 편향에 쉽게 빠지게 되는 것이다. 다음과 같은 대목에서 그러한 편향은 노골적으로 드러난다.

> 앞으로 단 십 초. 그렇군요. 이제 곧 저는 태극의 무늬로 아롱진 이 런닝샤쓰를 찢어 한 폭의 찬란한 깃발을 만들 것입니다. 그리고 구름을 잡아타고 바다를 건너야지요. 그리하여 제가 맛본 그 위대한 대륙에 누워있는 우윳빛 피부의 그 윤이 자르르 흐르는 여인들의 배꼽 위에 제가 만든 이 한 폭의 황홀한 깃발을 성심껏 꽂아놓을 결심인 것입니다. 믿어주십시오 어머니, 거짓말이 아닙니다. 아 그래도 당신은 저를 못 믿으시고 몸을 떠시는군요. 참 딱도 하십니다. 자 보십시오. 저의 이 툭 솟아나온 눈깔을 말입니다. 글쎄 이 자식이 그렇게 용이하게 죽을 것 같습니까. 하하하.[14)]

폭격 직전의 상황에서 주인공은 도술을 부려 미국으로 날아가서 여인들의 배꼽에 태극기를 꽂겠다고 말한다. 여기서 "우윳빛 피부의 그 윤이 자르르 흐르는 여인들"이란 미국의 상징이다. 그러므로 여인들의 배꼽에 태극기를 꽂는 것은 미국에 맞선 직접투쟁의 상징적 표현이 된

---

14) 남정현, 「분지」, 앞의 책, 81면.

다. 그러나 미국과 여성이 등치되는 순간 민족적 저항은 남성중심주의와 등치된다. 이는 민족적 우월감이 한국인 여성에 대한 성 폭력으로 표출된 것과 똑같은 구조라 할 수 있다. 요컨대 미군과 홍만수 사이에 민족이 중심점이 된 일종의 대칭관계가 형성되는 것이다. 작가는 왜 이러한 전도(顚倒)에 빠지고 만 것일까. 그것은 민족을 절대시하고 다른 것들은 부차화하는 근본주의적 위계화 때문이다. 미국인이라는 단 하나의 이유로 여성의 겁탈을 정당화하고 성적 폭력을 민족적 저항으로 미화하는 전도 현상은 근본주의가 작가의 무의식을 지배하고 있는 데 따른 필연적 산물인 셈이다. 그런 점에서 민족주의가 식민주의의 역상이라는 지적은 일리가 있다. 물론 모든 민족주의가 그런 것은 아니다. 우리의 역사만 보더라도 민족주의운동이 일정한 한계 속에서도 여권 신장이나 남녀평등을 위해 나름대로 노력한 사례들을 적지 않게 볼 수 있다. 문제는 근본주의이다. 민족주의가 근본주의화하면 모든 것들이 민족이라는 절대 가치에 종속된 부속품이 된다. 여성 역시 마찬가지다. 여성과 민족 사이에는 어떠한 가치의 차등도 있을 수 없다. 차이가 있다면, 역사적 조건이나 현실적 맥락에 따른 전략적 선차성 뿐이다. 하지만 근본주의는 전략적 선차성의 차이를 가치의 차이로 본질화시킨다. 따라서 여성을 성 폭행하는 행위 또한 민족 대 민족의 관섬에서만 의미화된다. 당연히 성 폭행의 대상이 미국인이라면 그것은 폭력이 아니라 저항이 되는 것이다. 미국인 여성은 여성이기 이전에 미국인이기 때문이다. 후기식민 시대의 새로운 제국주의에 대한 재인식을 위해서라도 근본주의의 극복이 선결 과제인 것도 그래서라고 할 수 있다.

3. 신식민주의와 최종심급으로서의 미국

「변모」와 「분지」가 보편적 휴머니즘과 근본주의의 개입으로 말미암아 미국의 후기식민적 성격을 간과한 데 비해 하근찬의 「왕릉과 주둔군」은 미국이 구식민주의와 다른 면모에 주목한다. 이 소설은 왕릉을 둘러싼 박 첨지와 미군의 갈등으로 시작한다. 미군이 박 첨지의 마을에 주둔하게 되면서 왕릉을 훼손하는 불손한 행동을 거듭하자 박 첨지는 그에 맞서 왕릉에 담을 쌓는다. 박 첨지와 미군의 갈등은 국가 대 국가, 민족 대 민족의 대립관계를 암시한다. 그런 점에서 담 쌓기는 미국이라는 외세에 대한 직접투쟁의 상징적 표현이라 할 수 있다. 말하자면 박 첨지의 담 쌓기와 홍만수의 겁탈 행위는 동일한 의미구조를 갖고 있는 셈이다. 그런데 미군이 포클레인을 동원해 담 쌓는 작업을 도와주면서 사태가 이상하게 진행되어 간다. 박 첨지의 관점에서 보자면, 담 쌓기는 미군에 대한 저항이다. 그렇다면 미군이 그것을 도와준다는 것은 자신의 적을 돕는 꼴 아닌가. 하지만 그렇지 않은 것이 미군의 입장에서는 왕릉에 담을 쌓는 행위가 아무런 의미도 갖지 못하기 때문이다. 미군에게는 박 첨지가 담을 쌓는 일이 노인이 고생하는 것으로 보일 뿐이고, 그래서 인도적 차원에서 포클레인으로 노인을 도운 것이다. 더욱 어처구니없는 것은 미군의 갑작스런 철수와 함께 박 첨지와 미군의 갈등이 중단되고 만다는 사실이다. 그런 점에서 작품에서 박 첨지와 미군의 갈등이 차지하는 비중은 부차적인 것에 불과하다. 왕릉을 둘러싼 갈등이 본질적인 문제라면 작가가 이런 식으로 우스꽝스럽게 상황을 종료시킬 까닭이 없기 때문이다. 따라서 박 첨지가 느끼는 위기감이란 그의 복고적 민족주의가 낳은 지극히 주관적인 위기감이라 할 수 있다.[15) 왕릉을 지키는 일을 삶의 유일한 낙으로 여기는 박 첨지의 복고적 민족주의는 한국과 미국의 관계를 국가 대 국가, 민족 대 민족의 관계로만 본다는 점에서 「분지」의 식민주의 인식과도 통한다. 그렇다면 「왕릉과 주둔군」은 박첨지의 복고적 민족주의가 시대착오적인 것에 불과하다고 풍자하고 있는 셈이다.

「왕릉과 주둔군」이 생각하는 미군 주둔의 본질적 의미는 금례의 타락과 가출이라는 사건과 깊이 결부되어 있다. 「왕릉과 주둔군」은 미군 주둔으로 말미암아 한국인의 전통적 삶의 양식이 순식간에 무너져버린 데 주목한다. 요컨대 미군 주둔의 진정한 의미는 풍속의 타락이라는 것이다. 풍속의 타락은 미군 부대 주변에 유흥가가 들어서면서 시작된다. 무엇보다 금례에게서부터 풍속의 타락이 나타난다. 머리 모양과 몸가짐이 달라지더니 급기야는 밤마다 몰래 유흥가를 배회한다. "그럴 수밖에 없는 것이 눈에 보이는 것과 귀에 들리는 것이 갈수록 어지러워지기"[16) 때문이다. 그러나 금례의 변화에 대한 박 첨지의 반응은 미적지근하기 이를 데 없다. 눈을 크게 부릅뜨거나 담뱃대를 큰 소리 나게 두들기는 정도이다. 왕릉을 지키기 위한 박 첨지의 적극적 행동과는 극명하게 대조된다고 하지 않을 수 없는데, 이를 통해 우리는 박 첨시가 어떤 문제에 마음을 쏟고 있는지를 쉽게 짐작할 수 있다. 엄밀히 말해 왕릉은 과거의 유물일 뿐인 데 비해 금례는 살아 있는 현재이다. 그럼에도 불구하고 박 첨지가 살아 있는 현재, 그것도 자신의 피붙이인 금례의 타락은 외면한 채 왕릉 지키는 일에만 몰두한다는 것은 그의 복고적 민족

---

15) 하정일, 「20세기 한국소설에 그려진 미국의 의미」, 앞의 책, 27~28면.
16) 하근찬, 「왕릉과 주둔군」, 『전후정예작가신작15인집』, 육민사, 1963, 177면.

주의가 얼마나 시대착오적인 것인가를 다시 한 번 확인시켜 준다.

미군 주둔, 곧 대미 종속이 초래한 풍속의 타락은 금례의 귀향에서 절정에 이른다. 금례가 데려온 '튀기' 아들은 풍속의 타락이 낳은 안타까운 부산물이라 할 수 있다. 누구도 원치 않았던 결과라는 점에서 그러하다. 하지만 이에 대한 박 첨지의 대응은 참으로 무기력하기 짝이 없다. 그것은 풍속 혹은 삶의 양식의 변화란 개인의 힘으로는 해결할 수 없는 '구조적' 문제이기 때문이다.[17] 삶의 양식의 변화가 구조적인 문제인 것은 그것이 정치·경제·군사적 종속과 상호연관되어 있기 때문이다. 후기식민성의 맥락에서 설명하자면, 삶의 양식 혹은 풍속과 문화란 신식민적 지배의 헤게모니적 총체성의 본질적 구성요소이다. 신식민주의에서 문화와 풍속이 차지하는 비중은 구식민주의보다 훨씬 클 수밖에 없다. 간접적이고 유연한 지배를 위해서는 문화와 풍속의 역할이 결정적이라는 점에서 그러하다. 이와 관련해 혼혈 손자의 등장은 시사적이다. 거기에는 후기식민 시대의 새로운 제국주의에 대한 예리한 이해가 담겨 있기 때문이다. 혼혈은 후기식민 시대의 신식민주의를 상징하는 문화적 기호이다. 구식민 시대의 제국주의는 식민과 피식민 사이에 분명한 경계를 긋는다. 그 경계를 축으로 지배/종속, 우/열, 중심/주변, 착취/피착취, 문명/야만이 배치된다. 그러나 후기식민 시대의 제국주의는 그 경계를 해체하려 한다. 그것이 시장의 지배에 좀더 효과적이기 때문이다. 물론 시장의 배후에는 국가가 버티고 있다. 정확히 말하면, 신식민주의란 국가는 간접화되고 시장이 전경화(前景化)된 체제이다. 민족주의가 전경화된 시장에 무지하다면, 해체론적 후기식민론은

---

17) 하정일, 위의 글, 28면.

간접화된 국가를 외면한다. 그런 점에서 신식민주의에 대한 올바른 인식은 전경화된 시장과 간접화된 국가 양자를 입체적으로 조망할 때 가능하다고 할 수 있다. 하지만 자본과 상품이 유통되는 시장에만 국한시키면, 경계의 해체는 시장 논리에 부합한다. 가령 소비의 범주가 그러한데, 소비자란 면에서는 국적의 차이 혹은 민족의 차이가 (적어도 표면적으로는) 별다른 의미를 갖지 않기 때문이다. 혼혈이 후기식민 시대를 상징하는 기호인 것은 그런 맥락에서이다.

박 첨지는 식민주의를 국가 대 국가의 문제로 생각한다. 그래서 경계 짓기로 문제를 해결하려 한 것이다. 왕릉에 담쌓기가 그것이다. 그러나 미군이 철수하면서 갈등이 허망하게 종식되는 것은 후기식민 시대의 신식민주의란 국가 대 국가의 차원을 넘어선 체제임을 보여준다. 「왕릉과 주둔군」은 미군 부대 주변의 유흥가를 통해 이를 보여준다. 미군 부대를 중심으로 유흥가가 형성된 것은 거기에 돈이 있기 때문이다. 그런 점에서 유흥가란 성 상품을 사고파는 일종의 시장이다. 금례가 가출하면서 '돈을 많이 벌어 돌아오겠다'는 편지를 남긴 데서도 그 점이 드러나거니와 그렇게 보면 성 풍속의 타락은 성의 상품화라는 시장 논리와 깊이 연동되어 있다. 이 시장에서는 왕릉과 달리 경계가 모호하다. 국적도, 민족도, 인종도 본질적 의미를 갖지 못하며, 상품과 논과 소비만이 존재할 뿐이다. 경계가 없어진 것은 분명 아니다. 엄밀히 따지면, 성 상품의 제공자와 소비자는 민족적으로 뚜렷이 구획된다. 다만 그러한 구획이 간접화되어 있어 경계가 눈에 잘 들어오지 않는 것이다. 금례의 가출에 민족주의적으로 대응하기 어려운 것도 그래서이다. 민족주의의 관점에서 보자면, 금례의 가출은 민족적 순결성의 훼손을 의미한다. 따라서 금례를 징벌하거나 거부하면 문제가 해결되어야 한다. 박 첨지 역시 "언제 자기에게 그런 딸년이 있었더냐 하고 얼굴을 돌려 버리는 것",[18] 곧 금례의 존재 자체를 부정하는 방식을 택한다. 오히려 박 첨지는 "왕릉을 지킬 후손이 끊어진다는 사실"[19]을 안타까워한다. 데릴 사위를 들일 수 없게 되었기 때문이다. 하지만 박 첨지의 민족주의적 대응은 혼혈 손자의 출현으로 희화적으로 좌절된다. 손자가 혼혈아가 된 것은 그의 책임이 아니다. 당연히 징벌하거나 거부할 수 없다. 그렇다고 혼혈아를 인정하는 것은 민족적 순결성이라는 민족주의적 원칙에 위배된다. 박 첨지가 '실신'한 것은 그런 점에서 필연적 귀결이다. 박 첨지 식의 민족주의로는 혼혈로 상징되는 후기식민 시대의 신식민적 지배에 대응할 도리가 없기 때문이다. 따라서 '실신'은 민족주의가 맞이한 무력감의 극단적 표현이라 할 수 있다.

　　가을해는 짧았다. 어느새 서녘 하늘이 물들기 시작했다. 박 첨지는 오늘의 마지막 짐을 지고 일어섰다. 아랫도리가 사정없이 흔들렸다. 그러나 박 첨지는,
　　"시러베 아들놈들!"하고 아랫배에 힘을 주며 뚜벅뚜벅 걸었다. 다리가 휘청거리고 눈앞이 어질어질했다. 그러나 용케 몸을 가누며 걸음을 옮기는 것이었다. 때마침 먼 마을에서 징징징 풍물 치는 소리가 은은히 흘러오기 시작했다. 박 첨지는 그 소리를 들으며 아랫배에 더욱 힘을 주었다. 흙을 부릴 장소까지 거의 이르렀을 때였다.
　　"외할아버지이ㅡ."
　　아이 녀석의 부르는 소리가 들렸다. 그런데 그 소리가 바로 눈앞의 높은 곳에서 들려오는 것이 아닌가. 박 첨지는 고개를 번쩍 쳐들었다. 왕릉에서였다. 왕릉의 두두룩한 어깨쯤을 애녀석이 기어오르고 있는 것이었다. 기어오르다가 박 첨지를 내려다보며 노란 눈으로 생글 웃는 것

---

18) 하근찬, 「왕릉과 주둔군」, 앞의 책, 187면.
19) 하근찬, 「왕릉과 주둔군」, 앞의 책, 187면.

이었다. 박 첨지는 온몸의 피가 왈칵 얼굴로 솟구치는 것 같았다.[20]

혼혈 손자에 대한 박 첨지의 대응은 다시 왕릉에 담을 쌓는 것이다. 손자를 징벌할 수도 부정할 수도 없는 박 첨지로서는 그것 이외의 다른 선택이 없었을 터이다. 그러나 박 첨지는 왕릉을 기어오르는 손자를 보는 순간 왕릉에 담을 쌓는 일이 아무런 의미도 없음을 깨닫게 된다. 효과가 있느냐 없느냐 하는 문제와과는 별개로, 어쨌든 외부 세력에 대해서는 담 쌓기, 곧 경계 짓기가 저항적 의미를 가질 수 있지만 내부의 존재에게는 그렇지 못하기 때문이다. 그렇다고 담 쌓기를 포기할 수도 없는 것이, 민족주의의 관점에서 보자면, 혼혈아를 '우리 민족'으로 용인할 수도 없기 때문이다. 말하자면 혼혈 손자는 내부인도 아니고 외부인도 아닌, 곧 경계를 넘나드는 존재인 셈이다. 그래서 박 첨지가 이럴 수도 저럴 수도 없는 진퇴양난의 상태에 빠진 것이고, "노란 눈으로 생글 웃는" 손자의 모습을 보자 "박 첨지는 온몸의 피가 왈칵 얼굴로 솟구치"면서 '실신'할 수밖에 없었던 것이다.

이처럼 혼혈 손자는 경계 짓기를 통해 민족적 정체성을 지키고자 하는 민족주의 기획이 후기식민 시대의 신식민적 질서와 얼마나 동떨어신 것인가를 극명하게 보여준다. 그렇다면 탈근대 담론이 주장하듯 후기식민 시대에는 모든 경계가 사라진 것일까. 그렇지는 않다. 앞에서도 지적했듯이, 경계가 없어진 것이 아니라 간접화된 것이기 때문이다. 이 점을 잘 보여주는 것이 「붉은 언덕」의 서사이다. 연구수업을 준비하기 위해 동네 언덕으로 암석과 광물을 수집하러 갔던 초등학생들이 불발 수류탄을 건드리는 바람에 두 명이 폭사하고 만다. 폭발 사고가 일어난

20) 하근찬, 「왕릉과 주둔군」, 앞의 책, 191면.

까닭은 그 '붉은 언덕'이 한국전쟁 때 격전지 가운데 하나여서 불발탄들이 많이 묻혀 있었기 때문이다. 휴전 후 10여 년이나 지나서 일어난 이 사건을 통해 하근찬은 한국전쟁이 현재진행형임을 섬뜩하게 환기한다.21) 그런데 기이한 것은 이처럼 엄청난 사고가 벌어졌음에도 불구하고 학교가 연구수업을 강행한다는 사실이다. 그것은 연구수업을 '외국 교육사절단'이 참관하기로 되어 있기 때문이다. 외국 교육사절단의 단장이 브라운 박사라는 미국인임은 물론이다. 외국 교육사절단이 연구수업을 강요한 적도 없으며, 폭발 사고에도 불구하고 연구수업을 강행하라고 지시한 적도 없다. 하지만 외국 교육사절단 '때문'에 연구수업을 하기로 한 것도 사실이고, 폭발 사고에도 불구하고 연구수업을 강행하기로 한 것이 외국 교육사절단 '때문'임도 사실이다. 장례식 후 사표를 낸 담임선생에게 "연구수업이 이 학교의 연구 성과를 좌우하는 중요한 수업이니 아무쪼록 잘 부탁한다고 오히려 격려를 아끼지 않는"22) 교장의 모습에서 외국 교육사절단의 그림자를 발견하기란 그리 어렵지 않다. 말하자면 외국 교육사절단은 연구수업을 직접 지시하고 관장하지는 않았지만, 연구수업의 전체 과정을 배후에서 규율하고 있었던 셈이다. 그런 점에서 브라운 박사를 단장으로 한 외국 교육사절단은 알뛰세적 의미에서의 '최종심급'에 해당한다고 할 수 있다.

「왕릉과 주둔군」에서의 미군 또한 마찬가지다. 미군이 금례에게 윤락을 요구한 적도 없고, 가출을 지시한 적도 없으며, 혼혈아의 임신과 출산을 강제한 적도 없다. 겉으로만 보면, 그 모든 과정은 금례의 자발

---

21) 한국전쟁을 바라보는 하근찬 문학의 시각에 대한 전반적 설명으로는 하정일, 「한국전쟁의 시공간성과 60년대 소설의 새로움」, 『20세기 한국문학과 근대성의 변증법』, 소명출판, 2000 참조.
22) 하근찬, 「붉은 언덕」, 『사상계』, 1964. 12, 355면.

적 선택일 뿐이다. 그러나 동시에 금례의 타락과 가출과 임신과 출산이 미군을 빼놓고는 설명될 수 없는 것도 틀림없는 사실이다. 요컨대 미군은 「붉은 언덕」의 외국 교육사절단처럼 금례의 운명을 배후에서 주관한 최종심급인 것이다. 주목할 것은 미군이 유흥가, 곧 시장을 통해 금례의 삶을 규율한다는 점이다. 서두에서 언급했다시피 시장을 통한 지배는 신식민주의의 기본 특징이다. 따라서 미군과 금례의 관계는 신식민적 관계의 전형이라 할 수 있다. 혼혈 손자가 후기식민 시대를 상징하는 기호라고 한 것도 그 연장선상에 놓여 있다. 두 가지 측면에서 그러한데, 하나는 혼혈 손자가 시장의 산물이란 점이고 다른 하나는 혼혈이 경계의 모호성을 본질로 한다는 점이다. 그런 점에서 「왕릉과 주둔군」은 혼혈 손자에게서 새로운 식민주의의 도래를 읽어낸 셈이다. 「왕릉과 주둔군」을 미국과 한국의 신식민적 연관을 밝힌 최초의 소설로 보아야 하는 것도 그래서이다.

4. 반미 문학의 새로운 출발점으로서의 60년대 소설

1960년대 소설에서 미국 비판이 재등장한다는 것은 한국문학이 한국전쟁을 서사적으로 성찰하기 시작했음을 말해주는 중요한 징표 가운데 하나이다. 한국전쟁을 서사적으로 성찰한다는 것은 한국전쟁을 직접 다루어야 한다는 의미가 아니다. 한국전쟁을 흘러간 과거로서가 아니라 현재진행형의 사건으로 의미화하기 위해서는 오히려 한국전쟁이 한국인의 삶과 역사에 새겨놓은 흔적들과 정면 대결하는 작업이 필수불가결하다. 미국 비판이 갖는 의의가 바로 그것이다. 분단과 전쟁, 그리고 뒤를 이은 한국사회의 재편과정에서 미국의 역할은 결정적이었다. 미국은 한국을 냉전체제와 자본주의 세계경제에 편입시켰으며, 막대한 원조를 매개로 대미 종속을 구조화시켰다. 그런 만큼, 60년대 문학의 가장 중요한 주제가 한국전쟁이었다고 할 때, 미국을 빼놓고는 한국전쟁의 서사적 성찰은 불가능한 일이었다고 해도 과언이 아닐 것이다. 60년대의 반미 소설에 주목해야 하는 까닭이 여기에 있다. 특히 한국전쟁을 계기로 한미관계가 신식민적 관계로 빠르게 변화되었다는 점에서 미국발(發) 신식민주의에 대한 문학적 비판은 반미의 차원을 넘어 한국전쟁의 서사화를 위해서도 긴요한 일이었다.

박연희, 남정현, 하근찬의 미국 비판은 서로 상당한 편차를 보여준다. 이러한 편차는 미국을 어떠한 시각에서 바라보느냐 하는 문제와 관련이 깊다. 박연희가 자유주의의 관점에서 미국을 바라보았다면, 남정현은 민족주의의 관점에서 미국을 비판한다. 그래서 박연희가 보편적 휴머니즘을 기준으로 미국을 추상적 인격체처럼 대하는 데 비해 남정현은 한미관계를 구식민주의와 동질적인 것으로 이해한다. 박연희와 남정현이 윤리주의와 근본주의라는 편향에 빠진 것은 그 연장선상에 놓여 있다. 미국이 하나의 인격체로 추상화되는 순간 윤리적 비판만이 가능하게 되고, '구식민주의에서 신식민주의로'의 변화를 읽지 못하는 한 한미관계는 민족 대 민족 혹은 국가 대 국가라는 단순 관계로 협소화되기 때문이다. 박연희가 미국을 부패·비리·음모의 주체로만 비판하는 것이나 남정현이 민족을 절대시하면서 다른 가치들은 부차화하는 것도 그런 연유에서이다.

반면에 하근찬은 자유주의나 민족주의로 수렴되지 않는 독특한 시각을 보여준다. 하근찬은 민족주의의 시대착오성을 비판하는 동시에 미국을 하나의 인격체로도 추상화시키지 않는다. 하근찬은 한미관계를 역사적인 맥락에서 바라보면서 한국전쟁 이후의 대미 종속이 초래한 구조적 변화에 주목한다. 특히 「왕릉과 주둔군」은 구조적 변화의 핵심에 시장에 자리잡고 있으며, 미국이 일종의 최종심급으로 한국사회를 규율하고 있음을 날카롭게 포착한다. 요컨대 하근찬은 한미관계를 신식민적 관계로 읽고 있는 셈이다. 하지만 그렇다고 해서 하근찬이 민족 대 민족, 국가 대 국가의 관계를 무시한 것은 결코 아니다. 왕릉을 둘러싼 박 첨지와 미군의 갈등에서 민족 대 민족, 국가 대 국가의 관계가 극명하게 드러난다. 다만 작가가 강조하고자 하는 바는 그러한 관계가 이제 간접화되었다는 것이다. 최종심급으로서의 미국이 함축하고 있는 의미가 바로 그것이라 할 수 있다. 신식민주의에 대한 하근찬의 생각을 압축적으로 보여주는 것이 혼혈 손자이다. 혼혈 문제를 다룬 소설은 이전에도 있었지만, 하근찬은 혼혈 손자를 경계의 모호성을 본질로 하는 시장의 산물로 이해한다. 이러한 인식은 이전의 소설에서는 볼 수 없던 것이라는 점에서 「왕릉과 주둔군」에 와서야 한국소설은 비로소 구식민주의에서 신식민주의로의 변화상을 감지하게 되었다고 할 수 있을 것이다. 반미 소설의 계보에서 「왕릉과 주둔군」이 갖는 의미가 각별한 것은 그래서이다.

제3세계 민중의 시각과 민족주의의 내적 극복

1. 제3세계론과 1970년대 민족문학론

백낙청은 40여 년간 문학비평가로 활동하면서 한국의 문학계와 지성계에 숱한 토픽들을 제공했다. 그가 내놓은 토픽들은 하나같이 커다란 반향을 불러일으켰고, 찬반양론이 불을 뿜곤 했다. 그만큼 한국의 문학계와 지성계에서 그가 차지하는 위상과 영향력은 독보적이다. 그의 위상과 영향력은 누군가의 말처럼 권력이 결코 아니다, 권력처럼 보일 수는 있다. 그의 발언이 한국의 지성계에서 실제로 큰 위력을 발휘하기 때문이다. 하지만 그러한 위력은 백낙청의 발언이 갖고 있는 논리적 설득력과 현실정합성 때문이지 그가 권력자이기 때문은 아니다.

백낙청의 문학비평이나 사상에 담긴 논리적 설득력과 현실정합성은 무엇보다 그가 시대의 고비고비마다 그 시대가 필요로 하는 대안을 제시하고자 노력한 데서 발원(發源)한다. 시민문학론, 민족문학론, 리얼리즘론, 제3세계론, 분단모순론, 분단체제론, 근대극복론 등 그의 주요 이론들은 하나같이 시대의 요구에 대한 적극적 응답의 산물이다. 그리고 그 응답들은 작게는 민족문학, 넓게는 진보적 지성계가 당대의 위기를 돌파하는 데 있어 긴요한 나침반 노릇을 했다.

이와 관련해서 민족문학(론)을 일종의 담론 권력으로 매도했던 저간의 비판들에 대해서도 한마디 짚고 넘어갈 필요가 있다. 민족문학(론)이 권력이라면 90년대 민족문학의 침체는 어떻게 설명해야 할까. 민족문학(론)이라는 권력에 대한 저항의 결과인가 아니면 권력투쟁의 소산인가. 어느 것도 정확한 설명은 되지 못한다. 원인은 한마디로 민족문학(론)이 현실정합성을 상실했기 때문이다. 다시 말해 전지구적 자본주의라는 새로운 현실에 적절히 대응하지 못한 데서 민족문학(론)의 침체가 비롯된 것이다. 이처럼 담론이란, 지배 이데올로기가 아닌 한, 현실정합적일 때 힘을 발휘하고 현실정합적이지 못할 때 힘을 잃는 법이다. 민족문학(론) 역시 마찬가지다. 90년대 민족문학(론)의 침체는 현실정합성을 잃은 데서 기인한 결과이며, 따라서 민족문학(론)의 향후 운명도 권력을 재탈환하느냐 따위가 아니라 현실정합성을 다시금 확보하느냐 여부에 달려 있다.

다시 본론으로 돌아와 백낙청의 사상과 문학비평을 되돌아보면, 거기에는 시대와의 진지한 싸움의 흔적들이 짙게 새겨져 있다. 그 중에서도 필자가 주목하는 부분이 제3세계론이다. 백낙청 문학비평의 도정에서 제3세계론은 결정적인 의미를 갖는다. 세 가지 점에서 그러하다. 첫 번째는 제3세계론이 민족주의를 내적으로 극복하는 데 핵심적인 역할을 했다는 점이고, 두 번째는 제3세계론이 민족문학론이 반(半)국적 혹은 일국적 시야에서 벗어나 전지구적 전망을 확보하는 내적 발판이 되었다는 점이며, 세 번째는 제3세계론이 새로운 탈식민 기획의 이론적 출발점을 이룬다는 점이다.

이 글에서는 그 가운데 첫 번째를 중점적으로 다루고자 한다. 제3세계론과 민족주의의 내적 극복이 맺고 있는 상호관계에 관심을 갖는 까닭은 일차적으로는 제3세계론이 백낙청이 민족주의와 결별하는 데 어떤 역할을 했는지를 이해할 수 있기 때문이며, 나아가서는 민족문학(론)의 역사적 본질에 대한 새로운 인식을 얻을 수 있기 때문이다. 특히 후자와 관련해서 제3세계론이 갖는 의미는 중차대하다. 왜냐하면 이에 대한 고찰을 통해 민족문학(론)이 민족주의의 포로라는 항간의 비판이 얼마나 잘못된 것인지를 확인할 수 있기 때문이다. 적어도 제3세계론 이후 민족주의는 민족문학(론)에게 언제나 극복의 대상이었다. 더구나 그 극복은 민족주의의 역사성에 대한 이해를 결여한 청산과 부정의 방식이 아니라 민족주의의 역사적 진보성을 인정한 가운데 민족주의 내부로부터 민족주의를 극복하는 변증법적 방식이었다. 내적 극복의 방식이 제3세계가 민족주의에 대해 취해야 할 가장 합당한 대응 방식이었다는 점만 이 자리에서는 지적해두고자 한다.

2. 1970년대 민족문학론과 민족주의

70년대 백낙청의 민족문학론에서 민족주의가 중요한 사상적 근거로 작용했던 것은 분명하다. 물론 그렇다고 해서 그의 민족문학론이 민족주의에 전면 포섭되어 있었던 것은 아니다. 백낙청은 민족문학을 '철저히 역사적인 성격'을 갖는 문학이념으로 규정하면서, "민족문학의 주체가 되는 민족이 우선 있어야 하고 동시에 그 민족으로서 가능한 온갖 문학활동 가운데 특히 민족적 생존과 인간적 발전을 '민족문학'이라는 이름으로 구별시킬 필요가 현실적으로 존재해야 한다."고 부연 설명한다. 여기서 주목할 것은 민족적 생존과 인간적 발전을 민족문학을 통해 이룰 수밖에 없는 '현실'이 전제될 때에 한해서 민족문학의 타당성을 주장하고 있는 점이다. 이 주장은 몇몇 논자의 비판처럼 민족적 위기를 끝없이 반복함으로써 민족문학의 정당성을 얻어내려는 의도가 아니라 오히려 그러한 '초역사적 민족문학론'을 비판하기 위해 제기된 것이다. 해방직후에 김동리가 제창했고 그후 보수적 반공문학 진영이 지속적으로 스스로를 정당화하는 이데올로기적 방편으로 이용해온 민족문학론이 바로 피와 땅으로 상징되는 민족의 영원성에 기초한 '초역사적 민족문학론'이었다. 백낙청이 자신의 민족문학론을 "민족이라는 것을 어떤 영구불변의 실체나 지고의 가치로 규정해놓고 출발하는 국수주의적 문학론 내지는 문화론과는 근본적으로 다르다."고 선을 긋고 있는 데서 이 점은 약여하게 드러난다. 그런 점에서 백낙청이 민족적 위기라는 현실적 전제조건을 내세운 것은 '초역사적 민족문학론'과 구별되는 '역사적 민족문학론'을 제시하기 위해서였다. 그래서 백낙청은 민족문학의 역사적 성격을 설명한 뒤 곧바로 민족문학은 "그 개념에 내실을 부여하는 역사적 상황이 존재하는 한에서 의미있는 개념이고, 상황이 변하는 경우 그것은 부정되거나 보다 차원 높은 개념 속에 흡수될 운명에 놓여"[1]있다고 밝히고 있는 것이다.

　이처럼 70년대 백낙청의 민족문학론은 민족을 초역사적 실체로 상정

---

1) 백낙청, 「민족문학 개념의 정립을 위해」, 『민족문학과 세계문학』, 창작과비평사, 1978, 124~125면.

하는 민족주의 일반의 민족관과는 단호하게 선을 긋고 있다. 하지만 그의 70년대 민족문학론이 민족주의의 강한 영향력 아래 놓여 있던 것도 부인하기 힘든 사실이다. 그것은 가령 4·19를 “서구식 자유민주주의 사상의 승리일 뿐만 아니라 우리 자신의 민족주의가 이룩한 승리”[2]라고 설명하는 구절에서라든가 ‘참다운 민족주의’[3]에 대한 지속적인 강조에서 어렵지 않게 발견된다. 70년대 백낙청의 민족문학론이 분단극복에 최우선적 가치를 부여하고 있는 것도 그가 민족주의의 자장에서 자유롭지 못함을 보여주는 대표적 사례라 할 수 있다. 분단극복을 가장 중요시한다는 것은 달리 말하면 모든 사회적 모순들을 민족문제로 환원시키려는 시각과 맞물려 있기 때문이다.[4] 따지고 보면, ‘민족적 위기’라는 발상에도 민족주의적 색채가 없지 않다. 여러 제한 조건을 전제하긴 했지만, ‘민족적 위기’를 민족문학론의 중심에 놓는다는 것은 어쨌거나 민족환원론에 빠질 가능성이 많기 때문이다.

하지만 70년대 백낙청의 민족문학론이 보여주는 민족주의적 지향은 70년대 현실의 역사적 조건 속에서 바라볼 필요가 있다. 전쟁세대가 사회의 대다수를 점하고 있던 시기에 분단극복은 제일 중요한 전략적 과제였다고 할 수 있다. 특히 당시 남한사회의 지배블록이 반(反)통일·분단고착 세력이었다는 점에서 분단극복은 당시로서는 가장 반체제적인 슬로건이었음에 틀림없다. 요컨대 분단극복이라는 민족주의적 구호가 강력한 진보성을 가졌던 시대가 70년대였다는 말이다. 70년대 남한사회의 보수와 진보를 분단고착 대 분단극복, 반통일 대 통일로 정리할 수

---

2) 백낙청, 「민족문학의 현단계」, 『민족문학과 세계문학 2』, 창작과비평사, 1985, 17면.
3) 백낙청, 「민족문학 개념의 정립을 위해」, 『민족문학과 세계문학』, 136~137면.
4) 80년대 말~90년대 초로 오면서 백낙청이 분단극복 대신 분단 ‘체제’의 극복을 강조한 것은 이에 대한 반성의 결과라 할 수 있을 것이다.

있었던 것도 그래서거니와 분단고착 세력이 반민주와 친외세로, 분단극복 세력이 민주와 반외세로 곧바로 등치될 수 있었던 까닭이 여기에 있다. 말하자면 분단극복이 자동적으로 민주주의와 반외세를 담보할 수 있는 역사적 조건이 70년대 남한사회에는 마련되어 있었던 셈이다. 이처럼 민족주의를 '전략적으로' 강조할 수밖에 없는 시대적 조건이 존재하던 시기에 민족문학(론)이 민족주의를 '전략적으로' 활용하는 것은 실천적 측면에서 불가피했다고 할 수 있다.

그럼에도 불구하고 70년대 백낙청의 민족문학론이 보여주는 민족주의적 성향은, 다른 이들과 비교해 정도가 훨씬 덜하다고 하더라도, 역시 지나친 감이 있다. 특히 '분단극복' 자체에 방점이 찍히다 보니까 분단극복의 '경로와 방식'에 대한 치밀한 고구(考究)가 부족한 점은 아쉽기 그지없다. '경로와 방식'에 대한 관심이 부족하다는 것은 '어떤' 분단극복이냐에 대한 관심이 부족하다는 말이고, 이는 곧 분단극복의 '내용'에 대한 관심이 부족하다는 의미에 다름 아니다.5) 민족주의의 관점에서 보자면 분단극복은 어떤 단서도 붙을 수 없는 지상과제이다. 민족주의의 최대강령이 바로 민족국가의 건설이기 때문이다. 그러므로 '어떤' 민족국가를 '어떤 경로와 방식으로' 건설할 것인가는 부차적인 문제가 된다. 요컨대 민족주의의 입장에서 '모든 통일은 선이다.' 통일에 찬성하는 사람이면 그가 수구파든 재벌이든 문제가 되지 않는다. '어떤'과 '어떻게'는 한갓 부차적인 문제에 불과하기 때문이다.

민족문학(론)이 90년대의 달라진 현실에 빠르게 적응하지 못한 것도

---

5) 이에 대한 관심이 본격화되는 것은 분단체계론에 와서이다. 이로써 분단체제론이 분단극복론의 민족주의적 한계를 극복하려는 노력의 소산임을 다시 한번 분명하게 확인 할 수 있다.

이와 관련이 깊다. 70년대에는 수구파나 재벌이 분단극복의 편에 설 수 없었다. 분단극복을 위한 남북교류나 제반 제도적 변화가 그들에게 불리할 수밖에 없었기 때문이다. 말하자면 적대적 분단상태가 수구파나 재벌을 비롯한 지배블록에게는 가장 유리한 상황이었던 것이다. 하지만 냉전체제가 붕괴되고 현실 사회주의 국가들이 무너지면서 전지구적 자본주의체제가 들어선 90년대에는 상황이 달라진다. 1970~80년대의 '고도성장'을 통해 물적 기반을 갖춘 지배블록에게 세계사적 대변화는 분단문제에 대해 이전과는 다른 선택을 가능하게 해주었다. 분단고착보다 분단극복이 오히려 지배블록에게 더욱 유리한 결과를 제공할 수 있는 내외 환경이 조성된 것이다. 90년대 들어 정권과 기업들이 다양한 방식으로 남북교류에 나서고 있는 것은 이러한 상황 변화를 반영한다. 이와 같은 내외적 변화로 인해 90년대의 민족문학(론)은 심각한 딜레마에 빠지게 되었다. 왜냐하면 분단극복이냐 분단고착이냐가 더 이상 진보와 보수를 나누는 기준이 되지 못하는 시대가 되었기 때문이다. 다시 말해 분단극복이 더 이상 진보를 상징하는 전략적 가치가 되지 않는 시대를 맞이하게 된 것이다. 요컨대 민족주의가 이제는 진보의 장애물이 되어버린 셈이다. 90년대의 민족문학(론)이 방황하고 동요하면서 새로운 대안을 찾기 위해 고투한 것은 그런 연유에서라 할 수 있다.

이렇게 볼 때, 90년대의 민족문학(론)이 침체에 빠지게 된 것은 민족주의의 잔재를 완전히 털어내지 못한 문제와 긴밀히 연관되어 있다. 이 점에서는 80년대 말의 급진적(?) 민족문학(론)들 또한 비슷하다. 가령 민족해방문학이야 그 이념적 지향상 당연하다 치더라도 민족주의를 강력하게 비판하던 노동해방문학조차도 북한 얘기만 나오면 꼬리를 내리는 모습을 심심치 않게 보여준다. 북한정권의 반민주성이나 북한체제의 반민중성에 대한 적극적 비판이나 대안 제시도 찾아보기 힘들다. 이는 요즈음의 민족문학(론)에서도 여전한데, 이러한 현상은 통일 민족국가의 건설을 최대의 과제로 생각하는 경향이 지금도 암암리에 퍼져 있기 때문이라고 짐작된다. 그런 점에서 민족국가라는 '형식'에 대한 집착을 어떻게 떨쳐버리느냐 하는 문제야말로 21세기의 민족문학(론)이 민족주의의 마지막 잔재를 털어내는 데 성공할 것인가를 가늠하는 시금석이 될 것이다. 분단극복은 분명 중차대한 민족사적 과제이다. 하지만 민족국가의 내용, 곧 '어떤'과 '어떻게', 다시 말해 주체와 경로 나아가 통일 이후의 체제에 대한 전망이 결여되어 있는 한 분단극복은 얼마든지 민중해방과 인간해방의 장애물이 될 수 있다. 민족주의의 극복이 민족문학(론)이 또 한번 도약하는 데 있어 반드시 거쳐야 할 통과의례인 까닭이 여기에 있다.

제3세계론이 백낙청 민족문학론의 도정에서 결정적 의미를 갖는 것은 그래서이다. 70년대 백낙청의 민족문학론은 분단극복을 모든 것의 중심에 둠으로써 일종의 민족환원론에 빠지곤 하는 이론적 편향을 보여준다. 가령 '우리 시의 미래는 기껏 남북통일에 머물러 있다'는 김수영의 비판에 대해 왜 그런 말을 했을까를 세심하게 성찰하는 대신 '세계시민적인 상식에 안주하고 있다'고 격렬하게 성토하는 백낙청의 모습에서도 그러한 편향이 발견된다.[6] 김수영의 지적은 남북통일을 반대하거나 우습게 알아서가 아니라 남북통일 '이후'를 준비해야 한다는 점을 강조하기 위해 서 나온 발언이다. 통일 이후에 대한 구상이 없는 한 민족주의의 자민족 중심적 한계를 극복할 수 없다는 데 김수영이 말하

---

6) 백낙청, 「역사적 인간과 시적 인간」, 『민족문학과 세계문학』, 190~192면.

고자 한 요지가 있는 것이다. 이러한 김수영의 발언은 '어떤' 통일이냐가 관건이라는 필자의 생각과도 상통하거니와 백낙청은 거기에 통일보다 중요한 것은 없다는 민족주의적 논리로 맞선 셈이다. '통일 다음에는 대저 무엇이 올 것이냐에 대한 차원 높은 비전'을 언급하고는 있지만, 기실 이에 대한 구체적 논의는 70년대의 글들에서 찾아보기 힘들다. 백낙청을 포함해 70년대의 민족문학론들을 살펴 보면, 분단극복과 남북통일의 민족사적 혹은 세계사적 중요성을 강조하고 그 목적의 실현을 위해 문학이 이러저러하게 기여해야 한다고 주문하는 글들은 많은데 비해 통일 이후의 상에 대해 구상하는 글들은 거의 보이지 않는다(김수영의 주문 사항이 바로 이것이었다). '통일이 세계평화와 인간해방에 큰 기여를 할 것이라고 주장만' 해서는 안 된다. 앞에서도 지적했다시피 통일이 곧바로 세계평화나 인간해방으로 이어지지는 것은 아니기 때문이다. 그래서 '어떤' 통일이냐가 중요한 것이고 통일 '이후'의 세상이 어떤 것이냐가 중요한 것이다. 그런 점에서 백낙청은 김수영의 발언 의도를 잘못 읽은 셈인데, 이러한 오독(誤讀)은 원천적으로 민족주의적 편향에서 비롯된 것으로 생각된다.

그렇다고 해서 이 시기의 백낙청이 민족주의에 사로잡혀 있었던 것은 아니다. 70년대의 백낙청은 보수적이고 국수주의적인 민족주의를 대체할 일종의 급진적 민족주의를 상정하고 있었던 것으로 보인다. 당시의 글들을 두루 살펴보건대, 그것은 반외세적이고 민중지향적인 성격을 강하게 띤 민족주의이다. 이른바 저항적·민중적 민족주의라고 이름 붙일 수 있는 민족주의가 당시 백낙청이 구상했던 급진적 민족주의의 내용이라 할 수 있다.[7] 민족주의 운동의 역사를 보면, 신채호에게서 전형적으로 나타나듯, 민족주의의 급진화는 대개 민족주의의 극복으로 이어진다. 백낙청의 민족문학론 또한 그러한 과정을 극적으로 보여준다. 백낙청은 당시의 민족문학론자들 가운데 가장 빠르게 그리고 가장 전면적으로 민족주의를 내부로부터 극복한 사례이다. 그리고 그러한 내적 극복의 과정에서 결정적인 역할을 한 것이 바로 제3세계론이다.

3. 제3세계론과 민족주의의 내적 극복

백낙청이 제3세계론에 관심을 갖게 된 것은 민족주의의 한계에 대한 자각과 관련이 깊다. 그는 70년대 말부터 민족주의의 한계에 대해 곳곳에서 강조하는 모습을 보여준다. 그렇다고 민족주의에 대한 백낙청의 시각이 일면적인 것은 아니다. 오히려 그의 입장은 민족주의의 역사성을 존중하는 편이다. 그는 "한반도의 분단은 제 3세계로서도 다분히 예외적인 경험이지만, 동시에 제3세계 전역에 걸쳐 진행중인 '탈식민지화' 과정에서 부닥치는 보편적 과제의 일부"[8] 라는 인식에서부터 제3세계에 관심을 기울이기 시작한다. 이 진술에서 주목할 것은 백낙청이 분단문제를 제3세계의 탈식민화와 관련시켜 바라보고 있다는 사실이다. 분단을 우리 민족만의 '특수한' 현상이 아니라 제3세계의 탈식민화 과정에서 겪을 수 있는 '보편적' 경험의 하나로 이해하고 있다는 것은 그가 분단문제를 전지구적 현실의 일부로 받아들이기 시작했다는 징표이다. 탈식민화란 서구가 구축해놓은 제국주의적 세계질서로부터의 해

---

7) 이에 대해서는 『민족문학과 세계문학』 2부에 실린 글들을 참조.
8) 백낙청, 「80년대 민족문학론의 전망」, 『민족문학과 세계문학 2』, 57면.

방을 의미하기 때문이다. 따라서 제3세계의 탈식민화가 문제되는 순간 단순히 민족의 독립이나 민족국가의 건설에서 그치지 않고 '세계체제'의 변혁이 과제로 떠오르게 된다. 분단 역시 마찬가지다. 분단의 극복은 제3세계의 탈식민화, 곧 제국주의적 세계체제 변혁의 일환으로 자리잡게 된다.

민족주의의 한계가 부각되기 시작하는 것은 이 지점부터이다. 백낙청은 제3세계론이 "후진국 및 피압박민족의 해방운동과 민족주의적 자기주장에 일단 절대적인 가치를 부여한다."[9]고 인정한다. 또한 그는 "세계경제가 자본주의적 경쟁의 원칙에 지배되는 한, 그리고 이 경쟁이 개인간의 경쟁뿐 아니라 민족국가를 주요 무기로 삼는 대규모 집단간의 경쟁인 한, 민족주의는 단지 불가피한 현상일 뿐 아니라 현 단계 세계사 발전의 없어서는 안 될 원동력이기도 하다"[10]고 강조하기도 한다. 이러한 태도는 '제3세계의 민족주의도 서구의 민족주의와 똑같다'고 비난하는 일부의 몰역사적 시각과 분명 구별된다. 요컨대 제3세계 민족주의의 역사성을 중시하고 있는 것이다. 이 점이 중요한 것은 제3세계 민족주의의 역사성을 이해할 때 비로소 제3세계 민족주의의 저항적이고 민중적인 전통에 대한 합당한 인식이 가능해지기 때문이다. 제3세계의 민족주의는 하나가 아니다. 제3세계 민족주의의 주류는 부르주아 민족주의였지만, 그것과 다른 민족주의, 곧 급진적 민족주의의 전통 또한 다수 존재해 왔다. 가령 비타협적 민족주의라든가 민중적 민족주의의 같은 것들이 그것이다. 항일무장투쟁, 신간회운동, 좌우합작운동, 중도파 사회주의운동, 1970~80년대의 민주화운동 등에서 종종 볼 수 있는

---

9) 백낙청, 「제삼세계와 민중문학」, 『인간해방의 논리를 찾아서』, 시인사, 1979, 181면.
10) 백낙청, 「제3세계의 문학을 보는 눈」, 『민족문학과 세계문학 2』, 170면.

이러한 전통은 분명 한국사회의 민주변혁과 탈식민운동에서 적지 않은 기여를 했다. 민족주의의 역사성을 이해한다는 것은 바로 이 전통을 존중한다는 의미이다. '피압박민족의 민족주의적 자기주장'에 대한 백낙청의 인정은 그가 부르주아 민족주의와는 다른, 민족주의의 저항적이고 민중적인 전통이 갖는 역사적 진보성을 제대로 인식하고 있다는 것을 말해준다.

그러나 70년대 말로 가면 백낙청은 70년대 초반과는 달리 민족주의의 양면성 중 부정적 측면을 보다 강조한다. 다음과 같은 대목에서 우리는 민족주의에 대한 백낙청의 달라진 시각을 극명하게 확인할 수 있다.

> 선진국에 대한 단순한 반발과 경쟁심은 민족국가 형성에 성공하는 순간 기왕의 선진국들과 똑같은 타락을 가져오기 쉽다. 아니, 무리하게 국가주의·국수주의·침략주의에 의존하게 마련이다. 명치유신 이후 일본이 그 가장 두드러지고 또 나름으로는 가장 성공적인 예일 것이며 장개석의 국민당 정부는 그나마 실패해버린 본보기일 것이다. 그러나 이런 선례를 보면서, 우리는 둘 중에 특등생 쪽을 열심히 본떠서 한걸음 늦은 우등생이라도 되어보자는 것은 위험하기 짝이 없는 발상이다. 낙제를 한 학생도 처음부터 우등을 안 바라다가 낙제생이 된 것도 아니려니와, 설혹 낙제를 면하고 우등까지 한다고 하더라도 후발민족국가일수록 선진국 민족주의의 타락성을 더욱 혹심하게 재생산시킨다는 원칙이 우리에게도 적용될 것이기 때문이다. 안으로는 억압과 복고주의, 밖으로는 불의한 국제질서를 긍정하고 출발한 맹목적 이기주의, 그리고 국민성의 차원에서는 강자에게는 약하고 약자에게는 강한 인간적 비열성이 소위 우등을 한다는 민족의 사람됨을 좀먹게 마련인 것이다.[11]

---

11) 백낙청, 「인간해방과 민족문화운동」, 『인간해방의 논리를 찾아서』, 111~112면.

백낙청은 이 구절에서 민족주의의 '본원적' 한계를 지적하고 있다. 말하자면 민족주의는 어떤 경우에도 궁극적으로 서구의 민족주의가 보여주었던 문제점과 한계를 '재생산'하게 되어 있다는 것이다. 특히 "후발민족국가일수록 선진국 민족주의의 타락성을 더욱 혹심하게 재생산시킨다"는 단정은 "국수주의를 두려워한 나머지 민족주의 자체를 경계하는 것은 본말이 뒤집힌 꼴"12)이라고 말하던 것과 비교하면 과격(?)하기조차 한 변화이다. 이러한 급진적 비판은 제3세계론의 수용과 밀접히 관련되어 있다. 백낙청에게 제3세계는 전지구적 현실의 일부이다. 요컨대 제1세계 따로 제2세계 따로 제3세계 따로 제각각 노는 것이 아니라 서로 얽히고설킨 전지구적 현실의 일부로 움직이고 있는 것이다. 이렇게 제3세계가 전지구적 현실의 한 부분이기 때문에 제3세계만 따로 떼어내 논하는 것은 제3세계를 특권화하는 변형된 민족주의로 떨어지기 십상이다.

백낙청은 이 점을 특히 경계한다. 백낙청은 제3세계에서는 독자성에의 요구와 세계성에의 요구가 팽팽한 긴장관계를 이루고 있는데, 이 긴장을 이기지 못하고 독자성에의 요구로 기울 때 "'제3세계주의'라고도 부름직한 새로운 허위의식을 낳을 위험이 크다."고 진단한다. 백낙청이 말하는 '제3세계주의'가 "세계의 나머지로부터 특정 지역을 고립시켜 어떤 '제3의 세계'를 실체화하는"13) 변형된 민족주의인 것은 물론이다. 백낙청은 그 예의 하나로 '국가나 민족을 절대시하여 민중 위에 군림하는 문학'을 드는데, 이것이 전형적인 민족주의문학을 가리키는 것임을 쉽게 알 수 있다. 그를 통해 우리는 백낙청의 제3세계론이 제3세계

---

12) 백낙청, 「민족문학 개념의 정립을 위해」, 『민족문학과 세계문학』, 137면.
13) 백낙청, 「제3세계의 문학을 보는 눈」, 『민족문학과 세계문학 2』, 169면.

라는 확장된 지역개념을 명분으로 민족주의를 재(再)정당화하는 것과
거리가 멀다는 사실을 분명히 확인할 수 있다. 그와는 반대로 백낙청의
제3세계론의 핵심 의도는 독자성과 세계성의 긴장을 견딤으로써 전지
구적 시야를 확보하는 데 있다.

> 제3세계의 개념을 두고 논란을 벌이는 국제정치학자·경제학자들은
> 각기 그들대로의 입장이 있을 것이다. 그러나 민중의 입장에서 볼 때—
> 예컨대 한국 민중의 입장에서 볼 때—스스로가 제3세계의 일원이라는
> 말은 무엇보다도 그들의 당면한 문제들이 전세계·전인류의 문제라는
> 말로서 중요성을 띠는 것이다. 곧, 세계를 셋으로 갈라놓는 말이라기보
> 다 오히려 하나로 묶어서 보는 데 그 참뜻이 있는 것이며, 하나로 묶어
> 서 보되 제1세계 또는 제2세계의 강자와 부자의 입장에서 보지 말고 민
> 중의 입장에서 보자는 것이다.[14]

백낙청의 제3세계론은 세계를 하나로 묶어서 보는 것, 즉 전지구적
시야를 갖는 것을 목적으로 한다. 어째서 제3세계가 세계를 하나로 묶
어볼 수 있는 시야를 제공해 주는가. 백낙청은 제1세계와 제2세계가 세
계를 하나로 묶겠다고 공언했지만 오히려 세계를 분열시키고 말았다고
비판한다. 제1세계 자본주의는 제국주의와 식민주의로 세계를 분열시
켰고, 제2세계 사회주의 역시 패권주의로 세계를 분열시키기는 마찬가
지였다는 것이다. 그런 점에서 제3세계는 세계를 하나로 묶을 수 있는
마지막 가능성이다. 물론 제3세계가 곧바로 세계를 하나로 묶어 보는
시야를 제공해 주지는 않는다. 앞에서 지적했다시피 그것은 언제든지
제3세계주의와 같은 변형된 민족주의로 떨어져 세계를 분열시킬 수 있

---

14) 백낙청, 「제3세계와 민중문학」, 『인간해방의 논리를 찾아서』, 178면.

다. 그럼에도 불구하고 백낙청은 제3세계가 민족주의와 국제주의, 독자성과 세계성, 독자적 발전과 인류의 하나됨을 동시에 실현할 수 있는 가능성을 잠재하고 있다고 믿는다. 여기서 유명한 '제3세계 민중의 시각'이라는 명제가 등장한다.

제1세계의 자본주의적 실험과 제2세계의 사회주의적 실험은 실패로 끝났다는 것이 백낙청의 판단이다. 두 실험은 결국 부자와 강자가 지배하는 세계로 귀결되었는데, 그 결과 세계는 부자와 강자 대 가난하고 힘없는 민중의 대립으로 분열되었다. 제1세계에서 소외되고 제2세계에서 배제된 제3세계에도 그 분열상은 더욱 악화된 형태로 반영되어 있지만, 동시에 그곳은 작금의 세계에서 민중의 자기해방을 위한 실천이 가장 가열차게 벌어지고 있는 현장이기도 하다. 말하자면 제3세계는 "우리 시대의 민중적 체험을 가장 생생하게 담고 있는 마당"인 것이다. 백낙청은 거기서 벌어지는 자기해방의 실천과 운동에 주목한다. 이렇게 보면 백낙청이 제3세계에 주목하는 까닭은 제3세계를 특권적 지역으로 여겨서가 아니라 제3세계가 민중해방과 인간해방 운동의 중심을 이루고 있기 때문이다. 그런 점에서 "제3세계적 자기인식이란 바로 그러한 마당에 스스로 서 있다는 깨달음이며, 그렇기 때문에 그것은 자신의 인간적 권리를 찾겠다는 부르짖음만이 아니고 바로 자본주의 세계경제의 본질에 대해 세계사의 현단계에서 획득할 수 있는 가장 과학적인 인식을 겸하고 있는 것이다."15)

여기서 먼저 주목할 것은 백낙청의 제3세계론이 세계체제론과 만나고 있다는 점이다. 제3세계론이 자본주의 세계경제에 대한 가장 과학적

---

15) 백낙청, 「제3세계의 문학을 보는 눈」, 『민족문학과 세계문학 2』, 170면.

인식이라는 그의 주장은 제3세계주의적 강변이 아니라 바로 세계체제론을 바탕으로 하고 있다. 백낙청은 사회주의 제2세계까지도 자본주의 세계경제의 일부로 본다. 말하자면 백낙청은 세계를 자본주의 세계경제에 기반한 체제로 파악하고 있는 것이다. 같은 맥락에서 '제3세계 민중의 시각'이란 곧 자본주의 세계경제에 대한 급진적 비판의 인식론적 거점이 된다. 자본주의 세계체제 자체가 중심부 자본 대 주변부, 즉 제3세계 민중의 대립관계로 구성되어 있기 때문이다. 따라서 '제3세계 민중의 시각'은 자본주의 세계체제에 대한 과학적 인식의 근거이자 급진적 비판의 거점이다. 왜 제3세계만도 아니고 민중만도 아닌, 굳이 '제3세계 민중의 시각'이어야 하는지도 이로써 분명해진다. 제1세계 민중의 시각이나 제3세계 지배층의 시각으로는 과학적 인식과 급진적 비판을 겸비하기 어렵기 때문이다. 그러기에는 이들은 자본주의 세계체제의 대립관계와 반체제운동의 중심에서 비껴나 있는 셈이다. 제1세계 민중의 시각을 대변하는 서구 (신)좌파들이 서구 중심주의를 끝내 극복하지 못하는 모습이나 제3세계라는 지역성을 특권화하는 제3세계주의자들이 결국 새로운 지배세력으로 전락하는 모습에서 우리는 백낙청의 생각이 타당하다는 것을 어렵지 않게 확인할 수 있다.

'제3세계 민중의 시각'이 민족주의의 극복과 관련해 갖는 결정석 의의는 제3세계의 민족 또한 계급적으로 분할되어 있음을 지적함으로써 민족을 동질적 단일체로 설정하는 민족주의의 환상을 폭로했다는 점에 있다. 민족주의는 언제나 민족을 동질적 집단으로 호도함으로써 민중을 자본주의 근대화를 위한 동력으로 동원한다. 하지만 자본주의 근대화의 과실은 언제나 부르주아에게 집중되고 민중은 그 과정에서 철저히 소외되어 왔다. 하지만 민족주의는 '민족'의 이름으로 다른 민족을 타자화하거나 민중의 소외감을 봉합함으로써 자본주의의 체제적 안정성을 지속적으로 도모하려 한다. 민족주의가 자민족 중심주의나 국가주의 혹은 인종주의와 결합하곤 하는 것도 그래서거니와 민족주의가 궁극적으로 자본의 이데올로기일 수밖에 없는 것은 그런 연유에서이다. '제3세계 민중의 시각'은 민족이 동질적 단일체가 아니라 계급적으로 분할된 이질적 공동체임을 분명히 함으로써 민족주의가 만들어놓은 이러한 허상에 결정적 균열을 만들어낸다.

그렇다고 해서 '제3세계 민중의 시각'이 민족이라는 존재 자체를 부정하는 것은 아니다. '제3세계 민중의 시각'에 내재한 변증법적 성격은 민족의 이질성과 함께 민족의 공동체성을 동시에 통찰하고 있는 점에 있다. 민족주의에 대한 신좌파나 탈근대주의의 비판은 제3세계 민족의 이러한 역사적 성격을 올바로 인식하고 있지 못한 문제점을 보여준다. 그리하여 민족 자체를 전면 부정하는 것이 가장 급진적인 비판이라는 어처구니없는 결론으로 쉽사리 빠져든다. 최근 각광받고 있는 해체론적 후기식민론 또한 마찬가지다. 이들의 비판에 공통적으로 결여되어 있는 것이 제3세계 민족의 형성과정이 갖는 역사적 특수성이다. 임화가 일찍이 간파했듯이, 제3세계의 민족은 서구의 민족과는 다른 형성과정을 보여준다. 다시 말해 서구 제국주의의 침략과 그에 맞선 저항의 과정에서 제3세계 특유의 민족이 형성된 것이다. 그래서 제3세계의 민족은 서구의 그것과는 달리 지배와 저항의 과정에서 맺어진 끈끈한 결속력을 특징으로 한다. 요컨대 저항의 공동체라고 이름 붙일 수 있는 어떤 결속력 혹은 연대감이 존재한다는 것이다. 그런 점에서 제3세계의 민족은 식민주의에 맞선 공동체로서의 성격을 강하게 띤다. 이것이 제3세계의 민족이 이질적이면서도 공동체적인, 곧 이질성과 공동체성을 모순적으로 겸비한 집단인 역사적 연유이다.

백낙청이 "민중의 입장에 충실한 '하나의 세계'는 기성 강대국·부국들의 이념에 따른 획일화를 거부하고 수많은 약소민족들의 자결권과 자주성을 일단 존중하는 바탕 위에서 이룩되어야 한다"거나 "민중의 입장에서 하나의 세계를 바라보는 제3세계론은 무엇보다도 각 민족문화의 존엄성과 주체적 발전능력을 인정하고 출발"[16]해야 한다고 강조하는 것 또한 같은 맥락에서이다. 자결권, 자주성, 주체성은 민족의 공동체성을 전제할 때 나올 수 있는 원리들이거니와 백낙청은 이것들을 단순한 민족주의적 감정에서가 아니라 제3세계 민족의 역사적 특수성에 대한 통찰에 바탕해 제시하고 있는 것이다. 따라서 '민족적이면서 민족주의적이지는 않은' 백낙청 특유의 민족 인식은 제3세계 민족의 양면성에 대한 변증법적 인식이 낳은 소산(所産)이라 할 수 있다.

4. 결론에 대신하여―제3세계론의 탈식민적 의의

백낙청은 제3세계론을 통해 민족주의의 일국적 한계를 극복하고 분단문제를 제3세계적 현실의 일부로 바라보는 전지구적 시야를 획득해냈다. 또한 제3세계론은 백낙청으로 하여금 제3세계 민족의 양면성을 통찰하는 것을 가능하게 해주었으며, 그것은 '제3세계 민중의 시각'이란 명제로 정식화되었다. 나아가 백낙청과 제3세계론의 만남은 민족문학을 민족국가의 건설이라는 단기적 과제를 넘어 자본주의 세계체제의

---

16) 백낙청, 「제3세계의 문학을 보는 눈」, 『민족문학과 세계문학』, 170~171면.

극복이라는 거시적 흐름 속에 자리매김시킴으로써 민족문학의 세계문학적 의의를 새로이 이해하도록 만들어 주었다. 이러한 새로운 인식은 민족문학론의 역사에서 결정적인 의미를 갖는다. 제3세계론을 기점으로 민족문학론이 일국적이고 민족주의적인 단계에서 전지구적이고 세계체제론적인 단계로 넘어가게 되었기 때문이다. 그런 점에서 제3세계론은 민족문학론이 질적으로 변화하게 되는 이론적 계기라 할 수 있다.

결론에 대신해 필자는 백낙청의 제3세계론이 지닌 탈식민적 의의를 강조하면서 글을 마무리하고자 한다. 탈식민화에 대한 대표적 입장은 두 가지가 있다. 하나는 탈식민화를 자주적 민족국가의 수립과 동일시하는 민족주의적 입장이다. 하지만 민족주의는 민족국가라는 형식에만 집착한 나머지 분단극복의 주체와 경로, 곧 민족국가의 내용에 대해서는 무관심한 문제점을 보여준다. 그에 따라 분단극복 혹은 통일 민족국가의 건설이 전지구적 탈식민화에 어떤 기여를 할 수 있는지에 대해 당위론 이외의 별다른 대답을 내놓지 못한다. 그 대신 제3세계를 특권화시키거나 '모든 통일은 선'이라고 일방적으로 주장하는 통일지상주의를 답습한다. 다른 하나는 탈식민화를 민족국가 체제의 극복과 연결시켜 사고하는 후기식민론적 입장이다. 그러나 해체론적 후기식민론은 현실적으로 엄존하는 민족적 갈등과 대립을 외면함으로써 제국주의적 세계질서에 무기력한 한계를 보여 준다. 그에 따라 해체론적 후기식민론은 문화적 탈식민화나 다문화주의에서 탈출구를 찾곤 하는데, 정치적·경제적·군사적 탈식민화가 수반되지 않는 문화적 탈식민화란 현실적으로 불가능하다는 점에서 실현 가능성이 희박하다. 해체론적 후기식민론의 이러한 무기력은 제3세계에서 가열차게 벌어지고 있는 다양한 탈식민 운동에 무지한 데서 비롯된 결과라 할 수 있다.

주목할 것은 민족주의나 해체론적 후기식민론이나 하나같이 민족국가를 '형식'의 측면에서만 바라보고 있다는 사실이다. 민족주의가 민족국가라는 형식을 절대화한 이데올로기인데 비해 해체론적 후기식민론은 민족국가라는 형식 자체를 부정하는 담론이라는 차이에도 불구하고 양자 공히 민족국가의 '내용'에는 무관심하다. 하지만 탈식민화와 관련해 중요한 것은 정작 민족국가의 '내용'이다. 민족국가의 내용을 문제 삼는다는 것은 민족국가의 역사적 필연성은 인정하되 내용의 변혁을 통해 민족국가의 실질을 변화시킴으로써 세계체제의 변혁에 이바지하겠다는 의도의 표현이다. 민족국가의 내용에 무관심하다는 것은 민족국가들로 구성되는 국가간체제에 무관심하다는 것이고, 이는 다시 국가간체제라는 정치적 상부구조의 토대인 자본주의 세계경제에 무관심하다는 것이다. 요컨대 민족국가의 내용을 외면하는 한 현실적으로 국가간체제와 자본주의 세계경제, 곧 근대세계체제에 개입할 여지가 없어진다. 이는 달리 말하면 근대 내부로부터의 근대극복은 불가능하다는 뜻이다. 그래서 민족주의처럼 근대에 순응하는 근대주의로 나가거나 해체론적 후기식민론처럼 근대 '바깥'에 탈근대의 거점을 설정할 수밖에 없게 된다. 어느 쪽도 근대 내부로부터 근대를 극복하려는 노력과는 무관하거니와 민족주의가 결국에는 근대화론으로 귀결되고 해체론적 후기식민론이 항상 탈근대주의와 결합하게 되는 것은 그런 점에서 당연한 수순이라 할 수 있다.

이에 반해 백낙청의 제3세계론은 '제3세계 민중의 시각'을 인식론적 거점으로 삼아 민족문제 혹은 분단문제를 전지구적 현실, 구체적으로 말하면 자본주의 세계체제의 일부로 바라본다. 그럼으로써 그것은 한 편으로는 세계를 중심부 대 (반)주변부의 대립관계로 설명하는 세계체제론에 기반한 분단체제론으로, 다른 한편으로는 근대주의와 탈근대주의의 한계를 동시에 뛰어넘어 근대 내부로부터 근대극복의 가능성을 모색하는 근대극복론으로 나아간다. 그런 점에서 제3세계론은 분단체제론과 근대극복론의 이론적 단초를 이룬다. 분단체제론과 근대극복론이 지향하는 궁극적 목표가 자본주의 세계체제의 극복임을 감안할 때 제3세계론, 특히 '제3세계 민중의 시각'론에 담긴 근본 의도가 무엇인지는 자명하다. 그것은 분단체제를 세계체제의 한 부분으로 규정함으로써 분단체제의 극복이라는 근대적 계기를 통해 자본주의 세계체제, 곧 근대세계체제의 극복을 이루어내고자 하는 데 있다. 요컨대 근대주의에 함몰된 민족주의와도 구별되고 근대 '바깥'이라는 가상공간에 사로잡힌 해체론적 후기식민론과도 구별되는, 제3세계의 현실에 밀착해 있으면서도 제3세계라는 지역적 제한에 얽매이지 않은 독특한 민족문학론을 구상하는 데 제3세계론의 문제의식은 실로 결정적 역할을 한 셈이다.

민족국가의 내용, 곧 분단체제 극복의 주체와 경로에 대해 80년대 중반 이후 끈질긴 모색을 계속해온 것 또한 제3세계론의 문제의식과 무관하지 않다. '제3세계 민중의 시각'에서 민족국가를 바라볼 때 민족국가의 건설이라는 문제는 더 이상 형식문제가 아니게 된다. 분단극복의 과정에서 민중이 어떤 역할을 해야 하는지, 민중이 주체가 되는 통일을 이루려면 분단극복이 어떤 방식으로 진행되어야 하는지, 장차 건설될 통일 민족국가에서 민중이 어떤 위상을 차지해야 하는지, 통일이 민중의 자기해방에 기여하려면 어떤 민족국가가 들어서야 하는지, 나아가 자본주의 세계체제의 극복에 분단극복이 실질적으로 이바지하려면 통일 이후의 체제가 어떠해야 하는지 등이 실로 시급하고도 긴요한 문제가 되기 때문이다. 그런 점에서 백낙청이 80년대 중반 이후 분단체제론을 통해 분단극복의 주체와 경로를 엄정하게 따지고 근대극복론을 통해 분단체제의 극복과 자본주의 세계체제의 극복간의 연관관계에 천착한 것은 '제3세계 민중의 시각'론의 연장선상에 놓여 있다고 해도 과언이 아니다.

이처럼 백낙청의 제3세계론은 한마디로 월러스틴이 말한 진정한 의미에서의 탈식민화, 즉 자본주의 세계체제의 극복을 지향하는 탈식민화에 맞닿아 있다. 전지구적 자본주의가 민중의 삶을 끝모를 도탄에 빠뜨리고 있는 오늘날 백낙청의 제3세계론을 새롭게 읽어야 할 당위성이 여기에 있거니와 민족문학(론)이 현실정합적인 문학(론)으로 거듭나기 위해 제3세계론에 다시금 주목해야 하는 까닭 또한 이 때문이다.

분단의 형이상학을 넘어서

황석영의 분단소설을 중심으로

1. 분단의 형이상학과 전략적 본질주의

　김대중 정권은 남북분단의 역사에서 분기점이 된 시대였다. 남북의 정상이 만나고 금강산 관광이 시작되면서 냉전적 분단상태가 허물어지기 시작했다. 이명박 정권 들어 남북관계에 다시금 냉기류가 흐르고 있지만, 그것이 탈냉전이라는 역사적 추세를 되돌릴 수는 없을 것이다. 그런 점에서 분단의 시대는 분명 종말을 고하고 있다. 하지만 필자는 김대중·노무현 정권의 활발한 남북교류를 보면서 한편으로는 반가우면서도 다른 한편으로는 착잡했다. 신자유주의 구조조정으로 고통받고 있는 민중 현실이 오버랩되어 떠올랐기 때문이다.

　분단체제를 극복해가는 과정에서 잊어서는 안될 것은 통일이 목적이 아니라 과정이라는 점이다. 통일이 목적이 될 때 필연적으로 통일지상주의가 등장하게 된다. 통일지상주의는 통일을 궁극적 선으로 상정하기 때문에 통일을 위해서라면 무엇이든지 허용한다. 예컨대 통일의 지름길이라면 민족적 대동단결이라든가 ‘민중을 위해서’라는 명분으로 자본 주도의 통일마저 받아들인다. 하지만 이런 식의 기능주의적이고 관료주의적인 접근 방식은 민중을 통일과정에서 배제하기 마련이다. 민중이 분단체제 극복의 주체로 참여하는 통일과정이란 모든 정책결정 과정에서 민중이 소외되어 있는 현재의 구조 하에서는 오랜 시간과 먼 에움길을 거쳐야 할 가능성이 많기 때문이다. 하지만 민중이 배제된 통일과정은 남북한 지배층과 남북한 민중 사이의 복합적 모순을 극복하는 데 별다른 도움이 되지 못한다는 점에서 통일의 바람직한 방향과는 거리가 멀다. 이를테면 북의 저렴한 노동력과 남의 자본과 기술이 결합되면 엄청한 경쟁력을 창출할 수 있다는 관변 논리를 보자. 이 발상에는 남의 민중이 고려 대상에서 제외되어 있다. 말하자면 생산 기지의 이전과 북한 노동자의 대거 취업이 야기할 수 있는 남한 노동자의 대규모 실업 사태라든가 남북 노동자의 이해 갈등 같은 문제들에 대한 진지한 고민을 찾아볼 수 없는 것이다. 특히 ‘북의 저렴한 노동력’ 운운은 남북 노동자의 분할 통치를 낳을 개연성이 대단히 큰 발상이라 하지 않을 수 없는데, 그런 점에서 기능주의적이고 관료주의적인 남북교류론은 기본적으로 자본의 관점에 밀착되어 있다. 이래서야 통일이 민중해방에 어떻게 기여할 수 있겠는가.

통일지상주의는 분단문제를 특권화하는 민족/분단 환원론과도 긴밀히 연계되어 있다. 분단이 해방 이후 한국 자본주의의 특수성을 설명해주는 열쇠인 것은 사실이지만, 그렇다고 해서 그것이 계급이나 성 또는 환경과 같은 다른 사회적 이슈들보다 특권적 지위를 갖는 것은 아니다. 말하자면 최종심급이 될 수 없다는 것이다. 만약 분단문제가 최종심급이라면 민중이 반드시 통일의 주체가 되어야 할 이유가 없다. 극단적으로 말하자면, 통일에 관심 있는 사람은 부르주아건 극우파건 누구라도 주체가 될 수 있는 것이다. 여기에 민족/분단 환원론의 논리적 모순이 있다. 이러한 모순을 해결하기 위해서는 '어떤' 통일이냐를 물어야 한다. 통일이 과정인 것은 그래서거니와 분단의 극복이 아니라 분단'체제'의 극복이 중요한 것도 그 때문이라 할 수 있다.

'어떤' 통일이냐는 관점에서 분단문제를 바라본다는 것은 분단의 의미를 사회적 총체성 속에서 성찰한다는 뜻에 다름 아니다. 그리고 분단문제를 사회적 총체성 속에 자리매김한다는 것은 곧 분단과 자본주의의 관계를 묻는 것이다. 왜냐하면 분단문제란 자본주의 근대가 빚어낸 역사적 흔적이기 때문이다. 그래서 분단은 자본주의 근대를 특수화하는 매개인 동시에 자본주의 근대에 의해서만 보편적 의미를 부여받는 사건이 된다. 요컨대 자본주의 근대와의 얽힘이 없었다면 분단은 단순한 우연의 수준에 머물렀을 것이라는 말이다. 따라서 분단의 의미를 올바로 이해하려면 분단과 자본주의의 관계를 따지지 않을 수 없는데, 분단과 자본주의의 관계를 문제삼는 순간 민중 현실은 분단문제의 핵심에 자리잡게 된다. 자본주의란 자본과 노동의 모순을 축으로 한 사회적 관계의 총화이기 때문이다. 그런 점에서 신자유주의 구조조정으로 고통받고 있는 민중 현실과 분단문제는 별개의 사안일 수 없다. 필자가 당시의 남북교류를 바라보면서 반가움과 착잡함을 동시에 느꼈던 것은 바로 그런 연유에서이다.

그렇다고 해서 필자가 냉전적 분단 상태를 허물려는 노력들을 가치절하하는 것은 아니다. 그때그때 국면의 성격에 따라 이른바 '전략적 본질주의'가 필요한 법이다. 다시 말해 분단극복이 중요한 시기에는 거기에 힘을 모아주어야 하고, 그러기 위해서는 분단문제를 모든 의제의 중심에 놓는 전략적 사고가 필수불가결하다. 다만 필자가 강조하고 싶은 바는 그것이 분단의 형이상학으로 떨어져서는 안된다는 것이다. 분단의 형이상학은 전략적 본질주의와 아무런 관계가 없다. 전략적 본질주의는 분단문제를 국면의 필요에 따라 중심에 놓되 자본주의와의 관계에 대한 시선을 놓지 않는 사유 방식이기 때문이다. 그래서 전략적 본질주의의 관점에서 보자면, 민중적 전망에 철저할 때 오히려 분단문제가 사회적 의제의 중심이 될 수 있다. 반면에 분단의 형이상학은 가장 전형적인 비(非)전략적 사고라 할 수 있다. 분단의 형이상학은 분단문제를 항상적으로 특권화함으로써 역사적 조건을 초월해 버린다. 그리하여 분단이 모든 문제의 궁극적 원인이 되고 통일만이 절대적 목적이 되며 분단문제가 사회적 총체성으로부터 탈맥락화된다. 분단과 자본주의의 연관이 휘발되는 것이다. 이럴 때 남북교류와 민중 현실의 괴리는 피하기 어려운 사태가 되고 만다. 당분간은 민족 감정을 자극함으로써 남북교류의 열기를 지필 수 있겠지만, 시간이 가면 갈수록 민중의 관심권에서 멀어져 갈 것이다. 그리고 민중의 지지를 얻지 못하는 남북교류가 수구 세력의 손쉬운 먹잇감이 될 것은 충분히 예상할 수 있는 일이다. 우리는 이명박 정권에서 그것을 지겹게 목도(目睹)하고 있다.

필자가 서두에서 남북교류에 대한 이런저런 생각들을 늘어놓은 것은 문학 또한 분단의 형이상학에서 자유롭지 못하기 때문이다. 분단문학의 역사가 분단의 역사만큼이나 오래되었지만, 대부분의 분단문학은 분단의 형이상학에 빠져 허우적거려 왔다. 분단문학의 전성기인 1970~80년대도 예외는 아니다. 오히려 뒤로 올수록 분단의 형이상학이 더욱 심각해지는 모습까지 나타나기도 하는데, 90년대에 들어와 분단문학이 급속히 퇴조한 것도 이로 말미암은 바 크다. 분단문학의 역사에서 황석영에 대한 새로운 조명이 절실한 것은 그래서이다. 「한씨연대기」에서 『무기의 그늘』을 거쳐 『오래된 정원』으로 이어지는 황석영 문학의 역정은 분단의 형이상학을 극복해가는 과정이라 해도 과언이 아니다. 그럼 점에서 황석영 문학은 분단문제에 대한 탈형이상학적 사유의 가능성을 가늠해볼 수 있는 더없이 좋은 시금석이다. 그 까닭은 무엇보다 황석영이 '전략적 본질주의'에 충실한 작가이기 때문이다. 황석영은 역사의 국면들이 그때그때 요구하는 바에 따라 특정 이슈를 사유의 중심에 놓으면서도 그것을 특권화하지 않고 사회적 총체성으로 수렴시킨다. 특히 분단문제에 접근하는 데 있어서 이러한 시각이 돋보이거니와 따라서 황석영의 작업은 분단문학이냐 분단극복문학이냐는 식의 내용주의적 이분법을 뛰어넘는 분단문학의 새로운 패러다임에 맞닿아 있다.

2. 분단극복을 향한 열정의 양면성 : 「한씨연대기」

분단문제에 대한 황석영의 초기 인식을 잘 보여주는 작품은 70년대 분단문학의 대표작으로 꼽히는 「한씨연대기」이다. 「한씨연대기」는 한영덕이란 인물의 수난사를 통해 분단의 역사적 의미를 추적하고 있는 작품이다. 한영덕의 직업은 의사이다. 따라서 만약 평상시였다면 그는 아마도 부유하고 평탄한 삶을 살았을 것이다. 그러나 한국전쟁과 남북분단은 그를 끔찍한 비극의 수렁으로 몰아넣는다. 남북의 냉전체제는 이데올로기에 초탈한 채 의사로서의 직분에 충실하려 했던 그를 그냥 놓아두지 않은 것이다. 북에서는 회색분자로 배척당하고 남에서는 간첩으로 몰려 고초를 겪으면서 한영덕은 인간 이하의 존재로 전락하고 만다. 그런 점에서 그의 쓸쓸한 죽음은 분단이 한 인간의 존엄성을 어디까지 훼손할 수 있는지를 상징적으로 보여주는 대목이라 할 수 있다.

의사는 우리 사회에서 부와 명예를 동시에 거머쥔 기득권층의 하나이다. 하지만 분단은 기득권층마저도 예외로 돌리지 않는다. 아무리 기득권층의 일원이라 하더라도 분단체제를 받아들이지 않는 한 그의 운명은 가혹한 시련을 피할 수 없는 것이다. 물론 기득권층은 분단을 기정사실로 인정하고 거기에 영합하기만 하면 얼마든지 편안하게 살 수 있다는 점에서 분단의 폭력에 무방비적으로 노출되어 있는 민중들과는 상황이 다르다. 한영덕의 친구나 동료들이 월남해서도 잘 살고 있는 모습이 그 점을 증명해 준다. 그런 점에서 한영덕은 분단체제에 영합하기를 거부한 '문제적 개인'이라 할 수 있다. 물론 그가 분단체제에 적극적으로 저항한 인물이 아닌 것은 틀림없다. 오히려 '고지식하고 순수한' 성격으로 인해 분단 현실에 적응하지 못한 것으로 해석하는 것이 보다 적절할 것이다. 그러나 '고지식하고 순수한' 성격 자체가 체제에 대한 무조건적인 순응을 요구하는 냉전 이데올로기 하에서는 문제적일 수밖에 없는 만큼, 적극적 저항 여부와 상관없이 한영덕이 분단의 허구성을 폭로하는 데 안성맞춤의 인물이라는 점에는 이론(異論)의 여지가 없다.

하지만 이 작품에서 한영덕보다 더 흥미로운 인물이 그의 딸인 혜자이다. 혜자는 고지식하고 폐쇄적인 아버지와는 극히 대조되는 인물이다. 그녀는 "술에 취해 헛소리를 하는 아버지"를 재미있어 할 정도로 낙천적 성격의 소유자이며, 식구를 버린 아버지를 스스로 찾아가 만날 정도로 포용력 있는 사람이고, 아버지의 죽음에서 "시대를 새롭게 실감"할 줄 아는 역사의식을 지닌 인물이다. 뿐만 아니라 한영덕이 분단으로 말미암은 수난사를 상징하는 인물인 데 비해 혜자는 분단을 극복하려는 의지를 표상하는 인물이다. 이와 관련하여 발인 전에 아버지의 수첩을 들고 떠나는 혜자의 행동은 의미심장하다. 혜자가 발인 전에 몰래 떠나는 것은 "아버지의 매장에 관한 따분한 기억을 갖고 싶지가" 않아서이다. 매장이 과거를 보존하려는 의식이라는 점에서 이는 혜자가 과거에 연연하지 않는, 미래지향적인 인간형임을 암시한다. 한영덕의 평생이 분단에 얽매인 삶이었음을 생각할 때 혜자의 미래지향성은 분단의 과거를 뛰어넘으려는 극복의지로 직결된다. 아버지의 수첩을 챙긴 것도 그 연장선상에 있다. 수첩이란 개인사의 기록이다. 따라서 혜자는 한영덕의 개인사를 통해 분단의 역사를 들여다보고 싶었던 것이다. 그럴 때 분단에 대한 구체적 인식이 가능하기 때문이다.

　여기서 우리는 '왜 혜자일까'라는 질문을 던질 필요가 있다. 엄격하게 말한다면, 작품의 결말부는 다소 어색하다. 작품의 전체적인 흐름에서 결말부는 마치 사족 같다는 느낌마저 준다. 이전까지 혜자가 했던 역할을 감안할 때, 끝에 와서 갑자기 그녀에게 지나치게 큰 의미 부여를 하고 있기 때문이다. 어째서 작가는 구성상의 무리에도 불구하고 그런 식으로 결말 처리를 한 걸까. 그것은 그녀가 분단의 과거로부터 상대적으로 자유로운 세대이기 때문이다. 작가가 보기에 한영덕 세대는 분단의 과거에 짓눌린 세대이다. 분단과 맞서 싸우기에는 그들이 느끼는 과거의 무게가 너무도 무거운 셈이다. 그러므로 한영덕 세대에게 분단극복의 미래를 맡기는 것은 엄청난 부담을 요구하는 일이 된다. 반면에 혜자 세대에게는 그러한 부담이 적다. 부담이 적으니 움직이기도 쉽다. 요컨대 내용미학적으로는 혜자가 분단극복의 미래를 떠맡는 것이 훨씬 자연스러운 것이다.

결말부를 통해 우리가 확인하게 되는 것은 「한씨연대기」가 분단극복의 열망으로 충일한 소설이라는 사실이다. 그러고 보면 한영덕의 비극적 일대기 또한 수난사를 보여주기 위해서가 아니라 분단극복의 당위성을 강조하기 위해서라고 할 수 있다. 그런 점에서 「한씨연대기」는 분단극복문학의 새로운 장을 연 작품으로 평가할 만하다. 특히 섣부른 극복의지에 사로잡혀 리얼리티를 잃곤 한 80년대의 분단극복문학에 비해 한영덕의 비극적 삶에 대한 엄정한 묘사를 통해 분단극복의 험난함을 직시하고 있는 점은 지금 보더라도 탁월하다고 하지 않을 수 없다. 분단문학의 역사에서 「한씨연대기」가 갖는 중요성이 이 점에 있다. 하지만 「한씨연대기」가 분단의 형이상학을 넘어선 작품인지에 대해서는 회의적이다. 무엇보다 분단문제를 사회적 총체성 속에서 조망한 흔적을 찾아보기 어렵다. 분단구조가 어떻게 형성되었고 다른 사회적 심급들과는 어떻게 연결되어 있는지에 대한 인식이 보이지 않는다는 말이다. 물론 70년대의 황석영 문학이 분단을 비롯해 노동자, 도시 빈민, 중산층 등 당시의 중요한 사회적 이슈들에 적극적으로 대응했던 것은 부인할 수 없는 사실이다. 그래서 70년대의 황석영 문학 전체를 놓고 보면 그가 분단을 특권화시키는 부류에 속하지 않는 작가임을 분명히 알 수 있다.

문제는 사회적 심급들이 따로따로 고립되어 각개약진의 형국을 벗어나지 못하고 있는 점이다. 다시 말해 사회적 심급들의 상호연관이 규명되지 않고 있는 것이다. 가령 한영덕의 경우 분단의 규정력을 부각시키려다 보니까 의사라는 엘리트 직종에 종사하는 자가 가질 법한 계급적 다면성이 사상(捨象)되어 있다. 한 인물의 다면성을 통해서도 사회적 심급들의 교차를 얼마든지 보여줄 수 있는 법인데, 한영덕이란 인물은 시종 ‘고지식하고 순수한’ 성격으로 일관하면서 평면화되고 만다. 그로 인해 분단의 피해자라는 면만 전면화(全面化)되고 한영덕의 계급성은 희미해져 버린다. 이러한 결함은 분단극복이라는 과제를 중심에 놓는 데 몰두한 나머지 분단의 사회적 연관에 대한 시선을 놓친 데서 비롯된 결과라 할 수 있다. 요컨대 ‘전략적 본질주의’가 부족하다는 말이다. 그런 점에서 「한씨연대기」는 분단극복을 향한 열정이 지닌 양면성을 여실히 보여준다. 분단문제가 사회적 총체성으로부터 고립되어 있기 때문이다. 분단의 형이상학의 온전한 극복은 『무기의 그늘』에 와서 성취된다.

3. 분단과 시장 : 『무기의 그늘』

『무기의 그늘』은 조정래의 『태백산맥』과 함께 80년대 분단문학의 쌍벽을 이루는 작품이다. 『태백산맥』이 한반도 내부의 역사를 통해 분단문제에 접근한 데 비해 『무기의 그늘』은 월남전이라는 한반도 바깥의 사건을 통해 분단문제를 조명한다. 월남전에 대한 작가의 관심은 연조가 깊다. 황석영은 「탑」, 「돌아온 사람」, 「낙타누깔」 등 오랜 기간에 걸쳐 지속적으로 월남전을 다룬 작품을 써왔다. 특히 월남전과 한국전쟁을 연결시키고 있는 「돌아온 사람」은 이 글의 주제와 관련해 특기할 만하다. 이 작품에서 우리는 월남전을 통한 분단문제의 조명이라는 『무기의 그늘』의 문제의식이 이미 오래 전부터 준비되고 있었음을 짐작할 수 있다.

『무기의 그늘』은 안영규 상병이 합동수사대에 전속되면서부터 월남을 떠나기까지 그가 겪는 여러 사건들로 구성되어 있다. 그 사건들은 크게 세 개의 이야기로 묶을 수 있다. 첫 번째는 안영규가 보급품 밀거래를 조사하는 과정에서 벌어지는 사건들이고, 두 번째는 민족해방전선의 일원으로 다낭시에서 활동하는 팜 민을 중심으로 한 이야기이며, 세 번째는 팜 민의 형으로 베트남 정부군의 소령인 팜 꾸엔이 성청의 이권에 개입하여 치부를 꾀하는 과정을 다룬 이야기이다. 이 세 이야기가 안영규를 축으로 이합집산하면서 월남전의 본질이 무엇인가가 탐구된다.

이 소설의 주인공인 안영규는 월남전의 관찰자이다. 그는 어느 편도 들기를 거부하며 방관적으로 월남전을 바라보는 인물이다. 그에게 월남전은 돈에 팔려온 전쟁일 뿐이기 때문이다. 팜 민은 의대생으로서의 보장된 미래를 버리고 민족해방운동의 험난한 길에 뛰어든다. 그는 제국주의로부터의 해방만이 베트남 민족이 살 길이라는 신념을 베트남의 역사에서 체득한 양심적 청년이다. 그에 반해 형인 팜 꾸엔은 베트남의 미래는 없다고 생각하며, 그래서 다른 나라로 망명해 호화롭게 살기 위해 온갖 부정과 비리를 서슴지 않는다. 세 인물의 운명도 극도로 갈린다. 팜 민은 안영규 등과의 총격전 과정에 사살되고 팜 꾸엔은 카부속 학살에 연루돼 체포된다. 안영규를 기다리는 것은 남의 전쟁인 월남전에서 그를 벗어나게 해줄 귀국선이다.

이처럼 『무기의 그늘』은 월남전에 대한 이야기이다. 그러나 동시에 『무기의 그늘』은 남북분단에 대한 이야기이기도 하다. 말하자면 월남전은 남북분단의 알레고리이다. 『무기의 그늘』은 둘 중 어느 쪽으로 읽어도 한 편의 완전한 소설이 된다. 물론 둘 모두를 함께 읽으면 더욱

좋을 것이다. 여기서는 이 글의 주제상 남북분단의 알레고리로서의 월
남전에 초점을 맞추기로 하자. 월남전이 남북분단의 알레고리임이 밝
혀지는 결정적 대목은 다음 부분이다.

> ─너두 집에 가기 싫으냐?
> 스태플리가 술을 마시며 물었고 영규는 진지하게 말했다.
> ─너는 아메리카로 돌아가기 싫으면 안 가도 되지만, 나는 갈 곳이
> 없어도 집에 간다.
> ─그게 무슨 뜻이냐?
> ─우리는 몸이 잘려 있다. 내 고향은 북쪽이거든. **나는 여기 와서야
> 고향을 객관적으로 보기 시작했다.**(강조─인용자) 너희들이 여기… 베트남
> 에서 가르쳐주었지.(『무기의 그늘』 하권, 창작과비평사, 2000, 120~121면)

안영규는 베트남전을 거부하며 탈영한 어느 미군 병사와의 대화 도
중 "나는 여기 와서야 고향을 객관적으로 보기 시작했다"고 토로한다.
월남전에 참전하고서야 비로소 한반도의 상황을 객관적으로 인식하게
되었다는 말은 무슨 뜻일까. 그 뜻을 제대로 알려면 위의 대화 내용을
차근차근 따져볼 필요가 있다. "너두 집에 가기 싫으냐"는 스태플리의
질문에 안영규는 "갈 곳이 없어도 집에" 가야 한다고 답한다. 이는 미
국과 한국의 차이에 대한 인식이 전제된 발언이다. 스태플리는 초강대
국인 미국의 국민이므로 자기가 가고 싶은 곳에 어디라도 갈 수 있다.
미국을 거부할 때조차도 미국인으로서의 정체성─초강대국의 국민이
라는─은 여전히 남는 셈이다. 반면에 안영규는 약소국의 국민이기 때
문에 자기 나라 이외에는 갈 곳이 없다. 그 점에서 안영규의 한국과 팜
민의 베트남은 상통한다. 팜 민이 자신의 목숨과 맞바꾸면서 민족해방

운동에 뛰어든 것도 어쩌면 베트남 이외에는 갈 곳이 없어서였을지도 모른다. 요컨대 좋으나 싫으나 약소국의 국민인 팜 민은 베트남에서만 인간으로 살아갈 수 있었고, 따라서 자기 나라가 싫으면 다른 나라에 가서 살면 되는 스태플리와는 달리 베트남의 변혁에 뛰어들 수밖에 없었던 것이다. 안영규는 베트남에 와서 바로 그 점을 깨달았을 터이다. 약소국이라는 것, 강대국에 의해 분단되었다는 것, 자기 나라에서 모든 문제를 해결해야 한다는 것, 분단극복만이 강대국의 지배에서 벗어날 수 있는 유일한 대안이라는 것. 더구나 안영규는 실향민이 아닌가. 그래서 그가 "내 고향은 북쪽이거든"이라고 밝히는 순간 월남전은 마침내 남북분단의 알레고리가 된다.

여기서 '너희들이 가르쳐 주었지'라는 발언에 주목할 필요가 있다. 너희들, 곧 미국이 안영규에게 가르쳐준 것은 무엇일까. 필자의 생각으로는 이 말이야말로 『무기의 그늘』의 숨은 주제를 이해하는 중요한 단서이다. 월남전을 민족문제라는 맥락에서만 읽는 데 그친다면 이 소설 역시 분단의 형이상학에서 그다지 먼 거리에 있지 못했을 것이다. 물론 이것만으로도 『무기의 그늘』은 80년대를 대표하는 분단소설로 부족함이 없다. 무엇보다 월남전과의 유비를 통해 남북분단의 세계사적 의미, 즉 남북분단이 제국주의적 세계체제의 산물이라는 셈을 어시없이 밝혀냈기 때문이다. 이 진실을 밝혀내는 데 월남전은 참으로 적절한 유비가 아닐 수 없다. 월남전은 제국주의적 패권 논리와 민족자주의 논리가 첨예하게 부딪치고 있는 현장이기 때문이다. 하지만 제국주의와 약소민족의 투쟁이란 항용 민족해방론으로 귀결되기 십상이다. 민족해방론이 대체로 민족환원론을 바탕에 깔고 있다는 점에서 그것은 분단의 형이상학과 동전의 앞뒷면을 이룬다.

‘너희들이 가르쳐 주었지’라는 발언이 중요한 것은 그래서이다. 미국은 월남전에서 안영규에게 무엇을 가르쳐 주었을까. 그것은 제국주의의 내적 본질이다. 제국주의의 내적 본질이란 바로 ‘시장’이다. 이 소설의 공간적 배경인 다낭은 전쟁터에서 비껴 있는 후방 도시이다. 그렇다고 해서 다낭이 월남전의 외곽지대는 결코 아니다. 아니, 오히려 다낭이야말로 월남전의 중심이라 할 수 있다. 단순히 베트콩이 수시로 출몰하는 전장(戰場)이어서가 아니라 르 로이 ‘시장’이 거기 있기 때문이다.『무기의 그늘』이 그리고 있는 르 로이 시장은 제국주의의 압축판이다.『무기의 그늘』의 ‘그늘’이 가리키는 것도 시장이거니와 제목 그대로 시장은 전쟁의 이면이다. 이 소설에서 시장은 전쟁을 위해서 존재하지 않는다. 거꾸로 전쟁이 시장을 위해 존재한다. 다시 말해 월남전은 르 로이 시장이 원활하게 돌아가도록 해주는 수단인 것이다. 이는 “전쟁은 가장 냉혹한 형태의 장사가 아닌가요?”라고 단정하는 토이의 진술에서 단적으로 표현된다.

실제로 르 로이 시장은 기묘한 전쟁터이다. 르 로이 시장을 매개로 안영규와 팜 민과 팜 꾸엔이 만난다. 만남의 형식도 기묘하다. 이 시장에서는 적군과 아군의 경계가 불분명해진다. 적군이어야 할 안영규와 팜 민이 동업자가 되는 곳이 르 로이 시장이다. 팜 민의 암거래 행위는 민족해방운동을 위해서지만, 그 방식들은 지극히 자본주의적이다. 심지어 끼엠 중위 같은 이는 돈벌이를 위해 무기를 적군에게 밀매하는 일도 주저하지 않는다. 시장이라는 전쟁터에서는 돈을 위해서라면 양민학살도 당연시되며, 자국민을 죽음으로 내모는 일도 정당화된다. 계피 수확을 위해 카투족을 무차별 학살한 팜 꾸엔이 전자의 예라면, ‘조국 근대화’를 명분으로 월남전 파병을 결정한 박정희 정권이 후자에 해당한다.

　이처럼 『무기의 그늘』이 포착한 월남전의 본질, 곧 제국주의의 본질은 시장이다. 이 시장의 감독은 물론 미국이다. 미국은 르 로이 시장을 지배하고 통제한다. 미군의 전쟁 물자와 일반 보급품이 암거래되는 곳이 르 로이 시장임에도 미군은 그것을 방관한다. 정확히 말해 방관함으로써 지배한다. 가령 미군 보급품이 시장 가격을 결정짓는 것이 방관함으로써 지배하는 좋은 사례일 터이다. 보급품 유출을 엄격히 규제하면 시장 가격이 오르고 느슨하게 풀어주면 시장 가격이 내려간다. 장사꾼은 베트남인들이지만, 감독은 어디까지나 미국인 것이다. 제국주의적 침략의 목적이 새로운 시장의 확보라고 할 때 월남전은 승패와 관계없이 소기의 목적을 달성한 셈이다. 월남전에서 승리한 베트남이 20여 년이 지난 후 시장을 살리기 위해 미국에 손을 내미는 모습에서 우리는 『무기의 그늘』의 예언이 적중했음을 섬뜩하게 깨닫게 된다. 그런 점에서 어쩌면 베트남은 민족해방전쟁이라는 전투에서는 이기고 시장이라는 전쟁에서는 진 것인지도 모른다.

　월남전을 남북분단의 알레고리라는 측면에서 재해석하면 분단과 시장이 된다. 분단과 시장을 연결시킨다는 것은 분단을 자본주의 근대의 역사성 속에서 이해한다는 것이다. 남북분단은 제국주의적 패권 나눔의 산물이었고 그 과정에서 남한은 자본주의 세계체제, 곧 세계 시장에 편입되었다. 그러나 분단이 고착화되면서 분단과 자본주의의 관계는 저 깊은 바닥으로 숨고 이제는 분단만이 자립화되어 운명처럼 버티고 서있다. 『무기의 그늘』은 월남전이라는 바깥의 시선을 통해 분단의 은폐된 진실을 다시금 표면으로 끄집어내었다. 『무기의 그늘』의 주제는 분단이다. 하지만 『무기의 그늘』은 월남전이라는 알레고리를 통해 분단과 시장의 결탁을 날카롭게 파헤침으로써 분단의 사회적 연관을 조망한다. 또한『무기의 그늘』은 분단문제를 중심 의제로 설정하되 분단의 지평을 제국주의라는 전지구적 차원으로 넓힘으로써 민족/분단 환원론을 극복한다. 뿐만 아니라『무기의 그늘』은 분단과 자본주의 근대의 관계를 물음으로써 분단문제의 특권화를 비껴간다. 요컨대『무기의 그늘』은 분단문제를 사회적 총체성 속으로 밀어넣음으로써 분단의 형이상학을 넘어선 것이다. 이는 분단문제를 중심에 놓되 분단과 자본주의의 관계에 대한 시선을 놓치지 않은 덕분이니, 그런 점에서『무기의 그늘』은 '전략적 본질주의'의 전범과도 같은 작품이라 할 수 있다.

하나만 더 덧붙이자면, 소설은 "그는 여기서 알았던 그 어느 얼굴과도 다시는 마주치고 싶지 않았다."는 서술로 끝난다. 이 서술은 안영규의 내면적 부끄러움의 표현이라 할 수 있다. 안영규가 베트남을 떠나면서 부끄러움을 느끼는 까닭은 한마디로 한국 역시 월남전에 대해 일정한 책임이 있기 때문이다. 그런 점에서 월남전은 남북분단의 알레고리만은 아니다. 월남전은 월남전 자체이기도 한 것이다. 월남전 자체에 주목할 때 한국은 제국주의의 한 끄트머리를 붙잡았던 존재이다. 월남전이라는 시장에서 한국은 이익을 얻었고, 그 이익은 '조국 근대화'의 밑거름이 되었기 때문이다. 안영규의 부끄러움은 여기서 비롯된 부끄러움이다. 이처럼 월남전과 남북분단의 겹침과 갈림의 이중적 관계를 놓치지 않고 있는 점, 다시 말해 분단의 여백까지 읽어내고 있는 점 또한『무기의 그늘』이 분단의 형이상학을 넘어선 탁월한 걸작임을 보여주는 명백한 증거 가운데 하나이다.

4. 바깥의 사유 : 『오래된 정원』과 그 이후

방북과 망명과 투옥이라는 오랜 공백기를 거친 후 황석영은 『오래된 정원』을 세상에 내놓았다. 『오래된 정원』은 역사와 변혁에 대한 작가의 깊은 숙고를 집대성한 작품이다. 이 소설에서 분단문제는 중심 주제가 아니다. 소설의 주제는 변혁의 시대였던 80년대에 대한 새로운 인식이다. 새로운 인식은 비판적 계승이라는 이중적 내용을 담고 있다. 필자는 다른 글(「80년대와의 새로운 만남」, 『분단자본주의 시대의 민족문학사론』, 소명출판, 2002)에서 이를 80년대를 '미완결의 현재'로 포용하면서 버릴 것과 이을 것을 엄정하게 분별하려는 자세라고 평한 바 있다.

비판적 계승의 목록 가운데는 분단문제도 들어 있다. 특히 베를린 장벽의 붕괴와 독일 통일에 대한 작가의 시각에서 그 점이 잘 나타난다. 작가가 보기에 독일 통일은 우리가 지향해야 할 통일의 모델이 결코 아니다. 왜냐하면 독일 통일은 한쪽이 다른 한쪽을 지배하는 흡수통일로 귀결되었기 때문이다. 더구나 독일 통일은 현실 사회주의의 몰락과 자본주의의 전지구화라는 세계사적 대변화의 출발점이었다는 점에서 자본주의에 저항한 한 세기에 걸친 반체제운동의 최종적 실패를 알리는 전주곡이기도 했다.

이 연장선상에 80년대 한국의 변혁운동도 자리잡는다. 80년대 한국의 변혁운동 또한 자본주의에 저항한 반체제운동이었고, 그런 만큼 세계 반체제운동의 몰락과 같은 운명을 겪을 수밖에 없었다고 작가는 해석한다. 특이한 것은 『오래된 정원』이 이러한 반성을 한반도의 바깥인 유럽에서 행한다는 점이다. 『무기의 그늘』이 한반도의 바깥인 베트남에서 남북분단의 의미를 새로이 성찰했던 것처럼 말이다. 베트남에서 유럽으로 사유의 공간이 이동한 데서도 반체제운동의 성공과 실패라는 시대의 변화를 실감하게 되거니와 80년대의 비판적 계승이라는 소설의 주제 역시 그러한 변화상의 반영이라 할 수 있다.

베트남 식의 민족해방형 통일이나 독일 식의 자본주의적 흡수통일 양자가 모두 분단극복의 바람직한 방향이 아니라면 제3의 길은 어떤 것일까.『오래된 정원』의 고민은 여기서부터 본격화된다. 소설은 그 단서를 80년대의 급진적 변혁운동을 상징하는 송영태의 북한행(?)에서 찾으려 한다. 송영태의 북한행은 북한이 그가 생각하는 이상적 체제여서가 아니다. 그렇다고 그의 북한행이 그곳이 반체제운동의 마지막 거점이라고 생각해서도 아니다. 송영태의 북한행은 북한이 "지금 세상에서 가장 어렵고 구석진 장소"라는 표현에서 암시되듯 흡수통일에 대한 거부감의 발로에 가까운 듯하다. 물론 우리는 송영태의 행동을 낭만적 소영웅주의라고 비판할 수 있다. 작가도 송영태의 선택을 전폭적으로 지지하는 것 같지는 않아 보인다. 하지만 여기서 중요한 것은 송영태의 선택에 담긴 흡수 통일에 대한 거부이다. 독일 통일과 자본주의의 전지구화라는 흐름에서 짐작할 수 있듯 흡수통일은 자본주의적 통일에 다름 아니다. 자본주의적 통일이란 80년대 변혁운동의 대의와는 거리가 멀어도 한참 먼 사태 아니던가.

『오래된 정원』의 사유는 이 지점에서 끝난다. 그렇게 볼 때 소설 역시 별다른 대안을 내놓지는 못하고 있다. 아마도 대안의 모색은 민족문학이 함께 해결해 나가야 할 숙제일 터이다. 그러므로 이 소설에서 우리가 주목해야 할 것은 대안 자체가 아니라 '바깥의 사유'이다. 다시 말해 한반도라는 일국적 틀을 벗어난 전지구적 전망 속에서 분단문제를 생각하는 것, 우리가 주목해야 할 초점은 여기이다. 『무기의 그늘』을 분석하면서 언급했다시피 황석영은 세계사적 변화의 중심에서 분단문제를 조망한다. 『오래된 정원』의 사유 방식 또한 마찬가지다. 달라진 것이 있다면 세계사적 변화의 중심이 베트남에서 유럽으로 옮겨진 것뿐이다. 베트남이 됐건 유럽이 됐건 바깥의 사유는 분단문제를 전지구적 차원에서 바라봄으로써 분단과 자본주의 근대의 관계를 통찰할 수 있도록 해준다. 흡수통일의 거부라는, 일견 상식적으로 보이는 주장이 큰 울림을 만들어낼 수 있는 것은 그래서거니와 그런 점에서 황석영 특유의 바깥의 사유는 분단체제의 극복을 지향하는 민족문학이 분단의 형이상학을 이겨낼 수 있는 의미 있는 실마리를 제공해준다.

탈식민의 시인

1. 1980년대와 김남주

　김남주의 시적 편력은 70년대에서부터 90년대에 이르기까지 비교적 넓게 펼쳐져 있다. 하지만 그의 시 세계가 절정의 경지를 보여주는 것은 아무래도 1980년대일 것이다. 그것은 일차적으로 김남주의 시작 활동이 80년대에 가장 왕성하게 이루어졌기 때문이지만, 보다 근본적인 이유는 김남주 문학과 80년대가 이념적 혹은 정신적으로 일치했기 때문이다. 그런 점에서 김남주는 80년대가 낳은 시인이라 해도 과언이 아니다. 무엇이 김남주와 80년대를 하나로 만들어 주었을까. 그것은 한마디로 탈식민(decolonial)의 정신이라 할 수 있다. 돌이켜 보면, 80년대는 탈식민의 시대였다. 물론 80년대의 탈식민은 식민주의시대의 탈식민이 아니라 식민주의 이후의 식민주의, 곧 후기식민(postcolonial) 시대의 탈식민이었다. 요컨대 그것은 신식민주의로부터의 해방에 대한 열망이었다. 그런 점에서 김남주 문학은 소박한 반제국주의론으로는 포괄하기 힘든

두께를 지니고 있다.

80년대 민족문학은 두 개의 전선과 맞대면하고 있었다. 하나는 자유주의이고 다른 하나는 민족주의였다. 자유주의와의 대결은 70년대에서 이월된 것이었다. 그런 점에서 80년대 민족문학은 70년대 민족문학의 계승자라 할 수 있다. 자유주의는 예술지상주의에서부터 소박한 참여문학론에 이르기까지 폭넓은 스펙트럼을 보여준다. 60년대 말부터 태동하기 시작한 민족문학은 한국전쟁 이후의 한국문학을 지배한 자유주의와 결별하려는 노력을 끈질기게 벌여나갔다. 자유주의를 극복하려는 노력은 민족현실을 민중의 삶과 연계시켜 바라보고 서구적 근대화에 맞서 주체적 근대화의 길을 모색하려 한 데서 극명하게 드러난다.

80년대 민족문학은 70년대 민족문학의 탈자유주의적 실험을 계승하여 그것을 더욱 예각화했다. 맑스주의를 수용해 계급 패러다임을 체계화한 것이 그 대표적인 사례일 터이다. 70년대 민족문학 역시 한국사회를 자본주의의 틀로 바라보았지만, 계급론적 시각은 상대적으로 부족했던 것이 사실이다. 그에 따라 자본주의 극복의 전망이 불분명하거나 막연한 모습을 보여준다. 가령 「객지」의 낭만성이나 『난장이가 쏘아올린 작은 공』의 비관주의는 이로부터 비롯된 결과라 할 수 있을 것이다. 이에 비해 80년대 민족문학은 자본 대 노동의 대립구도로 한국사회를 파악했다. 그럼으로써 똑같이 민중이라는 말을 쓰더라도 그 구체적 내포가 달라지게 되었다. 70년대의 민중이 미분화된 민중이라면, 80년대의 민중은 계급적으로 분화된 민중, 곧 일종의 계급구성체로 이해되었다. 민중의 내포적 의미의 변화는 자본주의 극복의 주체와 경로를 한결 분명하게 해주었다. 요컨대 자본주의 극복의 전망이 확고해진 것이다. 그리고 이는 곧바로 자유주의와의 철저한 결별로 이어졌다. 자유주의는 근본적으로 자본의 이데올로기이기 때문이다.

민족주의와의 결별은 더욱 의미심장하다. 민족문학은 초기부터 자유주의와 긴장관계를 형성하고 있었지만, 민족주의와는 그렇지 않았다. 70년대 민족문학의 경우에는 민족주의와의 친연성이 두드러진다. 70년대 민족문학이 분단문제 혹은 민족문제에 대한 대응으로 출발했던 관계로 민족주의는 민족문학운동의 유력한 이념적 방편으로 활용되었던 것이 사실이다. 하지만 70년대 말부터 상황이 달라지기 시작했다. 제3세계론의 수용이 결정적 계기였다. 제3세계론의 수용은 무엇보다 민족현실을 '전지구적 전망' 속에서 바라볼 수 있게 해주었다. 물론 제3세계론이 자동적으로 민족주의와 대립적 관계를 이루는 것은 아니다. 제3세계를 특권화할 경우 그것은 '제3세계주의'라는 변형된 민족주의로 빠지게 된다. 그러나 80년대의 민족문학은 주변부 자본주의론을 받아들임으로써 제3세계주의를 넘어선다.

주변부 자본주의론은 자본주의 세계체제라는 거시적 맥락에서 중심/주변의 비대칭적 역학관계를 설명하려는 이론체계라 할 수 있다. 80년대 초반의 민족문학론은 제3세계와 제3세계의 일원인 한국사회를 중심/주변의 구도 속에서 바라보려 했다. 그럼으로써 한국사회를 자본주의 세계체제의 한 구성부분 - 비서구 (반)주변부 자본주의 - 으로 자리매김했다. 이에 따라 80년대 민족문학은 민족문제를 민족 대 민족의 문제로 축소시키는 민족주의의 일국주의적이고 자민족 중심적인 한계를 벗어나 그것을 자본주의 근대의 역사성 속에서 이해하는 전지구적 시야를 확보하게 되었다. 이는 한국근대문학의 역사에서 대단히 중요한 의미를 갖는다. 왜냐하면 이것은 프로문학 이후 진보적 문학운동이 민족주의를 넘어선 최초의 사례이기 때문이다. 프로문학이 출발부터 민족주의의 극복을 슬로건으로 삼았던 데 비해 70년대의 민족문학은 민족주의와의 끈끈한 밀착관계로부터 시작했다는 점에서 그 의미는 더욱 각별하다.

민족주의의 극복은 80년대 민족문학으로 하여금 자본주의의 외화(外化)인 제국주의에 대한 저항에 주목하게 만들었다. 80년대 민족문학의 반제국주의는 민족주의가 내세우는 반일이나 반미와는 근본적으로 다르다. 가령 똑같은 반미라 하더라도 민족주의의 반미는 자주적인 민족국가의 건설에서 끝난다. 민족국가의 성격이나 체제가 무엇인가는 중요한 문제가 아닌 것이다. '모든 통일은 선이다'라는 슬로건이 단적인 표현이다. 반면에 80년대 민족문학이 말하는 반미는 거기서 그치지 않는다. 민족국가의 성격과 체제의 문제가 본질적인 사항이 되는 것이다. 그래서 '어떤' 통일이냐가 중요하고 통일의 '과정'이 문제가 된다. 80년대 민족문학이 민중 주체의 분단극복을 강조했던 것도 그때문이었다. 누가 주체가 되냐에 따라 통일 민족국가의 성격과 체제가 달라지기 때문이다. 왜 민족국가의 성격과 체제가 중요한가. 그것은 어떤 민족국가가 건설되느냐에 따라 혹은 어떤 민족국가를 지향하느냐에 따라 제국주의적 세계질서, 곧 자본주의 세계체제와의 관계가 달라지기 때문이다. 말하자면 80년대 민속분학의 반미는 미국에 대한 서항을 통해 세국주의적 세계질서와 자본주의 세계체제에 균열을 내기 위해서였던 것이다. 하지만 주변부 자본주의론이 신식민지 국가독점 자본주의론과의 경쟁에서 밀려나고 식민지 (반)자본주의론의 변종 비슷한 것으로 격하되면서 일국주의와 자민족 중심주의를 넘어 전지구적 전망 속에서 자본주의 근대의 극복을 사유했던 80년대 민족문학의 탈식민적 문제의식이 꺾이고 말았다. 신식국독자론은 신식민성이 자본주의에 해소되는 방식으로, 식반자론은 자본주의가 식민주의에 해소되는 방식으로 일국주의적 변혁노선으로 떨어지는데, 국가변혁론(민중민주주의론)이나 통일지상주의(민족해방론)가 그것이었다. 국가변혁론이나 통일지상주의 어디에도 자본주의 세계체제의 문제가 끼어들 여지가 없다.

식민주의와 신식민주의는 기본적으로 연속과 불연속의 이중적 관계를 맺고 있다. 거칠게 설명하자면, 연속이란 자본주의 세계체제의 제국주의적 질서를 가리키며, 불연속은 식민성의 유형 변화, 특히 국가를 통한 지배에서 시장을 통한 지배로의 변화와 깊이 관련되어 있다. 후기식민 시대란 바로 이러한 연속과 불연속의 긴장을 견디면서 탈식민을 지향해야 하는 시대이다. 그런 만큼 후기식민 시대의 탈식민은 적(敵)과 아(我)가 비교적 선명했던 식민주의 시대에 비해 훨씬 복잡하고 심지어는 모순적이기조차 한 작업이 된다. 김남주를 80년대의 시인으로 규정할 때 무엇보다 중요한 것이 바로 이러한 복합적 시각이다. 김남주의 시 세계는 민족해방론이나 민중민주주의론 같은 하나의 시각만으로는 설명하기 어렵다. 그러나 80년대는 식민주의와 신식민주의의 연속성과 불연속성에 대한 인식이 단순화되어 있었다. 민족해방론이 연속성만을 일면적으로 강조했다면, 민중민주주의론은 불연속성만을 일면적으로 주목했다. 이러한 단순화는 탈식민에 대한 입체적 사유를 불가능하게 만들었고, 김남주의 문학에 대한 많은 편견과 오해를 낳았다.

이러한 오해와 편견은 비단 김남주 개인에게만 국한된 일은 아니다. 80년대 민족문학 전체가 비슷한 오해와 편견에 시달려왔다 하지만 항간의 통념과는 달리 80년대 민족문학은 하나로 규정할 수 없는 복합적 면모를 갖고 있다. 사실 80년대 민족문학에 대한 선입견은 80년대 말, 그 중에서도 문학비평에서 주로 나타나는 도식주의 내지는 교조주의로부터 비롯된 바 크다. 노동해방문학론이나 민족해방문학론과 같은 도식주의적이고 교조주의적인 문학비평의 효과가 본격적으로 발휘된 것은 90년을 전후해서부터이고, 그 전까지는 어느 시대와 비교하더라도 뒤떨어지지 않는 풍성한 성취를 낳았다고 할 수 있다. 황석영, 조정래. 박완서, 현기영 등 중진 작가들이 훨씬 성숙해진 예술적 경지를 이루었고 박노해, 백무산, 방현석, 정화진, 김인숙 같은 신진 작가들은 민족문학의 새로운 가능성을 적극적으로 벼려나갔다.

물론 우리는 90년대 민족문학이 깊은 침체에 빠지게 된 내적 원인을 철저히 규명하는 노력을 회피하지 말아야 한다. 하지만 그렇다고 해서 그 반성이 과거에 대한 전면부정으로 귀결되어서는 안될 것이다. 그것이야말로 역사를 왜곡하는 일이기 때문이다. 그런 점에서 80년대 민족문학을 '무조건' 단선적이고 도식적인 문학으로 매도하는 것은 80년대를 바라보는 관찰자의 시선이 단선적이고 도식적임을 말해주는 반증(反證)에 다름 아니다. 따라서 새로운 세기를 맞이한 한국문학의 미래를 위해서라도 80년대 민족문학에 대한 엄밀한 재조명이 시급하다는 것이 필자의 생각이다.

2. 김남주 문학의 개성 혹은 부조화의 조화

김남주는 80년대 민족문학의 특징을 '전형적으로' 보여주는 시인이다. 그는 80년대 민족문학의 특징을, 장점 뿐 아니라 단점까지도 누구보다 선명하게 보여준다. 여기서 '단점까지도'란 말이 중요하다. 김남주의 문학에는 단점도 꽤 많다. 과잉 감정, 절제가 부족한 수사, 지배와 저항의 이분법, 일상성의 부족 등등. 내용과 형식의 두 측면에 두루 걸쳐 있는 이러한 단점들은 김남주 문학이 더 높은 세계로 상승하는 것을 가로막은 명백한 장애물이었다. 그렇게 보면, 김남주는 이른바 '대가'는 아닐지도 모른다. 김남주의 많은 시들이 내용과 형식의 극심한 부조화를 종종 보여주기 때문이다. 이 점을 인정하지 않는 것 역시 80년대에 대한 전면부정만큼이나 80년대 민족문학에 대한 심각한 왜곡일 것이다. 이런 식의 왜곡은 김남주를 신비화시키는 우를 범하게 된다는 점에서 극력 경계해야 마땅하다. 하지만 그와 동시에 이러한 부조화 속에 펄떡거리는 생명력과 아방가르드적 실험 정신이 번뜩이고 있음도 놓쳐서는 안된다. 요컨대 김남주 문학의 복합성과 다면성에 주목해야 한다는 말이다.

오히려 필자로서 아쉬운 것은 내용과 형식의 부조화를 극단까지 밀어붙이는 모험이 90년대 민족문학 혹은 김남주에게 부족했다는 사실이다. 부조화의 극단에서 새로운 조화를 창출해내지 못한 채 90년대의 달라진 현실에 너무 쉽게 체념하고 말았던 것은 아닐까, 그리하여 조화를 빙자한 적응으로 손쉽게 방향전환했던 것은 아닐까, 그리고 그로 말미암아 80년대 민족문학의 급진성이 급속히 마모되었던 것은 아닐까. 이와 관련하여 90년대 민족문학의 침체가 급진성의 과잉 때문이 아니라 급진성의 상실 때문임을 재인식할 필요가 있다. 이때의 급진성이 노동해방문학론 같은 것을 가리키는 개념이 아님을 분명히 해두어야겠다. 엄밀히 말해, 노동해방문학론은 급진적(radical)이 아니라 과격한(violent) 문학이념에 불과하다 두 가지 점에서 그러한데, 하나는 노동해방문학론이 자본주의의 복잡성을 단순화한 계급환원론에 빠져 있었다는 점이고, 다른 하나는 문학을 변혁운동의 그때그때의 과제를 수행하는 수단으로 여기는 도구주의적 사고에서 벗어나지 못했다는 점이다. 계급환원론으로는 사회적 관계의 총체로서의 인간을 감당할 수 없을 뿐더러 자본주의 근대의 복잡다단한 면모를 사상(捨象)함으로써 현실의 실상에서 멀어지고 만다.

더욱 심각한 문제는 후자이다. 문학에 대한 도구주의적 시각은 문학을 사회적 실천의 수단으로 부차화시키는 동시에 이른바 '정세'의 요구에 따라 문학으로 하여금 일정한 과제에 복무하게 만든다. 이로부터 국가보안법 폐지를 주장하는 문학, 노동법 개정을 요구하는 문학, '북한 바로 알기'를 주제로 한 문학 같은 것들이 나온다. 문학이 이러한 문제를 다루지 말란 법은 없다. 아니, 적극적으로 다루어야 마땅하다. 하지만 그것은 문학이 사회적 실천의 도구이기 때문이 아니라 문학이 곧 사회적 실천이기 때문이다. 얼핏 비슷해 보이지만, 양자 사이에는 본질적 차이가 있다. 전자가 현실 문제를 문학 외부의 요구로 받아들이는 데 반해 후자에서 현실은 문학 내적인 문제가 된다. 그래서 전자의 경우 문학은 한갓 사회적 실천의 '번역'으로 전락하며, 작가들은 변혁의 과제를 얼마나 '예술적으로' 번역할 것인가라는 문제에만 골몰하게 된다. 반면에 문학이 사회적 실천이라는 것은 현실에 개입하는 문학 특유의 방식이 있다는 의미이다. 필자의 생각으로는, 그것이 바로 급진성이다. 자본주의 근대의 복잡성을 외면하지 않으면서도 자본주의 근대를 뿌리로부터 비판하고 자본주의 근대와 어깨를 나란히 하면서도 자본주의 근대의 극복을 위한 총체적 비전을 견지하는 것, 요컨대 자본주의 근대의 한복판에 인간해방을 위한 영원한 유토피아적 지향을 각인하는 것, 이것이 문학의 급진성이자 문학만이 해낼 수 있는 사회적 실천이다. 따라서 사회적 실천으로서의 문학은 국가보안법 폐지를 요구하더라도 거기서 멈추지 않고 그것을 자본주의 근대에 대한 급진적 비판으로까지 밀고나간다.

90년대 민족문학은 이러한 의미에서의 급진성을 상실하면서 급속히 힘을 잃어갔다. 급진성을 상실하게 된 데에는 일차적으로 외부 환경의 변화가 중요한 역할을 했다. 그 중에서도 노태우 정권에서 김영삼 정권까지 지속되었던 자본/노동 타협은 경제 호황에 따른 중산층 신드롬과 결합하면서 노동자들에게 '나도 중산층' 의식을 불러일으켰다. 90년대 문학의 다양성 운운 하지만, 따지고 보면, 90년대 문학만큼 편협한 문학도 없다. 하나같이 중산층 문학 아닌가. 노동자들마저 '나도 중산층' 의식에 들떠 있었으니 중산층 문학으로의 일색화는 어쩌면 당연한 현상이었는지도 모른다. 노동자들이 중산층 의식에 사로잡혀 있었다는 것은 90년대 한국 노동자들의 계급의식이 현저히 약화되었음을 말해주는 결정적 증좌이다. 민족문학 작가들 역시 이러한 중산층 신드롬에 영향을 받으면서 80년대에 보여주었던 예리한 계급의식 혹은 민중적 전망을 상실해 갔다. 그런 점에서 자본/노동 타협은 민족문학의 급진성을 거세시킨 주된 외적 요인이라 할 수 있을 것이다. 하지만 자본/노동 타협이 낳은 상부구조 차원의 중산층 신드롬에 눈멀어 한국사회의 기저를 여전히 관류하고 있는 본질적 모순에 대한 급진적 비판을 포기한 것은 문학 본연의 사회적 실천으로부터의 일탈임에 분명하다.

이런 맥락에서 볼 때 80년대의 김남주 문학이 갖는 의미는 각별하다. 김남주 역시 90년대 들어 동요하는 모습을 보여준 것이 사실이다. 그런 점에서 90년대 김남주의 시편에서 곧잘 발견되곤 하는 정제미(整齊美)는 바람직스럽지만은 않다. 거기에는 부조화를 극단까지 밀어붙이는 아방

가르드적 열정이 식어버리고 질서의 세계에 엉거주춤 한 다리 걸친 듯
한 흔적이 알게 모르게 배어 있기 때문이다. 가령 「근황」은 그 시절 김
남주의 흔들리는 내면세계를 극명하게 보여준다.

요즘 나는 먹고 사는 일에 익숙해졌다
어제도 오늘도 밤의 술집에서 즐겁고
나는 이제 새벽의 잠자리에서 편하다
체포
구금
고문
감옥
그따위 어둠의 자식들은 내 기억에서조차 멀다

아침이다
나는 마누라가 건네주는 수화기에 짜증을 내며 귀를 댄다
멀리서 내 이름을 확인하는 목소리가 들려오고
나는 소리의 주인공을 기억하지 못한다 낭패한 목소리가
그 이름을 밝히고 나서야 나는 그 목소리가
감옥의 출구에서 갓 나온 소리라는 것을 알았다
어쩌다 이렇게까지 되었는가 나는
갑자기 지난날의 나로 되돌아가고 싶다
숙박계에 가짜이름을 적어놓고 뜬눈의 밤을 세웠던 싸구려 여인숙들
날이 새는 것을 두려워했던 어둠의 골목들
불편한 하룻밤을 신세져야 했던 신혼 부부의 단칸 셋방
뒷주머니에 지폐를 찔러주며 어색해했던 가난한 문인들
지난날의 기억들을 나는 이미 잊고 살아도 되는 것인가
아직도 수백의 사람들이 도피와 투옥의 세계에서 겨울을 나고 있는데
나는 누구인가 그 이름 하나 제대로 기억하지 못하고 있는 나는
(…하략…)

이 시는 일단 매우 정련된 형식이 돋보인다. 정련된 형식에 걸맞게 시의 어조도 절제되어 있다. 자신을 바라보는 시인의 시선 역시 차분하게 가라앉아 있고 비판의 목소리도 엄격히 통제되고 있다. 80년대 김남주 시에서 나타나던 과잉 감정은 찾아볼 수 없으며, 형식의 울타리를 뛰쳐나가곤 하던 열정 또한 지성에 의해 깔끔하게 정돈되어 있다. 그야말로 내용과 형식이 적절하게 조화를 이룬 가작이라 할 수 있다. 하지만 필자는 이 시에서 김남주 특유의 힘을 느낄 수 없다. 무언가 생명이 다한 듯한, 기력이 쇠한 듯이 답답함이 감지될 뿐이다. 말하자면 시로서는 성공했을지 모르지만 김남주만의 개성은 사라져버린 것이다. 김남주만의 개성이란 무엇인가. 그것은 부조화의 극단에서 생성되는 새로운 조화의 경지, 곧 부조화의 조화 아니겠는가. 그러나 「근황」은 생성의 과정이 생략된 조화, 곧 박제된 질서의 세계여서 충일한 생명력을 느끼기 어려운 것이다.

이처럼 90년대 김남주의 문학이 보여주는 정제미는 무기력의 형식적 표현이다. 그런 점에서 김남주 역시 90년을 전후해 서서히 동요와 방황의 늪에 빠져들고 있었다고 할 수 있다. 하지만 그렇다고 해서 90년대의 김남주가 아방가르드적 열정을 폐기한 것은 아니다. 그 점에서 그는 여전히 동시대의 다른 시인들에 비해 급진적이다. 그는 현실 사회주의의 붕괴를 바라보면서도 "날벼락에도 꺾이지 않고 요지부동으로 서 있는 불굴의 바위들을"(「노동의 대지에 뿌리를 내리고」) 굳게 믿으며, 시인의 노래가 아무런 메아리를 남기지 못할지라도 "삶의 노래가/왜 멎어야 하겠는가"(「나와 함께 모든 노래가 사라진다면」)라고 질타하고, "따지고 보면 인간이란 게 별 것 아닌 것이다/똥파리와 별로 다를 게 없는 것이다"(「똥파리와 인간」)라고 부르주아를 노골적으로 야유한다. 이러한 일련의 시들은 내용적으로는 자본주의 근대를 비타협적으로 거부하고 형식적으로는 틀에 얽매이지 않는 자유분방함을 특징으로 한다. 요컨대 김남주 특유의 생명력, 곧 부조화의 조화가 빚어낸 활달함이 분출되고 있는 것이다.

김남주 문학이 동요와 방황 속에서도 아슬아슬하게나마 급진성을 견지할 수 있었던 비결은 80년대의 김남주가 이룬 성취와 밀접히 관련되어 있다. 말하자면 80년대의 김남주가 없었다면 90년대의 김남주도 없었으리라는 것이다. 어쩌면 90년대의 김남주는 80년대 김남주의 관성의 결과일지도 모른다. 그만큼 80년대의 김남주는 찬란하다. 그렇다면 그 찬란함은 어디서 온 것일까. 여기서 논의는 앞부분으로 되돌아간다. 김남주는 80년대 민족문학의 급진성을 장점에서 단점에 이르기까지 대표하는 시인이다. 80년대 민족문학의 급진성은 원천적으로 탈식민의 정신과 맞닿아 있다. 특히 김남주는 후기식민 시대의 탈식민이 무엇인가를 온몸으로 실천한 예술적 전위였다. 그런 점에서 80년대의 김남주 문학을 읽는 일은 후기식민 시대의 탈식민이 무엇인가를 사유하는 작업이 된다. 이제 그것을 살펴볼 차례이다.

3. 김남주와 탈식민의 정신

김남주 하면 제일 먼저 떠오르는 것이 반외세 민족해방이다. 그가 남민전의 일원으로 활동하다 오랜 기간 투옥 생활을 한 것은 잘 알려진 사실이거니와 그만큼 김남주는 창작과 삶 양면에서 반외세 민족해방을 실천하는 데 온몸을 바쳤다. 그래서 80년대 김남주의 시편들에는 하나같이 민족해방에 대한 열정이 아로새겨져 있다.

> 내 조국의 운명을 요리하는 자 누구냐
> 입으로는 자유와 평화를 사랑하고
> 뒷전에서는 원격조종의 끄나풀로 꼭두각시를 앞장세워
> 제 조국의 해방과 독립을 위해 싸우는 민중들을
> 계획적으로 학살하는 아메리카여
> 보아다오, 너희들과 너희들 똘마니들이 저질러놓은 범죄를
> 보아다오. 음모와 착취로 뒤덮인 이 땅을
> 보아다오, 너희들이 팔아먹은 탄환으로 벌집투성이가 된 내 조국의
> 심장을
>
> —「학살 2」 중에서

> 나는 월가의 총잡이
> 달라가 가는 곳에 나도 간다
> 나는 텍사스의 카우보이
> 달라가 가는 곳에 나도 간다
> 저 옛날 우리네 조상들이
> 선교사를 앞장 세워 함포를 따르게 하듯
> 오늘 나도
> 달라를 앞장세워 그 뒤를 따른다
>
> —「달라 2」 중에서

「학살 2」는 '조국의 운명을 요리하는 자'가 '아메리카'라고 단호히 말한다. 미국은 남북을 갈라놓은 장본인이고 민중 학살을 원격조정한 배후이다. 그런 점에서 우리는 여전히 식민성에 포박된 존재라는 것이 김남주의 현실 인식이다. 하지만 그 식민성이 과거 식민주의 시대의 식민성이 아닌 새로운 식민성임을 그는 곳곳에서 강조하는데, 「달라 2」는

새로운 식민성, 즉 신식민성의 본질이 시장임을 명징하게 묘사하고 있다. "나는 월가의 총잡이/달라가 가는 곳에 나도 간다"에서 절묘하게 풍자되고 있듯이, 월가의 자본은 곧 신식민주의 시대의 새로운 무력이다. 여기서 우리는 신식민주의가 국가의 지배에서 시장의 지배로 바뀐 새로운 식민주의임을 김남주가 날카롭게 포착하고 있음을 확인할 수 있다. 이러한 인식은 「달라 1」에서는 아예 "거기 가면 아시아에 가면/ 보다 넓은 시장이 있기 때문이다"라고 직설적으로 진술되기도 한다.

신식민주의의 본질이 시장임을 인식했다는 것은 김남주가 기왕의 민족해방론을 넘어 자본주의 근대로까지 사유의 지평을 확장시킨 시인이라는 것을 의미한다. 이는 80년대의 김남주가 황석영의 『무기의 그늘』이 이룬 성취를 시에서 이루어냈음을 말해주는 동시에 그가 신동엽의 정수를 계승한 시인임을 뜻한다. 80년대의 반외세 시들이 대부분 민족해방론의 수준에 머물러 있었음을 생각할 때 김남주가 이룬 내용미학적 성취는 참으로 값지다. 이로써 민족문제를 통해 자본주의 근대의 역사성을 묻는 것이 가능해졌기 때문이다.

물론 신식민주의가 식민주의와 단절된 시대는 아니다. 앞에서 지적했다시피 둘의 관계는 연속과 불연속의 이중적 관계이다. 따라서 국가의 지배가 간접적인 방식으로 지속된다. 군사 독재 정권을 "원격 조송의 끄나풀"이라고 조롱하는 것은 그런 맥락에서이다. 예컨대 「학살 3」같은 시는 그러한 원격조종의 메카니즘을 통렬하게 풍자한다. "학살의 원흉이 지금/옥좌에 앉아 있다/학살에 치를 떨며 들고 일어선 시민들은 지금/죽어 잿더미로 쌓여 있거나/감옥에서 철창에서 피를 흘리고 있다/그리고 바다 건너 저편 아메리카에서는/학살의 원격 조종자들이 회심의 미소를 짓고 있다"에서 선명하게 드러나듯이 시인은 광주 학살의 배후가 미국이고 '학살의 원흉'은 '이민족의 앞잡이'에 불과하다고 밝히고 있다. 신식민주의 시대에도 국가의 지배라는 식민주의적 기획이 '원격조종'의 방식으로 교묘히 관철되고 있는 것이다.

이처럼 김남주는 연속과 불연속이라는 식민주의와 신식민주의의 이중적 관계를 예리하게 통찰한다. 그럼으로써 국가와 시장의 동시적 지배라는 자본주의 근대의 역사성이 여지없이 폭로된다. 80년대 김남주 문학의 탈식민적 성취가 여기에 있다. 80년대 김남주의 최고 작품들은 식민주의와 신식민주의 어느 한편으로 기울어지지 않고 긴장을 유지한다. 식민주의에의 집착은 시대에 뒤떨어진 민족해방론의 극복을 어렵게 만들고, 신식민성에 대한 일면적 강조는 자칫 민족문제에 대한 보편주의적 인식을 초래할 위험성이 크다. 따라서 참된 의미에서의 탈식민은 양자 사이에서 팽팽한 균형을 유지할 때 가능해진다. 「학살」 연작에서 「달라」 연작으로 이어지는 김남주의 시 작업은 바로 그러한 팽팽한 균형잡기의 노력이라 할 수 있다.

김남주의 탈식민 시편들이 민족문제를 통해 자본주의 근대의 역사성을 묻고 있다고 지적했는데, 분단문제를 다룬 작품들 역시 같은 맥락에 놓여 있다. 단형의 풍자 속에 폭발할 것 같은 전복적 상상력을 담고 있는 「쓰다 만 시」와 「다 쓴 시」는 분단과 미국과 자본주의의 관계를 이렇게 요약한다.

미군이 있으면
삼팔선이 든든하지요
삼팔선이 든든하면
부자들 배가 든든하지요.

—「쓰다 만 시」 전문

> 미군이 없으면
> 삼팔선이 터지나요
> 삼팔선이 터지면
> 대창에 찔린 개구리처럼
> 든든하던 부자들 배도 터지고요.
>
> —「다 쓴 시」 전문

이 두 편의 시는 한 점의 군더더기도 없이 미군과 분단과 부르주아를 일직선으로 연결시킨다. 그야말로 본질만 남은 투명한 세계라 하겠는데, 본질만으로도 시가 될 수 있다는 사실이 놀랍다. 아니, 사실은 같은 문제를 다룬 어떤 시들보다도 충격 효과가 훨씬 크다. 그런 점에서 이 두 작품은 본질의 세계와 정면 대결하는 풍자의 정신에 충실한 시들이 아닐 수 없다. 주목할 것은 「다 쓴 시」의 2행이다. 시인은 「쓰다 만 시」와는 달리 의문형으로 문장을 맺는다. 어째서 '미군이 없으면 삼팔선이 터지지요'라고 단정하지 않고 '터지나요'라고 한 걸까. "든든하던 부자들 배도 터지고요."도 마찬가지다. 이 구절도 전후 맥락으로 보아 의문형으로 이해하는 것이 적절하다. 「쓰다 만 시」의 단정적 진술과 달리 「다 쓴 시」가 의문형을 취한 것은 한마디로 미군이 없어도 삼팔선이 터지지 않을 수 있고 삼팔선이 터져도 부자들 배가 터지지 않을 수 있기 때문이다. 그렇게 보면, 「다 쓴 시」는 참으로 치밀한 작품이라고 하지 않을 수 없다. 만약 이 시가 「쓰다 만 시」처럼 단정적 진술의 문장으로 구성되었다면 김남주는 갈 데 없는 민족환원론자가 되고 말았을 것이다. 하지만 그는 의문형을 구사함으로써 민족환원론의 함정을 비껴간다. 요컨대 분단과 미국과 자본주의 근대가 맺고 있는 관계의 복잡성을 의문형 하나로 적절하게 환기시켜내고 있는 것이다. 「조국은 하나다」처럼 분단극복의 미래를 노래한 시가 단순한 선동시로 떨어지지 않고 절절한 예술적 공감을 자아낼 수 있었던 것도 신식민주의의 복합성과 다층성에 대한 입체적 사유를 바탕으로 하고 있기 때문이다. 그런 점에서 김남주는 80년대 민족시의 역사에서 독보적인 시인임에 분명하다.

이와 함께 김남주가 식민성의 극복을 자본주의 근대의 극복과 연결시켜 바라보고 있는 점도 다시 한 번 강조할 필요가 있다. 80년대식으로 말하면, 그는 민족해방과 계급해방을 동시적으로 지향한다. 정확히 말하면, 김남주에게 민족해방은 계급해방을 이루기 위한 과정이다. 그러므로 민족해방의 전사 운운하는 김남주 평은 수정되어야 한다. 김남주 문학의 궁극적 목적은 언제나 자본주의 근대의 극복이다. 김남주 문학의 급진성은 따라서 자본주의 근대를 넘어서려는 유토피아적 열정으로부터 나온다. 그것이 민족해방이라는 매개를 거쳐야 하는 까닭은 자본주의 세계체제의 (반)주변부에 묶여 있는 제3세계 근대의 특수성 때문이다. 요컨대 제3세계의 경우 중심/주변의 불균등 관계를 전복하지 않고는 자본주의 근대를 넘어선 새로운 세계를 꿈꿀 수 없는 것이다. 「쓰다 만 시」와 「다 쓴 시」는 김남주의 이러한 현실 인식을 일목요연하게 보여준다. 미군이 없다고 부자들의 배가 터지는 것은 아니지만, 미군이 있는 한 부자들의 배가 터지기를 기대할 수 없다는 진술은 바로 식민성과 자본주의 근대의 복잡한 관계에 대한 통찰인 동시에 식민성의 극복과 자본주의 근대의 극복이 분리불가능하게 얽혀 있다는 사실에 대한 깨달음이기도 하다. 김남주가 민족해방의 시인이냐 계급해방의 시인이냐를 둘러싼 논란이 도로(徒勞)에 불과한 것은 김남주 문학의 이러한 성격에서 연유한다. 80년대 민족문학의 한켠에서 민족이냐 계급이냐를 두고 논쟁하고 있는 사이 김남주는 이미 그 유치한 이분법의 세계를 훌쩍 뛰어넘어 식민성의 곳곳에 스며있는 자본주의 근대의 역사성을 들여다보고 있었던 것이다.

4. 결론에 대신하여—낭송시의 새로운 가능성

끝으로 김남주 문학의 형식에 대해 얘기할 차례이다. 김남주 문학에 대한 비판 중 대부분이 그의 시에 미학적 절제가 부족하다는 지적을 한다. 필자 역시 이러한 비판에 부분적으로 동의한다. 김남주의 시들이 산만하고 군더더기가 많다는 사실은 부인하기 힘들다. 하지만 그의 시들이 몽땅 그런 것은 아닐뿐더러 그러한 비판들이 놓치고 있는 점도 적지 않다. 군더더기가 많다고 비판받는 작품들 가운데 상당수는 김남주 나름의 형식미학적 의도의 산물이다. 다시 말해 그럴 만한 이유가 있고 그럴 만한 성취를 이룬 경우가 꽤 있다는 것이다.

이와 관련하여 낭송시라는 양식에 대해 생각해 볼 필요가 있다. 필자 개인의 경험에 비추어 볼 때, 김남주의 시는 눈으로 읽기보다는 귀로 들을 때 훨씬 감칠맛이 난다. 「님을 위한 행진곡」과 쌍벽을 이루는 80년대 운동권의 애창곡인 「함께 가자 우리 이 길을」을 비롯해 그의 많은 시들이 노래로 불렸음은 익히 알려진 사실이다. 그의 많은 시들이 왜 노래로 불렸을까. 가령 박노해나 백무산의 시들은 노래로 만들어진 경우가 거의 없다. 곰곰이 살펴보면, 박노해와 백무산의 시들은 노래로 불리기에 적합해 보이지 않는다. 그렇다면 김남주의 시들은 노래로 만들기에 좋은 어떤 특성을 갖고 있다는 말이 된다. 필자의 생각으로는, 그것이 바로 낭송의 형식이다. 물론 낭송시가 반드시 노래가 되기에 적합한 것은 아니다. 박노해와 백무산의 시편들 가운데 상당수가 낭송시의 형식을 갖추고 있지만, 그것들이 노래로 만들어지지는 않았다. 하지만 '반드시'는 아니지만 '일정한' 함수관계는 있다. 김남주의 시에서 그 점을 확인할 수 있다.

우리에게는 근대 서정시 하면 떠올리게 되는 일련의 통념들이 있다. 정제된 형식, 내재율, 절제의 미학, 단아한 구조 등등. 그런데 이러한 시 형식은 따지고 보면 혼자서 눈으로 읽기에 적합한 틀이다. 그런 점에서 낮에는 동료들과 함께 일하고 밤에는 가족들과 함께 생활하는 민중들에게는 그다지 어울리지 않는다. 혼자서 눈으로 읽는 시는 '홀로 생활'에 길들여진 부르주아의 취향에 딱 맞는 형식이다. 임화가 이야기시를 창안한 것도 민중들에게 친숙한 시 양식에 대한 고민에서 비롯되었음을 상기하면, 이 점은 쉽게 이해될 것이다. 이야기시 또한 낭송시의 한 형식이라는 점에서 공동체적 생활에 익숙한 민중들에게는 전형적인 근대 자유시보다 한자리에 모여 모두가 함께 귀로 들을 수 있는 낭송시가 취향에 맞는다. 김남주의 시가 바로 그러한 의미에서의 낭송시이다. 따라서 김남주의 시는 귀로 듣거나 입으로 읊을 때 제 맛을 느낄 수 있다. 거기에 눈으로 읽는 시의 잣대를 들이대서 비판하는 것은 범주의 오류라 할 수 있다.

> 삼팔선은 삼팔선에만 있는 것이 아니다
> 어부가 그물을 던지다 탐조등에 눈이 먼 바다에도 있고
> 나무꾼이 더는 오르지 못하는 입산금지의 팻말에도 있고

> 동백꽃 까맣게 멍드는 남쪽 마을 하늘에도 있다
>
> 삼팔선은 삼팔선에만 있는 것이 아니다
> 사람들이 오고가는 모든 길에도 있고
> 사람들이 주고받는 모든 말에도 있고
> 수상하면 다시 보고 의심나면 신고하는
> 이웃집 아저씨의 거동에도 있다.
>
> —「삼팔선은 삼팔선에만 있는 것이 아니다」 중에서

이 시 역시 노래로 만들어졌다. 상당히 고쳐지긴 했지만, 얼핏 산문적으로 보이는 작품이 노래로 만들어질 수 있었던 비결은 낭송의 형식에 있다. 1연의 2행과 3행은 눈으로 읽는 시의 기준으로 보면 군더더기 투성이다. 하지만 낭송의 관점에서 보면 그렇지 않다. 2행과 3행은 급박한 호흡으로 읽어야 한다. 그러면 숨이 턱까지 차오르기 직전에 행이 끝난다. 힘차게 끊어 읽는 첫 행의 낭송으로 청중의 시선을 모은 후 2~3행의 급박한 호흡으로 분위기를 고조시키는 것이다. 2연의 2~5행은 해학적 어투로 읽는 데 걸맞는 구조이다. 그래서 평상시의 호흡으로 4·4조로 읽어나가면서 청중들에게 풍자의 재미를 제공한다. 말하자면 2연은 긴장된 분위기를 풀어주면서 비판의 효과는 지속시키려는 의도로 짜여진 셈이다.

간략한 분석을 통해 알 수 있듯이 김남주 시의 형식은 낭송의 관점에서 접근할 때 제대로 이해될 수 있다. 이 분야의 전문가가 아니어서 상술할 수는 없지만, 20세기 한국시의 역사, 그 중에서 리얼리즘시의 전통에서 낭송시는 매우 중요한 위치를 점한다. 리얼리즘시의 목표 가운데 하나가 시의 대중화라는 점에서 이는 당연한 현상이라 할 수 있다. 80년대 김남주의 시들 역시 그러한 전통의 연장선상에 있다. 특히 낭송의 형식과 풍자의 정신은 서로 호흡이 잘 맞는다는 것이 필자의 생각이다. 김남주 문학에서 풍자가 행한 역할에 대해서는 많은 논의가 있다. 그러나 낭송의 형식에 대해서는 그렇지 못하다. 따라서 풍자와 낭송이 어떻게 결합되고 있는지에 대한 연구가 요망된다. 그럴 때 김남주 문학의 새로운 면모를 밝힐 수 있을 것이기 때문이다. 더구나 낭송과 풍자의 결합이 탈식민이라는 주제를 예술의 수준으로 승화시키는 데 결정적인 역할을 하고 있음에야 더 말할 나위도 없다.

80년대 민족문학의 현재성

소설을 중심으로

1. 근대적 제도로서의 문학과 '문학의 위기'

'문학의 위기'라는 말이 이제는 하나의 상투어가 되었다. 그럼에도 글의 시작을 이 말로 삼는 까닭은 '문학의 위기'가 돌이킬 수 없는 구조적 추세로 자리 잡았기 때문이다. 과거에도 '문학의 위기'라는 말은 심심치 않게 나돌았다. 하지만 지금의 상황은 예전과는 본질적으로 다르다. 문학의 위기가 근대의 위기와 맞물려 진행되고 있다는 점에서 그러하다. 문학이라는 제도는 근대의 산물이다. 직업으로서의 작가, 작품의 대량 생산과 대량 소비, 출판 사업과 독서 시장, 독창성, 미적 자율성, 장르와 번역 등 문학을 구성하는 모든 기제와 가치들이 근대에 만들어졌다. 그런 만큼 근대의 위기가 문학에 대해 갖는 의미는 남다를 수밖에 없다. 근대의 위기가 그렇듯 문학의 위기 또한 이제 일회적 사건의 차원을 넘어선 것은 분명해 보인다.

하지만 근대의 위기가 근대의 파국으로 이어질지는 속단할 수 없다.

근대의 역사는 근대가 위기를 자양분 삼아 자기 갱신을 이루어낸 사례를 숱하게 보여주기 때문이다. 근대 역시 역사적 체제이므로 언젠가 끝나리란 것은 틀림없다. 그러나 지금이 그때는 아니다. 오히려 현재의 세계는 근대의 정점을 향해 질주하고 있다고 보는 것이 정확할 듯싶다. 이른바 '전(全)지구화'가 그것이다. '전지구화'는 탈근대가 아니라 근대가 자신이 탄생할 때부터 지향해온 궁극적 목표였다. 그렇게 보면, 근대는 이제야 자신의 오랜 숙원을 달성할 기회를 맞이한 셈이다. 그런 점에서 '전지구화'를 탈근대의 결정적 징표인 듯이 말하는 것은 심각한 착시(錯視)이다. 탈근대주의를 새로운 근대주의로 볼 수 있는 것은 그래서이고, 탈근대주의를 진정한 근대극복의 이념으로 인정할 수 없는 것도 마찬가지 이유에서이다. 물론 모든 체제가 정점에 도달하면 모순 역시 극대화되는 법이다. 그런 맥락에서 근대의 위기를 운위하는 것은 가능할 것이다. 그러나 이것은 전혀 다른 차원의 문제이다. 왜냐하면 이때의 위기란 전지구화가 만들어낸 위기이기 때문이다. 요컨대 전지구화는 탈근대의 징표가 아니라 오히려 근대의 위기를 집약적으로 드러내는 징표가 된다. 따라서 탈근대의 징후 또한 전지구화가 아니라 반대로 전지구화에 대한 '저항'에서 찾아야 한다.

전지구화에 대한 저항에서 탈근대의 징후 혹은 가능성을 찾아야 한다는 말은 문학의 위기와 관련해 중요한 의미를 갖는다. 이 말은 근대의 위기와 문학의 위기가 깊이 연동(聯動)되어 있기는 하지만, 그렇다고 해서 문학의 위기가 근대의 위기와 운명 공동체는 아니라는 사실을 가리킨다. 다시 말해 문학이 어떤 위치에 서느냐에 따라 근대와 운명을 같이 할 수도 있고 근대극복의 주체가 될 수도 있다는 것이다. 어미의 배를 찢고 세상에 나오는 살모사처럼 자신의 모태를 부정함으로써 충일한 생명력을 얻어온 것이 문학의 역사였다. 근대를 태반으로 삼아 탄생한 것이 문학이지만, 동시에 문학은 근대에 맞섬으로써 사회적 주체로 성장하고 근대의 자기 갱신에 기여했다. 그러나 탈근대주의는 표면상의 슬로건과는 달리 암암리에 근대와의 공모를 일삼아온 것이 사실이다. 1990년대의 한국문학이 대표적 예일 터이다. 90년대 한국문학을 지배한 두 축은 문학주의와 상업주의였다. 그런데 문학주의와 상업주의는 근대성 그 자체일 뿐인 것이, 문학주의는 미적 자율성의 패러다임에 매여 있고 상업주의는 시장에 종속되어 있기 때문이다. 미적 자율성과 시장이 근대적인 가치와 기제라는 점에서 탈근대의 기치를 내걸었던 90년대 한국문학은 실제로는 전형적인 근대주의를 말하고 있었던 셈이다.

90년대의 한국문학이 근대의 위기, 사실은 근대의 급진화에 무력했던 것은 바로 그 때문이었다고 할 수 있다. 문학의 본원적 힘은 근대와의 길항관계로부터 나온다. 헤게모니적 근대에 맞서 대안적 근대를 적극 모색하고 근대극복의 가능성을 진지하게 사유할 때 문학은 생명력을 갖는다. 90년대의 한국문학은 이와는 반대되는 길을 걸었다. 미적 자율성에 유폐되고 시장에 종속됨으로써 근대와 등 뒤에서 손잡는 행태를 보였다. 시장에의 종속은 더 말할 필요도 없거니와 미적 자율성 또한 자본주의적 분화의 산물이라는 점에서 헤게모니적 근대의 패러다임에 속한다. 미적 자율성이 시장 논리에 대한 저항 효과를 갖는 것은 사실이지만, 그 저항이라는 것은 분화 체제를 전제한 저항이어서 근대에 대한 근본적 저항은 되지 못한다. 분화 체제가 무너지는 순간 미적 자율성의 저항 효과도 소멸된다. 미적 자율성이 진정한 저항이려면, 문화산업의 시대에 미적 자율성의 저항 효과가 시장 논리가 강화된 만큼

증대되어야 한다. 그러나 실제 사태는 정반대로 나타나고 있다. 90년대 한국사회에 문화산업의 시대가 도래(到來)하면서 미적 자율성의 저항 효과는 급속히 감퇴되었다. 이는 문화와 산업이 결합되면서, 곧 분화 체제가 무너지면서 미적 자율성의 설 자리가 사라졌기 때문이다. 이처럼 미적 자율성은 근대성에 깊이 긴박되어 있다.

한국문학의 위기는 겉으로는 탈근대를 외치면서 속으로는 근대성에 긴박되어 있던 90년대 문학의 이중성과 무관하지 않다. 2000년대의 한국문학이 탈근대의 외피(外皮)를 쓴 '급진적 근대'에 쉽게 길들여질 길을 열었다는 점에서 그러하다. 문화산업의 팽창이라든가 매체 환경의 변화 같은 외적 요인도 결정적인 작용을 한 것이 사실이지만, 거기에만 핑계를 돌려서는 곤란하다. 이런 식의 진단에서는 외부 환경의 변화 이외의 다른 처방이 불가능하기 때문이다. 외부 환경의 변화는 그것대로 직시하되 내적 응전력을 키우는 노력이 병행되어야 할 터인데, 이를 위해서는 무엇보다 치열한 자기 반성이 선행되어야 한다. 말하자면 위기를 초래한 내적 요인이 무엇인가에 대한 점검이 있어야 한다는 것이다. 하지만 근래의 문학비평에서 한국문학의 현재와 과거에 대한 자기 반성은 찾아보기 힘들다. 그 대신 외부 환경이 이러니 어쩔 수 없다는 체념론, 매체 환경의 변화에 발맞추자는 적응론, 심지어는 이런 와중에도 그런대로 잘 살고 있다는 자족론(自足論)이 판칠 뿐이다.

새로운 문학의 싹을 발견하고 가능성을 격려해주는 것은 좋은 일이다. 하지만 새로운 문학이 딛고 있는 발판이 부실한 것이라면 그것은 사상누각에 불과하다. 2000년대의 한국문학에 대한 비평문들을 보면서 필자는 그러한 의심을 떨치기 힘들다. 새로운 세기의 한국문학이 90년대 문학을 발판으로 삼고 있다는 것은 누구도 부인하기 힘들다. 물론 다양한 변화상이 보이는 것도 사실이지만, 그 변화라는 것은 따지고 보면 90년대 문학의 이런저런 경향들이 보다 예각화된 것이라고 할 수 있다. 그렇다면 2000년대 한국문학의 발판인 90년대 문학이 과연 튼실한 것이었는지를 점검해 보는 것은 문학비평의 당연한 책무이다. 그래야 부실 공사를 피할 수 있기 때문이다. 더구나 앞에서 언급한 것처럼 90년대 문학이 자본주의 근대와 암암리에 공모한 문학이었다면, 2000년대의 한국문학 또한 미적 자율성과 시장 논리로부터 자유롭지 못하다는 점에서 자기 점검은 더더욱 필수불가결하다. 그런 점에서 최근의 문학비평은 심각한 직무유기를 범하고 있다.

80년대의 민족문학을 재조명하는 일도 이와 관련이 깊다. 90년대 문학이라는 발판이 부실한 것이었다면, 그 발판을 딛고 있는 문학 역시 부실해질 수밖에 없다. 실제로 2000년대의 한국문학은 그러한 의미에서의 부실화 경향을 농후하게 보여준다. 내면주의와 쇄말주의는 한층 강화되고 있고, 냉소주의와 허무주의도 극에 달한 상태이다. 상업주의는 노골화되어 말하는 것 자체가 쑥스러울 지경이며, 사회에 대한 비판적 관심은 실종된 지 오래이다. 더욱 안타까운 것은 이러한 현상을 마치 기성 체제에 대한 전복적 도전인 양 풀이하는 문학비평의 행보(行步)이다. 이와 같은 행보는 30년대 말이나 90년대 초의 이른바 '신세대 논쟁'을 답습하고 있는 것처럼 보인다. '신세대 문학'에 대한 당시의 무비판적 상찬(賞讚)이 낳은 결과는 문학의 보수화와 탈(脫)현실화였다. 현재의 상황은 그때보다도 열악하다. 당시에는 비판 세력이 문단의 한 축을 형성하고 있었지만, 지금은 비판 세력이란 것이 극소수인 데다 그나마도 뿔뿔이 흩어져 있기 때문이다.

그러나 문단의 지형도와는 별개로 대중의 심판은 냉혹하다. 2000년대 들어, 거슬러 올라가면 90년대 중반 이후 문학은 대중의 관심에서 멀어졌다. 어떤 이들은 대중문화로의 급속한 쏠림을 이유로 내세운다. 부분적으로는 타당하지만, 이러한 진단은 사태의 일면만을 과장한 것이다. 이 진단이 전적으로 타당하다고 전제하면, 거기서 나올 수 있는 해법이란 대중문화 흉내 내기밖에는 없기 때문이다. 이것이 바람직하지도 가능하지도 않은 해법임은 물론이다. 따지고 보면, 과거에도 '양적으로는' 언제나 대중문화가 우위에 있었다. 달라진 것은 최인호나 김홍신의 자리를 영화와 게임이 대신하고 있다는 점이다. 이 변화에 내포된 의미가 각별한 것임에는 틀림없다. 대중문화가 문화산업이 되었다는 것은 문화 시장의 본질적 변화를 함축하고 있다. 가장 중요한 변화는 문학이 문화의 마이너 장르가 되어가고 있다는 사실일 것이다. 하지만 마이너 장르가 된다고 해서 인간의 삶을 그것의 가장 깊은 차원에서 성찰하는 문학의 고유한 역할이 사라지는 것은 아니다. 이러한 문학의 역할은 영화나 게임이 대신하기 힘들다는 점에서 문학'만'의 몫이다. 과거에도 많은 대중들이 최인호나 김홍신과 함께 황석영과 조정래의 소설을 읽은 까닭이 여기에 있다. 문제는 문학에 대한 대중들의 기대를 문학이 먼저 배반했다는 데 있다. 대중들은 문학에서 영화나 게임과 같은 것을 원하지 않는다. 아마도 그렇게 되는 순간이 근대적 제도로서의 문학이 사라지는 때가 될 것이며, 그때가 바로 말의 바른 의미에서의 탈근대로 진입하는 순간일 것이다. 근대적 대중들은 근대적 제도로서의 문학에 고유한 역할을 기대하고 부여해 왔다. 인간의 삶을 총체성의 맥락에서 복원함으로써 근대의 사물화와 단자화(單子化) 경향에 맞서고 대안적 근대의 가능성을 모색해 근대극복의 전망을 그려내는 것이 그것일 터이다. 이 역할 기대에 충실했다면 한국문학은 문화산업의 시대에도 대중의 관심권에 굳건히 자리 잡을 수 있었을 것이다.

문학의 대중성은 판매 부수에 의해 결정되는 것이 아니다. 80년대뿐 아니라 90년대와 2000년대에도 베스트셀러는 있었다. 그럼에도 불구하고 문학에 대한 대중의 관심과 기대는 지난 20여 년 동안 빠른 속도로 감퇴되어 왔다. 실제 독자 이상으로 잠재 독자가 중요한 것도 그래서거니와 그런 점에서 문학 고유의 역할에 대한 대중의 기대가 존재하고 문학이 거기에 부응할 때 문학의 참된 대중성이 확보된다고 말할 수 있다. 90년대에는 문학에 대한 대중의 기대는 있었지만 문학이 그 기대를 저버렸고, 2000년대는 문학에 대한 대중의 기대가 과연 있기나 한지 의심쩍은 시대가 되었다. 80년대의 민족문학에 대한 재조명이 절실한 것은 이런 연유에서이다. 80년대의 민족문학에 많은 결함과 문제점이 있는 것은 부인할 수 없다. 그러나 적어도 80년대 민족문학은 대중의 기대에 예민하게 반응하면서 거기에 부응하려 노력했다. 특히 80년대의 민족문학은 대중의 잠재적 기대 혹은 잠재적 독자층의 기대가 무엇인지에 깊은 관심을 기울였으니, 문학의 민중성과 대중성에 대한 강조는 그런 맥락에서 제출된 것이었다고 할 수 있다. 80년대 민족문학에 부여되었던 높은 사회적 위상과 대중적 관심은 이로부터 비롯된 결과라 해도 지나치지 않다. 따라서 2000년대의 새로운 한국문학이 문학 본연의 역할을 제대로 수행하고 그럼으로써 다시금 대중의 관심권에 자리 잡아 합당한 사회적 위상을 회복하고자 한다면, 80년대의 민족문학에서 많은 것을 배울 필요가 있다. 이 말이 80년대 민족문학을 물신화하자는 뜻은 아니다. 80년대 민족문학의 한계는 한계대로 엄정하게 분별하되 90년대 한국문학에 결여되었던 것들을 80년대 민족문학에 대한 재조명을 통해 복원하자는 것이다. 그러기 위해서는 먼저 80년대 민족문학이 대중의 어떠한 기대에 어떻게 부응하려 노력했는지를 구체적으로 살펴보아야 한다. 이 글은 그에 대한 체계적 답변을 준비하고 있지는 못하다. 본격적인 논의는 더 많은 공부와 별도의 장을 필요로 한다. 그러므로 여기서는 간략한 스케치와 몇 개의 단상으로 만족할 수밖에 없겠다.

2. 80년대 민족문학과 대중

80년대 민족문학을 논할 때 빼놓을 수 없는 작품이 조정래의 『태백산맥』이다. 잘 알다시피 『태백산맥』은 공전(空前)의 베스트셀러이자 80년대를 상징하는 기념비적 소설이다. 『태백산맥』이 평단과 독자 양쪽으로부터 폭발적인 호응을 얻을 수 있었던 비결은 무엇일까. 필자는 가장 중요한 이유로 대중의 잠재적 기대에 부응한 점을 꼽고 싶다. 『태백산맥』은 무엇보다 80년대를 살았던 대중들의 숨은 열망 혹은 억압된 욕구를 적극 반영했다. 80년대는 광주의 비극으로 시작해 6월항쟁에서 정점을 이루었던 시대이다. 그런 만큼 80년대는 한국 근대의 은폐되었던 모순들이 폭발적으로 분출된 때였으며, 한국전쟁 이후 처음으로 지배 세력과 체제에 대한 발본적(拔本的) 도전이 공공연하게 시도된 시대였다. 말하자면 헤게모니적 근대와 대안적 근대간의 대립이 첨예하게 벌어졌던 시대인 셈이다.

당시의 대중들은 이러한 정세 속에서 심각한 가치관의 혼돈을 겪고 있었다. 무언가 잘못된 것 같은데 그것의 실체를 명확히 인식할 수는 없었으며, 모순의 본질이 무엇이고 그 뿌리가 어디에 있는지를 가늠할 수 없었다. 『태백산맥』은 그에 대한 가장 적극적인 응답이었다. 당시 해방기의 역사나 빨치산 문제를 다룬 문학 작품들은 여기저기서 출간되고 있었다. 빨치산 출신인 이태의 『남부군』을 비롯해 이병주의 『지리산』, 김원일의 『불의 제전』이 발표되었고, 이산하라든가 김형수 같은 시인들도 이 시기를 대상으로 한 서사시를 발표했다. 하지만 대중들은 유독 『태백산맥』에 열광적인 반응을 보였는데, 여러 이유가 있겠지만, 이 글의 주제와 관련해서는 두 가지 정도를 지적할 수 있다.

하나는 『태백산맥』이 반공주의와 엘리트주의라는 지배 이데올로기에 맞서 한국 현대사에 대한 새로운 상을 제시했다는 점이다. 사회주의나 진보적 민족주의에 대한 『태백산맥』의 평가는 당시로서는 그야말로 '혁명적'이었다. 얼마 전에도 국가보안법 위반 문제로 재판을 받았던 것을 생각하면, 『태백산맥』의 이념적 입장은 지금도 받아들이기 쉽지 않을 정도이다. 엘리트주의에 대한 도전도 일대 충격이었다. 지배층 중심으로 역사를 설명하던 주류적 사관을 단숨에 뛰어넘어 민중의 삶과 저항을 기축(基軸)으로 한국 현대사를 재구성한 것은 대중들의 고정관념을 뿌리째 뒤흔들기에 충분했다. 『지리산』이 여전히 반공주의에서 자유롭지 못했고 『불의 제전』이 민중을 수동적이고 주변적인 존재로 여기는 엘리트주의에 사로잡혀 있었다는 점에서 『태백산맥』이 그린 역사상은 참으로 신선하고도 도발적이었다. 요컨대 거기에는 80년대적인 전위성이 담겨 있었던 것이다.

다른 하나는 균형 감각이다. 현재의 시점에서 돌이켜보면, 『태백산맥』은 당시 첨예하게 분립(分立)해 있던 이데올로기들 사이에서 놀라울 정도의 균형을 취하고 있다. 반공주의와 엘리트주의에 단호하게 반대했지만, 그렇다고 해서 노동계급 전위주의나 민족해방론에 휩쓸리지도 않았다. 민중을 변혁의 주체로 설정하면서도 지식인이나 지배층의 동향도 중시해 이들의 상호작용으로 역사를 설명했다. 이념뿐 아니라 생활 또한 인간의 행위를 규정하는 본질적 기제임을 강조했다. 남성 중심으로 세계를 바라보고 있기는 하지만, 여성들의 주체성에 대해서도 나름의 배려를 보여주려 노력했다. 편향적이니 과격하니 하는 비난이 적지 않지만, 엄밀히 따지면, 중도성(中道性)이야말로『태백산맥』을 관류하는 일관된 입장이라 할 수 있다. 이 중도성은 작가로 하여금 현실의 다면성과 중층성을 최대한 폭넓게 그릴 수 있도록 해준 원동력이었다.

해방기의 한국사에 대한 전복적이면서도 균형 잡힌『태백산맥』의 서사가 80년대의 대중들에게 끼친 계몽적 효과는 압도적이었다. 각종 설문 조사에도 잘 나타나 있듯, 지난 100년간 대중들에게 가장 심대한 영향을 준 책이었다고 해도 지나치지 않을 정도로『태백산맥』은 80년대 많은 한국인들의 가치관과 역사의식을 바꿔놓았다. 80년대는 한마디로 '대중의 반란'으로 요약될 수 있는 시대이다. 대중의 유일한 공통점은 그들이 소비자라는 사실 밖에는 없다. 사회적 생산관계의 측면에서 보면, 대중은 노동자 농민 중산층 자본가 등으로 찢겨져 있다. 따라서 대중은 소비라는 행위를 통해서만 자신의 정체성을 인지할 수 있는 소비자 집단일 뿐이다. 대중이 자본주의 근대에 구조적으로 종속될 수밖에 없는 것도 그래서이다. 그런데 놀랍게도 소비자 집단에 불과한 대중이 6월항쟁의 승리를 이끌어낸 것이다. 이 승리는 대중이 곧 민중이라는 각성에 바탕한 것이라 할 수 있는데, 학생 노동자 '넥타이 부대' 영세 상인 택시 운전사가 하나 되어 군부 독재에 항거한 데서 그 점을 확인할 수 있다. 이러한 각성에『태백산맥』이 적지 않은 기여를 한 것은 부

인하기 힘든 사실이다. 말하자면 『태백산맥』은 대중의 절대 다수가 민
중이고 이들 민중에 의해 역사가 움직인다는 것을 어떤 대사상가의 저
서나 대학자의 논문보다도 더 큰 마음의 울림으로 대중들에게 설득했
던 셈이다.

　『태백산맥』을 통해 우리가 얻을 수 있는 가장 중요한 교훈은 '계몽'
이 문학의 본질적인 역할 가운데 하나라는 점이다. 근대의 모든 위대한
문학들은 그 시대의 가장 계몽적인 문학이었다. 세르반테스, 라블레, 괴
테, 발작, 톨스토이, 루쉰, 고리끼 같은 위대한 작가들에게서 계몽을 빼
고 그들 문학의 정수를 설명하기란 불가능하다. 계몽만이 근대문학의
전부는 아니지만, 계몽 없이 근대문학은 성립되지 않는다. 『태백산맥』
은 그 사실을 다시 한 번 확인시켜 주었다. 한 걸음 더 나가면, 계몽은
『태백산맥』의 핵심적 미학이라고까지 말할 수 있다. 80년대의 대중이
매료된 것이 바로 『태백산맥』의 전복적 계몽성이었기 때문이다. 그런
만큼 계몽을 빼고 『태백산맥』의 미학을 논하는 한 고답적(高踏的) 형식
주의를 면하기 어렵다. 여기서 말하는 계몽이 우매한 대중을 가르친다
는 의미의 엘리트주의적 개념이 아니라는 사실을 짚고 넘어가야겠다.
계몽의 참뜻은 '사물의 은폐된 본질을 밝히는 것'이다. 계몽의 영문 대
응어인 'enlighten'에 '빛을 비추다'는 의미가 있듯이 계몽이란 '어둠 속
에 감추어져 있는 사물에 빛을 비춰 본래의 모습을 드러내는 일'이다.
『태백산맥』은 해방기 역사의 어둠에 빛을 비춰 그 시대의 본래 모습을
드러내 주었다. 반공주의와 엘리트주의라는 어둠을 걷어내고 대중의
절대 다수인 민중의 역동성을 보여준 데 『태백산맥』의 진정한 계몽성이
있다는 말이다. 그리고 이러한 의미에서의 계몽성이야말로 가치관의 혼
돈에 빠져 있던 80년대의 대중들이 문학에 요구한 잠재적 기대였다.

  문학의 계몽성과 관련하여 생략할 수 없는 또 한 편의 작품이 황석영의 『무기의 그늘』이다. 『태백산맥』처럼 많이 팔리지는 않았지만, 사회적 영향력이라는 면에서는 『무기의 그늘』 또한 『태백산맥』 못지않다. 특히 베트남 전쟁에 대한 대중들의 시각 교정에 『무기의 그늘』이 수행한 역할은 괄목할 만하다. 이에 대해서는 이영희의 선구적 작업이 있지만, 80년대에 국한해서 말한다면 『무기의 그늘』이 좀더 '대중적'이었다고 할 수 있을 터이다. 이영희의 작업이 주로 대학생과 지식인들에게 영향력을 행사했다면, 『무기의 그늘』은 일반 대중으로까지 독자의 폭을 넓혔다는 데 의의가 있다.

  황석영이 베트남 전쟁에 관심을 기울인 까닭은 무엇이었을까. 이 역시 대중의 잠재적 기대와 깊은 관계가 있다. 『무기의 그늘』의 심층 주제는 베트남 전쟁이 아니다. 이 작품의 심층 주제는 무기의 '그늘'에 무엇이 숨어 있는가이다. 다시 말해 무기의 위용에 가려 어둠 속에 숨어 있는 베트남 전쟁의 진짜 본질을 밝히는 데 작품의 심층 주제가 있는 것이다. 『무기의 그늘』이 말하는 '그늘'이란 시장, 곧 자본주의이다. 소설에 따르면, 베트남 전쟁을 조율하는 '숨은 손'은 자본주의이다. 『무기의 그늘』은 시장이 전쟁을 위해 존재하는 것이 아니라, 거꾸로 전쟁이 시장을 위해 존재한다고 말한다. "전쟁은 가장 냉혹한 형태의 장사가 아닌가요?"라고 묻는 토이의 발언에서 그러한 시각이 극명하게 표출된다. 전쟁이 시장을 위해 존재한다는 것은 전쟁이 자본주의 근대를 유지하는 수단이라는 의미이다. 그래서 베트남 전쟁에서는 적군과 아군의 경계가 불분명하고, 돈을 위해서라면 양민 학살도 당연시된다. 월남군도 민족해방 전사도 한국군도 시장을 매개로 내통하기도 하고 갈라지기도 한다.

『무기의 그늘』의 가장 날카로운 통찰은 전쟁을 지배하는 시장을 규율하는 통제자가 미국이라는 사실을 포착한 것이다. 미국은 시장을 지배함으로써 전쟁을 지배한다. 이를테면 미군은 르 로이 시장에서 전쟁물자와 보급품이 암거래되고 있음을 알면서도 그것을 내버려둔다. 그러다 어느 시점에 보급품 유출을 엄격히 규제하면 시장 가격이 올라가며, 다시 풀어주면 가격이 내려간다. 그에 따라 전쟁 주체들의 대응이나 행동 양상이 달라짐은 물론이다. 이처럼 미국은 무력이 아니라 시장을 통해 전쟁을 지배하고 있는 것이다. 그런 점에서 베트남 전쟁은 후기식민 시대 제국주의 전쟁의 원형이라 할 만하다. 미국이 영국이나 프랑스와 다른, 새로운 유형의 제국주의 국가임이 이 과정에서 밝혀지게 되는데, 그 본질은 시장을 통해 전쟁을 지배하고 나아가 국가를 장악한다는 점이다. 베트남이 전후 20년 만에 시장을 살리고자 미국과 손을 잡고 자본주의 세계체제에 자발적으로 편입하는 모습에서 우리는 후기식민 시대 제국주의의 본질이 무엇인지를 착잡한 심정으로 목격한 바 있다. 그렇게 보면, 미국은 베트남전이라는 전투에서는 지고 시장이라는 전쟁에서는 이긴 셈이다.

미국의 제국주의적 성격에 대한 『무기의 그늘』의 통찰은 광주항쟁과 미국의 관계에 대한 재인식과 맞물려 있다. 광주항쟁의 비극과 군부독재의 부활에 미국이 무관하지 않음을 『무기의 그늘』은 은유적으로 암시한다. 요컨대 미국의 제국주의적인 동북아 전략의 틀 속에 광주항쟁의 비극과 군부독재의 부활이 놓여 있음을 성찰하는 하나의 계기를 『무기의 그늘』이 마련해 주었다는 것이다. 이것은 『태백산맥』도 마찬가지인데, 그런 점에서 『태백산맥』과 『무기의 그늘』을 비롯한 80년대의 많은 문학 작품들이 미국의 제국주의적 성격에 대한 비판적 재인식의 '대중화’에 크게 기여했음을 잊어서는 안될 것이다. 해방 이후 한국의 역사에서 미국에 대한 비판적 재인식은 획기적인 의미를 갖는다. 미국에 대한 비판적 재인식이 반공주의와 냉전체제 나아가 자본주의 근대에 대한 새로운 시각이 대중들에게 확산되는 데 있어 결정적인 매개 역할을 했기 때문이다. 『무기의 그늘』은 베트남 전쟁을 소재로 삼아 이 문제에 대한 가장 날카로운 통찰을 제공해 주었다.

『무기의 그늘』은 거기서 멈추지 않고 베트남 전쟁을 통해 분단문제를 새롭게 바라보는 기회를 마련해 주었다. 안영규가 “나는 여기에 와서야 고향을 객관적으로 보기 시작했다”고 토로할 때, 거기에는 남북 분단에 대한 새로운 각성이 담겨 있다. 말하자면 남북 분단 역시 베트남처럼 자본주의 근대의 제국주의적 패권 다툼의 산물이라는 인식이 깔려 있는 셈이다. 안영규는 베트남 전쟁에 참여함으로써 그 사실을 깨닫게 된 것이다. 『무기의 그늘』을 읽은 독자들은 자연스럽게 베트남과 한반도를 유비적으로 연결시키게 되며, 그 과정에서 남북 분단의 은폐된 본질, 곧 자본주의 근대와 분단의 상관관계에 주목하게 된다. 마침내 분단문제를 전(全)지구적 관점에서 사유할 수 있게 된 것이다. 여기서 미국의 역할이 중요한 것은 사실이지만, 베트남 전쟁을 통해 바라본 남북 분단은 보다 근본적으로는 자본주의 세계체제의 재편 과정이 낳은, 다른 말로 하면 시장의 확장 과정에서 빚어진 필연적 부산물이었다. 『무기의 그늘』의 심층 주제가 바로 그것이라 할 수 있거니와 이 점에 소설의 선구성이 있다.

80년대는 제3세계론—주변부 자본주의론—세계체제론 등을 통해 전지구적 전망 속에서 민족문제를 사유하려는 노력이 진지하게 벌어졌던 시대이다. 그 노력의 성패 여부와는 별개로 전지구적 사유가 분단문제를 자본주의 세계체제와의 연관 속에서 이해하도록 해준 것만은 틀림없다. 90년대 이후 분단문제에 대한 탈냉전적 접근법은 이러한 새로운 사유에 적지 않게 빚지고 있다. 냉전체제의 붕괴라는 외적 요인이 크게 작용한 것은 분명하지만, 일국적(一國的) 시각에서 전지구적 시각으로의 갱신이 없었다면, 외부의 변화를 수용하는 데 훨씬 많은 시간과 진통이 필요했을 것이다. 『무기의 그늘』은 학술 분야에서의 변화를 선도적으로, 어느 면에서는 학술 분야를 앞질러 전지구적 시각을 문학에 도입했다. 이는 『태백산맥』과 비교해 보더라도 뚜렷하다. 『태백산맥』은 한국 현대사를 전복적으로 재구성하고 있긴 하지만, 그 시야는 여전히 일국 혹은 한반도 차원에 머물러 있다. 미국을 주요 변수로 다루고 있음에도 그러하다. 『태백산맥』이 민족 대 반(反)민족이라는 민족주의적 이분법을 끝내 극복하지 못한 것도 이와 관련이 깊다. 그에 비해 『무기의 그늘』은 미국을 자본주의 근대라는 맥락에서, 즉 시장의 메카니즘 속에서 바라봄으로써 베트남 전쟁 나아가 남북 분단까지도 자본주의 세계체제라는 전지구적 틀에서 성찰할 수 있도록 해준다. 그런 점에서 『무기의 그늘』은 대중성의 폭에서는 『태백산맥』에 미치지 못하지만, 대중성의 깊이에서는 『태백산맥』을 앞지른 작품이라고 할 수 있다. 이때의 대중성은 대중의 '잠재적' 기대 혹은 '잠재적' 독자의 기대를 함축한 개념인데, 『무기의 그늘』은 바로 대중의 잠재적 기대의 최대치에 부응한 작품인 셈이다.

80년대의 정점은 87년 6월항쟁이었다. 문학 분야에서도 6월항쟁의 정신과 이념을 반영한 작품들이 쏟아져 나왔다. 특히 6월항쟁은 노동자계급의 각성과 자기 표현을 촉발했다. 그런 점에서 6월항쟁과 이후의 '노동자 대투쟁'은 연속적 과정으로 이해하는 것이 적절하다. 대중의 절대

다수가 민중이고, 민중의 절대 다수가 노동자계급이기 때문이다. 그러므로 '대중의 반란'으로서의 6월항쟁이 노동자계급의 각성과 자기 표현으로 이어진 것은 자연스러운 과정이었다고 할 수 있다. 87년을 전후해 노동자계급의 삶과 투쟁을 다룬 '노동문학'이 봇물처럼 쏟아져 나온 것은 문학에 대한 대중의 잠재적 기대라는 측면에서 볼 때 당연한 일이었다.

80년대의 '노동문학'을 두고 90년대 들어 많은 비판이 제기되었다. 도식주의, 전위주의, 관념주의, 전체주의, 심지어는 파시즘이라는 비판까지 나왔거니와 이러한 비판들에 일정한 진실이 담겨 있는 것도 사실이다. 그러나 비판들이 실상에 비해 과도한 것도 분명한 일인데, 이런 식의 '과도함'은 90년대의 탈현실적이고 자유주의적인 문학을 띄우기 위해 80년대 민족문학 전체를 희생양으로 삼은 일종의 권력투쟁의 산물이기도 하다. 따라서 2000년대 한국문학의 바람직한 발전 방향을 제대로 잡으려면, 비판의 진실된 측면과 권력투쟁적 측면을 엄정하게 분별하는 작업이 선행되어야 할 터이다.

가령 80년대 '노동문학'의 도식성과 관념성을 생각해 보자. 80년대의 '노동문학'이 도식성과 관념성을 적지 않게 노정(露呈)한 것은 부인하기 힘들다. 따라서 그 점에 대한 진지한 비판은 많을수록 좋다. 그러나 그 비판이 공정하려면, 도식성과 관념성이 나오게 된 이유나 역사적 맥락에 대한 충분한 배려가 병행되어야 한다. 무엇보다 당시가 '노동문학'의 초창기였음을 감안해야 한다. 물론 가깝게는 노동자 수기에서부터 황석영이나 조세희의 소설이 있었고 멀게는 식민지시대의 프로문학이 있었지만, 식민지시대의 프로문학은 한국전쟁 이후 완전히 단절되었고 70년대의 노동소설은 '전통'을 형성하기에는 너무도 미약했다. 노동자

수기나 보고문학 같은 것들은 아무래도 전문 작가의 글이 아닌 관계로 문학적 전범이 되기에는 여러모로 모자랐다. 그런 만큼 당시 '노동문학'의 도식성이나 관념성은 초창기적 미숙함이 낳은 결과로 이해할 필요가 있다. 실제로 식민지시대의 프로문학 또한 초창기에는 도식성과 관념성을 80년대보다도 훨씬 극심하게 노정했다. 이러한 도식성과 관념성은 80년대 후반으로 갈수록 점차 극복되기도 했다. 노동해방문학이나 주체문학이 등장하면서 다시 도식성과 관념성이 증폭되긴 했지만, 그것은 다른 차원에서 논할 문제이다.

방현석의 경우가 이러한 변화를 가장 잘 보여준다. 그의 데뷔작인 「내 딛는 첫발은」에는 예의 도식성과 관념성이 곳곳에 배어 있다. 서사 전체가 '억압에서 저항으로'라는 도식에 따라 기계적으로 진행되고 있을 뿐더러 구체적 생활과의 연계가 부족해 저항으로 나아가는 과정이 작위적으로 느껴진다. 노동/자본 관계 또한 선악 이분법의 틀로 간단히 도식화되어 있다. 하지만 다음 작품인 「새벽 출정」으로 오면, 도식성과 관념성은 대폭 탈각(脫却)된다. 노동자 개개인의 실존적 삶이 노동 현장과 적절하게 연결되어 있고, 노동운동 과정에서의 내적 번민과 서로간의 갈등이 풍부하게 다루어지고 있으며, 노동과 자본의 대립상이 보다 구체적으로 그려지고 있다. 뿐만 아니라 철순, 미정, 민영과 같은 주요 인물들의 형상이 저마다의 개성을 지닌 모습으로 성격화되어 '개별과 보편의 통일'로서의 전형으로 손색이 없다. 그래서 서사 전체의 진행이 '뻔한 이야기'가 아니라 긴박감 넘치는 비장미로 충만되는데, 결말부의 '출정'이 강한 리얼리티로 독자의 심금을 때리는 것도 그러한 서사 진행의 효과라 할 수 있다. 철순의 갑작스런 죽음, 사장의 배신, 미정과 민영을 비롯한 노동자들의 각성, 새벽의 집단 출정으로 이어지는 결말부의 급박한 흐름이 이전까지의 서사 과정과 어우러지면서 비장미 넘치는 리얼리티를 만들어낸 것이다. 그런 점에서 형식미학적으로만 보더라도 「새벽 출정」은 한 편의 잘 짜여진 소설이다. 「내일을 여는 집」이나 「지옥선의 사람들」도 꾸준한 정진을 보여준다.

방현석 문학의 지속적이고도 빠른 성장은 80년대 '노동문학'의 가능성을 예감케 하는 데 부족함이 없다. 정화진·김한수·김인숙 등도, 정도의 차이가 있기는 하지만, 나름대로의 문학적 성장을 보여주었다. 필자의 추측이지만, 현실 사회주의의 몰락이라든가 노동해방문학으로 대표되는 극좌적 문학의 등장과 같은 내외적 급변이 없었다면, 한국의 '노동문학'은 풍성한 열매를 만들어냈을지도 모른다. 특히 노동해방문학이 80년대의 '노동문학'에 끼친 악영향은 엄정하게 따져져야 한다. 노동해방문학은 총체성을 당파성으로, 계급성을 계급 환원론으로, 계몽을 선전선동으로, 민중 연대를 볼세비키적 분리주의로 형해화(形骸化)시키면서 '노동문학'의 도식성과 관념성을 다시금 불러왔기 때문이다.(다른 한편 이러한 극좌 편향성에 대한 반발은 노동자의 쇄말사에 집착하는 자연주의적 역편향을 낳기도 했다.) 노동해방문학의 이러한 극좌 편향성은 '노동문학' 작가들마저 '노동문학'에서 등 돌리는 사태까지 초래했으니, 80년대 '노동문학'의 짧은 융성은 그렇게 끝나고 말았다.

그런 점에서 80년대의 '노동문학'을 공정하게 평가하려면 먼저 '노동문학'의 3~4년에 걸친 짧은 융성기에 주목해야 한다. 이 시기 동안의 '노동문학'은 이런저런 한계에도 불구하고 식민지시대의 프로문학에 비견되는 빠른 성장과 가능성을 보여주었다. 거기에 초점을 맞춰보면, 그러한 성장이 대중의 잠재적 기대와 무관하지 않음을 알 수 있다. 대중의 대다수를 노동자계급이 차지하고 있음은 앞에서 지적한 바 있거니와 80년대의 '노동문학'은 바로 그들의 잠재적 기대에 부응한 결과물이라 할 수 있다. 대중의 절대 다수를 차지하고 있음에도 그들의 관심과 기대를 반영하는 문학이 없다는 것은 비정상적인 일이다. 대중의 관점에서 보면, 90년대 문학을 중산층 이야기가 지배했다는 사실이야말로 비정상적이기 그지없는 사태이다. 이는 대중들의 실제 삶에서 문학이 멀어졌음을 방증(傍證)한다.

80년대 '노동문학'은 근대문학의 주인인 대중들에게 문학을 되돌려주기 위한 노력의 일환이었다. 도식성이나 관념성 또한 그러한 노력의 과정에서 나온 초창기적 한계였다고 할 수 있다. 노동자계급이 자기를 인식하고 표현하는 과정에서 제일 먼저 맞닥뜨리는 일이 정체성의 문제이다. 자신의 정체성을 규정하는 것은 자기 인식의 첫걸음이다. 그러므로 자기 인식과 표현의 첫 단계에서는 항용 자신과 타인이 어떻게 다른가에 관심을 갖게 되는 법이다. 80년대의 '노동문학'도 마찬가지였다. 다시 말해 노동자계급의 고유한 정체성을 발견하고 표현하는 일이 80년대 초창기 '노동문학'의 가장 화급한 과제였던 것이다.

80년대 민족문학의 도식성 하면 가장 먼저 운위되는 작품 가운데 하나인 홍희담의 「깃발」 역시 그러한 관점에서 재평가할 필요가 있다. 이 소설이 거듭 강조하는 것은 노동자계급의 고유한 정체성이다. 광주항쟁의 부상자와 구속자 가운데 '무산자계급'이 '대략 71%'를 차지하고 있다는 진술이라든가 "어떤 사람들이 이 항쟁에 가담했고 투쟁했고 죽었는가를 꼭 기억해야" 한다는 순분의 발언이라든가 지식인인 윤강일의 기회주의와 대비되는 여성 노동자들의 헌신성과 연대의식에 대한 강조는 바로 노동자계급의 고유한 정체성에 대한 확인에 다름 아니다. 노동자계급의 고유한 정체성은 광주항쟁의 비극에서 희망을 찾고 작업복 자락의 펄럭임에서 '깃발'을 보는 '혁명적 낙관주의'로 이어지거니와 이러한 정체성 확인의 과정에서 노동자계급과 다른 집단을 이분법적으로 나누는 도식성이 발생한 것이다. 그렇게 보면, 80년대 '노동문학'의 도식성에는 '계급의 형성'을 위해 불가피했던—올바르지는 않지만—측면이 있었다고 할 수 있다. 정체성에 대한 자의식은 계급을 형성하는 데 있어 필수불가결한 과정이기 때문이다. 노동자'들'이 다수 존재한다고 해서 계급이 형성되는 것은 아니다. 자기의식 없는 노동자'들'은 소비자 집단으로서의 대중의 한 부분일 뿐이다. 대중의 한 부분이었던 노동자'들'이 노동자'계급'으로 정립되는 것은 계급적 정체성에 대한 자의식이 싹트면서부터이다.(계급이 결사이기도 한 것은 그래서이다.) 80년대의 '노동문학'은 바로 그 과정을 반영하고 있으며, 「깃발」 또한 마찬가지다. 그런 점에서 80년대 '노동문학'의 초창기적 도식성과 노동해방문학이나 민족해방문학과 같은 극좌적 문학의 등장을 전후한 시기의 도식성은 섬세하게 구별되어야 한다. 80년대 '노동문학'의 초창기적 도식성이 대중으로서의 노동자'들'이 노동자'계급'으로 자기 정립하고자 하는 잠재적 기대를 반영하는 과정에서 배태된 것이었음에 주목하지 않고서는, 왜 그 시기에 '노동문학'이 대중들의 많은 관심과 공감을 얻을 수 있었는지를 입체적으로 이해할 수 없기 때문이다.

3. 공정성과 겸손함

80년대 한국문학을 대중성의 측면에서 살펴보면서 우리는 80년대 민족문학의 역동성이 대중의 잠재적 기대에 부응하고자 한 끊임없는 노력과 불가분의 관계를 맺고 있음을 확인할 수 있었다. 그를 통해 80년대 민족문학의 계몽성이 무지한 대중을 가르치려는 엘리트주의의 발로(發露)가 아니라 대중의 잠재적 기대에 부응해 '은폐된 본질'을 밝혀내려는 의지의 산물이었으며, 80년대 '노동문학'의 도식성도 '계급의 형성'을 위한 정체성 확인이라는 노동자계급의 잠재적 기대를 반영하는 과정에서 배태된 불가피한 한계였음이 드러났다. 80년대 민족문학이 이런저런 문제점과 결함에도 불구하고 80년대의 대중들에게서 커다란 호응을 불러일으킬 수 있었던 것도 바로 대중의 잠재적 기대를 문학에 적극 반영하려는 노력 때문이었다고 할 수 있을 것이다.

거듭 강조하거니와 80년대의 민족문학이 적지 않은 한계를 지니고 있는 것은 분명하다. 우리는 그 한계는 한계대로 비판하고 반성하는 작업을 게을리 말아야 할 터이다. 그것이 특정 문학의 물신화를 막고 한국문학의 자기 갱신을 지속적으로 도모할 수 있는 디딤돌이 되기 때문이다. 하지만 80년대 민족문학에 대한 항간의 비판에 심각한 편견과 권력투쟁의 욕망이 낳은 과도함이 있는 것이 사실이라면, 편견과 권력욕에서 벗어나 좀더 공정하게 80년대 민족문학을 되돌아보는 자세 또한 절실하다. 특히 80년대 민족문학에 대한 당시 대중들의 높은 관심이 어디에서 비롯된 것인지를 제대로 이해하려면 그러한 공정성은 더더욱 긴요하다.

더구나 이 문제는 2000년대 한국문학이 겪고 있는 위기의 본질, 곧 대중적 관심의 소멸이라는 현상을 정확하게 인식하고 그것을 극복할 수 있는 바람직한 방향을 찾는 일과 직결되어 있다는 점에서, 80년대 민족문학에서 배울 것은 배우는 겸손함이 현재의 한국문학에는 무엇보다 요구된다. 90년대의 한국문학에도 배울 바가 적지 않을 것이다. 하지만 지금 90년대 한국문학은 지나치게 물신화되어 있다. 90년대 한국문학이 문학과 대중을 괴리시킨 주요 원인을 제공했음에도 불구하고 그에 대한 비판적 성찰은 거의 없는 실정이다. 2000년대의 한국문학 또한 90년대 문학의 연장선에 있다는 점에서 철저한 자기 반성이 있어야 하는데, 이것 역시 체념론과 적응론과 자족론에 묻혀 힘을 얻지 못하고 있다.

해결책은 사실 간단하다. 문학과 대중의 거리를 좁히면 된다. 그러나 거리 좁힘은 문학이 대중문화를 흉내낸다거나 문학주의를 소리 높여 외친다고 해서 해결될 일이 아니다. 그것은 오히려 문학을 주변부화하고 문학의 죽음을 촉진시킬 뿐이다. 문학이 양적으로나 질적으로나 문화의 주변부로 내몰려도 상관없다면, 혹은 근대적 제도로서의 문학이 역사의 뒤안길로 사라져도 상관없다면, 더 이상 고민할 필요는 없다. 하지만 문학이 마이너 장르로서든 아니든 자신의 역사적인 위상을 뚜렷이 자각하고 거기에 걸맞는 역할을 제대로 수행하고자 한다면, 대중과의 새로운 소통을 도모하는 데 적극적으로 나서지 않으면 안된다. 대중과의 소통은 대중의 잠재적 기대가 무엇인지 통찰하고 그 기대에 부응할 때 가능해진다. 80년대 민족문학은 그러한 노력의 한 전범이었으며, 80년대 민족문학의 현재성 역시 그곳에서부터 찾아야 할 것이다.

문학의 눈으로 바라본 인혁당 사건

1. 인혁당 사건, 한국 현대사의 뜨거운 감자

제2차 인혁당 사건, 정확히 말하면 인민혁명당 재건위원회 사건으로 서도원, 도예종, 하재완, 이수병, 김용원, 송상진, 우홍선, 여정남 등 8명에게 사형이 선고되었다. 이들은 1975년 4월 8일 대법원에서 사형이 확정된 후 24시간도 안되어 처형당했다. 유신시대가 광기의 시대였음을 다시 한 번 절감하게 되는 대목이다. 그후 많은 사람들이 인혁당 사건 관련자들의 억울함을 풀어주기 위해 노력을 했고, 그 덕분에 이제는 인혁당 사건이 유신 독재정권이 권력 유지를 위해 만들어낸 조작이었음을 누구도 의심하지 않게 되었다.

하지만 인혁당 재건위 사건이 터진 지 40년이 되어감에도 불구하고 이 사건의 진실은 여전히 짙은 안개에 가려져 있다. 조작 사건이니 사법 살인이니 하는 비판만 있을 뿐 정작 인혁당 사건의 구체적 내용이나 함의에 대해서는 당사자들조차 말하기를 꺼려한다. 특히 인혁당 −

통혁당–남민전으로 이어지는 1960~70년대의 주요 공안 사건들에 대해서는 더욱 그러하다. 가장 큰 이유로는 아직도 위세를 잃지 않고 있는 반공 이데올로기를 지적할 수 있을 것이다. 말하자면 이 조직들이 보여주는 사회주의적 성향이 반공 이데올로기와 정면으로 충돌할 가능성이 크다는 우려가 사건의 진상을 규명하는 데 중요한 걸림돌로 작용하고 있는 셈이다. 그런 점에서 인혁당 사건은 지금도 한국 현대사의 '뜨거운 감자'이다.

그러나 '조작'이라는 말로 얼버무리는 것이 올바른 해법이 아닌 것은 분명하다. 물론 인혁당 사건은 '조작'이다. '북한의 사주를 받아 당을 만들고 민청학련을 배후 조종했다'는 주장은 고문에 의한 조작임에 틀림없다. 하지만 인혁당 사건을 조작으로만 몰아가는 한 관련자들의 진보적 이념이나 실천을 제대로 조명하기 어려워진다. 이래서는 이 분들의 진정한 명예 회복도 기대하기 힘들다. 명예 회복이란 실제 행적에 대한 진실된 규명이 선행될 때 가능한 것이기 때문이다.

인혁당 사건은 이제 '역사'이다. 따라서 인혁당 사건은 하나의 역사로 엄정하고도 진실되게 다루어져야 한다. 그러한 노력이 없는 것은 아니었지만, 자료의 미비(未備)라든가 이데올로기적 제약 때문에 깊이 있는 진실 규명은 그야말로 '초보' 상태로 보인다. 더구나 인혁당 그룹은 1960~70년대 반체제운동의 주류를 이루었던 자유주의나 민족주의 세력과는 질적으로 다른 이념적 노선을 갖고 있었다. 따라서 이들에 대한 연구는 사회주의적 반체제운동의 역사적 계보를 재구성하는 작업과도 맞물려 있다. 특히 1980년대 반체제운동의 급진화는 이들 계보와의 직·간접적 연관 없이는 설명하기 어렵다는 점에서 진실 규명의 필요성은 더더욱 시급하다.

　김원일의 『푸른혼』(이룸, 2005)은 그런 점에서 여러모로 의미심장하다. 김원일은 이 연작소설을 통해 인혁당 사건의 숨겨진 진실에 가까이 다가가려 노력하고 있다. 김원일은 이미 『불의 제전』이나 『겨울 골짜기』 등에서 해방직후의 좌익 운동에 대한 적극적인 관심을 보여준 바 있다. 김원일이 『푸른혼』을 통해 인혁당 사건을 정면으로 다룬 것은 그 연장선상에 놓여 있다고 할 수 있다. 물론 그의 이전 작품들과 비교해보면, '회의하는 지식인'에서 '실천하는 지식인'으로 관점이 이동된 것을 확인할 수 있다. 이러한 변화가 어떤 의미를 갖는지가 또 하나의 학문적 테마가 되겠지만, 글의 주제에서 벗어나는 문제이므로 여기서는 생략하고 넘어갈 수밖에 없다. 그보다는 문학과 역사가 만나는 방식에 대한 논의가 주된 내용이 될 것이다. 요컨대 인혁당 사건이 문학에 의해 역사화되면서 어떠한 새로운 진실을 드러내는가에 논의의 초점을 맞춰보고자 한다.

2. 문제적 개인의 역사로서의 인혁당 사건

　인혁당 사건은 두 차례에 걸쳐 일어났다. 첫 번째는 1964년이었고, 두 번째는 1974년이었다. 흥미로운 것은 두 번 모두 6·3 사태와 민청학련 사건이라는 반정부 운동과 맞물려 있다는 사실이다. 이를 보더라도 1·2차 인혁당 사건이 하나같이 반정부 운동이 확산되는 것을 막기 위한 방편으로 이용되었음을 쉽게 추측할 수 있다. 1차 인혁당 사건에서 유죄 선고를 받은 사람이 둘뿐이라는 점은 이를 웅변적으로 말해준다.

하지만 그렇다고 해서 인혁당 사건이 '무에서 유를 창조'한 완전 조작은 아니다. '인혁당'이라는 당을 실제로 만들었는지는 분명하지 않지만, 사건 관련자들은 민족·민주 운동에 적극 참여해 활동해왔던 사람들이다. 2차 인혁당 사건 역시 마찬가지다. 특히 『푸른혼』의 주인공들인 2차 인혁당 사건 주동자들은 대구 경북과 부산 지역을 중심으로 활동했으며 대단히 진보적인 이념을 갖고 있었다는 공통점을 보여준다. 이들은 대부분 민주민족청년동맹(이하 민민청)이나 통일민주청년동맹(이하 통민청) 같은 진보적 민족운동 단체에서 활동했고, 엄혹했던 1970년대에도 경락회나 민족자주통일운동연합(이하 민자통)을 만들어 조직 활동을 벌여나갔다. 그렇게 보면, 이들은 기왕의 개량주의적인 운동을 넘어 사회주의적인 변혁 운동을 준비하고 있었던 것으로 보인다.

하지만 자료의 미비로 인해 인혁당 그룹의 구체적인 이념이나 노선은 현재로서는 규명해내기 어려운 형편이다. 그래서 인혁당 그룹의 이념과 노선을 규명하려는 몇몇 연구들 역시 '추측' 이상으로는 나아가지 못하고 있다. 문학적 접근법이 유용한 까닭이 여기에 있다. 『푸른혼』은 자료 대신에 '개인'에 초점을 맞춘다. 『푸른혼』은 인혁당 관련자들의 개인사를 추적함으로써 인혁당 사건의 숨겨진 진실에 접근한다. 그 과정에서 인혁당 사건 관련자 개개인이 어떻게 성장했고 무엇을 공부하고 고민했으며 어떤 사람들과 만나고 교유했는지가 밝혀진다. 그러면서 그들이 서로 얽히고 모여 무슨 일을 했거나 하려 했는지도 자연스럽게 드러난다. 가령 「두 동무」에서 그려지는 이준병의 개인사가 그러하다. 이수병을 모델로 한 이준병의 개인사는 그가 왜 그토록 험난한 변혁운동의 길로 들어서게 되었는지를 잘 설명해준다.

이준병은 경남 의령군 부림면 손오리에서 가난한 농부의 아들로 태어났다. 명석했던 그는 부산사범학교에 들어가 사회과학을 공부하며 서서히 진보적 사상을 받아들이게 된다. '일꾼회'를 만들고 일꾼이라는 동인지도 편집하면서 이준병은 회원들과 한국사회의 구조적 모순에 대해 고민하고 토론한다. 그후 '일꾼'을 '암장'으로 바꾸고 부산대 사범대 교육학과에 진학해 이종률 교수의 강의를 들으면서 이준병은 정신적으로 일층 성장하게 되는데, 이후 '암장'은 그가 변혁운동을 해나가는 데 있어 중요한 디딤돌이 되어준다. 짧은 교사생활 뒤 경희대 경제학과에 편입한 이준병은 4·19를 계기로 학생운동을 주도하게 된다. 그런 점에서 이준병과 학생운동의 만남은 우발적인 것이 아니라 이전의 그의 삶에서 이미 예비된 필연적 결과였다고 할 수 있다. '준비된 활동가'답게 이준병은 '금방 학내의 주목을 한 몸에 받는 투사로 떠'오르면서 '암장' 주최로 시국강연회도 열고 민민청에 가입해 경희대 민민청 위원장을 맡는다. 본격적인 운동가의 길에 들어선 것이다. 학생대표로 민자통의 궐기대회 연사로 나서 평화통일과 남북 학생회담을 설파하는 활동을 하던 중 구속된 이준병은 감옥에서 도운종(도예종 – 인용자)을 만나 "그분의 해박한 정치적 식견과 인격에 감복해 선생님이라 예를 차리고, 서로는 평생 통일운동에 함께 매진하기로 약속"한다. 인혁당과 만나게 되는 순간이다. 출옥후 '경락연구소'에 가입해 서상원(서도원 – 인용자), 하시완(하재완 – 인용자), 여의남(여정남 – 인용자) 등과 함께 은밀히 지하조직을 만들어가고 여의남을 통해 학생운동과도 연결된다. 그러던 중 민청학련 사건이 터지자 인혁당이 배후 조종자로 조작되면서 억울한 죽음을 당하게 된다.

　줄거리의 간략한 요약에서 알 수 있듯 「두 동무」는 이수병의 개인사를 통해 인혁당 사건의 내부 깊숙이 파고 들어간다. 그런데 이수병이라는 한 개인의 역사는 의외로 인혁당 사건의 진실과 관련해 많은 것을 말하거나 암시해준다. 가장 중요한 것은 인혁당 사건이 필연적인 것이었다는 사실이다. 인혁당 사건 자체만 놓고 보면 그것은 우발적인 사건일 뿐이다. 유신정권이 조작해 갑자기 터뜨린 사건이기 때문이다. 더구나 뚜렷한 강령도 없었고, 구체적인 조직 활동도 없었다. 인혁당 관련자 '전체'의 관점에서 보면 그것은 '마른 하늘에 날벼락'과 같은 봉변이었다. 하지만 '개인'에 초점을 맞추면 인혁당 사건은 개인의 역사가 빚은 필연적 사건이 된다. 이수병은 학생 시절부터 민주화운동과 통일운동에 적극 참여했을 뿐 아니라 옥중에서 1차 인혁당 사건 연루자들과 만나 사회에 대해 새로운 눈을 뜨게 된다. 1차 인혁당 사건 관련자들과의 만남은 대구 경북권 혁신계와의 만남을 의미하거니와 당시 대구 경북권이 혁신계의 보루와도 같은 지역이었음은 잘 알려진 일이다. 이수병은 그렇게 진보적 변혁운동의 전통과 접하게 된 것이다. 그리고 이때 이수병의 운명은 결정된 것이라고 보아도 좋을 것이다. 말하자면 인혁당 사건 그 자체는 극히 우발적인 것이었지만, 이수병 개인의 입장에서는 오히려 필연적인 결말이었던 셈이다. 반공 이데올로기가 지배하던 당시의 남한 사회에서 이수병과 같은 실천적 사회주의자의 운명은 비극적일 수밖에 없기 때문이다.

뿐만 아니라 이수병 개인의 역사를 통해 우리는 인혁당 같은 조직을 만들기 위한 움직임도 충분히 감지할 수 있다. 이수병과 비슷한 개인사를 가진 사람들이 모여 경락연구회를 만들었다면, 경락연구회 자체가 이미 하나의 조직이라 할 수 있다. 이 연작소설집에 등장하는 서도원, 도예종, 여정남 역시 식민지 시대 이래의 진보적 변혁운동 계보와 직·간접적으로 연결되어 있었고, 그러한 개인사들이 경락연구회로 결집된 것이기 때문이다. 가령 서도원은 해방직후의 대구매일신문 기자 생활과 민민청 활동을 통해, 도예종은 민민청 활동과 옥중에서의 빨치산 출신 무기수와의 만남을 통해, 여정남은 학생운동과 대구 지역 혁신계 인사들과의 교유를 통해 진보적 변혁운동의 전통에 자신들도 모르는 사이에 편입된 것이다. 그런 점에서 경락연구회는 진보적 변혁운동의 조직적 거점이라 해도 무방하다. 그렇게 보면, 제2차 인혁당 사건은 이름 없는 변방의 사람들을 엮어 만든 조작 사건이 아니라, 진보적 변혁운동의 싹을 자르기 위한 일종의 예비 검속의 의미를 갖고 있다. 소설 주인공들의 개인사가 그것을 입증해준다.

개인사란 미시사이다. 『푸른혼』은 인혁당의 조직·이념·강령 등을 조사하고 그것을 변혁운동의 거시적 역사 속에서 설명하는 방식이 아니라 인혁당 관련자들의 개인사를 미시적으로 조명함으로써 인혁당 사건의 내면을 들여다본다. 하지만 문학에서의 미시사란 일반 미시사와는 다르다는 점을 유념해야 한다. 일반 미시사가 주목하는 개인은 대개 '평균적' 개인이다. 일반적 경향을 추출해내기 용이하기 때문이다.[1] 반면에 문학에서 주목하는 개인은 '문제적' 개인이다. 문학이 문제적 개인에 주목하는 까닭은 이른바 '가능성의 최대치'를 보여주기 위해서이다. 인혁당 사건은 일반적 경향과는 연결되지 않는다. 오히려 당시의 일반적 경향을 찾아내려면 자유주의적이거나 민족주의적인 사회운동들을 대상으로 삼는 것이 보다 나을 것이다. 그것들이 당시 사회운동의

---

[1] 미시사의 이러한 특징을 잘 보여주는 예가 위르겐 슐룸봄의 작업이다. 역자 해설에 따르면, 그의 주된 학문적 관심사는 '보편적인 사례'이다. "그는 보통 사람들, 즉 민중의 삶에 나타난 보편적인 모습과 공존공생의 기본 형태를 밝히는 데 연구의 초점을 맞추고 있다."
위르겐 슐룸봄, 『미시사의 즐거움』, 백승종·장현숙 역, 돌베개, 2003.

‘평균치’에 가깝기 때문이다. 인혁당 그룹의 활동은 평균치와는 거리가 멀다. 이들을 모험주의자라거나 혁명적 낭만주의자라고 칭하곤 하는 것도 그래서일 터이다.

그러나 『푸른혼』은 인혁당 그룹의 활동이 당시 남한의 반체제운동이 나아갈 수 있는 가능성의 최대치 가운데 하나였음을 문제적 개인의 역사를 통해 보여준다. 그것이 적절했나라든가 최선이었나 하는 문제와는 별개로 이들의 삶과 활동은 자유주의적이거나 민족주의적인 사회운동을 극복하고 반체제운동의 새로운 대안을 모색하는 과정에서 나올 수 있는 길의 하나였다.[2] 게다가 그들의 삶이 내적 진실성까지 갖고 있다면 더 말할 나위도 없다. 그런 점에서 그들은 문제적 개인들이다. 놀라운 것은 문제적 개인들의 역사를 한 사람씩 더듬어가는 과정에서 그들의 삶이 진보적 변혁운동의 역사와 연결되어 있다는 사실이 드러나는 점이다. 그들의 개별적인 삶이 경락연구회로 모이고, 그것은 어느덧 진보적 변혁운동의 면면한 전통과 이어진다. 인혁당 사건이 역사의 필연인 것은 그런 연유에서이다. 이처럼 『푸른혼』은 문제적 개인으로서의 인혁당 그룹을 추적함으로써 거시적 역사 연구가 밝혀내기 어려웠던 내적 진실성의 맥락들을 짚어준다. 그리하여 인혁당 사건을 우발적 해프닝이라는 허당에서 건져내 진보적 변혁운동의 계승자로 새롭게 자리매김한다.

---

2) 이에 대한 개괄적인 설명으로는 『1960년대의 사회운동』(박태순·김동춘, 까치, 1991, 97~133면)과 『한국현대사 3』(한국역사연구회 현대사연구반, 풀빛, 1996, 171~182면) 참조.

3. 수난의 역사에서 저항의 역사로

인혁당 사건이 독재 권력에 의한 일방적 조작 사건으로 규정되면서 발생한 가장 심각한 문제점은 그것이 조작에 의한 수난의 한 예로 규정되고 말았다는 사실이다. 그 연장선에서 인혁당 사건 관련자들 역시 정권 유지를 위한 희생양으로 묘사된다.[3] 하지만 그들은 과연 희생양이기만 한 것일까. 어쩌면 그들을 희생양으로 못박는 것이야말로 인혁당 사건으로 죽거나 고통받은 분들에 대한 엄청난 명예 훼손일지도 모른다. 왜냐하면 희생양으로 보는 한 그들은 역사 속에서 어떤 자리도 차지할 수 없기 때문이다. 실제로 민청학련 사건에 비해 인혁당 사건에 대한 역사적 평가는 초라하기 그지없다. 두 사건이 서로 뗄 수 없는 관계를 맺고 있음에도 불구하고 두 사건을 바라보는 시각이 이처럼 판이한 까닭은 무엇일까. 더구나 사실 여부는 불분명하지만, 인혁당은 민청학련의 배후 조종자로 몰리지 않았는가. 이렇게 된 데는 경상도와 서울이라는 지역적 요인도 없지 않았겠지만, 근본적으로는 인혁당 사건이 수난 또는 조작에 의한 희생양으로 규정된 탓이 결정적이다. 당하기만 했는데 민주화에 무슨 기여를 한 것이 있겠는가. 통혁당이나 남민전도 비슷하다. 이 사건들을 수난이나 희생으로만 이해하는 한 이들이 한국사회의 민주화에 어떤 기여를 했는가를 엄정하게 따지기 힘들어진다. 그러다 보니 이들은 아직도 역사의 주변부에서 맴돌고 있다. 그런 점에서 이들에 대한 진정한 명예 회복은 이들이 한국사회의 민주화에 어떠

---

3) 가령 『사법살인』(천주교인권위원회 편, 학민사, 2001)이나 『1974년 4월』(민청학련운동계승사업회 편, 학민사, 2005) 등이 대표적이다. 『1974년 4월』은 『사법살인』에 비해 인혁당 그룹의 저항적 면모를 부분적으로 지적하고 있지만, 전체적 관점은 대동소이하다.

한 기여를 했는가를 면밀히 밝혀 이들을 역사의 중심으로 복권시키는 것이라 할 수 있다.

인혁당 사건을 역사의 중심으로 복권시키기 위해서는 그것을 수난의 역사에서 저항의 역사로 재구성하는 작업이 필수적이다. 물론 이러한 작업이 아무런 근거도 없이 이루어져서는 또 하나의 조작으로 전락하고 말 터이다. 여기서 문학적 접근의 유용성이 다시 한 번 부각된다. 인혁당 사건의 실체적 진실을 밝힐 자료가 태부족인 상태에서 인혁당 사건 자체에만 초점을 맞추는 것은 위험하다. 추측만 남발할 위험성이 크기 때문이다. 『푸른혼』이 보여주는 미시사적 접근은 개인의 역사에 주목함으로써 그러한 위험성에서 비껴난다.

이와 관련하여 「여의남 평전」이 흥미롭다. 여의남은 경북대 학생운동의 지도자였다. 그는 1964년 경북대에 입학해 곧장 진보적 동아리인 '맥령'에 가입한다. 그러면서 '한일 굴욕외교 반대시위'에 참여하게 되는데, 이 경험이 그로 하여금 학생운동가의 길로 들어서게 만든다. 이때 박정희 정권은 한일회담 반대 시위의 확산을 차단하기 위해 1차 인혁당 사건을 터뜨린다. 여의남은 인혁당 사건이 조작임을 확신한다. 그의 과 선배 이진문(이재문─인용자)을 비롯하여 대구 경북 지역 관련자들의 면면을 볼 때 그들이 진보주의자이기는 하지만 간첩은 분명 아니라고 생각했기 때문이다. 그후 여의남은 하시완(하재완─인용자)의 맏아들을 가르치는 가정교사를 하게 되면서 서상원, 도운종, 이준병 등 인혁당 사건 멤버들과 본격적으로 교유하게 된다. 여의남과 이들의 만남은 인혁당과 학생운동의 만남으로 연결된다. 말하자면 인혁당 그룹은 여의남을 매개로 학생운동과 관계하면서 자신들의 활동영역을 전국적으로 넓혀나가게 된 것이다.

그렇게 보면, 인혁당 그룹은 민청학련의 배후 조종자는 아니더라도 여의남을 통해 민청학련과 교류하고 함께 일을 도모한 것은 틀림없다. 요컨대 그들은 1차 인혁당 사건 이후 아무 일도 하지 않고 가만히 있다 갑자기 정권에 당한 것이 아니라 나름의 방식으로 독재권력과 싸우고 있었던 셈이다. 아쉽게도 『푸른혼』은 1970년대에 그들이 어떤 일을 했는지에 대해서는 구체적으로 서술하고 있지 않다. 하지만 「여의남 평전」만 보더라도 인혁당 그룹이 넋놓고 있지는 않았음을 어렵지 않게 짐작할 수 있다.

물론 『푸른혼』은 인혁당 사건이 조작이라는 시각에 기초해 쓰여진 작품이다. 1차 인혁당 사건 이후의 활동상에 대해 별다른 설명이 없는 것도 그와 관련이 깊다. 그래서 작품 곳곳에서 주인공들은 자신들이 조작에 의한 희생양이라고 항변한다. 가령 「투명한 푸른 얼굴」에서 등장인물들은 하나같이 사형대 앞에서 혹은 죽은 후 혼이 되어 인혁당 사건이 조작이고 따라서 자신은 무죄라고 호소한다. "인혁당은 애초부터 이 땅에 존재하지 않았다. 이 사건은 군사독재 정치의 연장을 위해 조작되었기에 나는 무죄하다. 그러므로 나를 비롯한 이 사건의 연루자들은 오직 희생양으로 선택되었을 뿐이다."라는 도운종의 독백은 그러한 시각을 전형적으로 대변한다. 그래서 혼이 되어서도 자신들의 무죄를 주장하는 것이다. 그리고 나서 이들은 모두 천국으로 가는데, 이러한 판타지에는 인혁당 사건 사형수들의 무죄가 밝혀지고 명예 회복이 이루어지기를 바라는 작가의 염원이 담겨 있다. 하지만 인혁당 사건을 수난 또는 희생으로만 보는 것이 진정한 명예 회복과 거리가 있음은 앞에서 지적한 바 있다. 그런 점에서 작가의 시각에는 인혁당 사건에 대한 통념이 초래한 한계가 여전히 남아 있다. 그러나 같은 작품에서 이준병과 우정선(우홍선-인용자)이 혼이 되어서도 '영구집권 분쇄, 국가보안법 철폐, 미군 철수'를 외치는 장면에 주목할 필요가 있다. 이러한 저항 의지는 생전의 그들이 어떤 생각을 갖고 있었고 어떤 삶을 살았는지를 강하게 암시한다.

같은 맥락에서 경락연구회에 대한 서술은 1차 인혁당 사건 이후 이들의 활동상과 관련하여 많은 것을 시사해준다. 「두 동무」에 따르면, 경락연구회는 민민청과 통민청의 활동가들, 서울대 운동권 출신들, '암장' 회원들이 모여 만든 단체이다. "어떤 주제로 토의를 하든, 누가 무슨 발언을 하든 이를 절대 문서로 남기지 않는다. 조직에 관한 불필요한 말을 외부에 누설하지 않는다. 기구와 개인의 명칭을 입에 올리지 않는다."는 삼불(三不) 원칙에 의거해 운용되고 있었다는 점을 미루어 볼 때 이 모임은 진보적 이념을 공유한 비밀 조직이었음에 분명하다. 실제로 한 연구에 따르면, 경락연구회는 전위조직 건설을 위한 전국적인 협의체였다. 서울 우홍선, 대구 서도원, 광주 김세원, 부산 이영석이 조직을 지역별로 나누어 관리했고 학원과 문화계는 이수병이 맡았다. 경락연구회는 하부에 민자통을 민족자연건강연구회란 합법 명칭으로 위장하여 운영했다. 이 조직들을 통해 이론학습서클, 독서회, 등산회 등을 매개로 교사·노동자·농민조직을 만들어 나가기도 하였으며, 대선 후보단일화라든가 민주수호국민협의회 운동에도 관여했다.[4] 이러한 움직임이 중앙정보부에 감지되면서 2차 인혁당 사건으로 비화된 것이다.

『푸른혼』은 경락연구회의 존재와 여정남을 중심으로 한 학생운동과의 관계를 통해 2차 인혁당 사건 관련자들이 군사정권에 다양한 방식

---

4) 조세열, 「74년 조직(세칭 '인혁재건위) 사건의 운동사적 의의」, 『이수병 평전』, 이수병선생기념사업회 편, 민족문제연구소, 2005, 303~304면.

으로 저항했음을 보여준다. 좀더 풍부한 이야기들을 담고 있지 않아 아쉽기는 하지만, 『푸른혼』이 보여주고 있는 이들의 활동상은 인혁당 사건이 수난인 동시에 저항이었음을 말해준다. 특히 해방직후부터 1차 인혁당 사건을 거쳐 2차 인혁당 사건에 이르기까지 주인공들의 개인사는 이들이 냉전적 독재에 맞서 일관되게 민주변혁과 평화통일을 위해 헌신한 저항의 투사들이었음을 여실히 증명해준다. 이처럼 개인의 미시적 역사를 통해 인혁당 관련자들의 저항적 면모를 재조명한 것은 여러모로 소중한 의미를 갖는다. 무엇보다 해방직후부터 1970년대까지 진보적 변혁운동의 전통이 의연히 존재해 왔다는 사실을 이로써 분명하게 확인할 수 있다. 통혁당이나 남민전도 마찬가지지만, 인혁당 역시 단순한 조작이 아니라 뚜렷한 실체를 갖춘 운동 조직이었던 것이다. 이를 통해 우리는 1980년대 반체제운동의 급진화가 외래 이론의 이식의 소산일 뿐만 아니라 진보적 변혁 전통의 계승이기도 하다는 점을 발견하게 된다. 요컨대 진보적 변혁운동사의 내발성(內發性)을 설명할 수 있게 된 것이다.

　뿐만 아니라 저항적 면모의 재조명은 인혁당 관련자들을 역사의 변방에서 중심으로 복권시키는 중요한 디딤돌이 된다. 박정희 체제는 견고한 동시에 나약한 권력이었다. 숱한 탄압과 조작으로 체제를 유지했던 것이 이를 증명하거니와 그러한 나약함은 체제에 대한 끊임없는 저항에서 비롯된 결과이다. 그러나 지금까지 '저항' 하면 자유주의적 혹은 민족주의적 명망가들을 떠올렸던 것이 사실이다. 반면에 이름 없는 운동가들이 주도한 진보적 변혁운동은 주변적이고 부차적인 것으로 치부되었다. 이들의 활동은 조작이나 희생양으로 일면화되거나 모험주의적 해프닝으로 평가절하되었다. 하지만 『푸른혼』은 이들의 저항적 삶을

재조명함으로써 역사의 지형을 다시 그릴 것을 권유한다. 더구나 『푸른
혼』이 다루고 있는 개인은 문제적 개인이다. 그럼으로써 『푸른혼』은
인혁당 사건 관련자들을 역사의 중심으로 복권시켜 달라는 요구에서
한걸음 더 나아가 당시 역사가 함축하고 있었던 가능성의 최대치를 문
제삼는다. 서도원, 도예종, 이수병, 여정남이 꿈꾸었던 역사는 자유주의
나 민족주의의 그것과는 달랐다. 그 다름이 그들로 하여금 기성 운동권
이 아닌 제3의 선택을 하도록 추동했고, 진보적 변혁운동의 전통에 맥
을 대도록 한 것이다. 따라서 그들이 취한 저항의 방식도 기성 운동권
과는 다를 수밖에 없었다. 민민청과 통민청에서부터 경락연구회에 이
르는 길이 그것이었다. 자본주의와 제국주의의 극복이라는 이념을 실
천하기 위해 택한 이 저항의 길은 비록 그 힘은 적고 세력은 약했을지
언정 체제에 대한 가장 급진적인 도전이었다. 박정희 정권이 말살이라
는 극약 처방을 내린 것도 아마 그 때문이었을 것이다. 『푸른혼』은 문
제적 개인들의 미시적 역사를 통해 인혁당 사건의 이 내밀한 진실을
언뜻 내비친다.

4. 『푸른혼』이 남긴 것

　『푸른혼』은 문제적 개인들의 역사에 주목하는 미시사적 방법에 의거
해 인혁당 사건의 진실을 새롭게 조명했다. 이 방법은 문학이 역사와
만나는 특유의 접근법이라 할 수 있다. 더구나 인혁당 사건처럼 객관적
자료가 거의 남아 있지 않은 경우 이런 식의 역사화 방식은 매우 유용

하다. 특히 인혁당 사건 관련자들이 진보적 변혁운동이라는 이념 아래 모이기까지의 내적 경로를 보여줌으로써 조작 이면에 숨겨져 있던 실체적 진실에 한걸음 더 다가갈 수 있게 해주었다. 뿐만 아니라 인혁당 사건이 수난이기만 한 것이 아니라 저항이기도 했음을 그들의 개인사를 통해 규명해낸 점도 주목할 만하다. 이로써 인혁당 사건이 우발적 해프닝에서 역사의 필연으로 복권될 수 있는 길이 열리게 되었기 때문이다. 그리하여 『푸른혼』은 인혁당 사건 관련자들에게는 진보적 변혁운동의 전통이라는 또 다른 역사의 한 칸을 당당하게 요구할 권리가 있음을 우리에게 호소한다.

하지만 아직도 갈 길은 멀어 보인다. 『푸른혼』 역시 인혁당 사건을 조작 또는 수난으로 보는 시각에 여전히 갇혀 있다. 조작이나 수난으로 보는 한 인혁당 사건의 실체적 진실을 제대로 해명하기는 어렵다. 우발적 해프닝 이상으로 나아가기 힘들다는 점에서 그러하다. 물론 『푸른혼』은 문제적 개인들의 미시적 역사에 서사의 초점을 맞춤으로써 그러한 한계를 어느 정도 벗어나고 있다. 그러나 조작 또는 수난이라는 시각으로 인해 벗어남의 수준이 대단히 제한적인 것도 부인할 수 없는 사실이다. 가장 아쉬운 것은 경락연구회의 구체적 활동상이 다루어지지 못했다는 점이다. 자료의 미비라는 요인도 있겠지만, 작가는 조작과 수난이라는 이미지에 집착한 나머지 가능한 한도 내에서의 서술마저 생략하고 있다. 문학 특유의 상상력이라는 요소까지 감안하면 아쉬움은 더욱 커진다. 상상력을 최대한 발휘하여 혼의 세계까지 그린 「투명한 푸른 얼굴」에서도 조작과 수난이라는 주장을 반복하는 것을 보면 작가가 저항적 면모를 의도적으로 축소하고 있다는 인상을 지울 수 없다. 그 결과 1차 인혁당 사건 이후의 주인공들은 비분강개만 하는 백수처럼 비쳐지기도 한다. 이러한 이미지가 진실과 거리가 있음은 물론이다. 인혁당 사건 관련자들의 다양한 연계 활동이 그려지지 않은 것도 짚고 넘어가야 할 문제점이다. 여정남을 매개로 한 학생운동과의 연계를 제외하고는 이들은 거의 동호인 수준의 활동만 보여준다. 이는 기존의 연구 성과와도 배치될뿐더러 2차 인혁당 사건을 다시금 우발적 해프닝으로 떨어뜨릴 소지가 크다.5) 동호인 활동을 체제전복으로 몬 것 이상의 해프닝이 어디 있겠는가.

이러한 한계는 작가가 수난 또는 조작이라는 시각에서 온전히 벗어나지 못한 데 따른 결과라 할 수 있다. 인혁당 사건에는 분명 조작과 수난의 측면이 있다. 하지만 그와 함께 실체와 저항이라는 측면 또한 동시에 존재한다. 따라서 두 측면을 균형되게 그려내는 것이 올바른 접근법이라 할 수 있는데, 『푸른혼』은 여전히 한 쪽에 치우쳐 있다. 사실 이러한 치우침은 작가의 문학세계를 고려할 때 어느 정도 예견된 사태이기도 하다. 앞에서 작가가 전작들과 달리 '회의하는 지식인'에서 '실천하는 지식인'으로 관심의 초점을 바꾸었다는 언급을 했지만, 그 변화는 본질적 변화라고 하기 어렵다. 작가는 전작들에서도 진보적 지식인들의 비극적 삶을 수난의 관점에서 다루었다. 그들의 삶의 이념적·실천적 내용에 주목하기보다는 역사에 희생된 수난자라는 이미지에 천착해왔다. 이는 작가가 보편적 휴머니즘의 시선으로 문제에 접근했기 때문이다. 보편적 휴머니즘의 입장에서 진보적 지식인들의 이념 내용은 감당하기 어려운 문제가 된다. 이념 내용 자체가 보편적 휴머니즘의 대의에 어긋나기 때문이다. 따라서 보편적 휴머니즘의 관심은 이념 내용

---

5) 가령 『이수병 평전』만 하더라도 이수병을 중심으로 경락연구회의 다양한 조직 및 연계 활동을 풍부하게 보여준다.

이 아니라 이념에 대한 회의라든가 이념이 초래한 비극적 결과에 주로 맞춰지기 마련이다. 『불의 제전』이나 『겨울 골짜기』에서 그려진 지식인의 모습이 바로 그런 것이었다. 그러한 맥락 속에서 그려지는 지식인이란 당연히 수난과 희생의 이미지가 도드라질 수밖에 없다.

『푸른혼』은 문학이 역사를 다루는 특수한 방식과 그러한 접근법의 위력을 잘 보여준다. 문제적 개인의 미시적 역사로 인혁당 사건을 재구성한 것이 그것이다. 그럼으로써 『푸른혼』은 인혁당 사건의 숨겨진 진실에 한층 다가선다. 그러나 수난과 희생이라는 관점에 치우친 나머지 『푸른혼』은 인혁당 사건의 마지막 문을 열지 못한 채 멈추고 만다. 특히 1차 인혁당 사건 이후의 활동상이 제대로 다루어지지 않은 점은 아쉽기 그지없다. 「여의남 평전」이 아쉬움을 다소 달래주기는 하지만, 여전히 기대에 못미치는 것이 사실이다. 그 결과 소설은 1차 인혁당 사건 이전과 이후가 확연하게 구분된다. 1차 인혁당 사건 이전까지는 생기가 넘치는 데 비해 그 이후는 무기력하고 답답하다. 그러한 무기력함에서 벗어나기 위해 사형당한 후의 세계를 그린 판타지까지 동원했음에도 불구하고 사정은 크게 나아지지 않는다. 판타지 또한 진실에 근거할 때 비로소 생명력을 얻을 수 있기 때문이다.

역사를 다루는 방식은 다양하다. 역사란 곧 서사이기 때문이다. 서사의 종류가 다양한 만큼 역사의 종류 역시 다양한 것이다. 그런 점에서 하나의 역사만을 특권화하는 것은 역사의 무궁한 가능성을 죽이는 일이 된다. 문학적 역사가 소중한 것은 그래서이다. 그러나 어떤 종류의 역사이든 진실에 바탕해야 한다는 것은 변할 수 없는 원칙이다. 인혁당 사건처럼 진실과 비(非)진실의 경계가 애매한 경우일수록 더욱 그러하다. 진실이 아닌 것이 진실로 호도될 수 있는 위험성이 그만큼 더 크기 때문이다. 『푸른혼』은 진실에 바탕한 역사가 만들어내는 감동과 그렇지 못할 때의 허망(虛妄)을 동시에 보여준다. 하지만 『푸른혼』이 인혁당 사건의 실체적 진실에 접근할 하나의 길을 제시해준 것만은 분명하다. 그 길을 여는 것은 후학들의 몫이다.

한국근대문학의 위기에 관한 몇 가지 단상(斷想)

1. 민족문학작가회의와 한국근대문학의 위기

한국근대문학이 위기에 처했다는 말이 한동안 유행처럼 떠돌더니 얼마전부터는 급기야 한국근대문학의 종언(終焉)을 둘러싼 논란이 벌어지고 있다. 가라타니 고진의 글이 계기가 된 것은 잘 알려진 일이지만, 하필 근대문학이 종언을 맞이한 증거로 한국문학을 거론한 것은 좀 어처구니가 없다. 가라타니 같은 일급 문학평론가가 '풍문'을 근거로 삼고 있는 것도 신중치 못하거니와 그가 들었다는 풍문 또한 피상적이기 짝이 없기 때문이다.

그러나 가라타니의 주장과는 별개로 한국근대문학의 위기에 대한 진지한 고민은 꼭 필요한 일이다. 특히 2000년대 한국문학의 진행 상황은 여러모로 우려스러운 것이 사실이다. 2000년대의 한국문학은 90년대 문학의 연장선상에 놓여 있다고 할 수 있는데, 둘을 이어주는 매개고리는 탈현실성과 상업주의이다. 그리고 그 바탕에는 '사적 개인'의 이데올로기가 깔려 있다. 필자는 사적 개인의 이데올로기에 근거한 탈현실성과 상업주의가 한국문학의 위기[1]를 초래한 주범이라고 생각하며, 그런 점에서 이에 어떻게 대응하느냐에 따라 한국근대문학의 운명이 결정될 것이라고 본다. 전반적으로는 이러한 경향이 앞으로도 더욱 심화될 가능성이 높지만, 그렇다고 해서 탈현실성과 상업주의의 지배가 확정된 것은 아니다. 말하자면 불균등한 대치 상태인 셈이다. 현재의 대치 상태가 어떻게 귀결될지는 예측하기 힘들다. 문학 내외적인 환경이 어떻게 변하느냐에 따라 현재의 역관계는 언제든 뒤바뀔 수 있기 때문이다. 이를테면 신자유주의와의 투쟁이라든가 남북관계의 변화 같은 거시적 변수들은 향후의 한국문학에 엄청난 영향을 줄 것이다. 신자유주의의 만연이 90년대 한국문학이 사적 개인의 이데올로기를 내면화하는 데 은밀한 기여를 했듯이 신자유주의와의 투쟁이 대중적 호소력을 갖게 되면 한국문학의 향방은 얼마든지 달라질 수 있다. 실제로 한국근대문학의 역사를 보면, 사회운동의 활력이 문학의 활력으로 이어진 경우를 종종 발견할 수 있다.

문학 내적 환경 또한 중요하다. 이와 관련하여 민족문학작가회의의 명칭 개정을 둘러싸고 벌어졌던 사태는 의미심장하다. 2007년도 민족문학작가회의(이하 작가회의) 총회에서 집행부는 '민족문학작가회의'라는 명칭의 변경을 제안했다. '민족문학' 혹은 '민족'을 떼자는 것으로 집약되는 이 제안은 그 이유로 세 가지를 들고 있다. 첫 번째는 '민족문학'이라는 명칭이 변화된 현실을 담아내지 못하고 있다는 것이고, 두 번째

---

1) 필자는 현재의 한국근대문학이 맞이한 위기의 핵심이 대중적 관심의 실종이라고 생각한다. 대중적 관심의 실종은 한국문학이 대중의 '잠재적' 기대 혹은 '잠재적 독자'의 기대를 반영하지 못한 데서 기인한 결과이다. 이에 대한 좀더 자세한 설명으로는 이 책의 「80년대 민족문학의 현재성」 참조.

는 '문학적 주류'의 위상에 걸맞지 않으며, 세 번째는 '새로운 문학 세대를 배려하기 위해서'라는 것이다.2) 첫 번째와 세 번째 이유는 공론화와 토론을 통해 다룰 만한 문제라고 할 수 있다. 필자 개인적으로는 두 이유가 그다지 적절하다고 생각하지 않는다. 먼저 '민족문학'이라는 명칭이 변화된 현실을 담아내지 못하고 있다는 주장은, 해방직후는 제외하더라도, 60년대 중반부터 지금에 이르기까지 심화되고 갱신되어 온 민족문학론의 역사성을 제대로 이해하지 못한 소치이다. 분단극복과 반독재 민주화에서 분단체제의 해체를 통한 자본주의 근대의 극복으로까지 진전되어 온 민족문학론의 역사는 현실의 변화에 능동적으로 대응하려는 노력의 과정이었다. 그럼에도 집행부가 변화된 현실을 담아내지 못하고 있다고 말하는 것은 민족문학(론)에 대한 그들의 인식이 아직도 80년대에 머물러 있기 때문이 아닌가 하는 의심이 든다. 말하자면 80년대의 민족문학(론)을 민족문학(론)의 전부로 여기는 고정관념을 갖고 현재의 민족문학을 재단하고 있다는 것이다. 80년대의 민족문학(론)에 대한 고정관념 또한 90년대 한국문학이 만들어낸 허상을 적지 않게 담고 있지만, 현재의 민족문학(론)에 대한 인식은 더욱 심각하다. 작가회의 집행부의 인식은 전면적인 자기부정을 의미하기 때문이다. 이는 세 번째 이유와도 긴밀하게 연동되어 있다. '새로운 문학세대'가 민족문학을 "자신들이 아직 경험하지 못한 것을 요구하는 억압"으로 여긴다면, 그것 역시 현재의 민족문학(론)을 80년대적 민족문학(론)과 동일시하기 때문일 가능성이 크다. 경험하지 못했다고 존재하지 않는

---

2) 이 글에서 다루고 있는 명칭 개정 관련 문건들은 '민족문학작가회의 명칭변경소위원회'에서 회원들에게 보낸 「민족문학작가회의 명칭 변경 관련 찬반 문건」에 수록된 것들임을 밝혀둔다.

것이 아니라는 점에서 그러한 요구를 억압으로 느끼는 것 자체가 80년 대적 민족문학(론)에 대한 반감과 무관하지 않아 보인다. 그렇다면 현재의 민족문학(론)이 과연 80년대적 민족문학(론)의 연장인지 아닌지에 대한 검증이 먼저 이루어진 연후에 '민족문학'이라는 명칭의 폐기를 논하는 것이 일의 바른 순서라고 할 수 있을 것이다. 이러한 과정이 빠진 명칭 개정은 '새로운 문학세대'가 민족문학을 '억압'으로 여기는 것이 옳았음을 인정하는 꼴이 된다. 요컨대 명칭 개정이 결과적으로 민족문학의 가치를 전면 부정하는 이데올로기적 효과를 낳게 되리라는 것이다. 민족문학(론)에 대한 철저한 검증이 선행되어야 하는 것은 그래서이다. 그러나 총회에서 발표된 「민족문학작가회의 명칭 개정에 관한 제안서」라든가 정책위원회의 보고서 등에서는 그러한 검증의 흔적을 전혀 발견할 수 없다.

물론 이 문제에 대해서는 다른 의견도 얼마든지 있을 수 있다. 필자가 공론화와 토론이 필요하다고 한 것은 그래서이다. 하지만 두 번째 이유는 차원이 다르다. '민족문학'이 '문학적 주류'의 위상에 걸맞는 명칭이 아니라는 주장은 작가회의의 정체성과 관련된 심각한 쟁점을 함축하고 있다. 작가회의의 설립 목적은 '문학적 주류'가 되기 위해서가 아니었다. 작가회의의 정관을 보면, 작가회의는 "표현의 자유와 사회의 민주화를 위하여 헌신했던 자유실천문인협의회의 정신을 계승 발전시켜 참다운 민족문학을 이룩함을 목적으로 한다"고 명기되어 있다. 따라서 "한국 문단을 명실상부하게 대표하는 단체가 소수파 이미지를 갖는 것은 잘못"이라는 진술은 본말이 전도된 논리이다. 말하자면 '소수파 이미지'를 갖더라도 '민족문학'을 살리는 것이 정관의 취지에 맞는 것인데, 제안서는 거꾸로 "한국 문단을 명실상부하게 대표"하기 위해 설립 목적인 '민족문학'을 떼어버리자고 말하고 있는 것이다. 제안서는 "'민족문학의 정신'을 포기하자는 것이 아님을" 반복적으로 강조하고 있다. 분명히 이 말은 진심일 것이다. 가령 명칭 변경에 동의하는 홍기돈이 "'민족작가대회'를 개최하고 '6·15 민족문학인협회'를 결성하는 데 주도적인 역할을 했던 이들", 곧 민족문학의 이념을 적극 옹호해온 사람들이 명칭 변경을 주도하고 있다고 강조한 것을 보더라도 그 진정성은 틀림없다고 생각된다. 그러나 '문학적 주류'에 집착하는 순간 주관적 진정성과는 관계없이 작가회의의 정체성은 무너지게 되어 있음을 알아야 한다. '문학적 주류'에 걸맞는 단체가 되자는 것은 결국 제2의 문협이 되겠다는 것이기 때문이다.

　필자는 다른 글에서 민족·민중 담론이 '제도화'되면서 반체제적 급진성을 잃어버린 것이 민족·민중 담론의 헤게모니가 약화된 주된 원인 가운데 하나임을 지적한 바 있다.[3] 그런데 작가회의가 되겠다는 '문학적 주류'가 바로 그 '제도화'이다. 제도화란 체제에의 편입을 뜻하므로 현실적 권력을 제공해준다. 그러나 체제에의 편입은 불가피하게 현실과의 타협을 낳고 그것은 필연적으로 반체제적 급진성을 훼손할 수밖에 없다. 사실 작가회의 또한 법인화 이후 비슷한 길을 걸어왔다. 그런 점에서 명칭 변경은 제도화의 완결판이 될 가능성이 크다. 작가회의는 근래 「6·15 민족문학인협회」의 결성을 비롯한 남북교류를 주관하고 제3세계 연대를 적극 모색하는 등 '민족문학'이라는 명칭에 합당한 활동을 벌여왔다. 그렇다면 더더군다나 명칭 개정의 필요성은 없는 셈이다. 활동과 명칭이 부합한다는 점에서 그러하다. 그럼에도 불구하고

---

3) 이 책의 「탈근대 담론 : 해체 혹은 폐허」, 1장 참조.

명칭 개정에 그토록 집착하는 것은 무엇 때문일까.

이 대목에서 필자는 '문학적 주류'에의 강박을 다시 한 번 확인하게 된다. '민족문학의 정신'을 지키면서도 '문학적 주류'가 되기란 현실적으로 불가능한 일이다. '민족문학의 정신'에 동의하지 않는 문학인들을 받아들이지 않고서는 '문학적 주류'가 될 수 없기 때문이다. 그런 점에서 둘을 병행하겠다는 주장은 실현 불가능한 약속이다. 방민호는 "현재 민족문학작가회의라는 이름을 바꾸어야 한다는 견해 가운데 상당수는 이 단체가 한국의 문학인들을 망라하는 단체로 성장할 것을 염두에 두고 있다. 이것은 장기적으로 볼 때 민족문학작가회의를 일반적인 작가회의로 해소해가는 경향을 보이게 될 것이다"라고 예측하고 있다. 필자 역시 같은 생각이다. 하지만 그러한 경향이 문학의 다양성을 포괄하는 긍정적 결과를 낳을 것이라는 방민호의 판단과는 달리 필자는 그것이 제도화에 따른 체제에의 편입과 반체제적 급진성의 상실을 초래할 것이라고 본다. 법인화 이후 작가회의의 행보가 그 점을 잘 보여준 바 있다.

민족문학운동은 가장 급진적인 문학적 근대기획이었다. 민족문학은 역사의 국면마다 그 시대의 문학들 가운데 가장 급진적인 대안을 제시하면서 체제와 맞서 왔다. 그런 점에서 민족문학의 모든 영욕은 반체제적 급진성에 집약되어 있다고 해도 과언이 아니다. 90년대 이후 민족문학의 힘이 약화된 것도 문학의 다양성을 포괄하지 못해서가 아니라 시대가 요구하는 급진적 대안을 내놓지 못했기 때문이다. 민족문학이 문학의 다양성을 포괄할 필요란 없다. 이 말을 민족문학이 문학의 다양성을 부정하는 것으로 오해하지 말기 바란다. 요는 민족문학운동과 문학의 다양성은 서로 다른 차원의 문제라는 것이다. 민족문학은 근대의 다양한 문학들 가운데 하나일 뿐이다. 다만 민족문학이 다른 근대적 문학들과 갖는 차이는 반체제적 급진성에 있다. 따라서 민족문학이 반체제적 급진성을 지키는 것은 문학의 다양성을 부정하는 것이 아니라 문학의 다양성 가운데 하나의 가능성을 극대화하기 위해서인 것이다. 명칭 개정은 바로 민족문학이 극대화하고자 했던 그 하나의 가능성을 포기하는 일이다.

민족문학운동의 전체 역사를 조망해 보건대, '그 하나의 가능성'은 '근대 내부로부터의 근대극복'으로 요약할 수 있다. 요컨대 민족문학은 근대의 해방적 가능성을 극대화함으로써 근대를 넘어서고자 하는 문학적 기획인 것이다. 그러한 문학적 기획을 '민족문학'이란 이름으로 실천하려는 것은 식민지와 분단을 특징으로 하는 한국적 근대의 '특수성' 때문이다. 식민성과 분단이라는 민족문제를 해결하지 않고서는 근대의 해방적 가능성을 극대화할 수도, 근대 이후로 이행할 수도 없는 역사적 특수성은 '민족'에 전략적 가치를 부여했다. '민족'은 결코 절대적 가치가 아니다. '민족'이 절대적 가치가 될 때 그것은 파시즘적 슬로건으로 화한다. 민족문학은 이미 70년대 말부터 민족주의를 내적으로 극복하는 과정에서 이 점을 지속적으로 강조해왔다. 민족문학이 주목한 것은 '민족'의 전략적 가치이다. '민족'의 전략적 가치란 민족문제를 매개로 하지 않는, 즉 분단체제의 해체를 우회한 근대극복은 불가능하다는 것을 핵심 내용으로 담고 있다. 따라서 명칭 개정은 이에 대한 찬반 토론을 거친 연후에 결정되어야 마땅하다. 이 과정이 빠진 명칭 개정에 관한 결정은 어떤 경우라도 정당화될 수 없다. 특히 "명칭은 변경하지만 정체성은 그대로 유지하겠다"(정도상)거나 "이름을 전면적으로 내걸지 않는 것도 전술적으로 유효하다"(홍기돈)는 주장은 단기적으로는 이득이 될지 모르겠으나 장기적으로는 명분도 잃고 실리도 놓칠 위험천만한 논리이다.

하지만 문제는 이러한 위험천만한 주장이 제기될 수밖에 없는 구조적 환경이다. 작가회의 집행부나 명칭 개정 옹호론자들이 '민족문학'이 싫어서 그것을 떼자는 것은 아닐 것이다. 개중에 몇몇은 그런 사람도 있겠지만, 대부분은 그렇지 않음에 틀림없다. 그런 점에서 명칭 개정 논란에는 좀더 깊은 문학사적 맥락이 숨어 있다. 간단히 말하자면, 거기에는 한국근대문학이 처한 모종의 위기의식이 반영되어 있다. 앞에서 언급했듯이 민족문학은 한국근대문학의 반체제적 급진성을 대표해온 문학이념이었다. 따라서 명칭 개정론의 발단이 된 민족문학 위기론은 한국근대문학이 더 이상 반체제적 급진성을 대변할 수 없다는 위기의식의 한 반영이라 할 수 있다. 90년대 이후 민족문학 위기론이 문단을 휩쓸었지만, 그것의 진정한 함의는 한국근대문학의 반체제적 급진성이 위기에 처했다는 것이다. 그것이 굳이 민족문학 위기론이란 형태를 취한 것은 민족문학이 한국근대문학의 반체제적 급진성을 대표하는 문학이었기 때문이다. 한국근대문학의 사회적 위상이 가장 높았던 시절은 문학이 당대의 반체제적 급진성을 주도하던 때였다. 70년대가 가장 전형적인 경우라 할 수 있는데, 당시에는 문학이 사회운동이나 비판적 학문들을 앞질러 반체제적 급진성을 대변하곤 했다. 김지하, 황석영, 조세희, 이문구, 백낙청 등의 문학적 실천은 70년대 반체제적 급진성의 최선두를 이루고 있었거니와 당시의 한국문학이 누린 높은 사회적 위상과 영향력은 거기에 빚진 바 크다. 이들 대부분이 민족문학 진영에 속해 있었다는 점에서 70년대 한국문학의 반체제적 급진성이란 곧 민족문학의 반체제적 급진성과 동의어였다.

주지하다시피 90년대는 신자유주의와 전지구적 자본주의의 광풍이 한국사회를 덮쳤던 시대이다. 거기에 외환위기까지 겹치면서 2000년대의 한국은 이제 소비 자본주의와 문화산업이 지배하는 전형적인 후기 자본주의 사회가 되었다. 이 과정은 신자유주의가 지배 이데올로기화하는 과정이었고, 민족문학의 반체제적 급진성이 탈색되는 과정이었으며, 한국문학이 사적 개인의 이데올로기를 내면화하는 과정이었다. 요컨대 한국문학이 신자유주의에 의해 구조조정된 것이다. 명칭 개정론은 부정적 의미로든 긍정적 의미로든 그 과정의 한 귀결이라고 할 수 있다. 여기서 부정적 의미란 작가회의가 신자유주의의 대세를 일정하게 수용했다는 뜻이고, 긍정적 의미란 신자유주의에 맞서기 위한 나름대로의 '전술적 대응'이 담겨 있다는 뜻이다. 어느 쪽이 보다 본질적인지는 2000년대 한국문학의 실상이 판가름해줄 것이다.

2. 사적 개인의 이데올로기와 '중산층적 감수성'

2000년대 한국문학은 90년대 문학의 연장이라는 것이 필자의 판단이다. 물론 '주류적 경향'이 그렇다는 말이다. 이 점을 강조하는 까닭은 '주류적 경향'과는 다른 문학이 1990년대와 2000년대에도 한국문학의 '비주류적 경향'으로 존재해왔고, 이 '비주류적 경향'에 한국근대문학의 가능성이 존재한다고 생각하기 때문이다.

2000년대 한국문학의 '주류적 경향'은 한마디로 사적 개인의 이데올로기에 침윤된 특징을 보여준다. 그 점에서 2000년대 문학은 90년대 한국문학을 계승하고 있다. 이런저런 차이가 있긴 하지만, 그 차이란 따지고 보면 90년대의 극단화 혹은 예각화의 성격이 강하다. 가령 김영찬은 '무력한 자아'와 '탈내면'의 미학을 2000년대 '젊은 한국문학'의 특징으로 거론하는데,4) '무력한 자아'는 이미 신경숙 문학에서 그 싹을 확인할 수 있고, '탈내면'의 미학은 김영하의 소설에 예비되어 있다. 그런 점에서 90년대와 2000년대의 차이는 '질적' 차이라고 말하기 어려운 것이 사실이다.

90년대 한국문학과 2000년대 한국문학의 본질적 연속성은 개인을 철저히 사적인 존재로 여기고 있다는 점이다. 2000년대 한국문학의 '주류적 경향'이 파악하는 개인은 사회성을 결여한 사적 개인이다. 이 점은 아무리 강조해도 지나치지 않은데, 왜냐하면 이 문제는 80년대 민족문학에 대한 오해와도 깊이 연관되어 있기 때문이다. 흔히들 80년대 민족문학이 개인보다 전체를 중시했다고 비난하곤 하지만, 이는 사실과 다르다. 80년대 민족문학 역시 개인을 중시했다. 다만 80년대 민족문학이 중시한 개인은 사적 개인이 아니라 사회적 개인이었을 뿐이다. 말하자면 개인을 언제나 사회적 관계의 총체로 이해한 것이다. 90년대 한국문학의 불행은 개인을 단자화된, 그래서 사적인 존재로 일률 규정한 데서부터 출발한다. 신경숙, 윤대녕, 은희경 문학의 개인들이 타자와의 소통을 끊임없이 추구하지만, 그것이 언제나 실패로 귀결되는 것은 그들 문학의 개인이 단자화된 사적 개인이기 때문이다. 그래서 소통의 과정이 나를 타자화하고 타자를 나의 한 부분으로 받아들이는 변증법이 아닌, 나의 욕망을 투사하고 차이를 확인하는 자아회귀로 시종한다. 그런 만

---

4) 김영찬, 「2000년대 한국문학을 위한 비판적 단상」, 『창작과비평』, 2005 가을호, 312면.

큼 나와 타자의 관계가 항상 우연적인 성격을 탈각할 수 없게 되며, 본질적 관계의 형성 역시 불가능해진다.

2000년대 한국문학의 '주류적 경향'도 마찬가지다. 가령 각광받는 신예 작가 가운데 하나인 김애란의 「침이 고인다」 같은 작품에서도 예의 단자화된 사적 개인과 인간관계의 우연성을 어렵지 않게 확인할 수 있다. 무엇보다 후배와의 만남과 동거 자체가 지극히 우연적이다. 만남부터 특별한 동기가 없었을 뿐더러 하룻밤만 자고 가겠다던 것이 슬그머니 동거로 이어진다. 물론 소설에서는 이러한 상황이 얼마든지 가능하다. 따라서 그 설정 자체가 문제인 것은 아니다. 문제는 거기에 작가가 인간과 인간의 만남을 우연적인 것으로 보는 존재론적 관점이 녹아 있다는 점이다. 그것은 작가에게 개인의 사회성에 대한 자의식이 없기 때문이다. 달리 말하면, 작가는 개인을 단자화된 사적 개인으로 이해하고 있다는 것이다. 둘이 헤어지게 되는 과정은 그 점을 극명하게 보여준다. 주인공이 후배와 헤어지고 싶은 마음을 품게 되는 것은 단지 '불편하기' 때문이다. 그녀가 후배에게 느끼는 불편함은 일차적으로는 취향이나 생활 방식의 차이에서 기인하지만, 원천적으로는 '자아'가 침해받고 있다는 느낌과 결부되어 있다. 주인공은 고독해질 때 "편안한 일상이 찾아올 것 같다"고 생각한다. 고독함과 편안한 일상이 동일시될 수 있는 것은 개인이 단자화된 사적 개인일 때 가능한 일이다. 나와 타자가 영원히 낯선 관계라면, 만남은 불편할 수밖에 없다. 일시적으로는 즐거움도 얻고 새로운 경험도 할 수 있지만, 그것은 그야말로 잠깐이고 만남과 소통은 궁극적으로 자아가 침해되는 참을 수 없는 불편함을 초래한다. 고독이 편한 것은 그래서이다. 자아의 철옹성을 지킬 수 있기에 "그녀는 어서, 고독해지고 싶다"고 말하는 것이다.

그러므로 개인을 단자화된 사적 개인으로 폐쇄하는 한 개인들 간의 의미 있는 연대나 사회적 소통은 불가능해진다. 90년대와 2000년대 한국문학의 '주류적 경향'은 공통적으로 연대와 소통의 불가능성을 표현하고 있다. 2000년대의 한국문학이 90년대와 달라진 것은 그러한 불가능성을 '제2의 자연'으로 내면화하고 있다는 점일 것이다. 이는 (신)자유주의에 내포되어 있는 사적 개인의 이데올로기가 한국문학에 내면화된 상황과 밀접히 관련되어 있는 것으로 보이는데, 90년대 문학의 서사가 연대와 소통의 불가능성을 확인하는 과정으로 구성되어 있는 데 비해 2000년대 문학은 그것을 서사의 전제조건으로 설정하고 있는 차이가 그로부터 연원한다는 것이 필자의 생각이다. 후배가 준 껌을 씹으며 "아직 달다"고 중얼거리는 장면에서 연대와 소통에 대한 희구(希求)를 표현하지만, 그것은 사족(蛇足) 또는 90년대의 희미한 흔적에 불과하다. 90년대 문학에서 나타나던 절박함을 읽을 수 없다는 점에서 그러하다.

최근의 평판작인 박민규의 『핑퐁』은 필자의 판단이 틀리지 않음을 다시 한 번 확인시켜 준다. 이 소설 역시 개인을 단자화된 사적 개인으로 바라보는 것은 2000년대의 '주류적 경향'과 대동소이하다. 흥미로운 것은 주인공들이 학교에서 왕따를 당하고 있는 사회적 약자라는 점이다. 물론 이 역시 2000년대 한국문학에서 예외적인 일은 아니다. 대다수의 젊은 작가들이 즐겨 다루는 주인공이 사회적 약자거나 소수자 혹은 주변부 인간들이다. 문제는 이들이 실재하는 약자나 소수자라기보다는 '중산층적 감수성에 의해 재현된' 인물에 가깝다는 것이다. 90년대의 배수아 소설이 그러했듯이, 2000년대 소설에서도 주변부 인간들이 종종 등장한다. 이들을 후기 자본주의 시대의 '새로운 민중'으로 보기 힘든 까닭은 그들의 생활 방식이나 계급적 정체성이 현실의 민중과는 거리가 멀기 때문이다. 라면으로 끼니를 때우면서도 운동화는 나이키 제품을 고집하는 '젊은 민중'이 존재하는 것은 사실일 터이다. 그러나 그러한 '젊은 민중'들조차도 계급적 정체성에서 자유롭기는 힘들다. 정체성이란 스스로 만들어가는 것인 동시에 사회적 관계에 의해 형성되는 것이기 때문이다. 하지만 90년대 배수아 소설에 등장하는 주변부 인간들의 정체성은 애매모호하기 짝이 없는데, 그것은 작품의 서사에 사회적 관계나 맥락이 흐릿한 것과 무관하지 않다.5) 『평퐁』은 배수아보다 훨씬 분명하게 '중산층적 감수성에 의해 재현된' 사회적 약자의 형상을 보여준다. 작품의 주인공인 '나'와 '모아이'는 치수 패거리에 의해 왕따의 고통을 겪고 있는 중학생들이다. 소설은 이들이 탁구를 통해 소통과 연대의 체험을 하고 상처를 치유하는 과정을 그린다. 하지만 결말에서 둘은 허망하게도 '언인스톨'을 선택하고 지구는 종말을 맞이한다. 그리고 둘만 남은 세상에서 '나'와 '모아이'마저도 서로 다른 방향으로 헤어

---

5) 이와 관련하여 김형중은 배수아를 포함해 90년대 이후의 신진 작가들이 '가난'이라는 문제를 종종 다루지만 그것을 '궁핍화'란 측면에서보다는 '존재론적 결핍'으로 그리고 있다고 해석한다. 이러한 해석은 필자의 논지와 그대로 부합한다. 그러나 그 원인은 "'총체성'이라는 수상쩍은 범주 탓"이 아니라 '중산층적 감수성' 때문이다. 총체성의 붕괴는 '중산층적 감수성'이 낳은 결과일 뿐이다. 따라서 후기자본주의 시대의 중산층이 처한 사회적 조건과 그에 따른 자기분열 혹은 환멸의식에 주목해야지 리얼리즘이나 총체성에 핑게를 돌려서는 곤란하다. 그런 점에서 서사성의 회복은 쉬운 일도 아니지만 불가능한 일도 아니다. 그것은 자신의 감수성이 중산층 특유의 계급 특수적인 것임을 자각하는 데서부터 시작된다. 이는 민중 또는 그들의 가난을 '중산층적 감수성'이 아닌, '민중의 관점'에서 바라보게 해줄 것이다. 서사성의 회복, 달리 말하면 중산층적 환멸의식의 극복은 이 지점에서부터 가능해진다. 그러므로 그가 황종연을 인용해 제시하는 '지각과 경험 방식의 변화', 즉 '도상 애호증'은 모든 작가들에게 일률적으로 적용되는 것이 아니다. 그것은 '중산층적 감수성'에 취한 작가들에 한정해서 이야기되어야 옳다. 이들이 '주류적 경향'인 것은 사실이지만 전체는 아니기 때문이다. 이것을 전체인 양 강변하는 것은 중산층적 특수성을 보편화하려는, 그럼으로써 다른 가능성을 원천봉쇄하려는 이론 조작일 뿐이다. 김형중, 「민족문학의 결여, 리얼리즘의 결여」, 『창작과비평』, 2004년 겨울호, 292~302면 참조.

진다.

진정석의 해석처럼 『핑퐁』의 결말은 "세계의 부정성에 대한 도저한 환멸"[6]로 채색되어 있다. 사실 2000년대 한국문학의 '주류적 경향'이 보여주는 '쿨함'이란 이러한 환멸의식을 바탕으로 삼고 있다. 세계에서 아무런 희망도 찾을 수 없을 때 비로소 관조하고 방관하는 '쿨한' 태도를 취할 수 있기 때문이다. 희망이 있는 한 '쿨'해질 수 없는 법이다. 작가가 세계에서 어떤 희망도 발견할 수 없는 것은 '중산층적 감수성'과 밀접하게 결부되어 있다. 이는 박민규뿐 아니라 90년대 이후 한국문학의 '주류적 경향' 전반에 해당되는 사항인데, 자본주의의 고도화 과정에서 급속히 양극 분해되면서 계급적 정체성을 유지할 수도, 주체를 형성할 수도 없는 중산층은 어떤 계급보다도 환멸의식에 빠지기 가장 쉬운 처지라 할 수 있다. 『핑퐁』은 바로 '나'와 '모아이'의 마지막 선택을 통해 그러한 중산층적 환멸의식을 노골적으로 표명하고 있다. 이와 관련하여 '나'와 '모아이'가 각각 중산층과 상류층 출신이고 치수 패거리는 대개 하층계급 아이들이라는 사실은 예사롭지 않다. 이러한 인물 설정 자체가 '중산층적 감수성'과 무관하지 않기 때문이다. 『핑퐁』이 왕따 문제에 대한 지배적 통념을 반복하고 있는 것도 마찬가지라 할 수 있다. 혹자는 구태의연한 사회학주의라고 비난할지도 모르겠지만, 적어도 작품이 사회적 약자의 문제를 계급모순이나 사회적 생산관계와의 연관 속에서 바라보지 않고 있는 것만은 분명하다. 박민규는 대신 그 문제를 개인 대 개인의 권력관계로 단순화시킨다. 말하자면 힘 있는 개인과 힘없는 개인의 우열관계라는 측면에서 왕따 문제를 이해할 뿐 사

---

6) 진정석, 「사회적 상상력과 상상력의 사회학」, 『창작과비평』, 2006 겨울, 214면.

회적 관계나 맥락은 지워져 있는 것이다. 여기서도 우리는 사회를 무수한 사적 개인들로 단자화된 세계로 인식하는 자유주의적 사회의식을 발견할 수 있다.[7)]

이러한 자유주의적 사회의식은 이제 역사로까지 확장되고 있다. 김영하의 『검은꽃』은 멕시코 이민의 민족사를 개인사로 코드 전환시킨 대표적인 작품이라 할 수 있다. 『검은꽃』이 그리고 있는 이주자 개개인의 행로는 흥미진진한 동시에 '민족'에 대한 새로운 성찰을 촉구하기도 한다. '민족'의 이름으로 포괄할 수 없는 개인적 삶의 영역이 풍부하게 존재하고 그 영역들은 나름의 절박함과 진정성을 지니고 있음을 작품이 설득력 있게 보여준다는 점에서 그러하다. 특히 김이정과 박정훈의 엇갈린 운명, 즉 한 사람은 판초 비야의 혁명군으로, 다른 한 사람은 부르주아계급을 대변하는 오브레곤 장군의 군대로 자신의 선택과는 무관하게 편입되면서 벌어지는 드라마는 인간 운명의 우연성과 사회성을 입체적으로 직조해내고 있다.[8)]

하지만 이러한 성취가 김영하만의 것이 아니라는 점에 먼저 주목할

---

7) 그런 점에서 김애란이나 박민규에 대한 한기욱의 칭찬은 아무리 봐도 과장되었다고 하지 않을 수 없다. 더구나 "자기수련이 상당한 경지에 이른 자아"라든가 "나름의 '중심'을 지닌 자아" 운운은 과잉 해석의 전형적인 사례이다. 그 문제에 관한 한 김영찬의 해석이 보다 적절하다는 것이 필자의 판단이다. 2000년대의 '젊은 문학'에 대한 한기욱의 비평을 보노라면 문학비평의 본령이 무엇인가를 다시금 되돌아보게 된다. 작품에 잠재된 가능성을 읽어내는 것도 필요하겠지만, 그와 함께 작품에 없는 것, 나아가 작품의 부재를 비판하는 것도 문학비평의 중요한 과제이다. 한기욱이 『창작과비평』의 편집위원임을 감안하면, 이런 식의 해석은 창비의 정체성에 대한 의심마저 불러일으킨다. 2004년 여름호의 특집 글들까지 포함해서 볼 때 민족문학(론)에 대한 창비의 입장은 2000년대 들어 심각한 동요를 보여준다는 생각이다.
한기욱, 「한국문학의 새로운 현실 읽기」, 『창작과비평』, 2006년 여름호, 217면.
8) 이에 대한 좀더 자세한 설명으로는 최원식, 「남과 북의 새로운 역사감각들」, 『창작과비평』, 2004년 여름호, 57~59면 참조.

필요가 있다. 따지고 보면, 조정래의 『태백산맥』이나 황석영의 『무기의 그늘』 또는 현기영의 『지상에 숟가락 하나』나 임철우의 『봄날』같은 소설에서 이런 정도의 성취는 이미 이루어진 바 있다. 이 작품들과 『검은꽃』의 차별성은 역사를 사사화(私事化)한 점이라 할 수 있다. 역사의 사사화란 역사의 공공성을 지우고 그 공백을 개인들의 사적 욕망과 행로에 대한 관심으로 채웠다는 의미이다. 주요 인물들부터 자기 자신의 욕망에만 충실한 데다 작가의 서사 전략 또한 이주 한인들의 집합적 운명에는 별 관심을 기울이지 않는다. 가령 신대한 건국담이 그러하다. 이 이야기는 민족 만들기에 대한 진지한 탐구가 아니라 거꾸로 그것의 지독한 희화(戲畫)이다. 신대한 건국이 "무엇이 되고자 해서가 아니라 되지 않고자 하는 것이었다."는 작가의 설명에서부터 그 점은 진하게 환기된다. '무엇이 되지 않고자' 국가를 건설한다는 것은 민족 만들기가 결국 폐쇄 지향적 열정의 산물이라는 뜻이다. 은신처에 숨어 있을 때에만 유지될 수 있는 나라란 민족의 부재(不在) 증명에 불과하다. 실제로 신대한 붕괴 후 한인들의 후일담은 운명 공동체로서의 민족과는 무관한, 각개약진의 형국을 보여준다. 조장윤, 권용준, 이종도, 이진우, 박정훈, 이연수의 행로는 최소한의 민족적 공통분모도 찾아볼 수 없는 그야말로 사적인 것이다. 그런 점에서 이들에게 민속이란 아무런 실손석 의미도 갖지 못하는 낯선 타자인 셈이다. "유흥가의 거물로 성장해 어떤 자선사업도 벌이지 않고, 어떤 종교에도 의탁하지 않고, 오직 갈퀴처럼 돈을 긁어들이는 일에만 전념"한 이연수의 삶에서 민족의 자취를 발견하기란 불가능한 일이다. 그녀는 그녀 자신, 곧 단자적 개인일 뿐이다. 그래서 『검은꽃』에서 역사란 사적 욕망들이 충돌하는 암투의 장이 된다. 따지고 보면 이러한 의미에서의 역사는 그다지 낯선 것이 아니다.

김동인 이래의 궁중 암투담이 그것이다. 차이가 있다면, 궁중이 멕시코로 바뀐 것과 통속 역사물에 항상 군더더기처럼 붙어 있던 시대착오적 계몽조가 깔끔하게 삭제된 것 정도이다. 이것을 과연 '새로움'이라고 부를 수 있을까. 오히려 역사의식의 측면에서 『검은꽃』은 의외로 낡은 소설 아닐까. 그런 점에서 이 소설이 "역사소설로도 실패하고 역사를 부정하는 데도 실패"[9]했다는 김명인의 비판은 정곡을 찌르는 바 있다.

이처럼 2000년대 한국문학의 '주류적 경향'은 사적 개인의 이데올로기를 깊숙이 내면화한 공통성을 전반적으로 보여준다. 따라서 이들 문학에서 사회적 공공성을 찾기란 거의 불가능하다. 사회적 공공성의 상실은 한국문학을 대중으로부터 멀어지게 만들었으며, 그리하여 문학은 이제 매니아 문화의 일종이 되어 버렸다. 그렇게 사는 것도 하나의 생존 방식일 수 있다. 하지만 그 대가로 2000년대의 '젊은 한국문학'은 반체제적 급진성을 반납했다. 사적 개인의 이데올로기는 개인을 특권화한다는 점에서 (신)자유주의에 맞닿아 있다. 그것은 민족을 특권화하는 민족주의만큼이나 민주주의에 위해(危害)를 끼친다. 개인을 특권화한 세계란 사적 이익들이 무제한적으로 충돌하는 자본주의적 시장과 다를 바 없기 때문이다. 말하자면 이들의 문학은 시장을 혐오한다고 말하면서 시장의 논리를 수긍하는 자기모순에 빠져 있는 셈이다. 소통과 연대의 불가능성을 삶의 선험적 조건, 곧 '제2의 자연'으로 수용하고 있다는 점에서 그러하다. 2000년대의 '젊은 한국문학'은 소통과 연대의 불가능성에 저항하지 않는다. 단지 그 속에서 자아를 보존하고자 할 뿐인데, 보존하고자 하는 그 자아는 소통을 거부하는 단자화된 사적 개인이다.

---

9) 김명인, 「민족문학론과 90년대 이후의 한국소설」, 『창작과비평』, 2004년 가을호, 261면.

그런 점에서 소통과 연대의 불가능성이라는 구조는 선험적 조건인 동시에 스스로에 의해 만들어진 것이기도 하다.

3. 한국근대문학의 잠재력과 반체제적 급진성

하지만 이것을 2000년대 한국문학의 전체상이라고는 말하기 어렵다. 그것이 주류적 경향임에는 틀림없지만, 그와는 다른 문학들이 여전히 살아 숨쉬고 있음을 잊어서는 안된다. 따라서 2000년대의 한국문학은 사적 개인의 이데올로기에 근거한 문학과 반체제적 급진성을 내장한 문학 간의 비대칭적 긴장관계로 구성되어 있다고 보는 것이 진실에 가깝다. 필자는 2000년대 한국문학의 진정한 가능성은 후자에 있다고 생각한다.

후자에 속하는 문학의 저력도 만만치 않다. 무엇보다 황석영의 『손님』을 꼽지 않을 수 없다. 황석영의 최근 행보와는 별개로, 『손님』은 현재로서는 2000년대의 첫 10년이 낳은 최대의 작품이라 할 수 있다. 황해도 신천에서 벌어졌던 끔직한 학살 사건의 진실을 밝히는 과정에서 기독교와 사회주의, 지주층과 민중의 비극적 대결상을 형상화한 이 소설은 신천 사건 당사자들의 용서와 화해를 통해 분단극복의 가능성을 탐색하고 있다. 산자와 죽은 자의 병존, 과거와 현재의 교차, 굿 형식의 차용 등 신세대 문학 못지않은 다양한 형식 실험을 벌이면서도 과거를 역사화하는 서사성을 탄탄하게 유지하고 있는 『손님』의 예술적 성취는 "역사소설로도 실패하고 역사를 부정하는 데도 실패"한 『검은꽃』과 날카롭게 대비된다.『손님』은 민족·민중의 관점에서 역사를 서사화하는 일이 지금도 가능함을 실증하는 모범 사례로 부족함이 없다. 전향 간첩의 개인사를 통해 진보 이념의 현재적 의미를 성찰한 조정래의『인간연습』이라든가 인혁당 사건의 은폐된 진상과 분단체제의 폭압성을 '문제적 개인들의 미시사'라는 방법에 의거해 추적한 김원일의『푸른혼』또한 2000년대 한국문학의 목록에서 빠져서는 안될 문제작들이다. 이 소설들은 민족과 민중이라는 인식론적 거점이 여전히 미학적으로 유효함을 '물건'으로 말해준다.

이와 함께 방현석의「존재의 형식」은 80년대 민족문학의 자기갱신이 도달한 가능성의 최대치가 어디인지를 보여주는 작품이다. 이 소설은 베트남의 과거와 현재를 80년대 이후의 한국사와 교차시키면서 한국사회 진보의 위기를 진지하게 성찰한다. 레지투이, 다른 이름으로는 시인 반레의 삶을 통해「존재의 형식」은 변혁운동의 본래적 의미를 재인식하면서 새로운 연대의 가능성을 조심스레 탐문한다. 그런 점에서 이 소설은 80년대 변혁운동의 엘리트주의에 대한 자기반성인 동시에 2000년대의 비관주의에 대한 예리한 비판이라 할 수 있다. 요컨대 변혁운동의 초심, 즉 민중과 하나 되려는 '마음가짐'이야말로 중산층적 환멸의식을 넘어선 새로운 연대와 운동의 출발점임을 제안하고 있는 것이다.「존재의 형식」의 제안을 2000년대의 '젊은 한국문학'이 "자신들이 아직 경험하지 못한 것을 요구하는 억압"으로 받아들인다면, 중산층적 환멸의식은 주관적 진정성마저 상실한 이데올로기적 허위의식으로 고착될 것이다.

김인숙의 작업은 다른 의미로 주목할 필요가 있다. 90년대 이후 김인숙의 소설은 최근의 '주류적 경향'과 비슷하게 중산층적 삶에 관심을 집중해 왔다. 거기에는 변혁과 진보의 가능성에 대한 도저한 비관주의가 깃들어 있다. 그런 점에서 김인숙의 감수성은 2000년대 '젊은 한국문학'의 감수성과 일정하게 맞닿아 있는 것이 사실이다. 그러나 김인숙의 문학이 이들과 갈라지는 지점은 중산층적 삶에 대한 명확한 자의식이다. 2000년대의 '젊은 한국문학'은 중산층적 삶을 인간의 보편적 본질로 착각하면서 그 속에서 단자로 살아가는 방법을 찾기에 골몰한다. 그에 비해 김인숙의 문학은 소설 속 주인공들의 삶이 중산층적 삶임을 뚜렷이 자각하고 있다. 가령 대부호의 자서전을 대필하고 있는 한 작가의 이야기를 그린 「그 여자의 자서전」은 작가를 비롯한 주요 인물들이 신분상승의 열망을 꿈꾸는 중산층적 허위의식을 내면 깊숙한 곳에 감춘 채 살아가고 있음을 보여준다. 바로 이 점, 즉 그들이 느끼는 결핍감이 존재론적인 것이 아니라 계급 특수적인 것이라는 자의식이야말로 김인숙의 문학을 2000년대의 '젊은 한국문학'과 구별해주는 결정적 징표이다. 여기서 우리는 김인숙 문학의 힘이 80년대의 경험과 무관하지 않음을 확인하게 된다.

황석영, 조정래, 김원일, 방현석, 김인숙 등의 문학은 '흘러간 옛 노래'가 아니라 동시대의 문학이다. 한 시대의 문학은 그 시대를 살고 있는 모두의 것이기 때문이다. 세대론적 접근이 위험한 것은 그래서이나. 그런 점에서 2000년대의 한국문학은 두 문학 간의 비대칭적인 긴장관계로 구성되어 있다. 이 긴장이 2000년대 한국문학의 활력이라는 것이 필자의 판단이다. 앞에서 언급한 작가회의의 명칭 개정 논란과 관련시켜 보면, 명칭 개정 여부는 이들 문학 가운데 어느 것을 선택할 것이냐는 문제와 직결되어 있다. 작가회의는 어떤 문학에서 한국근대문학의 미래를 보는가. 이에 대한 심사숙고 후에 명칭 개정 여부를 결정하는 것만이 정치적이지 않은, 참다운 문학적 선택이라고 필자는 생각한다. 가장 중요한 판단 기준은 한국근대문학의 잠재력이 무엇인가가 되어야 할 것이다. 필자는 반체제적 급진성이 그것이라고 믿는다. 시대의 변화를 선도할 수 있는 반체제적 급진성의 재구(再構)에 한국근대문학의 운명이 걸려 있다. 그 일은 어렵지만 가능하며, '민족문학'의 이름으로 그 일을 못할 이유가 없다.[10]

---

10) 이 글을 발표한 얼마 후에 민족문학작가회의는 한국작가회의로 명칭을 개정했다. 명칭 개정이 한국근대문학의 반체제적 급진성을 어떻게 재구할 것인가에 대한 심사숙고 끝에 내려진 문학적 선택이기를 바랄 뿐이다.

저자 ▌ 하정일

연세대 국어국문학과 및 동(同)대학원 졸업.
문학박사.
현재 원광대학교 국어국문학과 교수.
민족문학사연구소 대표.
원광대 대안문화연구소 소장.
주요 저서로는 『20세기 한국문학과 근대성의 변증법』, 『분단자본주의 시대의 민족문학사
론』, 『탈식민의 미학』 등이 있다.

탈근대주의를 넘어서 —탈식민의 미학 2

인　쇄　2012년 7월 20일
발　행　2012년 7월 30일
지은이　하정일
펴낸이　이대현
편　집　박선주
디자인　이홍주
펴낸곳　도서출판 역락
　　　　서울시 서초구 동광로 46길 6-6(문창빌딩 2F)
　　　　전화 02-3409-2058(영업부), 3409-2060(편집부)
　　　　팩시밀리 02-3409-2059
　　　　이메일 youkrack@hanmail.net
　　　　등록 1999년 4월 19일 제303-2002-000014호
ISBN　978-89-5556-497-6　93810

정　가　25,000원
* 잘못된 책은 구입처에서 바꾸어 드립니다.